ZWYCZAJNY FACET

Małgorzata Kalicińska

ZWYCZAJNY FACET

ZYSK I S-KA
WYDAWNICTWO

Projekt okładki
Agnieszka Herman

Fotografia na okładce
istockphoto

Zdjęcia
Włodzimierz Podruczny
istockphoto (s. 330)

Redakcja
Jan Grzegorczyk
Tadeusz Zysk

Opracowanie graficzne i techniczne
Adrianna Dziamska
Bogusław Jusiak

Wydanie I

ISBN 978-83-7506-576-3

Zysk i S-ka Wydawnictwo
ul. Wielka 10, 61-774 Poznań
tel. 61 853 27 51, fax 61 852 63 26
Dział handlowy, tel./fax 61 855 60 90
sklep@zysk.com.pl
www.zysk.com.pl

Połamanym sercom na pociechę

CZĘŚĆ I

MAZURY

URLOP

Mówiło się zawsze, że wrzesień, październik to złota polska jesień, a tu leje, leje, leje! Urlop czy wakacje? No... formalnie urlop, ale słowo „wakacje" ma w sobie smak lata i beztroski, a „urlop" jest takie... drewniane, sztywne. Wakacje oznaczały zerwanie się z łańcucha, zapomnienie o szkole, obowiązkach – to był zapach lasów i pól, pastwisk, wolności i kwaśnych jabłek, i gacie rozdarte na płocie sąsiada, gdy się po te jabłka wdrapywałem.

Kiedy to było...? O, dawno. Bardzo dawno. Ciągle jeszcze czuję to ssanie w brzuchu na przednówku, wiosną, gdy tak się każdemu z nas chciało owoców! Byle co dojrzało na krzaku, drzewie – nie czekaliśmy, jedliśmy zielone, niedojrzałe jabłka, porzeczki kwaśne jak zbójecki ocet, rabarbar maczany w cukrze, morwy...

Dzisiaj dzieciaki mają owoce cały rok, i to takie, o których ja w dzieciństwie nie słyszałem nigdy – banany, mango, pomelo, grejpfruty, kiwi... Popatrzyłem z ciekawością w samochodowe lusterko, a nuż pokaże mnie tamtego – chudego piegusa z odrapanymi kolanami? No, nie. To ja dzisiejszy – pięćdziesięciolatek, z posiwiałą przedwcześnie głową, poszarzałymi oczami, stary, jak mi się zdaje, i zmęczony nieludzko. Czym? A przede wszystkim tym, co się wydarzyło ostatnio.

Dostałem wolne we wrześniu. Tak napisałem w deklaracji urlopowej – September, żeby się załapać bez problemu, bo większość facetów z naszej stoczni, tych młodszych, wybiera się na wypoczynek latem, szczególnie ci, co mają dzieci. Ja nie mam małych dzieci, właściwie rodziny też. Od jakiegoś czasu jestem już sam. Ciężko to sobie uświadamiać, ale jakby nie było, paradoksalnie sam tego chciałem.

Od kilku lat pracuję za granicą, w Finlandii, w stoczni, w Turku. Tak wyszło. Stocznie w Polsce to ropiejący wrzód na naszych sercach. Kurczę! Porty, stocznie to okno na świat! Mamy tyle linii brzegowej morza, a stoczni nie umieliśmy utrzymać, powyzdychały jedna za drugą na wstyd i sromotę. Szlag by to trafił! Tylu nas wyleciało na bruk... Stąd moja emigracja zarobkowa, praca w Finlandii ciężka, ale satysfakcjonująca, bo w zawodzie. I teraz radość, że w końcu na urlop jadę do Polski. Wreszcie wakacje! Ech! Zapomnieć o wszystkim!

W Finlandii też jest piękna jesień, podobna do naszej. Jest ładnie, ciepło i w tym roku nie pada tak jak tu, ale... Polska to Polska, tu mogę do każdego się odezwać, wiem, co i jak, jestem u siebie. W Finlandii – ciągle nie. Niby już sporo rozumiem, niby znam przepisy, obyczaje, w końcu mieszkam już parę lat, ale... to nie mój kraj. Wciąż czuję się obco. Nie wiem, czy nauczę się jak Karol, mój najbliższy tam kumpel, Polak, być „obywatelem świata". Na razie przyjechałem do kraju i oto jestem!

Lubię wrzesień w Polsce. Lubię go tym bardziej, że będzie mniej ludzi wszędzie. U Ali, do której jadę, podobno w ogóle jest tylko jedna osoba, bo pada i ma padać, ludzie odwołali rezerwację. Szkoda, że tak leje, ale może przestanie i będą grzyby.

Zatrzymałem się na kilka dni u mamy i Krysi, na Śląsku, ale nie chciałem im siedzieć na głowie. Pobyłem z mamą, pogadałem z Grześkiem, siostrzeńcem, fajny chłopak z niego wyrósł, spędziłem z Maćkiem, mężem Kryśki, wieczór na „nocnych Polaków rozmowach", popijając znakomitą palinkę. Pojadłem domowych dań, głównie barszczu ukraińskiego i maminych pierogów, i wycałowałem na pożegnanie każdą z osobna – mamę i Kryśkę.

– Cześć, siostra, dzięki, że się tak mamą zajmujesz.

– Daj spokój, Wiesiek, mama martwi się o ciebie. Sam tak będziesz żył na obczyźnie? Nie masz tam nikogo?

– Nie mam, Krysiu. Nie jest mi źle. Patrz, jestem zdrów i zadbany, praca jest, i to zaledwie o kilkanaście godzin jazdy samochodem stąd, jeśli nie liczyć promu, jakoś sobie radzę. Fińskiego wciąż nie znam, ale sporo rozumiem, zresztą w stoczni mówi się dużo po angielsku. Mama mnie nauczyła przyszywać guziki, prać, prasować też umiem, więc nie zginę.

Radziłem sobie dotąd, to i dalej poradzę. No, pa! – westchnąłem i wsiadłem do samochodu.

Chyba jesteśmy jako rodzeństwo bliżej niż kiedyś. Więcej wiemy o życiu, o sobie, od kiedy jest internet, pisujemy do siebie co jakiś czas szczere maile. Trochę wspieram Krysię finansowo. Nie jest jej łatwo, bo mama wymaga rehabilitacji po wylewie. Taki lajf... Do mamy pisuję zwykłe, papierowe listy. Mama niby umie klikać w klawiaturę, ale woli papier. Jest trochę staromodna.

Na Mazury jechałem od nich przez Warszawę. Olga, moja przyjaciółka z Finlandii, Białorusinka, dała mi paczkę i list dla młodszej siostry Ludoczki, pracującej jako tancerka w Warszawie, i do przyrodniego brata – Oresta. Zakotwiczył się w Polsce od ponad roku. Rzeźbi ołtarz dla kościoła gdzieś koło Ornety. Jeszcze do tego wrócę...

★★★

Z Ludą umówiłem się w Warszawie przed knajpą „Sofia", w której pracuje. Czekała na schodach. Ze zdjęcia poznałem ją natychmiast. Śliczna, zgrabna, długowłosa blondynka, z twarzy podobna do Olgi, tylko szczuplejsza. Szczerze mówiąc, wygląda na jej córkę. W lokalu jeszcze pustawym, ciemnym wypiłem z nią kawę i pogadałem chwilę po polsku. Zaciągała z rosyjskim akcentem. Jest poważna, żadnej kokieterii, same konkrety – zawodowa uprzejmość? Lekko spięta, miła. Nie zatrzymywała mnie, podziękowała za fatygę i odprowadziła na parking, pytając, co u Oli.

– A ty i u Oresta budiesz? – spytała mnie obojętnie i dodała jakby dla wyjaśnienia: – To moj dwojurodnyj* brat, mówiła Ola?

– Mówiła – zapewniłem ją. – Dała mi dla niego przesyłkę. Spędzę teraz urlop na Mazurach, a on pracuje gdzieś tam niedaleko. Odwiedzę go, tylko później.

– Odwiedź, on jest bardzo miły, dobry. – Luda uśmiecha się i tłumaczy: – Zapraszał mnie, ale wiesz, cziasu mało. Ja dużo pracuju. Pozdrów go. My do siebie piszem maile – dodała po chwili.

– No to będę jechał, do widzenia! – pożegnałem Ludę, całując ją w dłoń, co w widoczny sposób ją skrępowało.

---

* Dwojurodnyj (ros.) – cioteczny.

Lekko się zmieszała i pobiegła do lokalu, machając mi na odjezdne.

Z trudem wyjechałem z tego potwornego miasta. Nie mógłbym tu mieszkać. W domu zaś, w moim małym, nadmorskim mieście, nie mam czego szukać. Syn mieszka w Trójmieście i pływa, nie ma go aktualnie w kraju. Córka też ma swoje sprawy, właśnie jest na wakacjach w Chorwacji.

Choć Krysia nalegała, żebym u niej został dłużej, nie chciałem, wolałem pojechać gdzieś, gdzie się wybyczę i jakoś pozbieram, bo ostatnio wzięło mnie na użalanie się nad sobą i w klatce piersiowej coś ciaśniej mi bywa... Muszę odpocząć, pomilczeć, pomyśleć. Założyłem, że w starym, znanym mi miejscu na Mazurach będą wolne pokoje. Okazało się, że są i to dużo, z powodu wrednej aury.

Dawno temu, po ślubie, jeździliśmy z Aśką do kurortów, na wczasy. Później znaleźliśmy to mazurskie letnisko u pani Aliny. Dzisiaj jest to pensjonat o nazwie „Pod Dębem". Przypomniałem sobie Alę. Znamy się bardzo długo. Niemożliwe, że aż tyle! Mój Boże! Jeździliśmy do niej przez wiele lat, jak jeszcze dzieci były małe, Joanna milsza... Ala młodsza... Pamiętam jej męża Zygfryda. Zmarł dość młodo na wylew. Ala już tyle lat we wdowieństwie, ciągnie pensjonat sama z bratem Mietkiem – niemową.

Za późno wyjechałem z Warszawy! Ściemnia się i jeszcze ten deszcz. Żebym tylko nie przegapił skrętu z głównej szosy. Radio mnie wkurza. Rozprasza. To nie moja muzyka! Stara dobra Trójko – wróć! Gdzie jesteś, panie Kaczkowski, z *Minimaxem*? Gdzie są przeboje z dawnych lat? Posłucham Pink Floydów. Moje lata...! Moja młodość! *Wish You Were Here* – acoustic.

Jestem sam. Facet z odzysku. Singiel. Modne określenie kogoś, kto żyje samotnie. Oczywiście dorabia się do tego teorie, że to samotność z wyboru, że sam nie oznacza samotny... Tere-fere. Czasem ta samotność aż boli, gdy nie ma z kim pogadać. Przyjaciele to za mało. Pusty dom, cisza rozganiana muzyką, nikogo, kto by tę ciszę zburzył, zachwiał codzienną rutyną, coś mówił, robił inaczej niż ja. A tak... mam swoje rytuały, powtarzane do znudzenia, „Dzień Świstaka"... Ale i tak lepsze to niż sceny, jakie robiła Aśka, awantury, które męczyły, zostawiały przykry osad, gorycz, żal. Ech...

O, jasna cholera! Pojechałem za daleko. Zamyśliłem się, zagapiłem. Przewaliłem o jakieś dziesięć kilometrów! Zaufałem pamięci, zamiast zdać się na GPS-a. Muszę zawrócić. Pada i pada. Robi się ciemno. U Ali walnę się spać i będę kimał dwa dni! W pokoju, po kąpieli, heineken zrobi swoje. Mam prawie całą skrzynkę w bagażniku. Nikt już mi nie będzie jeździł po głowie i sumieniu, że wpadam w alkoholizm, niszczę rodzinę i swoje zdrowie. Szklanica albo dwie dobrego piwska w knajpie z Karolem albo z Olgą, z kolegami. Okazjonalnie szklaneczka rudej, czyli whisky. Też mi alkoholizm!

Jest zjazd w lewo. OK. Ależ tu się pozmieniało! Byliśmy tu ostatni raz razem... dziesięć lat temu. Sądziłem wówczas, że to miejsce, wspomnienia, wakacje, Ala i jezioro uleczą moją złośnicę, że uratujemy nasz związek. Optymista! Po kilku zaledwie dniach podczas jakiejś rozmowy Aśka obraziła Alę i po totalnej awanturze musiałem ją odwieźć na przystanek PKS. Zaparła się i... wróciła do domu sama. Karała mnie za to, że stanąłem po stronie Ali. Głupi temat – dzieci i ich wolność. Argument Aśki, że Ala nic nie wie, bo nie jest matką i... się rozkręciła, rzucała ostre argumenty, krzyczała, obrażała. Niepotrzebnie jak zawsze.

Na przystanku PKS dostałem taką musztrę, że okolica słyszała. Z użyciem słów ostatecznych: „Jak śmiałeś mnie ośmieszać?!", „Naturalnie ja już nic dla ciebie nie znaczę!", „Wracaj sobie do swojej Aluni, skoro to taka wyrocznia!".

– Aśka, zmiłuj się. Uważam, że Alka ma rację. Dorosłe dzieci nie wymagają aż takiej kontroli i już. Zdania nie zmienię, ale czy trzeba się o to tak awanturować?!

– Awanturować?! To ja się awanturuję? Ja się tylko bronię, bo zdanie matki już się nie liczy! A ja jako matka wiem, co mówię! – I terkot, że ona wraca sama i mam się jej nie pokazywać na oczy!

Wtedy, wieczorem, stara Alunia siedziała ze mą na werandzie i kiwała głową.

– Moim zdaniem, Wiesiek, to ona jakaś ranna na duszy jest.

– Ranna?! – zamyśliłem się. – Może masz rację, ale ja mam już dość. Pół życia walczyłem z tymi jej skokami nastrojów, emocjami. Namawiałem na specjalistę, na jakąś terapię. Sam bym z nią poszedł. Może faktycznie coś z nią nie tak, ale wbrew niej samej, no powiedz. A może ja jestem jakiś popaprany?

Siwa, stara Ala pogładziła mnie po głowie i westchnęła.

– Albo wam niepisane... Nie ta kobieta, Wiesiu... Jak ty to wytrzymujesz? – dziwiła się. – Ona tak często?

Machnąłem ręką. Nie chciałem o tym rozmawiać, wydawało mi się, że nie wypada obgadywać Joanny za jej plecami.

Gawłowo już za mną, zaraz będę na miejscu! Kościół... o, chyba odnowili. Wymurowali niskie ogrodzenie. W skrzynkach pełno tych, no... Nie cierpię ich zapachu! Pelargonii. Nawieszane na tym murku jak na majówki. I latarnie. Kiedyś nie było. A za Gawłowem już brak oświetlenia. Teraz muszę uważać na skręt w polną drogę, koło wielkiego dębu i kapliczki. Na polach ciemno, już po żniwach, ziemia po zbiorach, gdzieniegdzie po orce, w ogóle już ciemno. Dżdżysto, mglisto, wzrok już nie ten!

Kiedyś do Gawłowa jeździliśmy rowerami, często wracaliśmy z wycieczek nocą, bez problemu, a teraz oczy mi łzawią, gdy próbuję wypatrzeć w ciemnicy kapliczkę. Była biała, zawsze się rzucała w oczy. Jest! Szara. Chyba nikt jej nie malował od dawna. Polna droga, kręta jak sznur od telefonu, poprowadzi mnie już do Ali, nad jezioro. Jak dobrze, bo jestem potężnie zmęczony.

Alusia powitała mnie siwa i mniejsza, niż ją pamiętałem, postarzała się bardzo. Popłakała się na mój widok, ze wzruszenia. Jej brat, głuchy Mietek, poznał mnie, nawet przywitał z lekkim uśmiechem i podał rękę. Na dachu ich domu zobaczyłem talerz.

– O, Alu! Satelitę masz? – komentuję nową zdobycz.

– No. Teraz Miecio ma to, co lubi! Sporty se różne ogląda, zwierzaki... no!

Uśmiecha się już prawie bezzębna, chyba ciut zażenowana, ale wyraźnie rada.

– Jak interes, Alu? Mówiłaś, że mało masz ludzi we wrześniu.

– Mało, Wiesiu. Latem to było! A teraz nie mam dużo. Tylko jedna pani jest, to nie gotuję w pensjonacie. Wpadaj, zawsze talerz zupki ci dam, bo pitraszę dla mnie i Mietka. Śniadania i kolacje rób sobie sam, w kuchni, na parterze, co? Ona, ta pani, sama się obsługuje. Zresztą prawie nic nie je i nie widać jej. Mów, co u ciebie, u dzieciaczków.

Pogadałem z Alą, skąpo opowiedziałem, co u mnie. Kiwała głową.

– No, to sobie odpocznij, masz tu klucze na górkę.

W apartamencie na pięterku, na które się wchodzi zewnętrznymi schodami, walnąłem się do spania, ukojony piwem i męczącą drogą. Deszcz bębnił miarowo o blachę na dachu, było mi ciepło i wszystko jedno, niech pada... Mam nadzieję, że jutro przestanie i pójdę sobie na grzyby za Czarcią Górkę, pooddycham lasem i pomyślę. O czymkolwiek, ale teraz – nie. Teraz spać, a... „budzikom śmierć"!

PENSJONAT „POD DĘBEM”

Rano obudził mnie pęcherz. Poranek był chyba wczesny, szary, cichy. Poszedłem do łazienki. Dopiero teraz zwróciłem uwagę na nowe kafelki i wystrój. Czysto, ładnie, łazienka powiększona o przygórek pod dachem.

Wracając do łóżka, usłyszałem pianie koguta. Fantastyczne! Zapomniałem o istnieniu czegoś takiego jak kogut. Ala mówiła, że one w deszcz nie pieją. Czyżby? Eeee. Patrzę na zewnątrz. Mży… O, Ala idzie do stodoły z Mietkiem.

Wstać? Nie? Ot, dylemat…

Obudziłem się ponownie. Teraz na pewno słyszałem koguta. O! Jeszcze raz! Już chyba południe, bo jaśniej. Jezuuuuuuu! Jak mi dobrze. Co za cisza! Mimo koguta. Głód wypędził mnie z legowiska. Nie golę się. Wakacje mam, a poza tym Karol zawsze namawiał mnie na lekki zarost. Jest okazja – zapuszczę się. W jadalnym pusto. Poszedłem do kuchni. Przy stole, tyłem do mnie, stała kobieta. Może to jest ta Gienia, która kiedyś pomagała Ali? Czajnik właśnie się wyłączył.

– Dzień dobry – powiedziałem z całym urokiem. – Dostałbym kawy?

Kobieta nawet się nie odwróciła.

– Nie jestem tu personelem. Musi pan sobie sam radzić – oznajmiła sucho i nalała wrzątku do kubeczka. Odchodząc, rzuciła: – Tam w szafce jest kawa…

Poczułem się głupio. Jasne, że to nie Gienia. Ala mówiła, że nie ma gości, to i Gieni nie zatrudniła. Dureń! Trochę szkoda, bo nie chciało mi się gotować. Marzyłem o pełnym luzie, a tu, widzę, trzeba będzie jak w domu – gotować, zmywać… Na obiad to chyba skoczę do Gawłowa, albo zaraz! Przy głównej szosie, niedaleko stąd widziałem jakąś knajpę.

Włoska? Węgierska? Dam sobie radę, ale szkoda, że nie ma posiłków na stołówce. Dobre były. Kiedyś.

Podszedłem do Ali, wieszającej pranie w ogrodzie.

– Alu, daj kosz, pójdę za Czarcią Górkę.

– A, tam masz, koło tego snopa stoi! Się tylko nie zdziw, bo przed Czarcią, po lewej, las wycięli. Oczyszczalnia będzie. Patrz. Przeciera się! No, z Bogiem! Idź, idź!

Pensjonat Ali jest stary, ale jak widzę, ładnie odnowiony. Góra w szachulcu, jak ongiś. Ktoś, kto ocieplał, zachował styl. Dostałem jak zawsze ładny apartament z dwoma pokojami na górce. Na przygórku Ala zrobiła jeszcze jedno pomieszczenie – sypialenkę dla dzieci. W dużej sypialni stoi wielkie łóżko, w łazience nowa kabina. Miło i czysto. Dla mnie samego za obszernie, ale co tam! Gości nie ma. No, tylko ta opryskliwa lejdy.

Do jeziora żabi skok, widać z okna wielką taflę okoloną lasem, dalej polami i zakręt. Za zakrętem jest mała wyspa, na której z dzieciakami paliliśmy ogniska. Kiedyś, pamiętam, dopłynęliśmy z Joaśką do niej łódką. Mała ta wysepka i tak ładnie porośnięta szuwarami dookoła, a w środku trawa szmaragdowa, gęsta. Krzewy kruszyny i dzikich róż, olszyny wysokie, z ptaszyskami. Joanna wyciągnęła się na trawie obok mnie. Chłonęliśmy słońce. Kasia i Tomek poszli z Mietkiem na ryby, a więc mieliśmy chwilę wytchnienia. To tam Joanna pierwszy raz, sama z siebie zrobiła mi loda. Wtedy mówiło się „strzelić francuza". Latami nie mogłem jej namówić. Zastanawiałem się, skąd ten pomysł. Gdy już złapałem oddech i wróciły mi zmysły, spytałem zdyszany:

– Joaśka?!

Uśmiechnęła się filuternie.

– Oglądałyśmy u Ninki na urodzinach *Emmanuelle*. Namówiła mnie, żeby spróbować, bo oni z Zygmuntem…

Joanna zmrużyła oczy. Ruszyłem do boju. Powoli i delikatnie zdjąłem jej majteczki od kostiumu, wycałowałem po napiętym, ślicznym brzuchu, a po upojnej, miłej chwili doprowadziłem do szczytu. Długiego i głośnego. Kwiliła cały czas, zachwycona nową formą zabawy, ale na końcu tak nią szarpnęło, że spłoszyła te ptaszyska, siedzące wysoko na gałęziach. Było bosko! Moja złośnica zachwycona, różowa i szczęśliwie patrząca mi w oczy. Ależ ja ją kochałem! Bywaliśmy szczęśliwi. Wtedy – bardzo.

Rozmyślając o tej boskiej chwili, zaszedłem aż za sad starego Mieczkowskiego. Kiedyś kupowaliśmy u niego jabłka, śliwki uleny, gruszki pełne soku. Teraz widzę resztki ogrodzenia, trawę wysoką na metr i zdziczałe drzewa. Chałupa chyba opuszczona... Znalazłem jakieś jabłka na drzewie, chyba kosztele. Lekko zdziczałe, ale pyszne. Twarde, takie jak lubię. Zabrałem do kosza kilka, także trochę gruszek, wielkich i ciężkich klapsów, i poszedłem na grzyby. Dalej, za zakrętem, rzeczywiście wycięty kawał lasu i plac budowy. Skręciłem w kierunku Czarciej Górki. A za nią, proszę! Las wyrósł nieco, znaczy się, zestarzał. Ja też jestem starszy. Cóż począć. Życie.

Popatrzyłem w niebo. Nie zanosi się na deszcz, ale ładnie, słonecznie też nie jest. Ważne, że ciepło, grzyby to lubią. Las jest cichy i ciut obcy. Inaczej go zapamiętałem. Poznaję drogę, ale tu był taki młodniaczek, a w nim maślaków zatrzęsienie! Tak było... Łaziłem długo, bo szukałem starych ścieżek, znanych miejsc. W koszu znalazły sobie miejsce koźlaki, kilka prawdziwków, jakieś gąski i podgrzybki. Zielonek nie zbierałem. Nie lubię.

Kilka razy siadałem na pniach i wciągałem zapach mokrego lasu, mchu, grzybni rozszalałej jesiennie. Od dawna nie byłem w lesie. W Turku, naprzeciw naszego domu rośnie mały lasek, ale to bardziej park niż las. Pobliskie lasy są inne, pagórkowate, sporo w nich skał, mało ścieżek, jakby ludzie niespecjalnie tam chodzili. To nie to, co nasze polskie, mokre, pachnące lasy. A może przesadzam?

Dobrze mi tu, staremu wilkowi. Trochę melancholijnie, ale dobrze. Jak to mi Kerstin napisała już po tym, jak się wyniosła: „Pozwoliłeś, żeby samotność rozciągnęła ci pajęczynę w sercu". Ale tekst! Ładny, prawdziwy. Czy faktycznie umarłem uczuciowo? Chyba tak, bo jakoś nie czuję w sobie niczego, co byłoby choć podobne do stanów zakochania się, nawet zainteresowania kimś. A może nie spotkałem właściwej osoby? Czytałem gdzieś takie zdanie: „Przez zamknięte okno motyl nie wleci".

Jabłka i gruszki zjadłem. Pora będzie na jakiś obiad, chyba. Zegarek zostawiłem na szafce. Po co mi on tu?

Ala przywitała mnie radośnie jak zawsze.

– Pokaż. O! Nawet, nawet! Poradzisz sobie? Ja dopiero co z Gminy wracam. Zawracanie głowy z tymi dotacjami!

Zostawiłem grzyby w zlewie. Zrobiłem się głodny, więc wybiorę się do Gawłowa. W pokoju zobaczyłem, że już prawie czwarta. Czas mi uciekł dzisiaj po cichu.

Gawłowska gospoda podupadła. Owszem, zjadłem kawał kiełbasy z grilla i małosolnego ogórka, ale to wszystko, co było w karcie. Kiedyś, pamiętam, bywała tu znakomita wątróbka, stek zamówiony na zawołanie, żurek zawsze pachniał czosnkiem... Ach! Gdzie te niegdysiejsze śniegi! Z atrakcji – czterech pijanych dziadygów, powtarzających słowo-wytrych: kurrrrwa. Może innych nie znają? Swoją drogą, dawniej nie do pomyślenia, żeby tak kląć bezkarnie. Nie żebym był jakąś dziewicą, w pracy też zdarza nam się bluzg, i to w kilku językach, ale w knajpie? Tak bez żadnych oporów? Barmanka oczywiście nie reaguje... Przykre.

Weszło kilku młodziaków, bez pytania odpalili radio i tym już skutecznie mnie przegnali. Jutro sprawdzę tę restaurację przy szosie albo spenetruję Olsztynek.

W sklepie koło przystanku kupiłem janka wędrowniczka! Musiał się tu biedak nastać. Sklepowa starła z butelki wieloletni kurz fartuchem i podała mi go w papierze. Elegancko!

Po powrocie usiłowałem coś poczytać. Literki uciekały i nie tworzyły jakiejś logicznej całości. Próbowałem się skupić na wywiadzie z Markiem Kondratem. Fajny z niego gość, ale świadomość, że są wakacje i niczego już nie muszę, wpłynęła obciążająco na moje powieki i zwyczajnie przysnąłem.

Obudziło mnie miarowe łupanie za oknem. To Mietek rąbał drewno. Jego święte prawo. Zresztą, ile można spać. Nie zaśpię wszystkich moich myśli. A właśnie zaczynają się pojawiać. Na ile jestem już stary?

Zszedłem na podwórko i stanąłem koło Mietka. Pokazałem mu na migi, żeby mi dał siekierę. Rany! Jak ja dawno nie rąbałem. Jaka to radość rozwalać siekierą kawały drewna. Czułem, że mam mięśnie na klatce piersiowej, w udach i brzuchu. Resztki bicepsów przypomniały sobie, co to znaczy napiąć się i zadać cios. Rewelacja! Mietek poszedł po Alę i teraz razem stali, przypatrując się, jak inspektor od statków robi za drwala. Zdjąłem polar i łupałem jak najęty. Zgrzałem się potężnie, więc ściągnąłem koszulę. Sterta drewienek rosła, a ja poczułem się jak młody bóg.

Zza obórki wyszła ta jedyna tu wczasowiczka. Minęła nas owinięta w kolorową chustę, nie widząc chyba nikogo. Dopiero Ala ją zastopowała:

– Pani Beatko! Pani zobaczy, jak się to pan Wiesiek rozbuchał! Na co dzień statki buduje, a tu... o! Jaki mężczyzna!

Kobieta przystanęła i popatrzyła na mnie niewidzącym wzrokiem. Nawet jej usta nie drgnęły.

– Witam! – powiedziałem, wyprostowałem się i sapnąłem radośnie.

Patrzyła na mnie, myśląc chyba o czymś odległym, bo po chwili uśmiechnęła się do Ali smętnie i poszła do siebie. Staliśmy, nic nie mówiąc. W końcu Alusia szepnęła do mnie:

– Łazi taka zamyślona i często płacze. Coś kiepsko z nią... A ty ubierz się, bo jak spoconego zawieje, lumbago jak w banku! Dość na dziś! Eee! Wiesiek! Postawię ci w kuchni garnek smalcu, mam świeży! Ze skwareczkami!

– Dzięki, Alusiu! Łapki ci pocałuję, jak wrócę! Teraz idę nad jezioro. Muszę się schłodzić.

Smalec! Ach! Moja mama robiła smalczyki doskonałe! Jak bywało w domu biednie, mama kupowała podgardle i smażyła smalec, taki do chleba. Z różnymi dodatkami, z cebulą, jabłkiem, czosnkiem, ale ja najbardziej lubiłem taki zwyczajny, bez dodatków.

No, mi też wychodzi nie najgorzej. Czasem uruchamiam małą produkcję na nasze potrzeby. Karol go nawet uwielbia. Wpada z rudą i pijemy ją do chleba ze smalcem. A jak któryś z nas zakisi ogórki, to do szczęścia już... niczego!

Finlandia jest miłym i dobrym krajem. Ciemne pieczywo mają pyszne. Śledzie fantastyczne! Te na słodko też polubiłem. Ale ogórki tylko nasze własne nam smakują. Mnie i Karolowi. Takie na polską nutę, kwaszone po domowemu.

Nad jeziorem owionął mnie miły wietrzyk. Łaziłem po ścieżce biegnącej tuż przy brzegu, wzdłuż trzcin, gapiłem się na pomosty – puste i osamotnione. Żadnego wędkarza? Niesamowite. Kiedyś wszyscy wczasowicze od Ali, starego Kierdy, Wiśniewskiego, Roguca i z ośrodka, tego po prawej, za lasem, siadali na pomostach z kijami. Tyle tu ryb było, że nawet Tomek i Kaśka łowili jakieś płotki. Ala je smażyła na kolację, bo Joanna się brzydzi sprawianiem ryb.

Taka teraz tafla jeziora spokojna i cisza wokół. Jesień. Była taka piosenka Czerwonych Gitar. Aśka ją uwielbiała. Klenczon śpiewał, a ona klaskała i śpiewała:

Jesień, liść ostatni już spadł.
Jesień, deszcz zmył butów twych ślad...

Wczoraj
Minął miesiąc, jak list
Przyniósł mi listonosz,
*A dziś niesie tylko liście i wiatr...**

Czasem mi się ckni do tamtych czasów. Jestem jednak zwierzakiem domowym, stadnym, rodzinnym, ale jak mawiają Czesi: To se ne wrati. Dziś jestem samotnikiem. Trudno. C'est la vie... Poczułem głód. Cóż taka kiełbaska w gospodzie? Mało, jak dla drwala!

W kuchni rzeczywiście zastałem na stole gliniany garniec. Co za zapach! Nalałem sobie szklanicę heinekena, posmarowałem chleb Alusinym smalcem i zabrałem się do czyszczenia grzybów. Smętna Beata weszła do kuchni i nastawiła wodę. Stała znów tyłem do mnie, patrząc w okno. Nagle się odezwała:

– Proszę sobie mną głowy nie zawracać. Jakby mnie nie było.

– Ale pani jest – mruknąłem.

Nie odpowiedziała. Nalała sobie herbaty.

– Może kanapkę ze smalcem? Może napije się pani piwa? – spytałem.

– Dziękuję – rzuciła oschle i wyszła.

„Dawać i prosić to już za wiele" – zacytowałem w myślach Karola.

Grzyby oczyściłem starannie, nie myjąc ich, bo miały być z patelni. Smażone, nie duszone. Znalazłem patelnię, nabrałem łychę smalcu i rzuciłem na nią. Z warkocza urwałem cebulę i pokroiłem w piórka i na tłuszcz, jak się zaczęła szklić, wrzuciłem na nią grzyby w wielkich kawałkach. W szafce znalazłem liść bobkowy i ziele. Coś śpiewałem, gwizdałem... Uwielbiam tak podane grzyby! Nawet jak czasem zachrzęści piasek w zębach, choć mnie się to prawie nie zdarza. Drewnianą łopatką przewracałem delikatnie, żeby się nie porozwalały. Co za zapach! Porządnie przysmażone, pikantne od pieprzu, zaległy górką na wielkim talerzu. Gęba mi się zaśmiała.

---

* Marek Gaszyński, Bogdan Loebl, *Jesień idzie przez park.*

Piwo spieniło się w szklance, gdy nagle żal mi się zrobiło tego, co jeszcze zostało na patelni. A! Niech tam! Zapukałem do naszej smętnej.

Otworzyła zdziwiona, chyba zaryczana.

– Pani... Beato, proszę do kuchni. Usmażyłem pyszne grzyby! Nie chce mi się samemu ich jeść. Zapraszam! Zapraszam serdecznie.

Zgodnie z przewidywaniami odmówiła:

– Nie, dziękuję. – Zaraz jednak chrząknęła, chyba z poczucia przyzwoitości, i rzuciła: – Dobrze. Dobrze, ale ja zaraz... chwilę, proszę. – I zamknęła drzwi.

Przyszła po tej chwili umyta i sztuczna. Usiadła jak marionetka i popatrzyła bezradnie. Postawiłem przed nią talerz mojej dumy.

– A... trujące? – chciała zażartować.

– Dwa, no, może trzy dla smaku – odpowiedziałem w konwencji i nalałem jej piwo.

Nie zareagowała, wzniosła szklankę jak do toastu, ale nic nie powiedziała, tylko upiła. Otarła pianę spod nosa i próbowała się uśmiechnąć. „Kura troska – pomyślałem. – Może i niebrzydka, ale smętna jak... dym. Dym, też coś". Niewielka, znaczy niewysoka, dość szczupła, ale nie przesadnie. Włosy zwinięte w coś tam, niby bez ładu, ale ujdzie. Jakie? Rudawe? Rudawoszare. I cała taka... szara mysza.

Jadła, a właściwie ledwo dziubała. Miała chyba ściśnięte gardło. Mówiłem coś o sposobie smażenia, puszyłem się wiedzą, gdy nagle zadzwoniła jej komórka.

– Przepraszam. – Wstała i wyszła przed kuchnię, na podwórko.

Słyszałem tę jej rozmowę. Nic nie poradzę, stała blisko uchylonych drzwi.

– Przemek, Przemek, proszę cię, nic nie rozumiesz!... Nie, nie zgadzam się. Prze... Nie! Ale czemu mnie nie słuchasz?! Przemo! Nie może tak być, daj spokój! Przemek!

Cisza. Popatrzyłem przez kuchenne okno. Nie było jej. Chyba czmychnęła do swojego pokoju. Zaniosłem jej talerz z grzybami i piwo, stukałem, ale mi nie otwierała. Trudno!

TELEFON

WOlsztynku nie znalazłem powalających knajp, ale za to kupiłem... wędkę! Ja, który w życiu nie złowiłem choćby karasia! Pan w sklepie z nudów objaśnił mi wszystko tak, że poczułem się niemal rybakiem. Wykupiłem zezwolenie, robaki, ciasto waniliowe, wiaderko i siatkę do podbierania – jak idiota. Jakbym się tu spodziewał ławic łososi co najmniej.

Czytanie mi nie szło. Kondrata zostawiam na zaś. Fajnie mówi o polityce i winie, ale ja postanowiłem się zdegenerować, dokładnie tak – zdegenerować! Żadnego czytania, oglądania, wiadomości. Nic. Niente. Pilota od telewizora wsadziłem do szuflady. Na twarzy już mam zarost, zawsze był szpakowaty, teraz – siwy. Całkiem, całkiem! Myję się – to mi zostało. Lubię być czysty, no!

Przedpołudniami jestem grzybiarzem, po powrocie czyszczę zbiory, robię zalewę octową i zalewam nią małe kapelutki w słoikach, może Oli dam kilka, Karolowi... Gdy wpada czasem z meksykanką, uważa, że najlepszy pod tequilę jest grzyb z octu. Ucieszy się. Większe kapelusze nawlekam na nić i wieszam pod schodami zewnętrznymi, tam jest przewiew i ładnie, powoli schną. Nóżki też nawlekam. Będą na przemiał do grzybowej albo kapusty.

Któregoś dnia, gdy wróciłem z grzybów, zobaczyłem na podwórku cudo ze skórzanymi siedzeniami. „Full wypas" – powiedziałby mój syn. Niby terenówka, ale w terenie by się chyba ubrudziła, bidulka...

Ala szła z komórki, z koszem pełnym ziemniaków. Podeszła do mnie blisko i zniżyła głos:

– Przyjechał ten jej... Tłumaczyć się. Cholera z tymi chłopami! Że też zawsze fiut ich zaswędzi do młodszej, a ta i tak ma swój krzyż...! – Machnęła ręką i poszła się przebrać.

Zobaczyłem, że Beata ze swoim najmilszym stanęli koło komórki. Słychać ich było jak w teatrze, więc wszedłem do kuchni. To samo...

– Jolka nic mi nie powiedziała, ty też nie! Tyle kłamstw po tym wszystkim!

– Proszę, zachowaj spokój...

– Przemo, słyszysz siebie? Jak możesz?! Najpierw ta katastrofa, ledwo doszłam do siebie, a później dowiaduję się, że mój mąż mnie zdradza z najlepszą przyjaciółką, a ty: „zachowaj spokój"? Ty?! Jak długo z nią sypiasz? Rok, dłużej? Bo ze mną nie sypiasz od dawna. „Źle się czuję, skarbie, mam tyle kłopotów"! – prychnęła i rozpłakała się. Szkoda. Traci pozycję. Powinna być zimna!

– Bea, ale to nie tak. Kłopoty nie miały na to wpływu. Tak wyszło, biznes się czasem nie udaje, uprzedzałem cię. Stało się, ja to rozumiem, że ci ciężko, miałaś plany, runęły, ale ja ci mówiłem, że to nie był najlepszy pomysł. Ludziom się czasem nie udaje, normalne...

– A faceci od lat pocieszają się w ramionach innych kobiet! „Normalne"! Daj spokój, jesteś żałosnym kabotynem! Chcę orzeczenia o winie! – krzyknęła.

– O nie, moja kochana! Nie ma w tym mojej winy! Tak byłaś pochłonięta swoim pomysłem, że nie miałaś dla mnie czasu ani uwagi! Poza tym zawsze byłaś wyrachowana i zimna... Tak, zimna, zapatrzona w siebie, w ten swój pensjonat, a Jola była zawsze blisko, umiała mnie wysłuchać. Zresztą utopiłaś i moje pieniądze i co, teraz oczekujesz, że będę bulił na ciebie kasę? Alimenty do końca życia? W życiu! Przegrasz! Już przegrałaś.

Wnerwił mnie ten gość. Klasy ani sumienia nie ma za grosz! „Przegrałaś"? I to mówi facet, który zdradzał ją z jej koleżanką! Cham. Kutas złamany! Mimowolnie zaangażowałem się w ten dramat. Stałem jak baba ze wsi za firanką i słuchałem. Beacie odebrało mowę.

– Przegrałam? Przemek, ja?! A w ogóle grałam w coś? Byłam dopuszczona do gry? Czy skreślona z góry?! Tyle się na mnie zwaliło... I ty...

– Sorry, no, źle się wyraziłem, przepraszam...

Mięknie, bo mu zależy, żeby podpisała zgodę o porozumieniu stron.

– Zrozum. Beata, popatrz na mnie!

Oj, kolego... Manipulujesz – drażnił mnie ten Przemek. Popatrzyłem uważnie. Chyba młodszy od niej. Skórzana kurteczka, podwinięte rękawy. Wygląda jak włoski żigolo.

– Bea, przecież już dawno między nami wygasło. Beata, słyszysz? Pieniądze mi zwrócisz kiedyś, jak się odbijesz. Dobrze? Podpisz. No, weź na logikę. Co wygrasz, że mi nie dasz rozwodu? Tak na logikę!

– Na logikę? A ty posłużyłeś się logiką, zdradzając mnie, Przemek? Przemo! Dlaczego? Przecież było, mogło być dobrze – ściszyła głos, ale znów szarpnął nią szloch.

Jezuuuuu! Poddaje się! Prosi! Nieee! Beata, nie daj się! – kombinowałem za firanką.

– No nie! – krzyknął żigolak. – Z tobą po dobroci się nie da! O, proszę, dureń się uniósł.

– Ty jesteś rozregulowana emocjonalnie!

Nasz mistrz subtelności klepie się po pośladkach. Nie po tyłku, tyłek mają faceci, a ten tu to mały fiutek, dupek. Tak się z kobietą nie rozmawia! Kopnąłbym mu do rzyci – jak mawiają górale.

– Przemek, zostań! – ta kobieta traci rozum. – Zostań do jutra, porozmawiamy! Tak mi teraz ciężko... Tak nie można!

– Nie mogę, jutro mam montaż. Zgadzasz się czy nie?

„Przemo" wysiadł nerwowo. Z cichym „kurrrrrwa" sadzi krokami do swojej bryki. Trzaskają drzwiczki. Odjeżdża. Ależ palant! Beata biegnie do pokoju z płaczem. Ta też głupia. Beczeć przez takiego złamasa... W życiu nie zrozumiem kobiet!

Poszedłem do Alusi. Z nią jakoś łatwiej. Ugościła mnie na swojej werandzie kapuśniakiem i ziemniakami ze słoniną, dorzucając garść sensacji:

– Była u mnie rano po kardiamid. – Pokręciła głową na moje rewelacje. – Kiepska jest, bekiem nic nie wskóra... A ty? Co u ciebie, Wiesiu? Też sam... Ożeniłbyś się, niejedna by cię chciała!

– Nie, Alu. Przywykłem już być sam.

– No, nie musisz krowy kupować, żeby się mleka napić, tak?

– Tak jakby, ale nie do końca. Za stary już jestem. Gdzie ja znajdę taką, co by mnie chciała? Alu, przecież każda po czterdziestce ma tu jakąś rodzinę, życie... No tak?

Ala nie bardzo się zgadza.

– A... te Finlandki?

– Finki? – poprawiłem. – Nie, zbyt obce kulturowo. Jakoś... nie.

– O, tak, tak. – Ala pokiwała głową. – Niektórzy z nas to jak łabędzie, już zawsze same, do końca. Ale ciebie szkoda! Zdałaby ci się jeszcze jakaś, co by cię po pleckach podrapała! Fajny jesteś, Wiesiu! Wysoki, postawny i nawet wyglądasz jak ten, no, aktor amerykański... taki, co agenta grał... No wypisz wymaluj, tak teraz patrzę, z tym zarostem! Jak on...?

– Sean Connery czy Roger Moore, Alu?

– Z bródką, ten!

– Sean? Komplementujesz mnie, ale niezasłużenie chyba. A co z nią? Z tą smętną Beatą. Jak myślisz? A w ogóle, skąd ona się tu wzięła? – zmieniłem temat.

– Jej mąż jakimś menadżerem jest czy prezesem, forsiasty gość! Ona chyba rzeźbiarka, no... artystka, ale postanowiła zbudować na Mazurach pensjonat. Zapożyczyła się, no i nie wyszło jej. Nie powiem, bo nie wiem, ale chyba szarpnęła się i przeliczyła. Jakiś pałacyk kupiła, remontowała, dobudowała piętro, skłóciła się z konserwatorem zabytków i wiesz, dupa blada. Paskud jeden zahamował rozbudowę, a ona straciła kupę czasu i pieniądze. Teraz bidaczka nie ma nawet komu tego sprzedać.

– A on co? Nie pomagał?

– Podobno pożyczył trochę kasy, ale nie był zachwycony jej pomysłem na biznes. A potem puścił się w tango z sekretarką czy jakąś asystentką. Wstydu te babska nie mają! Mało to chłopów wolnych chodzi? O... ty, na przykład...

– Aluś, tylko mnie nie swataj... I co, wypłakuje się tu u ciebie?

– Przyjechała... jakoś tak będzie tydzień przed tobą i nic, tylko chodzi sama, gada przez komórkę, beczy i śpi. Chociaż czasem długo światło pali. Koleżanka poleciła jej mój pensjonat, bo ta bidulka swój własny musiała oddać syndykowi. Chciała odpocząć, bo podobno mieszkanie w Warszawie sprzedała czy coś... Mój Boże! – westchnęła współczująco. – Jaka szkoda! Tyle pracy włożyła w ten interes, zapożyczyła się, budowała i fiuuuut! Poszło w cholerę. Głupia! Ja bym tam się nie porywała na takie coś. Wystarczy mi to, co mam. Latami budowalim to z Zygusiem i Mieciem. Pamiętasz, jak było z początku? Ja nigdy od nikogo pieniędzy nie pożyczam!

– Aha – tylko na takie potwierdzenie było mnie stać.

– Patrz, Wiesiek, kiedyś to się nazywało letnisko, a teraz pensjonat...

– No, ale kiedyś, Alusiu, miałaś po jednym kibelku na piętrze, gorącą wodę tylko po osiemnastej i prysznice na podwórku, tam gdzie teraz masz „bungalow". Pamiętam, moja droga! Joanna prychnęła za pierwszym razem, że prymityw, ale za to kupiłaś ją pierogami.

– Taaak? Patrz, pierogami... – Ala westchnęła na wspomnienie dawnych czasów.

Ówczesna prostota mnie urzekła. Kochałem i kocham to miejsce jak drugi dom. Alę jak kogoś z rodziny. Czemu tak długo tu nie wracałem? Nie wiem. Tak mi tu dobrze z Alą przy kubku herbaty z cytryną, na werandce jej domku. Wciągnąłem powietrze – wilgotne, rześkie, jesienne. Właśnie nadszedł Mietek i przyniósł wielki kosz jabłek.

– To z sadu Mieczkowskiego – wyjaśniła Ala. – Zmarło mu się, kilka lat już będzie, a dzieciaki ma w Holandii. I tak o, stoi samo. To jabłka biorę i gruszki, żeby na zmarnowanie nie szło. W moim sadzie tylko tę starą czereśnię zostawiłam, a Mietek posadził mi wiśni. Nowe odmiany, fajne! Szkoda, Wiesiu, że cię latem nie było. Pierogów bym ci nalepiła z wiśniami.

– Ala, nie rań serducha. Nigdzie nie jadałem takiej zupy wiśniowej jak wtedy, u ciebie, z domowymi łazankami. Powinienem się z tobą ożenić, a nie z Królową Śniegu...

– Idźże, głupi! – Machnęła ręką rozbawiona. – Za stara jestem dla ciebie, ale... wiesz co? Pomożesz mi jabłka poobierać, to szybciej skończę i łazanek ci zagniotę!

– Pomogę, Alu, i bez łazanek. Na co te antonówki?

– A tak, do słoików, na szarlotkę.

– A co z gruszek robisz, tych od Mieczkowskiego?

– A, winko, Wiesiu! Wpadnij wieczorkiem, to się napijemy. O! Wiesz co? Każę Mietkowi stół postawić pod czereśnią. Jak kiedyś, pamiętasz?

Jakże bym miał nie pamiętać? Podwieczorki pod starą czereśnią. Sterta naleśników, z lasu przyniesione maliny, potem rozciapane z cukrem, i mleko. Ciche rozmowy z Alą, starym Mieczkowskim, z letnikami. O życiu, o dzieciach.

Dziś ja i Ala, dwa samotne grzyby. Ona stareńka, pomarszczona, ja jeszcze jakoś się trzymam, ale przecież to już druga połowa życia. Kierunek – emerytura. A może nie? Może brać z życia, ile wlezie? Ala wspomniała Seana. Chłopisko czerpie z życia garściami – sława, uroda i pieniądze. Moja Kasia uważa, że Connery jak wino – im starszy, tym lepszy.

– Kasieńko – odpowiedziałem zdumiony – on jest starszy od węgla, to prawie równolatek dziadka!

– Tatku, ale popatrz, jaki był nieciekawy za młodu, lowelasik taki… A jaki jest teraz! Mmmm! Ciacho!

Ta młodzież! Nie trafisz za nimi. Kaśki pokój był oplakatowany takim… ciemnoskórym, faktycznie doskonale umięśnionym facetem. Jak mu? Dwayne Johnson. Ale zachwyt jej budzi też siwy Sean… Ciekawe.

Obieraliśmy te antonówki popołudniem leniwym. Nie padało, było ciepło. Nawet bardzo, jak na wrzesień. Ze spaceru wraca Smętna Beata. Ala woła po tutejszemu, stylem półpoufałym:

– Chodź do nas, pani Beatko! Jabłuszka mam pyszne!

O dziwo, podeszła. Stała i gryzła jabłko, jakby weselsza niż zazwyczaj.

– Przepraszam pana za te grzyby. Miałam przykry telefon i tak jakoś…

– Nic się nie stało. Piwa mam jeszcze zapas, jakby pani chciała, a grzyby znoszę codziennie, więc proszę dać znać, usmażę ponownie.

– Skarb! – westchnęła z lekką kpiną. – Gotuje, obiera, zbiera i jeszcze drwa rąbie. No, skarb prawdziwy!

Uśmiechnęła się i poszła do siebie.

– Pani Beato! – krzyknąłem. – Wieczorem idę na pomost, na ryby! Zapraszam!

Tylko pokręciła głową. Nawet się nie odwróciła. Nie wiem, czemu zawołałem. Nie lubię histeryczek, a ten jej smuty i czerwony nos to ewidentny dowód, że histeryczka.

– Będzie – Ala zawyrokowała, że już wystarczy i zabrała gar jabłek do przesmażenia.

Pod wieczór wziąłem sprzęt rybaka i poszedłem na „mój pierwszy raz". Niebo rozmazane pomarańczowymi smugami odbijało się w tafli jeziora. U schyłku dnia wciąż było ciepło. Usiadłem na pomoście, długo bawiąc się wędką, oglądaniem jej, zakładaniem kulek ciasta na haczyk. Robaki zostawiłem na potem. Mieszkały sobie w pudełeczku, w jakichś wilgotnych trocinach i niech tam!

– Taś, taś, taś, rybeńki! Do ciasta! Waniliowego!

Zarzuciłem wędkę w miarę zgrabnie i jako że było mi niewygodnie, zdjąłem buty, skarpety, siadłem na pomoście i zanurzyłem stopy w wodzie. Zimna! Na razie. Lekko szurałem po tafli, chlapałem delikatnie, oswajałem wodę i rybki. Doprawdy było cicho i bosko. Pomost zaskrzypiał. Przyszedł Chodzący Smętek. Usiadła opodal, na słupku, znów gryząc jabłko.

– Jak będzie pan tak chlapał stopami, to nic nie podejdzie do haczyka... – oświeciła mnie.

– Wierzy pani, że taki fajtłapa jak ja coś złowi?

– Łaska pańska na pstrym koniu jeździ – odpowiedziała.

– Albo... – chciałem się powymądrzać, ale jakoś mi myśl uciekła, więc zamilkłem.

– Albo głupi ma szczęście, niech pan podetnie! No! – ponagliła mnie.

Szarpnąłem wędziskiem i ujrzałem szamocącą się rybkę.

– Proszę dać mi podbierak, tę siatkę! – zawołałem.

– Głupi – powiedziała i wyjęła mi wędkę z rąk, po czym bez wysiłku wyciągnęła rybę i położyła drgającą na pomoście. Roześmiała się. – Przepraszam. – Spojrzała na mnie rozbawiona. – Ale pan z tym podbierakiem! Zdjąć?

– Co? – spytałem inteligentnie.

– No, rybę z haczyka.

– A umie pani?

– A pan? – odpowiedziała pytaniem na pytanie. Zdjęła zdobycz jakoś tak sprytnie i wrzuciła do wiaderka. – Wody nie ma – stwierdziła.

Nie odpowiedziałem, bo poczułem się na cenzurowanym. Nie nalałem i co? Zapomniałem. Początkujący jestem. Beata uklękła i zaczerpnęła wody dla rybki.

– Masz, pożyj jeszcze przed śmiercią – powiedziała.

Puściłem tę uwagę mimo uszu. Kotleta zjada zapewne bez biadolenia nad losem świń... Wrzuciła ogryzek do wody. Popatrzyłem, jak wpadł i narobił kręgów, potem przeniosłem wzrok na nią.

– No, co? – zdziwiła się. – Rybki też muszą mieć z czego zrobić szarlotkę!

Powiedziała to poważnie. Nawet jakby z zazdrością, że rybki sobie zrobią, a ona... Eeee. Nadinterpretacja. Po prostu smętna jest i tyle. Ponownie zrobiłem kulkę z ciasta. Machnąłem wędką z przyświstem, aż chlupnęło.

– Nie tak – odezwała się. – Proszę mi dać, pokażę.

Najzwyczajniej wyjęła mi moją wędkę z rąk. Chwyciła ją w prawą rękę, lewą przytrzymała żyłkę tuż nad haczykiem i ciężarkiem. Zatoczyła kijem łagodny łuk i puściła haczyk z żyłką, a ta poszybowawszy nisko nad wodą, osiadła delikatnie i daleko przed nami, zatapiając ciasto waniliowe dla rybek cichuteńkim „chlup"!

I pani instruktor poszła sobie. „No i dobrze. Moje ryby, moje wędkowanie" – pomyślałem jak mały chłopczyk. Na pierwszej lekcji wolałem być sam! Spławik podrygiwał mi na wodzie jeszcze kilka razy, obiecując rybę, ale one cwańsze od tej w wiaderku, objadały waniliową przynętę i zostawiały mnie z drżącym sercem i nadzieją. Szarpałem wędką i szarpałem, ale nic. Jak już mi się znudziło i zapadł zmierzch, włożyłem skarpetki, buty i pożegnałem moją jedynaczkę, i wypuściłem ją do jeziora. Ten gest sprawił mi radość i smutek jednocześnie, choć może lepszym słowem byłby tu zawód. Marzyłem o triumfie, o skrobaniu ryb, zupie rybnej, zachwytach Ali, że taki ze mnie kozak... A tu kicha. Puste wiaderko.

Na kolację zrobiłem sobie furę kanapek ze smalcem i świeżą cebulą. Do tego piwo, a co! I tak się z nikim nie będę całował. Mimo gorących przyrzeczeń odpaliłem telewizję. Mistrzostwa Europy w siatkówce. No proszę! Leżałem z talerzem kanapek na brzuchu i piwem pod ręką – czułem się rewelacyjnie. Niestety nie za długo. Do drzwi ktoś zapukał cicho, potem odważniej. Zwlokłem się niechętnie.

Za drzwiami stała Smętna Beata. Nie miała już nadwodnego luzu. Znów czerwony nos, zapłakane oczy i drżący głos. Skojarzyła mi się z Jęczącą Martą z *Harry'ego Pottera*.

– Przepraszam pana, niech mnie pan nie weźmie za wariatkę... Ja mam w pokoju... pająka – powiedziała z przejęciem. Patrzyła z nadzieją. To chyba nie była żadna podpucha. Moja córka też panicznie boi się pająków. Ruszyłem na odsiecz. Rzeczywiście, nad tapczanem siedziało na ścianie bydlę. Spore, czarne, nawet sam się wzdrygnąłem. Byłem na bosaka, więc rozglądałem się za jakimś butem.

– Proszę – Beata podała mi szklankę i pocztówkę.

– Co to?

– No, proszę nie zabijać, tylko nakryć szklanką i wynieść.

Wariatka! Umiera ze strachu przed czarnym bydlątkiem, ale zabić go nie da. Szurnięta „Zielona" albo co...

– Żal pani?

– Nawet nie, ale to niefart zabijać pająka.

– A, niefart… – powtórzyłem z wyczuwalną kpiną. Nakryłem zwierzaka szklanką i podsunąłem pocztówkę.

– Dzięki i przepraszam – powiedziała zdecydowanie.

Dopiero teraz zauważyłem wokół jej tapczanu masę chusteczek. Zużytych. Leżały jako nieme świadectwo jej… rozpaczy? No, płaczu na pewno, bo na zaziębienie i katar to nie wygląda. Podążyła za moim wzrokiem, zrobiła nieokreślony gest w powietrzu i odprowadzając mnie do drzwi, rzuciła na usprawiedliwienie:

– Mam takie bad days…

– To może wpadnie pani do mnie na mecz? – zaproponowałem, sam żałując tego, co mówię, bo było mi tak dobrze samemu.

– Nie, dziękuję – ucięła krótko i zamknęła drzwi.

Zostałem przed jej drzwiami jak ten debil, na bosaka, z pająkiem w szklance. Doleciał mnie ryk z mojego pokoju na górze. No tak, końcowa, a ja tu! Szlag! Wyszedłem na dwór uwolnić straszydło. Stopami stanąłem na kępie chłodnej trawy. Na niebie gwiazdy świeciły tak jasno, jak po obróbce w Photoshopie. Było cicho, sennie. Poszedłem w stronę jeziora, ale zawróciłem. Nie umiem chodzić na bosaka, wszystko mnie kłuje, piach się przykleja, a kurze gówna brzydzą. Odwykłem! Jutro pójdę nocą nad jezioro i tam połażę sobie na bosaka. Dziś już nie. Odruchowo popatrzyłem w okna Jęczącej Beaty. Gadała z kimś przez telefon, nerwowo chodząc po pokoju. Ale ma bal… Zdradził ją, to zdradził! Szlag z nim, a tu płacz i zgrzytanie zębów. Ja pierdolę!

Widziałem taką książkę w księgarni. *O kobietach, które kochają za bardzo*. Ciekawe, czy ona kocha za bardzo, czy tylko poczuła gorycz odrzucenia? Boli ją urażona duma czy złamane serce? A mnie – co boli bardziej? I czy jeszcze w ogóle coś boli, czy tylko czasem doskwiera samotność? Eee, jestem singiel i już.

WIRY

Kilka kolejnych dni było tak ciepłych, że odważyłem się nawet popływać, ale przeżycie... hardkorowe. Przy brzegu dało się jakoś wytrzymać, nawet, nawet, ale jak się rzuciłem, poczułem zwykłe zimno i na chwilę mnie przytkało. Jajka zrobiły się jak orzeszki i wskoczyły do brzucha, z wacka też pewnie niewiele zostało. Niemniej kilkanaście zgrabnych ruchów crawlem sprawiło mi frajdę. Parskałem i prychałem, wypłynąłem kawałek za pomost. Oj, jednak przyjemnie! Na pomoście mam wielki ręcznik. To ważne, bo słońce nie grzeje jak w lipcu, więc się owinę.

Gdy już wytarty próbowałem się ogrzać w jego promieniach, przypomniałem sobie, jak była u nas w stoczni latem wycieczka kolegów z Czarnego Lądu. Młodzi inżynierowie na staż. Po jakichś wspólnych szkoleniach zabrano nas i ich do sportowego ośrodka nad wodą. Najpierw zabawy w lesie, jak w harcerstwie, trochę paint balla, wietnamskie mostki... Teraz to się nazywa integracja. Ponieważ były same chłopy, uradziliśmy, że się wypluskamy po jakimś surwiwalowym biegu nago. My Europejczycy doznaliśmy szoku. Koledzy z Afryki (wśród nich wielu czarnych) byli żywym dowodem na to, że faktycznie istnieje coś takiego jak african size. Zmarkotnieliśmy. Z powodu tego size nabawiliśmy się kompleksów. Dopiero koleżanki Karola, u Miriam, zdjęły z nas zły czar, mówiąc, że Afrykańczycy są kompletnie beznadziejni w te klocki. Postanowiliśmy uwierzyć. W coś trzeba...

Gdy wróciłem, z jakiejś chmury już kropiło, ale co tam! Alusia postawiła mi (nam?) w kuchni gęstą i dość słodką zupę wiśniową, a do tego wielką michę łazanek. Smutnej nie było, zjadłem sam dwa talerze!

Zaczął padać deszcz, zupełnie jak w lipcu, bo przy dość pogodnym niebie. Ciepła mżawa nie była niczym, co mnie mogło odstraszyć od mojej nowej pasji i próby poprawienia wyniku. Zabrałem wędzicho, wiaderko, resztki ciasta, i na pomost! Wybrałem ten maleńki, w szuwarach, z dala od nas. Może tam lepiej pójdzie.

Niestety, po godzinie przemoczony – jednak się rozpadało – pozbierałem się i zrobiłem odwrót. Pokonany. Zbliżając się do naszego pomostu, zobaczyłem Smętną Beatę. Stała w kurtce na brzegu, mokra jak sto choler i gapiła się narkotycznie na jezioro. Jej kurtka wyglądała jak wór naładowany kamieniami, a ona jak półtora nieszczęścia. Nie lubię histeryczek!

Nie widziała mnie. Zaczęła iść w kierunku wody. Jak w transie. Idiotka. Lazła tak i lazła, nie zważając, że woda zimna. Wzdłuż pomostu i dalej. Niby płytko, ale tam zaraz jest obryw podwodny. Już chciałem sobie pójść, ale mnie nagle oświeciło. Szła kretynka zupełnie jak ta pisarka w *Godzinach*, co się topiła z kamieniami w kieszeniach. Zerwałem się. Aktorka pociumana! Już widzę, jak ją ciągnie woda, jak się jej noga obsunęła na obrywie i... chlup, poszła cicho pod wodę. Bez protestu! Zrzuciłem kurtkę, walnąłem ją na pomost. Przewróciłem się przy zdejmowaniu butów. W końcu wyplątałem się z nich i dałem nura z długim szusem podwodnym. Wynurzyłem się po oddech i jeszcze raz pod wodę! Powinna tu gdzieś być. Zmętniała woda nie pozwalała nic dojrzeć, nerwy skróciły oddech. Jeszcze raz pod wodę! Cholera, nie ma jej! Czas, czaaaaas! Znów na dno. Szukałem po omacku. Dłońmi trafiłem na coś – włosy? Tak, i głowa. No! Mam ją. Wywlekanie nie powiodło mi się, za ciężka, ale znów zaczerpnąłem powietrza, znalazłem pod szyją suwak i rozpiąłem jej tę kurtkę. Poszła na dno jak kamień i wtedy już dałem radę ciągnąć Beatę na powierzchnię. Dowlokłem ją aż na płyciznę. Lała się przez ręce już przytopiona. Czy utopiona?! Cholera jasna! Cyrkówka popaprana! Kretynka! Rzuciłem ją jak wór cementu na piasek i ukląkłem, dysząc niemożliwie. Z pyska toczyłem ślinę, ręce mi latały. Nerwy, psiakrew!

Przełożyłem ją sobie przez kolano, jak nas uczył druh Maciek, i poszukałem języka. Gdzie ona go ma, do cholery? Jest! Śliski, maleńki jakiś jak u kota, ale w końcu chwyciłem i starałem się wylać z niej wodę. Nic. Włożyłem jej palec do krtani jak do rzygania. Poooooszło! Wyleciało trochę wody, a niedoszła topielica zakasłała, dławiąc się. Łapała powietrze jak ryba i krztusiła się, przewieszona na brzuchu przez moje kolano. Zaczęła coś mówić, ale dławiła się, zaciągała powietrze. W końcu spróbowała wstać. Zatoczyła się i wtedy... Ludzie, jak ja nie cierpię histeryczek! Szlochała i wydzierała się na mnie. Ale jak!

Jak furman. Nie! Jak furia – o, to lepsze określenie. Nie rozumiałem słów, ale darła się na mnie. Byłem obiektem jej ataku, wariatka! Gdy zamachnęła się i uderzyła mnie w amoku, odpaliłem jej z plaskacza w twarz, bo tak robią na filmach z furiatkami. Co za wstyd! Trzeba lekko, a ja przesadziłem i ona jak piórko, jak kopnięty psiak, poleciała i prasnęła o mokry piach.

Zacichło. Ja dyszałem z nerwów jak parowóz, a ona się w ogóle nie ruszała. Wyglądała jak kupa nieszczęścia na tym piachu – skudlona, cała mokra, odjechana histeryczka.

Podszedłem do niej i ukląkłem. Podniosłem ją za ramiona i wtedy dwoje oczu strasznie smutnych, bardzo przytomnych, ale już bez żadnej furii popatrzyło na mnie z niemą rozpaczą, wyrzutem. Te oczy były jakby same – odstałe od jej mokrego ciała i całego tego otoczenia, deszczu. Oczy – znaki zapytania. Oczy pełne cichej tragedii, zawodu. Nie mogłem znieść tego spojrzenia, więc ją przygarnąłem do siebie. W końcu nieźle jej dowaliłem...

Ani drgnęła. Wisiała w moich objęciach jak kukła. Wziąłem ją na ręce i zaniosłem do domu.

– Gdzie masz klucz do pokoju? Beata! Klucz!

Wydała z siebie cichy głos, jakby nie jej.

– W kieszeni...

Sprawdziłem w jej dżinsach, nie było. Jasne! W kurtce!

– Kurwa mać! – zakląłem, co mi się rzadko zdarza przy damach. Mogła zostawić pod wycieraczką, wszędzie tylko nie tam. Posadziłem ją na ławce przed wejściem. Zaszedłem do Ali. Mietek pokazał mi, że Alki nie ma, tak samo jak zapasowego klucza. Posłałem go do diabła. Pada, ciemno. Przecież nie mogę tej desperatki z kociego teatru zostawić samej, to jasne. Jeszcze sobie żyły podetnie łyżką do zupy. Popchnąłem ją w kierunku schodów.

– Do mnie.

Nie zareagowała.

– Do mnie! No! – powiedziałem głośniej, bo już mnie dreszcze trzęsły z zimna. – Dasz radę?

Przynagliłem. Zero reakcji. Zarzuciłem ją sobie na ramię i zaniosłem do mojego pokoju. Niby przytomna, ale w oczach znów stupor. Wstawiłem ją pod prysznic, ustawiłem mocno ciepłą wodę i zamknąłem kabinę. Odwróciłem się. Zdjąłem z siebie mokre łachy, owinąłem się ręcznikiem. Beata ruszała się jak mucha w smole. Chocholi taniec pod prysznicem. Odgarniała sobie tylko włosy. Otworzyłem kabinę i rozpiąłem jej spodnie, wtedy szepnęła:

– Ja sama.

Popatrzyłem na nią. Miała spuszczony wzrok, a na jej policzku już wykwitał spuchnięty, czerwony dowód mojego wkurwienia. Tak, nie złości, bo to mało powiedziane.

Poszedłem po gacie i podkoszulek. Wyjąłem z szafy whisky i nalałem sobie szklaneczkę. Dzięki, ruda! Czasem jesteś niezastąpiona! Podałem topielicy ręcznik i moją koszulę. Długo nie wychodziła z łazienki, więc zajrzałem tam. Stała, nie wiedząc, co zrobić.

– Chodź – zawyrokowałem. – No chodź, nie zjem cię. Masz tu. Wypij. Nie krzyw mi się! No, chlup!

Wypiła sporego łyka, krztusząc się lekko. Chciałem jej dać po plecach, żeby mi się jeszcze nie zadusiła. Zrobiła unik. Poczułem się okropnie. Przestraszyła się, że znów oberwie? Zaprowadziłem ją do sypialni i położyłem do łóżka. Nie protestowała. Jak już się kładła, szepnęła tylko ze skargą:

– Buzia mnie boli.

Jak dzieciak. Buzia ją… O, kurczę. Nawet wiem, czemu ją boli. Kucnąłem zawstydzony. Prostak ze mnie.

– Przepraszam. – Odgarnąłem jej kosmyk z twarzy. O mamo, ale puchło.

Patrzyła bez wyrazu, więc przyniosłem jej mokry, zimny ręcznik i przyłożyłem do tej buzi. Nie wiedziałem, jak się zachować.

– Śpij, wariatko – powiedziałem pojednawczo.

Chciałem, żeby już o tym nie myślała. Było mi głupio i niezręcznie.

– Będę w pokoju obok. Obejrzę mecz, bo chyba znów jest jakiś – usprawiedliwiłem się. Pogłaskałem ją nawet po głowie.

– Ale nie idź nigdzie – szepnęła, nie otwierając oczu. Przytrzymywała ręcznik, to dobrze.

No, gdzie ja miałem iść? W taki deszcz? Mając samobójczynię wariatkę w pokoju?

Zajrzałem do niej po meczu. Spała, poszedłem więc do tego małego pokoiku na przygórku, ale na łóżku nie było pościeli. Szlag! Wróciłem do sypialni i cicho wlazłem do, bądź co bądź, własnego łóżka.

Wypiłem resztkę rudej z jej szklanki. Ona spała, ja zasnąłem jakoś później, bo długo nie mogłem ochłonąć. To, że lazła do tej wody jak ta, co ją Kidman grała, to jeszcze nic. Najgorsze było to, że ją tak mocno prasnąłem i jak chciałem jej dać po plecach, bo się krztusiła, przestraszyła się, że znów zaboli. Jezuuu! Żeby z powodu jakiegoś durnia szła się topić?! Kobiety to jednak są nieobliczalne.

Gdy rozstawałem się z Joanną, nie szarpało mną aż tak. Byłem zrezygnowany i miałem dość. Czułem się wypalony, niemal zdradzony, ale żeby się topić? Bzdura. A ona chyba jednak histeryczka. Przypomniało mi się określenie Ali: artystka. To by wiele tłumaczyło. Chyba niespecjalnie lubię takie osoby z wrażliwością i reakcjami dziecka. I ona chciała robić biznes na turystyce? To niepoważne! Najpierw wywalić tego palanta z życiorysu, zacząć nowe życie... Twardym trzeba być!

Obudziłem się. Na suficie poświata księżyca. Cicho. Popatrzyłem w bok, na topielicę, czy śpi. Leżała na wznak. Miała półprzymknięte powieki. Spod nich spływały kolejne łzy. Bezgłośnie. Wyciągnąłem rękę i dotknąłem jej głowy. Wydała mi się mała, jak głowa kota. Popatrzyła na mnie i uśmiechnęła się smutno.

– Zrobiłam z siebie widowisko – szepnęła.

– Nie szkodzi, jestem jedynym widzem – też szepnąłem.

– Aleś mi dał w pysk... będę miała sińca.

– To nic. Do wesela... – rozpędziłem się.

– Do rozwodu – poprawiła mnie. – On żąda rozwodu.

– Na drzewo! Daj mu ten rozwód i niech spada, a teraz przytul się i śpimy.

Beata najnormalniej w świecie przysunęła się i położyła głowę na moim ramieniu. Westchnęła.

– Jakbym ci przeszkadzała, to mnie wywal na brzeg łóżka.

– Wywalę – obiecałem.

Tymczasem objąłem ją mocno, żeby nie uciekła topić się ponownie. Zasnęliśmy. Ona na pewno, bo po chwili oddychała już sennie, rytmicznie, cicho. Gapiłem się w sufit i było mi fajnie. Księżyc w pełnej krasie puszczał po ścianach sine refleksy przez koronkowe firanki. Po co firanki? Czemu kobiety lubią firanki? Koronki? Czemu się topią przez jakichś idiotów? I najważniejsze – czy będzie jutro pogoda? Beata poruszyła się lekko, więc zwolniłem uścisk. Będę czuwał! Niby oczy mi się kleiły i nie zasypiałem, nie zasypiałem, nie zasypia…

Obudziłem się dopiero rano. Trzymałem ją w pasie.

– Cześć – usłyszałem. – Czemu mnie tak trzymasz?

– Sso? Co? – Oprzytomniałem. – Bo mi zwiejesz i znów się pójdziesz taplać w wodzie. Głupia gęś – mruknąłem.

– Sam jesteś głupia gęś. Puść. No puść!

Jej głos brzmiał… normalnie. Na pewno nie smętnie. Wyglądała normalnie. No, może z wyjątkiem tego sińca wielkości połowy mojej dłoni i opuchlizny. (Jaki wstyd!). Zachowywała się też normalnie. Wstała, poszła się umyć i uczesać. Jej spodnie leżały brudne pod ścianą w łazience.

– Po śniadaniu upiorę, a teraz bądź tak miły, włam się do mnie, bo nie będę chodziła w twojej koszuli. No i majtek nie mam, bo tamte mokre i całe w piasku.

– Kobietom ładnie w męskich koszulach – bąknąłem, próbując być dowcipny. Pokiwała głową.

– No idź! – powiedziała.

Mietek zajął się włamaniem do Beaty, a ona paradowała po kuchni w mojej flanelowej koszuli w czarno-zieloną kratkę. Normalnie! Robiła mi śniadanie. Nam, bo postawiła dwa nakrycia. Krzątała się, wzięła patelnię i jajka. Gdy wyjęła nóż do chleba, nagle odwróciła się do mnie i udała, że sobie ciacha żyły. Miała humor! Po czymś takim! Wariatka. Fakt, że wciąż paraduje bez bielizny, lekko mnie podniecił, ale tylko lekko i zaraz znormalniałem. Do licha! Nie jestem Karolem.

Zapowiedziałem jej, że ma się mnie dziś cały dzień trzymać, skoro jest emocjonalnie niestabilna. Nie zamierzam, mówiłem, odcinać jej ze sznura ani ponownie włazić do zimnego jeziora.

– Rozumiem! – powiedziała z uśmiechem. Z uśmiechem!

Ja za to byłem naburmuszony i nie odpuszczałem. Zapowiedziałem, że będę ją trzymał na powrozie.

– Nie dość, że mnie zbiłeś, to jeszcze weźmiesz na smycz?

Na ten jej tekst weszła do kuchni Ala. Właśnie wróciła z Gawłowa. Popatrzyła na twarz Beaty i na mnie. Zgłupiała. Przy kawie wyjaśniliśmy jej wszystko. Śmiała się i śmiała.

– Ale głupia! Ale głupia! Przez chłopa się topić! A tego kwiatu to pół światu! O, nawet Wiesiek, jaki chłop! Dobry, spokojny.

– I tylko raz mnie uderzył! – zażartowała topielica, patrząc na mnie z powagą.

– No! – Ala się nakręciła. – Po co ci tamten dureń? Wieśka sobie weź! I już!

– Myśmy już spali razem – wypaliła, patrząc poważnie, jak urwis.

– No i dobrze! – Ala wstała. Słowa Beaty nie zrobiły na niej wrażenia. – Muszę iść wstawić obiad dla Mietka. A może gołąbków narobię, to i wam przyniosę, co?

Po śniadaniu naszła nas ochota na popływanie łódką. Dość dziwna, biorąc pod uwagę nasz kontakt z wodą sprzed paru godzin. Widocznie podświadoma próba zaprzeczenia. Na łódce Beata opowiedziała mi o tym jej majątku kilkadziesiąt kilometrów stąd, o przeinwestowaniu, niewiedzy, problemie z dobudowanym piętrem i o romansie Przemka.

– Poza konserwatorem i syndykiem to tam poznałam sporo ciekawych ludzi.

– Miejscowych?

– No, tak, i przyjezdnych. Natchnioną lekarkę holistkę, pastora wesołka, weterynarza z Mali, który pracuje tam już dwadzieścia lat, i Oresta, rzeźbiarza z Białorusi.

– Oresta? Czekaj, czekaj… – Białorusin Orest może tu być tylko ten jeden, brat Olgi. Kurczę, świat jest mały. Chciałem ją wypytać o niego, ale dałem na razie spokój. Zdążę, a ona ma potrzebę wylać z siebie ciut tej goryczy. – Straciłaś wszystko?

– Totalnie, do dna. Próbowałam znaleźć wspólnika, układałam się z bankiem… Nie wyszło. A raczej poszło wszystko w cholerę!

– Trudno sobie wyobrazić. Długo tam byłaś?

– Trzy lata. Wszystko robiłam, sadziłam, podlewałam, kupowałam, załatwiałam… Wiesz, to takie bolesne, jak się sprzedaje drzewko, które zasadziłeś, meble, które kupowałeś z namysłem… Jak się żegnasz z ludźmi, z którymi się zżyłeś, i oddajesz klucze do twojego własnego majątku syndykowi…

– Dużo masz obciążeń?

– Z tym sobie poradzę, już rozmawiałam z bankiem, ale długi znajomym muszę oddać, a zwłaszcza Przemkowi. Oddać mu i zapomnieć…

– Ile lat byliście razem?

– Dwanaście. Poznaliśmy się w teatrze. Sądziłam, że dwie artystyczne dusze... wiesz... Ale z niego większy biznesmen niż artysta. Odeszłam dla niego od fajnego chłopaka, tak się zakochałam! Głupia... Z początku to było szaleństwo, kochaliśmy się jak koty w marcu, ale ostatnie pięć lat... W łóżku zrobiła się taka drewniana rutyna, że oszaleć można. Wracał z pracy podminowany, zmęczony, mało kontaktowy, w łóżku chciał tylko odreagować...

– No... nie zrobił na mnie dobrego wrażenia – przyznałem jej szczerze. – I przez takiego...

– Topić się? Głupio, masz rację, były lepsze powody, ale wczoraj mi się wydawało, że świat się skończył, wiesz?... A ty? Czemu jesteś sam? – spytała nagle.

– Najkrócej... pracy w Polsce dla mnie nie ma, a byle czego robić nie chcę i nie umiem. Więc wyjechałem.

– Ale ja pytałam o twój stan, no że... czy jesteś sam, tu i w ogóle...

– Sam? No tak wyszło. Jestem rozwiedziony.

Nie chciałem za wiele mówić o Joannie. Mimo wszystko to obgadywanie. Z drugiej strony, sam wydrążyłem Beatę ze zwierzeń o mężu, więc powiedziałem wyjaśniająco:

– Awantury. Nie mogłem jakoś znosić dłużej... Musimy o tym mówić?

– Nie, Wiesiek, nie musimy. Opowiedz mi teraz, gdzie pracujesz.

Umie ładnie słuchać. W życiu nie sądziłem, że jestem takim paplą! Znów opowiadam o sobie! Te jej „coś ty?" i „naprawdę?" sprawiły, że gadałem jak jakaś ciotka w maglu – wszystko, jak nie ja. Kobiecie!

W SIÓDMYM NIEBIE

Zapłynęliśmy aż za wyspę, prawie do zakrętu. Wyszliśmy na brzeg koło starego ośrodka „Energetyk", bo chciało się nam sikać. Zabrałem na łódkę przecież mojego heinekena.

Ośrodek już pusty, stary i zniszczony. Brnęliśmy w wysokich trawach, ja wysikałem się pod jakimś murkiem, ona poszła gdzieś dalej. Stawała na palcach i zaglądała do pustych domków. Czasem pytała:

– Co wozi drobnicowiec? Jaki największy zbudowałeś? A pływałeś na statku, tak wiesz, jak marynarz?

Joanna potrafiła nawet w towarzystwie przerwać mi sarkastycznie: „Przestań, kogo to interesuje?". A ta słucha i pyta, drąży temat, myśli na głos, albo udaje, żeby mi było miło. Jest tu ze mną, czuję jej zainteresowanie. A ten okropny siniak i opuchlizna to mój wyrzut sumienia.

– Coś ty! To dowód na twoją determinację! – uśmiecha się i próbuje zdjąć ze mnie poczucie winy. Nagle pogonił nas jakiś kundel, więc uciekliśmy, zatrzaskując za sobą zardzewiałą furtkę ośrodka „Energetyk". Zasapani dopadliśmy łódki.

– Wracajmy – mówię. – W tamtą stronę jest ciężej.

– Czemu?

– Bo pod górkę – odpowiadam, chyba dowcipnie.

– Nie martw się, pomogę ci – zaoferowała swoje wątłe ramionka. Siada obok i bierze wiosło. Śmieszna jest. Ruda Mysz.

Po jakimś czasie pytam:

– O, à propos, ten Orest, znasz go dobrze?

– Nie, troszkę. Mieszkał niedaleko i rzeźbił coś na zamówienie do jakiegoś kościoła. Później przeniósł się dokądś. No właśnie tam, gdzie jest ten kościół, bo na Mazurach koło mnie to on tylko miał pracownię. I chyba się nieszczęśliwie zakochał czy coś... Nie wiem, co z nim, a co?

– Nic, chyba słyszałem coś o nim. – Zmieniłem temat, musiałbym jej tłumaczyć, kto to Olga. – Z Przemkiem to ci się rozlazło teraz, przez tę Jolkę, czy wcześniej? Nic nie wiedziałaś?

Zamilkła, a ja pożałowałem tego pytania. Już miała mokre oczy i drgające usta.

– Nie chce mi się żuć tego znów, kiedyś ci opowiem, dobrze?

– A będzie jeszcze jakieś kiedyś? – zapytałem z uśmiechem.

– Mam nadzieję, że tak. W końcu masz na koncie moje życie. Muszę skoczyć do Warszawy na dwa tygodnie, a potem... Mam wolne. Jakoś się złapiemy! W każdym razie „będę żyłaaaaaaa", jak śpiewała Chylińska.

– No nie wiem, czy ci dowierzać. A nuż znowu wskoczysz do jakiejś wanny? – zachichotałem, żeby obrócić w żart te jej smętne wspomnienia. Nic nie odpowiedziała, tylko wystawiła twarz na słońce. Uśmiechnięta.

Późnym wieczorem zjadamy gołąbki, które Ala rzeczywiście przyniosła do kuchenki i rozchodzimy się pod jej drzwiami.

– Dobranoc.

– Dobranoc... A! Beata! Jakbyś w nocy chciała iść się topić, obudź mnie.

– A... gdybym nie chciała?

– To też!

– Idę do siebie.

Jestem palant. Pierdoła. Pierwszy raz od bardzo dawna czuję jakieś męskie wibracje. Co tu kryć, wziąłbym ją, mam taką chęć kochać się! Powinienem jakoś może zachachmęcić, zamieszać... Jak by to Karol rozegrał? Eee tam, Karol. Karol bywa nachalny. Pewnie Beata po jego niewybrednej zaczepce zrobiłaby mu sine cacko pod okiem. Jak się zdążyłem zorientować, nie jest ona zahukaną kobietką. Mimo niewątpliwej zapaści psychicznej ma swoje poglądy, zasady. Nie jest histeryczna, tylko się podłamała, bo za dużo na nią spadło. Mąż wywala ją z życia jak stary mebel, bo zrobił dziecko jej przyjaciółce. A oni dzieci nie mają. Co za prostak. A ona taka miękka, kobieca... Gdybym nie był takim niezgułą, może mógłbym... może moglibyśmy jakoś...? Eee, głupio tak wykorzystywać okazję, ale przyjemnie mi było w roli wybawiciela. Miło, jak spała obok.

Wypiłem szklaneczkę rudej, nalałem sobie drugą do połowy i poszedłem spać, wiedząc, że nie zasnę.

Zastukała po półgodzinie.

– Idę się utopić, idziesz ze mną? – spytała niepewnie. Miała na sobie moją koszulę, tę w kratę. Była na bosaka.

W łóżku zaczęło się niezdarnie. Chciałem zgasić lampkę, bo i tak księżyc świecił jak latarnia, i stłukłem szklankę. Chyba wzięła mnie za słonia w składzie...

– Samotny, zagubiony wilk – mruknęła i przytuliła się jak wczoraj.

– Boli ciągle? – Dotknąłem jej twarzy najdelikatniej, jak umiałem.

Dłońmi ujęła moją głowę. Całowała fantastycznie, najpierw bardzo subtelnie, powoli, jakby malowała mi usta swoim kocim językiem, potem pozwoliła sobie na więcej. Miałem wzwód jak cholera i żeby się trochę uspokoić, zacząłem rozpinać jej koszulę. Znaczy moją, którą ona miała na sobie, tę w zieloną kratkę. Beata jednak sama wyślizgnęła się z niej jak jaszczurka i wpełzła ciepła w moje ramiona.

Radość mało mi nie rozerwała klatki piersiowej.

– Ty... Ruda Topielico – szepnąłem do niej.

Była czuła i chętna. Ocierając się o mnie gładką skórą i całując niebiańsko najczulsze moje miejsca, odebrała mi panowanie nad sobą. Od stu lat nikt mnie tak... Gdy sprawnie wzięła w dłoń to, co mam najlepszego, ostatkiem sił musiałem ją przystopować, bo czułem się jak granat po wyjęciu zawleczki. A potem ja pokazałem, co potrafię, co chcę jej ofiarować z całego mojego arsenału ars amandi. Czułem się jak napalony młodzik. O mój Boże, jak ona brała! Jej piersi, małe i może nie tak jędrne jak u młódki, podniecały mnie swoim kształtem, sutkami nabrzmiałymi jak rodzynki. Gdy całowałem jej talię, wdzięcznie wyginała plecy. Zgrabnie przerzuciłem ją na brzuch, żeby wypieścić małą pupę, uda i to upragnione, a nieznane mi na razie miejsce, które czekało na mnie – gorące, wilgotne i śliskie. Powędrowałem ustami i językiem po plecach i lekko ugryzłem w szyję. Jęknęła i zacisnęła palce w moich dłoniach. Wchłonęła mnie rytmicznie, lekko, bardzo pobudzająco ruszając biodrami.

Różnie o tym mówią. Nie potrafię jakość szczególnie tego opisać, ale jest w tym coś, że to było jak... rozdzwonione dzwony na dzwonnicy, jak chluśnięcie wielkiej fali o brzeg. Jak nagła cisza po burzy. Miałem ją bliską, rozedrganą i cichnącą powoli.

Jakie to szczęście dla faceta! Jakie to fantastyczne uczucie tak ją objąć i czuć, że jest mi wdzięczna, powracająca z jakiegoś totalnego odjazdu, który sam jej zafundowałem. Moja satysfakcja, mój orgazm? No owszem, jasne, ale jeszcze, że to było razem, takie... dobre, pełne wzajemności. O, jak ja tego chciałem!

Tuliłem ją i czułem się zdobywcą, bohaterem. Szczęściarzem. Noc była nasza.

Wstaliśmy dość późno i bez entuzjazmu, nie tylko dlatego, że lało okropnie. Przy śniadaniu uśmiechałem się i szukałem czegoś, co pozwoliłoby mi na wymyślenie dalszego ciągu, bo jak to, ja do Finlandii, do Turku, ona do Warszawy? I szlus? Koniec?

Niczego nie wymyśliłem, bo po śniadaniu... zaczęliśmy od nowa.

Kobiety! Boskie są!

– Naprawdę nie możesz zostać? – próbowałem ją zatrzymać, gdy po południu zaczęła wrzucać swoje rzeczy do torby. – Na jeden dzień?

– Cii! – położyła mi palec na ustach. – Przecież wiesz...

Odprowadziłem ją do samochodu z bagażami i pożegnałem z nadzieją, że się jeszcze spotkamy. Wiedziałem, że łączy nas coś mocnego jak sznur ratownika, jak jakaś tajemnica, coś, co będzie początkiem nowego. Obiecała, że przyjedzie do Turku, ja – że kupię jej bilet. Nie byłem zakochany, po prostu seks był wyjątkowo smakowity, gadało się fajnie... Doprawdy, czego ten Przemo narzekał? A może kochanek z niego jak z koziej dupy patefon?

Sam też się pozbierałem, bo miałem jeszcze zahaczyć o brata Olgi i Ludmiły – tego rzeźbiarza, podobno bardzo zdolnego i skromnego. Wiozłem dla niego od Oli jakąś małą przesyłkę. Jakbym nie dotarł, miałem ją wysłać pocztą.

– Alu, Miłakowo to daleko?

– E, nie! Dasz za Olsztyn i tam na Ornetę. A co tam masz za sprawę? Nie zostałbyś? Już ci się urlop kończy? Wiesiu, wpadaj czasem, może zdążysz, zanim zejdę, co?

Ala posmutniała, usiłowała się uśmiechnąć, ale było widać, że jest zmęczona, stara... Rzeczywiście, czy zobaczę ją jeszcze? Uścisnąłem ją jak kogoś z rodziny. Oko mi dziwnie zwilgotniało. Ale się zrobiłem... ckliwy!

OREST

Pojechałem na to Miłakowo. Dom Oresta znalazłem w miarę sprawnie. Stara, wiejska szkoła. W jednej części Orest ma mieszkanko i pracownię, w drugiej jest prywatny gabinet stomatologiczny.

Ten brat Olgi rzeczywiście bardzo sympatyczny, choć widać nieco spięty, bo nie znamy się wcale. Po czterdziestce, niewysoki, ciemny blondyn z dłońmi artysty. Znaczy łapska spracowane, ale takie długopalce, szczupłe, mało męskie. Początkowo tylko miałem wypić herbatę, oddać mu przesyłkę i jechać do Trójmiasta, koniecznie jednak chciał mi pokazać ołtarz, który zamówiła u niego jakaś niemiecka organizacja, związana z tutejszym kościołem.

– Chodź. Masz aparat? Zrobiłbyś kilka fotek dla Oli, bo mój to taka kiepścizna. A ołtarz już prawie cały zestawiony, figury stoją... Chodź!

Wyjąłem aparat i poszedłem z nim. Najpierw jednak zaszliśmy na obiad do jakiejś gospody.

– Skąd ty się tu wziąłeś? – zapytałem dla podtrzymania rozmowy.

– A, historia długa i dość zawiązana...

– Zawikłana – poprawiłem.

– Nu, zawikłana. Ola mówiła, że nasze matki to siostry? Nu, a babka nasza, Polka. Urszula Bylewicz! A tu to ja wylądował przez mojego przyjaciela spod Pasymia. Najpierw ja tam mieszkał i pracował, same figury tam powstawały. Miejsce wreszcie się tu zrobiło dla mnie w tej starej szkole i... tak żyję.

– Kiedy skończysz?

– Niedługo. Ech, to była robota! Czułem się jak wasz

Wit Stwosz. Tylko ja mu do pięt nie dorastam, ale tworzywo i temat podobne. Kto dziś rzeźbi ołtarze? Modny jest minimalizm, symbolizm... Poszaleć nie można!

– Mądrze gadasz.

– Przepraszam cię, ale mam magistra.

– Nie, to ja przepraszam. I mów dalej, bo ci przerwałem.

– A, bo wiesz, ja rzeźbię całym sobą, jakbym w drewnie szukał tego, co tam uwięzione, otwieram drewno i wypuszczam rzeźbę na życie! Na świat. Dałby Bóg tak bez końca...

– Aby robota była.

– No, i żeby płacili. Tu u was Niemcy czy wasi płacą, ale u nas nie zawsze, i zamówień mało. Chciałby ja tu zostać. Mogę i obywatelstwo zmienić, bo babka Polka była! Na siłę ją Ruską zrobiono. Szlachcianka, a ja jej wnuk! To jakbym do swoich wracał, no tak? Postarać się trzeba, a czasu nie mam po urzędach łazić. Chodź, idziemy. – Wstał, odsuwając talerz po kaszance.

Wyszliśmy z knajpki na ulicę. Lubię małe mieściny. Moje śląskie są inne, te tu, mazurskie – inne, ale senne jak każde małe miasteczko, szczególnie gdy dzieciaki w szkole, nic się nie dzieje. Psisko się wyleguje na środku chodnika, chwasty porosły na poboczu drogi, mało co jeździ. Cisza wrześniowa, jesienna. Słońce za chmurami, ale jeszcze ciepło. Rozmawiamy sobie o życiu, a raczej sondujemy.

– A ty powiedz – pyta Orest – czemu Finlandia? Tak daleko od swoich. Od domu. Nie było pracy w Polsce?

– Stocznie poupadały – zdążyłem tylko wspomnieć, bo on już mnie ciągnął w stronę wąskiej uliczki.

– To już tutaj! – Szarpnął mnie za rękaw, nie czekając na odpowiedź.

Kościół był schowany za rusztowaniami i wysokimi drzewami. Stary. Z czerwonej cegły. W środku z początku niewiele mogłem dojrzeć, zanim wzrok się przyzwyczaił do półmroku. Liche oświetlenie nie dawało dostatecznej jasności. W nozdrza uderzył mnie chłód i zapach drewna.

– Poczekaj, zapalę reflektor, zdjęcia będą lepsze – powiedział Orest i podszedł do ołtarza.

W świetle pojawił się nagle tłum ludzi. Figury nie układały się symetrycznie. Wyglądało, jakby po prostu weszli na ołtarz i kłócili się, pokazując jeden na drugiego. Wrażenie niesamowitej wrzawy.

– Nie ma krzyża? A gdzie... Chrystus? – spytałem.

– A! Chrystus? Już go zdjęli, o tam jest! – Orest wskazał mi piętę.

Na kamieniu siedziała Maryja i głaskała zwłoki oparte o jej kolana. Ich sylwetki wcale nie były na centralnym miejscu. Lekko schowane za rozgorączkowanym tłumem. Jedni wskazywali na drzewo z ułamaną gałęzią – pewnie to, na którym się powiesił Judasz – inni gapili się tylko po sobie. Byli i tacy, co zasłaniali twarz i oczy w geście rozpaczy. Jeszcze inni stali jakby obojętni. Maryja i jej Syn byli osamotnieni. Nikt się nimi nie interesował.

– Orest, oni wszyscy to mają w dupie!

Orest się uśmiechnął.

– Masz rację. To tylko ciekawski tłum. Ale musiał być ktoś, kto to zapisał dla potomnych, nie?

Stałem zdumiony. Rzeźby jakby nie do końca wykończone, bez wypieszczonej gładzi, jaką widziałem w kościele Mariackim. Jakby kanciaste, twarde. Zdecydowanie zróżnicowane w charakterach. Każda inna. Polichromia była ograniczona do odcieni żółci i brązu. Malowane przecierkami, jakby stare, wytarte... W zgaszonym świetle wyglądały jak w sepii. Naturalnej wielkości, otaczały niewielki ołtarz wyglądający jak zwykły stół z wiejskiej chaty, tylko wyższy. Tabernakulum przypominało prostą skrzynkę z drewna. Wszystko ustawione na tle wielkiej ściany pokrytej białoszarym tynkiem, gdzieniegdzie odłupanym, ukazującym czerwone cegły, jak inlet z poduszki. Na granicy ściany i podłogi wielkie kamienie. Na jednym z nich owa pieta. Wszystko to bardziej przypominało jasełka niż tradycyjny ołtarz. Szokujące. Piękne.

– Ktoś ci zatwierdzał projekt? Dziwne... ołtarz bez krzyża – odzyskałem mowę.

– O! Dużo było dyskusji, gadania. Nie chciałem tu krzyża stawiać w ogóle, ale zgodzili się na to... – uśmiechnął się szczęśliwy. – Zobacz, cośmy z księżulem wymyślili!

Orest gdzieś zniknął, po chwili coś włączył i oto ukazał się na tej białoceglanej ścianie, za tłumem, cień krzyża, jakby złowróżbnie pochylony nad golgockim pejzażem.

– Och ty! – jęknąłem. – Technika!

– Nu, a od czego ona jest?

Narobiłem zdjęć. Olga będzie pod wrażeniem.

Po drodze do domu Orest gadał zawzięcie o postaciach z ołtarza, o nocnych rozmowach z księdzem filozofem, o innych rzeźbiarzach. Widziałem przed sobą kogoś wręcz opętanego swoim dziełem, pasjonata. I zacząłem mu zazdrościć. Ja wiem czego? Wolności, tego, że nie jest uwiązany do żadnego domu, ogródka, dzieci, psów, kotów, samochodu, biurka i zwyczajów. Jest wolnym facetem! Kiedyś malował portrety, obrazy za pieniądze, dziś pracuje dla idei.

– Życie jest – mówi Orest – żeby je przeżyć pięknie, robić to, co kochasz. Wtedy Bóg się cieszy razem z tobą, a jak się tak gna jak koń w wyścigu, aby do kolejnej mety, to co to za życie? Ja wiem, takie czasy, ważne są pieniądze, awanse, ale ja wolę to, co robię. Zostawię po sobie to, co czuję. Nie umrę. Jak pisarz, co napisze powieść i żyje tak długo, jak ją czytają. A tak, patrz... Ludzie robią fortuny, bogacą się, że i przejeść nie mogą, i nieszczęśliwi są. Za pieniądze nie kupisz zdrowia, miłości i wiedzy. A to sprawy najważniejsze.

– A rozwój świata? Cywilizacja? Postęp?

– Nu, prawda. Musi i to być, dlatego każdy z nas ma swoje cele i swój sposób na życie. Ważne, żeby to życie poczuć. O, ty na przykład, lubisz swoją robotę?

– Bezwzględnie! Jak już statek wypływa w morze, trochę mi smutno, ale i dumny jestem wielce, że to dzieło między innymi moich rąk. No, mojej wiedzy.

– A dzieci?

– Moje? No, z dzieciaków też jestem dumny.

– No, to tak ma być! Ale czy oprócz pracy widzisz świat dookoła? Czujesz, że las pachnie, że słonko cię grzeje albo mróz szczypie po nosie?

– Nigdy o tym nie myślałem...

– Pomyśl, poczuj, bo inaczej zostaniesz tylko koniem wyścigowym! I padniesz kiedyś, i nie zaznasz tego, co takie piękne!

– Mówisz o przyrodzie?

– O życiu. O przyrodzie też, ale o radości z dzieciaków, o kobiecym ciele... Kochasz? Jesteś kochany? Przepraszam, że tak wprost, ale cóż ważniejszego? Cywilizacja?! Ona tylko próbuje nam ułatwić życie, plącząc je niemiłosiernie, a miłość, taka wiesz, wielka, w której i kobieta, i dziecko, i pies, i sosna, zapach miodu, morza... to dopiero wartość! Widziałeś zorzę polarną? Co za cud!

O rany – pomyślałem sobie. Filozof, mędrzec o wyglądzie zwykłego faceta. Bez białego chitonu, liści laurowych na głowie. Mówił trochę jak nasz ksiądz Tischner, uśmiechał się łagodnie i przystawał co chwilę, żeby popatrzeć na mnie. Może sprawdzał, czy słucham.

– Orest, masz jakąś polówkę albo materac, cokolwiek? Może bym u ciebie zanocował i pojechał jutro, co? Napijemy się, pogadamy... Jest tu gdzieś monopol? – Nagle zachciało mi się rozmowy, najlepiej przy wódeczce. Brat Oli jest bezpośredni, serdeczny, zupełnie jak ona. Taki zwyczajny, a zarazem niezwykły. Ciekawe, jak on by skomentował moje rozterki?

– Jasne! Ola by mi nie darowała, że cię nie ugościłem. To nie po naszemu! Napitok to ja w domu mam, ale zakusku kupimy, co? Bo już nawet chleba nie mam.

W sklepie kupiliśmy najzwyklejszy prowiant. Kiełbasę podobno swojską, kilo ogórków z beczki, chleb i musztardę. Do kosza Orest wrzucił mi wielką czekoladę z orzechami.

– W dzieciństwie marzyłem o tym nocami, to teraz jak jem, karmię tego spragnionego dzieciaka. O, jeszcze banany weź. Strasznie je lubię!

Kiedy wyszliśmy, zachmurzyło się i zaczęło mżyć.

– Szkoda – powiedziałem.

Zdążyliśmy wrócić przed deszczem. Ale się rozpadało...

Mieszkanko Oresta urządzone było surowo, po męsku, ale z pewnym porządkiem i dbałością. Ja zabrałem się do robienia kolacji, on poszedł przygotować mi posłanie. Po chwili stół był gotowy. Pachnąca kiełbasa i kwaszeniaki. Cóż więcej trzeba pod wódeczkę? Orest wyjął z lodówki sporą butlę mineralnej i kieliszki. Spojrzałem z zaciekawieniem.

– Tu taki jeden pędzi bimber, jakiego w życiu nie piłeś! – wyjaśnił, głaszcząc z czułością butelkę. – Delikatny, nie za mocny, bo rozcieńczyłem wodą mineralną, powąchaj, nie czuć go tym, no...

– ...fuzlem – podrzuciłem.

– Nie mogu ja zapamiętać tego słowa! Nu, to za nasze spotkanie i za Oleńkę, moją starszą siostrę kochaną!

Ten toast, nie wiedzieć czemu, wypiliśmy na stojąco.

– Siadaj!

Za oknami już lało jak z cebra, zrobiło się ciemno i zaczęło błyskać. We wrześniu! Coś takiego! Rąbnęło gdzieś blisko i po chwili zgasło światło. Orest ze stoickim spokojem zapalił świeczki w sporym słoju – widać częściej tu ma takie rozrywki. Deszcz miarowo walił w szyby, a w pokoju u Oresta ciepło, przytulnie...

Ale mnie wzięło!

SPOWIEDŹ W DESZCZOWĄ NOC

Ku memu zdziwieniu za oknami rozszalała się burza. Jak wiosną – z piorunami! Rzadka sprawa jesienią. Deszcz siekał ukośnie w szyby, pioruny świeciły sino i głośne grzmoty otoczyły małe, senne miasteczko. Orest właściwie nic nie mówi, tylko słucha fantastycznie. Coś kreśli na kartce, tłumaczy, że zawsze lubi mieć zajęte ręce i żebym się nie przejmował. On sobie „pomaże" w czasie naszego gadania. Ja też na nudnych zebraniach mazałem sobie na kartkach moje statki. To pomaga w koncentracji. Wpatrywałem się w szklankę z bimberkiem, jakby w nim była przechowywana pamięć. Szczególnie ta bolesna – zatytułowana „Joaśka".

– I wiesz co? – doszedłem do przełomowego momentu. – Wtedy pierwszy raz w życiu wyszedłem z domu, trzasnąwszy drzwiami z rozmysłem, mocno. Chciałem usłyszeć ten trzask, to łupnięcie... Ale pierdolnęło! Rozładowałem się. Inaczej chyba bym zdemolował mieszkanie, a ją udusił.

Udusił – jasne, że przenośnia! Nigdy nikogo nie udusiłem, może szkoda? Nie podniosłem ręki na nikogo, a tym bardziej na Joannę. Nawet drzwiami nie trzaskam. W ogóle nie byłem nigdy typem bitewnym – ani rozrabiaką, ani tym, co rządzi na podwórku, chociaż jak trzeba by było, to pewnie dałbym w mordę – w obronie dzieci, żony, domu. Na szczęście nie było potrzeby. Mój ojciec, wielki, silny, niegdysiejszy harcerz i żołnierz, od przejścia do cywila po wojnie nigdy się z nikim nie bił, a w małej mieścinie to niełatwe. Miał posłuch, ale on to sobie wyrobił postawą, głosem, w którym była determinacja i pewność siebie. Umiał znakomicie ripostować, pokazywał się jako dumny, zdecydowany, odważny, ale nie rozdrażniał przeciwnika do białości, bo tak naprawdę... bić się nie umiał!

Czy jestem podobny do niego? Może i tak, nie wyglądam na ułomka, ślamazarę albo po prostu pierdołę. W szkole sporty różne, w domu zawsze masa pracy – więc mięśnie wyrobione i jak to mama mówiła: „Masz taką męską twarz, Wiesiu". Bo porządnie zaznaczona szczęka, spory nos i żaden ze mnie cud – ot, zadbany, ogolony facet. Wtedy, bo teraz noszę lekki zarost.

To znów była jedna z tych koszmarnych awantur. Nawet nie wiem, o co poszło. Jak zwykle zawleczką był jakiś drobiazg. Po jej pociągnięciu nastąpiła nerwowa wymiana zdań, narastająca pyskówka, którą starałem się uciszyć, zamknąć, ale i to nie miało żadnych szans. Joaśka musi eksplodować, wykrzyczeć swoje aż do piany, dyszkantu.

– Daj już spokój, skończmy już, już dobrze, no, patrz, która godzina, Joaśka! – mówię. Nic nie działało. Żadne prośby ani groźby. Zwykle szedłem wtedy do łazienki. Zamykałem się, żeby na chwilę uciec, a ona stawała pod drzwiami, waliła w nie i wrzeszczała. A potem zaczynała kopać. W końcu wyszedłem, sprzątnąłem w milczeniu ze stołu, a ona mnie nie odstępuje.

– I co, tak będziesz milczeć? – prowokuje. – Takiś sprytny? Tak cię rodzice wychowali? Będziesz mi teraz demonstrować obojętność? Tak? Taaaaaak?! Ale ja się tak nie dam, znam swoją wartość i nie będziesz mną tu pomiatał!

Ja, idiota, wreszcie nie wytrzymuję. Mówię podniesionym głosem:

– Asiu, nie pomiatam, daj spokój! Skończ już! O co poszło? O co te wrzaski? Mam tego dość!

– Dooość?! To ja mam dość tego wiecznego pomiatania, tych twoich min, tego ostentacyjnego milczenia! Ugodowiec się znalazł! To ty nigdy nie chcesz do końca wysłuchać, zrozumieć!

– Ale czego? Czego, do licha! O co ci chodzi? I bądź ciszej, jest po dwunastej, słychać cię na całym osiedlu...

– Nie obchodzi mnie to!

– Lecisz jakąś prehistorią, wypominasz duperele sprzed stu lat!

– Wypominam, tak? Niewygodnie jest słuchać prawdy? To nie ja ci okazuję lekceważenie na każdym kroku! Nie ja...

– Aśka, wyluzuj! – wreszcie się wpieniłem. – Nie okazywałem ci nigdy lekceważenia, szanuję cię, tego mi nie imputuj! Nie zostałem wychowany na chama i dobrze o tym wiesz, a lał cię mój poprzednik, Łukasz, jeśli zechcesz sobie przypomnieć.

Niestety, źle zrobiłem, wspominając jej młodzieńczą miłość.

– Co, Łukasz? Zostaw go w spokoju! – zasyczała i ruszyła do ataku na całego. – Twoja święta mama nauczyła cię tych twoich niby-manier, ale i tak pokazujesz, jaki jesteś!

Milczałem, milczałem, milczałem!

A ona na finał zawsze trzaskała drzwiami od łazienki i ostentacyjnie puszczała wodę. To oznaczało koniec tajfunu.

Rano, po czymś takim wstawałem kompletnie rozwalony psychicznie. Miałem uczucie, że jestem zatruty albo na kacu.

Posuwała się do absurdów. Była w stanie mnie obwinić za wszystko, co jej się ubzdurało.

– Gdybyś skończył studia ekonomiczne albo prawnicze...

– Czy ty siebie słyszysz, Aśka? Mamy prawie dorosłe dzieci, a ty mi o moich studiach?! „Gdybym”...?

– ...bo ciebie prawda w oczy kole! Prawnicy dzisiaj mają branie, ludzie stale się rozwodzą, oskarżają, mógłbyś zarabiać normalne pieniądze...

– Ale ja nie jestem prawnikiem! Ani głównym księgowym w banku! I wiesz to, od kiedy się znamy, na miłość boską, o co ci chodzi?

– Miałbyś uczciwą posadę z dochodami, a nie udawał, że coś znaczysz w przemyśle stoczniowym!

– Nie udaję. Pracuję w stoczni, jak wielu. Uczciwie!

– Nie pracujesz! Jesteś na bezrobociu!

Potrafiła sypać solą na moje rany. Zamiast zrozumienia – kopa w dupę. Mnie by do głowy nigdy nie przyszło oskarżyć ją, że nie została Janis Joplin albo Marylin Monroe. Ja ciągle byłem winny, bo nie przynosiłem tyle, ile mojej pani by się marzyło.

★★★

Machnąłem kolejną szklaneczkę bimberku. Balsam. Zamknąłem oczy i pokręciłem głową, ciągle nie mogąc uwierzyć, że ktoś może być tak niesprawiedliwy i nieczuły.

– Orest! Ty rzeźbisz i kochasz drewno, ja od zawsze kochałem statki. Jestem inżynierem kadłubowcem. Zawsze to lubiłem i lubię, choć to wąska specjalizacja. Joaśkę wkurzało, że wybrałem taką, która padła. A ja wraz z nią. Znienawidziła moją pracę, gdy nastąpił krach. Kiedyś jej nie przeszkadzała. Wiedziała, co studiuję, kiedy przyjechała do mnie do Gdańska. Nic mi wtedy nie mówiła, że może bym pomyślał o czymś innym. Nie znoszę takie gdybania. „Gdybyś skończył..." Ale nie skończyłem! Nie chciałem nawet przez chwilę pójść na prawo! Co to za jakaś idiotyczna logika?

– Bo ty się ugiąłeś przed mamusią i tatusiem! – kpiła i dokładała nowe wątki do swoich tortur.

– Daj spokój, ja już...

– Oczywiście! Jak mowa o szanownych rodzicach, z mety uciekasz!

– Joanna, tatko nie żyje, mama ma osiemdziesiąt lat! I nigdy, ale to nigdy nie namawiali mnie do niczego, sam wybrałem, uspokój się!

– Robili to bardzo inteligentnie, zdążyłam ich przejrzeć!

Tu następował monolog na temat przebiegłej podłości moich rodziców, którzy podobno manipulowali zza węgła mną, nią, Krysią, sąsiadami i chyba całym światem. Skąd to się rodziło w jej umyśle? Skąd ta niechęć do moich rodziców, prostych i zapracowanych ludzi, którzy zawsze byli dla niej serdeczni? Mama słała jej kartki na urodziny i imieniny, a ona darła je na moich oczach. Dlaczego?! Gdyby nie ich finansowa pomoc, uśmiech i wsparcie, gówno byśmy dali radę. Mieszkali zawsze daleko i tęsknili, więc podczas wizyt zajmowali się wnukami i oglądaniem naszych zdobyczy. Byli dumni ze wszystkiego, co osiągamy. Ja byłem dumny z Joanny, że tak pięknie urządziła nasz dom, nasze życie, że jest piękna, gospodarna i wspaniała. Modliłem się w duchu, żeby wizyta rodziców przebiegła bez niespodzianek, mile. Na początku Joanna bardzo się starała być uprzejma. Nie była taka sama z siebie – starała się.

– No pokaż, Wiesiu, ten swój nowy samochód! – ojciec był niecierpliwy, ciekawy.

Oczywiście wiedziałem, że będzie dzika awantura po ich wyjeździe.

– Jak on śmiał tak bezczelnie zaznaczać, że twój?!

– A czyj?!

Wtedy Joanna krzyczała głośno i dobitnie:

– Nasz! Jesteśmy małżeństwem, to wspólnota! Oni mnie nie szanują. – I zaczynało się...

Pamiętam, kiedyś w zimie po takiej awanturze wybiegłem na dwór. Szedłem szybko, z ust leciała mi para, kopałem śnieg leżący na poboczu, przystawałem, łapałem oddech. W środku czułem złość, wściekłość. Chciałem się rozpłakać, tak zwyczajnie zrzucić to z siebie, żeby nie słuchać już tego jazgotu, tych wszystkich słów powtarzanych od lat, ostrych, wycelowanych w czułe punkty i bezsensownych. Oprócz zadawania bólu niczego nie załatwiały. Słowa, za które Joanna powinna przeprosić, ale nie robiła tego. Wolała udawać, że niczego nie pamięta. Nie stać ją było na zgodę, jedynie na amnezję.

– Ja? Ja coś takiego powiedziałam? – Jej oczy były okrągłe ze zdumienia. – Coś, kochanie, konfabulujesz – twierdziła dzień po ataku szału. – Nie mogłabym czegoś takiego powiedzieć, bo ja tak nawet nie myślę! Zresztą po co to roztrząsać? Byłeś na poczcie? – Lubiła robić takie piruety, zgrabne zmiany tematu.

– Byłem – odburkiwałem.

– Oj, no przestań! Nic się nie stało! I przestań się boczyć! Jaka ty mimoza jesteś, już się słowem nie można odezwać.

Koniec złej Joanny! Czas na milusińską! To znaczy tak było dawniej. Za młodu. Po takich burzach kleiła się i była słodka. Wybaczałem, zapominałem. No, ma kobieta temperament! Prawda. Ale ile zalet do tego! Potrafi być cudowna, kochana, dobra. Dzięki niej mieszkamy w pięknych wnętrzach, bo ma dryg do urządzania – wielki! I ogród, jej duma, i nade wszystko nasze dzieciaki, Kasia i Tomek – zawsze zadbane, czyściutkie i dokarmione. Dobrze gotuje i pięknie zdobi stół na przyjście gości. Jest po kursie, na który poszła, gdy była na bezrobociu. Tak, też zaliczyła bezrobocie. Chciała wtedy otworzyć knajpkę i uważała, że piękno ściągnie gości.

– Joasiu, to chyba nie najlepsza myśl. Tania knajpka z dużym obrotem nigdy nie będzie oazą piękna.

– Znasz się na tym jak kura na pieprzu. Bądź uprzejmy się nie wtrącać, krynico wiedzy! – kpiła.

No i założyła tę knajpkę z koleżanką. Nawet dość blisko rynku. Joanna nie mogła się jednak dogadać z Elą. Jej wspólniczka, podobnie jak ja, tłumaczyła jej, że najpierw obrót, zdobycie klienteli, a zdobienia później, bo na wszystko nie ma pieniędzy, i tak pożyczonych. Joannie znudziło się pitraszenie. Chciała nająć kucharkę, sprzątaczkę i szatniarza. Sama zajęła się wymianą całkiem porządnych mebli... Pomysły nie na ten etap, niestety. Obie panie były w długach, więc się rozstały w gniewie. Knajpa pożarła nasze oszczędności. Przepadły! „Tak mi przykro, kochanie" – powiedziała. Nie skomentowałem. Chciała dobrze – okazałem wsparcie.

Życie!

Dziś knajpka działa spokojnie, Ela zarabia uczciwe pieniądze. Trzeba było mieć tylko trochę cierpliwości. Pojawiły się ładne meble, obrazy i kwiaty, odbywają się tu wesela, chrzciny i osiemnastki. To najbardziej reprezentacyjny lokal w mieście. Joanna nigdy, choćby miała sporo drogi nadrabiać, nie przechodzi koło „Bombonierki". Nie i już! Ambicja jej nie pozwala. Gdy Elka ją wreszcie spłaciła, to były już całkiem inne pieniądze, Aśka wpłaciła je na swoje konto. Miała swoje, „żebym jej nie kontrolował". Proszę bardzo, godziłem się na wszystko.

Wiesz, mamy koło portu taką knajpę. Kieruje nią mój kumpel, Rychu. Chodziłem tam zwykle po tych awanturach albo po pracy. Lokal nazywa się inaczej, ale barman jest Rysiu i mówi się „do Rycha". Niby czynne do północy, ale tak naprawdę do ostatniego gościa. Kiedyś zachodzę, w środku mało ludzi. Patrzę, jakieś zmiany. Brak dymu, chyba zainwestowali w dobrą wentylację, bo nie czuć właściwie, a ktoś pali pod oknem. Zawsze mnie wkurzał smród fajek, bo ja nie palę. Ryśka nie ma. Zamiast niego jakiś młodzian. Usiadłem za barem.

– Jest Rysiek? – pytam.

– Pan Ryszard miał zawał i jeszcze jest na urlopie.

– Zawał? – zdębiałem.

– No, bywa. Coś podać? – odpowiada mój młodziak, jakby co drugi jego kumpel to przeszedł.

– Poproszę piwo. Albo nie, żubrówkę, zimną i... od razu dwie.

– Z sokiem?

– Nie żartuj, chłopie, sauté! Dawno?

– Miesiąc temu. Padł nam tutaj. Pan go zna?

– Jak pół miasta! I co?

– Nic. – Młody postawił przede mną dwa kieliszki i lał oleistą żubrówkę. Lubię ją, jak mój tata. – Może pan jutro spotkać pana Ryśka za falochronem, siedzi tam na ostrodze i ryby łowi.

Ryby łowi. Dobrze mu! Cholera. Rychu za barem nie miał sobie równego. Strzelił ścierą o blat, postawił mi piwo przed nosem, zrobił taki charakterystyczny ruch głową, i już. Wszystko wiedział. Kiedy było dobrze, kiedy źle w firmie, kiedy miałem zgryz, a kiedy się cieszyłem. Dyskretny, spokojny. Ile on może mieć? Z siedemdziesiąt? No może sześćdziesiąt parę, tylko wygląda na zniszczonego. Półdługie, siwe włosy, haczykowaty nos, twarz poorana głębokimi bruzdami. Zgarbiony. Z wiedzą o życiu jak jakiś mędrzec. Podobno był kiedyś nauczycielem akademickim. I pił.

Strasznie mi się zrobiło, tak... smutno, Orest. To był jedyny człowiek wtedy, z którym mogłem pogadać tak od serca. Zresztą nawet nie musiałbym gadać. Machnąłem wódkę – jedna za drugą. Uch! Rozlała mi się po brzuchu niby jakaś waleriana. Chwila takiego zimna i zaraz po tym ciepło i ukojenie. Chwilowe, ale jednak. Nastrój, złość – rozpływały się powoli. Młodziak, oczywiście, o nic nie pyta. Poszedł grać z kimś w darty. Z naszych nikogo nie było. Spokój cichnącego nocą baru zawsze sprawiał, że ściekało ze mnie to lepkie uczucie krzywdy, żalu, zepsutego wieczoru. Ale tego dnia, bez Rycha, to było nie to.

Wracałem do domu nocą. Dopadła mnie melancholia. Nasze miasto od strony portu nawet ładne. Rozświetlone i ciche. Kiedyś mieszkaliśmy w Gdyni, w starej kamienicy. Kilkanaście lat temu przenieśliśmy się tu, do małego bloku, a potem szarpnęliśmy się na dom w mniejszej miejscowości, ale też z portem i ładną mariną. Kupiłem od kolegi działkę na małym osiedlu. Zaśmieconą i jakąś niewyględną, ale okazała się fantastyczna. Wokół już się sporo tam nabudowało, więc życie mieliśmy ułatwione. Sąsiedzi mili i atmosfera przyjemna, małomiasteczkowa.

Budowałem na hurra! Jak wszyscy – nie zastanawiając się z czego. Każdy ściboił, co tam miał, co ciotka dała, co zarobił i odłożył z trudem, i jakoś powstawał dom za domem, pomału, ale jednak. Jak myśmy w ogóle dali radę w tamtej rzeczywistości, gdy o wszystko trzeba było się starać, zdobywać albo kombinować? Jeden wykombinował kilkanaście wywrotek pospółki – wnet się powymieniał z innymi na wapno czy kamień na podmurówkę, inny wiedział, gdzie i kto ile bierze w łapę za cement na lewo, to znów teść sąsiada miał układ w cegielni itp. Oj, czasy... I osiedle całe tak siłą woli stanęło. Wracałem z pracy, jak każdy, i za murarkę – do nocy. Stropy, ławy to sobie nawzajem pomagaliśmy lać.

Nasz dom jest niewielki, ale wygodny. Parterowy, w literę L, bo takie tam już były fundamenty pociągnięte na metr w górę. W jednej z części jest pięterko, a w drugiej niezagospodarowane poddasze, można tam urządzać jeszcze dodatkowe coś. Jest wygodny, prosty w obsłudze. Lubię go. Dużo pomogli rodzice. Moi i Joanny. Bez nich nie dalibyśmy rady. Ale tak naprawdę liczyć mogłem tylko na siebie. Okna wstawiałem sam, sam pokryłem dach papą i dachówką poniemiecką – używaną, ale w doskonałym stanie. Nawet konstrukcję dachu po cieślach poprawiałem. Podłogi, wszelkie inne wnętrzarskie prace. U kolegów Rosjan, którzy zawijali do nas czasem, kupiłem fantastyczną maszynę do obróbki drewna. Kolejna nauka! Piękne tralki wytoczyłem do schodów, obrobiłem deski na płot, schody... Na każdej cegle, klepce, dachówce są moje odciski palców!

Całe osiedle porosło sosnami i modrzewiami. Mówię ci, Orest, pięknie. Tylko tamtej nocy było wszystko do dupy! Zima, cudowne ogródki schowane pod warstwą brudnego już śniegu. Czekałem na wiosnę. Może wszystko odmieni. Miało być coraz lepiej. Dobra praca, własny dom... a tu stocznia padła, a ja z nią. Jak jeszcze pracowałem w Polsce, dorabiałem w warsztacie u kolegi, który robi małe łodzie. Marzyłem, że kiedyś się wzbogacę i będę miał własną żaglówkę. Jachcik. Że będę na niej wypływał z chłopakami na ryby. Ja i Joanna mieliśmy mieć trzech chłopców – takie były marzenia. Mamy chłopaka i dziewczynę. I nigdy nie będziemy już mieli własnej żaglówki. Nic nie będziemy mieli...

No i wracam tamtej nocy, od „Rycha-nie-Rycha", stoję przed furtką. Gapię się w niebo, we własne okna. Jestem rozgrzany. Nie chce mi się włazić do środka, nie jestem senny. Raczej refleksyjny, widzę wszystko jasno i jakoś wyraźniej niż zawsze. Atmosfera knajpki mnie wyciszyła. Rycha nie było, ale w końcu zagrałem partyjkę w darty z nieznanym mi gościem, wypiłem ukochanej żubróweczki. Ach, Orest, ten lokal działał na mnie jak najlepsze lekarstwo. Tak jakbym wracał z sanatorium. Joanna o tym wiedziała i strasznie to ją wkurzało.

– Źle ci w domu? Musisz się szlajać po knajpach? Możesz się wyprowadzić, proszę bardzo!

– Asieńko, co ty? Tak tylko obiecałem chłopakom, że wpadnę na bilard, pogadamy – tłumaczyłem jej, idiota. Ciągle się łudziłem, że można udobruchać tę wścieklicę.

– Proszę. Wyprowadź się i żyj sobie z chłopakami! Ciekawe, że mnie nie chcesz zabierać ze sobą! Wstydzisz się mnie? Tak?

– Aśka, nie zaczynaj, nie wstydzę. Ale to męska knajpa, męskie klimaty, gadamy o robocie, o... życiu.

– I o tym, jak to wam jest źle w domu, jakie my jesteśmy okropne, prawda? Proszę bardzo, idź. No idź! Tam z pewnością jest miła kelnereczka, a tu obowiązki.

– Półkę w przedpokoju powiesiłem!

– Powiesiłeś, powiesiłeś, ale jest tyle innych... – I znowu się zaczynało niewinnie. Że mógłbym, zamiast chodzić po knajpach, znaleźć sobie w domu coś do roboty, bo w takim domu to zawsze jest coś do zrobienia, i że jej ojciec to nigdy nie usiedział, zawsze coś robił, i że z pewnością wolę się wdzięczyć do jakiejś lafiryndy w knajpie, niż wieczorem z nią porozmawiać, a ona po pracy i zrobieniu obiadu jest taka spragniona odpoczynku, rozmowy...

Robiło mi się głupio. No racja. Ona pracuje, ja nie. Tak potrafiła mnie zakręcić i wzbudzić poczucie winy, że zapominałem, że przecież byłem „U Rycha", bo mi urządziła awanturę. Mówię ci, Orest, próbowałem. Wszystko, co zrobiłem, było źle.

– Zobacz, jak ty sprzątasz! – Wyciągała wiadro, mopa i zaczynała ostentacyjnie, z miną cierpiętnicy szorować podłogę, którą ja po smażeniu kotletów już umyłem wodą z detergentem! Nie, bo ona ma być wylizana jak w laboratorium biochemicznym, chociaż się po niej łazi, zagląda tu kot sąsiadów, dzieci czasem wpadają w butach. Po co? Demonstracja, że ona niby to robi lepiej i jest męczennicą. Szantaż, żebym nie wyszedł. Za cholerę nie mogła ścierpieć, że mogę się od niej uwolnić.

– Czemu nie zaprosisz kolegów do domu?

– Czemu? Tam jest luźna atmosfera, darty i bilard, palą papierosy, męskie pogaduchy...

– ...i ta bezczelna kelnerka!

Fakt. Królowa. Jest kelnerką od lat. Bezkompromisowa i ostra. Rychowi niepotrzebny wykidajło. Wystarczy, że Królowej się ktoś nie spodoba – nachlany gość, cham jakiś – wyrzuca takiego na zbity pysk i już. Koło pięćdziesiątki, po przejściach, długowłosa, z lekką już nadwagą, ale stale ładna, umalowana, pewna siebie. Nie tylko Joaśka nie cierpiała Królowej. Zalazła za skórę wszystkim kobietom, bo uważają, że każdy z nas się w niej kocha. Jakie to żałosne! Królową się szanuje i adoruje, a to co innego.

Zazdrość o Królową była nieuzasadniona i głupia, ale Joaśka i tak ją przeżywała realnie. Sam jestem sobie winien. Kiedyś wróciłem od Rycha i w naiwności swej pochwaliłem Królową. No i było po zawodach. Oczywiście w tej pochwale nie było nic o jej zaletach „widokowych", ale moja żoneczka wszystko sobie dośpiewała. A kto wie, czy nie poszła dokonać oględzin Królowej?

Czasem nagle zmieniała front i zaczynała się łasić:

– Zostań, dzieciaki poszły na urodziny koleżanki. Pooglądamy sobie coś...

Godziłem się. Czasem naprawdę było fajnie. Joaśka robiła wtedy dobrą kolację, oglądaliśmy filmy z wakacji albo coś z wypożyczalni. Szedłem do sklepu po jej ulubionego szampana. Wieczór we dwoje. Kończyliśmy go w sypialni albo na kanapie, zasuwając zasłony. Lubiłem to. Była nieco rozwiązła, uwodziła, mruczała. Podniecała mnie w parę sekund i dosiadała. Była w tym znakomita, oddana, boska! Ale z czasem było coraz gorzej. Wystarczyło, że chlapnąłem jedno słowo nie tak. Nastrój pryskał. Koniec. Wystarczyła bzdura. Oglądamy film. Początek, już widzę – obyczajowy romans.

– Wiesiu, wiem, że nie lubisz takich babskich filmiszczy, ale obejrzyj ze mną, prooooosze! – kokietuje i prosi.

No dobra, oglądam. Co mi tam! Mogę i romans, byle było miło.

– Popatrz. – Aśka siedzi wsparta o mnie i żuje wędzone śliwki. – Czy to nie jest ideał kobiet?

– Kto? Gere? Ja wiem? Na facetach się nie znam.

– No wiesz! Te oczy, ten szarm i szyk! I siwizna. Wiesz, że mi się też podobasz taki szpakowaty!

O! Podobam się jej stale? Mam ją blisko, moją śliczną, wymarzoną Aśkę! Gere całuje Roberts, ja nachylam się i całuję żonę. Oddaje mi całusa z zapachem wędzonej śliwki i ogania się mile, filuternie – wciągnął ją film o ładnej prostytutce, amerykańskim Kopciuszku. Joanna sięga do talerzyka po śliwkę, a Julia Roberts właśnie wyszła od Gere'a z płaczem. Nie jest wiarygodna w tej roli. Prostytutka i taka delikatna, śliczna? Nie miałem z nimi do czynienia, ale jakoś mi tu Julia nie pasowała. Ma niepokojąco wielkie te usta. Wyobraziłem sobie, że zginąłbym w tych jej wargach, zacałowałaby mnie. A gdybyśmy się tak... kochali po francusku?

– Nie słyszysz, Misiu? Śliwki mi się skończyły! – Asia podtyka mi talerzyk.

– Już, już.

Niosę jej te śliwki, dolewam szampana, siadam i gapię się. Jest spokojnie, cicho i dobrze. Wcześnie jeszcze, dzieciaki wrócą koło północy. Są już duże. Chyba nic nie powinno nam...

– Podoba ci się? – Aśka pokazuję brodą ekran. Zapala mi się czerwona lampka.

– Kto? – I już myślę, co ona chce usłyszeć. – Ty mi się bardziej podobasz. – Uśmiecham się jak Richard Gere.

– Oj, przestań, spławiasz mnie. Julia Roberts... Podoba, co? Wszystkim facetom się podoba.

– No wiesz... szpetna nie jest...

– No widzisz! A ja nie rozumiem, co faceci w niej widzą, ty wiesz, że ona kiedyś odbiła męża innej? Małpa, i jeszcze chciała jej dopłacić!

– No a on co? Widocznie nie był taki znów niechętny.

– Widzisz? Wy wszyscy tacy jesteście! Podoba ci się taka, co? I że jeszcze niby taka niewinna, a jednak prostytutka, to wiele umie w łóżku.

– Kto?! Mówisz o aktorce czy roli, którą gra?

– Nie rób z siebie takiego niewiniątka. Wiem, że chciałbyś z taką, ale ona nie rodziła dzieci, a ja... ja mam za sobą dwa porody, karmienie piersią, pracę zawodową i naturalnie nie mam czasu leżeć u kosmetyczki ani wysiadywać u fryzjerki.

Możesz w to, Orest, nie wierzyć. Ale to się działo naprawdę. Świr na całego. Rany boskie, o co? O jakąś Julię Roberts, z którą przespać mógłbym się jedynie we śnie. Ale i to wystarczyło. Joaśka nakręcała się dalej. Już ona wie, jakie kobiety się nam, facetom, podobają i że specjalnie się tak gapiłem na tę Julię, żeby dać jej, Aśce, do zrozumienia, jaka ona jest przy niej szara, ale nad Julią, jej urodą, to zastępy charaktery-zatorek pracują!

Ludzie! Co się w tych babskich głowach lęgnie?! To jakieś samonapędzające się pytania i odpowiedzi, których nie uro-dziłby żaden męski mózg! Stop!

– Aśka! – wołam. – Opamiętaj się! To jakaś aktorka, a ja cię tu mam moją, żywą żonę! Nigdy ci nie dałem powodu, żebyś tak... Asiu...

Nie słuchała. Poszła obrażona do kuchni, po drodze wy-łączyła telewizor. Miało być miło, mieliśmy spędzić wieczór z szampanem. No i miała być rozmowa, na której tak jej za-leżało, bo czułaby się samotna, gdybym poszedł na bilard. Zostałem, w perspektywie był film, po którym może poszli-byśmy do łóżka na miłe igraszki. Skończyło się aferą, bo pa-trzyłem na amerykańską piękność i zapewne porównywałem ją ze swoją żoną, oczywiście na niekorzyść Asi, o czym ona jest święcie przekonana.

OK. Jeszcze jedna próba. Objąłem ją od tyłu, delikatnie, i pomruczałem w kark, jak potrafiłem najczulej:

– Aś... Asiek, ty masz kompleksy? Popatrz na swoje kole-żanki, jak przy nich wyglądasz. Jesteś...

– Nie próbuj, wiesz? To żałosne, jak wy lubicie wykręcać kota ogonem! A ja pamiętam, jak płakałeś, gdy się zgodziłam zostać twoją żoną!

Ja?! No, to mam chyba ciężkie przyćmienie mózgu. Właś-nie zamierzaliśmy się rozstać po raz któryś, gdy się okaza-ło, że Joanna jest w ciąży. Oświadczyłem się, jak inaczej? I to ona się poryczała! Rany... OK, zachowałem spokój. Nie za-przeczyłem jednym słówkiem. Nic nie pomogło. Pani się na-dęła i poszła do łóżka. Poszedłem i ja wkurzony. Ku mojemu zdumieniu sama zabrała się do rzeczy, jak to ona, kiedy wie, czy raczej czuje, że przegięła. Jej ciepła dłoń powędrowała po moim brzuchu, a ona z zamkniętymi powiekami zamruczała cicho. Wsunęła palce za gumkę moich bokserek i już wiedzia-łem, co będzie. I nagle mi wszystko odeszło. Miałem dość ta-kiego seksu. Można się nabawić kołowaczyzny. Przestały mnie bawić te huśtawki. Zastopowałem ją i mówię spokojnie:

– Asiu, przepraszam, ale jakoś...

I jak sądzisz, Orest? Jak długo się do mnie nie odzywała? Tydzień! Ech, polej! Nie, za kiełbasę już dziękuję, ale zrób herbaty... Czekaj, co ja chciałem powiedzieć? Aha, wyszedłem wtedy od Rycha, to znaczy wtedy, jak młodziak mi powiedział, że Rysiek miał zawał... I wracam. Oddycham zimnym powietrzem, jakie to oczyszczające! O, kurczę! Stanąłem przed drzwiami domu i napełniłem płuca zimnym powietrzem, tak do oporu, i wypuściłem powoli ustami. Jeszcze raz!

SZPILA

SZPITA

Postanowiłem, że jutro odwiedzę Rycha na szpili – tak mówimy na betonową ostrogę, na której przesiadują wędkarze. Szukam roboty, mam czas. Pogadam z nim – dobrze mi to zrobi. Czułem, że chyba głupieję z tego wszystkiego. Aśka traci do mnie szacunek. Nie ma pracy dla mnie, dla nas – stoczniowców! Kto mógł, to się przebranżowił, ale to... trudne, nie każdy ma do tego chęci i możliwości. Przecież szukam, pytam, jestem inżynierem, nie powinienem mieć aż takich problemów!

Byłem w kilku firmach budowlanych. Statek a dom, no jest różnica, ale ogólne zasady – kubatura, pojemność, no przecież w mig się nauczę! Nie. Nigdzie nie było miejsc. Dla budowlańców też. Krzysiek, kolega z ulicy, z branży budowlanej właśnie – też bez roboty łazi. Co jest?! Pół naszego miasta to bezrobotni, jak ja, jak on... Byłem kompletnie podłamany, nic nie robię, Aśka się wścieka, a widoków na jakąkolwiek pracę żadnych. Co robić?!

W domu już wszyscy spali. Ciekawe, co będzie rano – obraza, czy udajemy, że nic się nie stało? Jutro może przynieść coś lepszego.

„Rysiek, Rysiek” – mruczałem, zasypiając. Rysiek coś wymyśli – uczepiłem się nadziei.

Wstałem późno. W domu cisza – ani Aśki, ani dzieci. Żadnego odgłosu, tylko tykanie zegara. Nastawiłem Trójkę, wykąpałem się jak król. Kiedyś to byłoby takie rajcujące, dzień wolny się celebrowało, bo zazwyczaj siódma rano – baczność! Ale mnie już to wtedy nie bawiło, bo miałem to codziennie. Mogłem wstawać, o której chciałem, bo brama stoczni zamknięta, psiakrew. Kąpiel i szlajanie się powoli po pustym domu już nie cieszyło, a raczej wpędzało w poczucie winy, pieprzonej bezsilności! W zatrudniaku bez zmian, nie ma sensu tam iść. W Szczecinie też mówili, że tragedia, nawet nie mam po co jechać. Spokojnie, bez paniki. Przecież tyle umiem! Sam zaprojektowałem kuter! W końcu coś wymyślę...

Posłuchałem radia, zjadłem śniadanie. Powoli i starannie zrobiłem sobie omlet z parówkami i ketchupem. Kawę z ekspresu. No i poszedłem... W powietrzu czuć było odwilż. Najwyższy czas! Miałem już dość zimna, słońca za chmurami i bezrobocia. Mieliśmy z czego żyć, Joanna pracowała, ale fatalnie się czułem, nic nie robiąc. W gazecie przeczytałem, że facet potrzebuje kogoś do zakładu napraw pralek i lodówek. To nie może być trudne! Chciałem tam zajść, idąc na szpilę, to niedaleko! Niestety, okazało się nieaktualne. Ktoś mnie uprzedził. Dziękuję, odchodzę... Klnę pod nosem. Zgodziłbym się za każde pieniądze, już dobrze – przykręcałbym śrubki, ale nie siedział w domu na dupie, jak palant!

Zapowiadało się pechowo. Na szczęście Rychu siedział na końcu szpili, jak powiedział młodziak. Siedział na stołeczku i moczył kija.

– Witaj, Rychu!

– Wiesiek? – popatrzył na mnie chwilę, jakby nie mógł mnie poznać. – A co cię tu...?

– Byłem wczoraj w knajpie... Młody mi szepnął, że tu siadujesz. Podobno miałeś sercowe ekscesy?

– A... taka jedna złamała mi serce. – No, chłop się zmienił. Posiwiał, ale jakby wygładzony na twarzy. Nie patrzył na mnie, tylko wyciągnął paczkę fajek w moim kierunku. – Kostucha chciała ze mną tango zatańczyć. Nauczyłeś się już jarać? – spytał.

– Nie. I chyba tak zostanie. A ty? Wolno ci, po zawale?

Jakby nie słyszał, z namaszczeniem przypalał sobie cienkiego papierosa, jakby kobiecego. Widywałem takie w ustach dam, ale u Ryśka?! Zaciągnął się głęboko.

– Wiesiek, mam swoje lata i chrzanię to, co mi wolno, a co nie. Nie wolno kraść i zabijać. Jakbym rzucił ćmiki, to co by mi z przyjemności zostało? Palę trzy dziennie. Co mi to może zaszkodzić? No, gdybym palił dwie paczki mocnych... Masz, weź kasarek i se usiądź. Odwróć, nie zgnieciesz, porządny, ruski!

Następne chwile siedzieliśmy, milcząc. Ja gapiłem się w morze, bo coś mnie nostalgia wzięła, a Rychu popatrywał na spławik i ćmił faję. Lubię go. Mądry gość i kawał życia ma za sobą, trzy żony, w tym jedna jeszcze żyje – Anula. I przeżyje Ryśka, choć chyba tylko dwa lata młodsza. „Baba topór" – mówi o niej Rysiek. Poznali się podczas wypadku drogowego. Rysiek wjechał jej w zderzak pod Władysławowem i tak już został, jak mówi. Kobieta z temperamentem, głośna, ale zaraz po pyskówkach wybucha śmiechem.

– Anula ci pozwala? – pytam.

– A co ma Anula? Doktory kazały do sanatorium, to i jestem w sanatorium! Powietrze, zobacz… – zamilkł, a po chwili dodał: – Powiedz, Wiesiek, fajnie tu, nie?

– Fajnie – westchnąłem ciężko.

Rychu już wiedział, że uciekam od tematu. Patrzył na mnie spod daszka bejsbolówki i kiwał głową. Wiedział, ale milczał.

Gapiliśmy się na spławik, na wodę. Czasem Rychu go podnosił, zarzucał raz jeszcze i wzdychał. Siedzieliśmy sobie spokojnie. Ktoś przyszedł na szpilę i usiadł w połowie. Pomyślałem, że nie chce nam przeszkadzać. Delikatny.

– To Kazik – wyjaśnił Rychu. – Też stracił robotę. W magazynach robił. Wiesiu – pyta nagle – a… ty nie chciałbyś wyjechać? Twój kolega Robert, wiesz, ten, co nie ma lewego ucha, mówi, że dostał ofertę ze stoczni w Turku, ale nie może. Może skontaktuj się z nim.

Nic nie odpowiedziałem, tylko gapiłem się w morze. Wyjechać?! Aśka mnie nie puści, ale byłoby super! Zacisnąłem zęby i tupałem piętą o beton. Rycho spojrzał na mnie i się odwrócił zrezygnowany. Przestałem, jakbym mu tym tupaniem ryby płoszył. Siedziałem i zacząłem kombinować. A jakby tak… Moja branża, zdaje się, bo przecież jak do Turku, to do stoczni, w Finlandii. Moja branża! Dżizas!

– Dzięki, Rychu. – Wstałem i wyciągnąłem łapę.

– Wpadaj. – Ścisnął mnie soczyście i popatrzył w oczy świdrująco. A potem pokiwał głową.

Ten Kazik, kompletnie mi nieznany gość, odprowadził mnie wzrokiem. Poszedłem w przeciwną stronę niż port. Musiałem pomyśleć.

Może to dobrze? Odpoczniemy od siebie, od awantur, bo może ja też nie jestem bez winy? Może bywam niecierpliwy, opryskliwy? Nie mam pracy! Nie tak mnie ojciec z matką wychowali. Mężczyzna musi znaleźć pracę, utrzymać dom, wychować dzieciaki bez mazgajenia się. Dobrze byłoby znów poczuć, że jestem na swoim miejscu, że idzie forsa na konto, że ktoś mnie o coś pyta, czegoś wymagam, kieruję pracami. Chciałem znów poczuć charakterystyczny zapach stoczni – smar, zapach spawania, zapach ciętego albo szlifowanego metalu, zapach lin, rdzy. Usłyszeć codzienny hałas, stuk metalu o metal, pracujące szlifierki, szum sunącego dźwigu, czasem buczenie syreny. Pracować! Nie myśleć o mijających godzinach, o obiedzie na jutro, o wywieszeniu prania. To oczywiście mogę, rola kuchty mnie nie boli, ale dodatkowo, a nie jako zajęcie główne. Kurczę! Facetem jestem!

Wracając, zaszedłem do Roberta i rzeczywiście, Rychu nic nie bajał. Turku jest aktualne. Pobrałem namiary. Chciałem napisać tam zaraz, jak tylko wrócę do domu. Nie będę się zabijał o posadę naprawiacza pralek, chcę sprawdzać spawy, kadłub, zęzę, wspinać się na burty i z dnia na dzień widzieć, jak powstaje statek. Uwielbiam to! To moje życie, Orest! Nagle zobaczyłem szansę pracy w swoim zawodzie, zarabiania normalnych pieniędzy! Jeszcze tylko nie wiedziałem, jak to wyjaśnić Aśce. Jak ją przekonać?

Byłem pewien, że trzeba korzystać z okazji. Zwalnia się miejsce po gościu, który w sierpniu odchodzi na emeryturę. Miał jechać Robert, ale zrezygnował. Młoda żona i kolejne dziecko w drodze, robota u teścia. Otworzyła się furtka dla mnie.

W domu cisza. Dzieciaki powyjeżdżały. Joanna obrażona, w ogóle się nie odzywała, zimna i wyniosła. Nosiło mnie strasznie. Zostawię dom, Aśkę, dzieciaki i wyjadę jak emigrant. Jak wielu naszych – za robotą. Finlandia niedaleko, ale jednak to wyjazd. Cholera! Nie miałem z kim pogadać. Zresztą, i tak człowiek sam musi podjąć decyzję.

Na początek po cichu wysłałem CV, a Robert miał zadzwonić do tego kolegi. Zacząłem więcej łazić. Za każdym razem, gdy wychodziłem na spacer, jakoś się tak dziwnie składało, że szedłem na szpilę.

– Cześć, Rychu.

– Witaj. Masz, usiądź se.

– Krzesełko? Dla mnie? Skąd wiedziałeś, że wpadnę?

– Nie wiedziałem – mruknął i wyjął fajki.

Usiadłem. Fakt, wygodniej niż za pierwszym razem, na wiaderku. Wiesz, to taki fotelik, jakie mają reżyserzy. Z oparciem. Anula mu kupiła. Lekko wiało.

– Odwilż – mówi Rysiek.

– No – potwierdzam.

Oddycham głęboko i czuję, jakbym luzował gorset. Jeszcze raz – wdech do samych koniuszków płuc i wydech nosem, tak mnie uczyła Kasia. „To joga, tato. Oddech jest podstawą”. Może i tak. Niebo jest szare i morze lekko zmarszczone. Martwa fala niewielka. Na wodzie kołyszą się mewy i gapią badawczo, czy mamy okruchy. Nie mamy. Możecie spadać!

– Rysiu, mam zgryza. Jechać nie jechać? Nigdy nie wyjeżdżałem. Zawsze przy rodzinie, wiesz.

– No – Rysiek patrzył na spławik, ale wiedziałem, że słucha.

– Wiesz, że ja mało czasu spędzałem w knajpie, zawsze do domu, bo budowa, bo to, bo tamto. Rodzina, dzieciaki... I jakoś nie wiem, no...

– A samej robocie poradzisz, język znasz?

– Eee. Angielski znam, „jak cię mogę”. Mówię lepiej od Roberta, gorzej z rozumieniem, ale sobie poradzę. A zawodowo? Ja się szybko uczę, poza tym to moja działka, tylko Aśka mi chyba łeb urwie.

– Baba ci będzie dyrygować? Wiesiu, one tak zburczą, zburczą, ale w końcu rozumieją. Zresztą taki już los chłopa – na polowanie czasem dalej iść!

Znów milczeliśmy. Rysiek wtedy jeszcze w ogóle nie znał Aśki. Nie wiedział, że u nas jest inaczej. Nie tak jak na Śląsku, że gdy chłop tupnie nogą, to tak ma być. U nas w domu ojciec nigdy nie tupał, mimo że był najważniejszą postacią, wokół której wszystko się kręciło. Nie był górnikiem, ale pracował równie ciężko w hucie szkła. Wszystko uzgadniał z mamą na spokojnie. Mam to po nim. Tylko tego spokoju nie miałem, co był w domu, bo Joaśka nie przypominała mojej matki.

– Rysiek, jak ja mam ci to...

– Spokojnie, Wiesiu. Jest czas. Spokojnie. Jak ci zalega, to wal. Mamy czas.

– Zalega? Skąd wiesz, że zalega? – obruszyłem się.

– Wiesiek, strasznie jesteś spięty. Jakby ci na wątrobie coś siedziało i żarło, a tak nie wolno. Ja taki byłem i serce dało sygnał, że nie można. Ja już za stary jestem na jakieś rewolucje, ale czasem trzeba zrzucić, jak za ciężko. Patrz, jaka ładna! – to mówiąc, odpiął rybkę z haczyka i rzucił mewom.

– Po co łowisz?

– A wiesz, jak złowię jakiego rekina, to zaniosę Anuli, a tak... Ona woli łososia ze sklepu! Ty nie jesteś z wybrzeża, Wiesiu, co? I twoja chyba też nie? Napijesz się piwa? Tam, za tobą stoi. Otwórz i dla mnie.

Kochany Rysio. Był jak najlepszy lekarz. Wiedział, że najpierw trzeba wysłuchać pacjenta. Sączyliśmy piwko i nagle, ni stąd ni zowąd, zacząłem:

– Rychu, sam wiesz, że kobiety są nieprzewidywalne. Może nie wszystkie, ale ja mam taki egzemplarz. Muszę uważać na to, co powiem, bo mogę niechcący wywołać burzę.

– O co?!

– O wszystko. W zdaniu czasem poruszę coś, co dla mnie jest bzdetem, a u niej to urasta do problemu o skali niewyobrażalnej, i to jest... kurczę, trudne! Myślałem kiedyś, że się przyzwyczaję, że taka już jest, ale nic z tego. Jest coraz gorzej.

– Tak bywa, wiem. Ale może dajesz jej pole?

– Może... Tylko jeśli tak, to bezwiednie, niechcący, to się dzieje jakby całkiem poza mną. Na przykład wchodzę do domu, jakiś buziak, obiadek, i pytam Aśki, czy teraz to są modne szerokie spodnie czy wąskie, bo już głupieję. Ona na to, po co mi ta wiedza? A ja, dureń, opowiadam, że przed wystawą z dżinsami stały takie dwie młode laski, jedna w obcisłych i wąskich, druga w szerokich.

– Piekło, że się za laskami oglądasz?

– Chciałem to obrócić w żart, bo przecież to jakiś absurd! No mam wzrok, oczy, to widzę! Nie ukrywam, pytam jej jako eksperta, mogłem córki, nie byłoby sprawy. A tu nagle, że się oglądam i że jak byliśmy na sylwestrze, to też ją upokorzyłem, bo jak poszliśmy na drinka do baru, to ponoć się śliniłem do jakiejś młódki, która... Rychu! Ja nie pamiętam żadnej młódki! Nawet z jej szefową nie mógłbym zatańczyć, bo byłoby, że ją podrywam!

– Może podrywasz?

– Jej ówczesna szefowa miała sześćdziesiątkę i posturę wieloryba, ale fakt, taka, jak to się mówiło kiedyś, „fertyczna dama", i doskonale tańczyła! Ale wiesz, od ślubu Aśka uważa, że nie mogę zatańczyć z żadną inną, bo to „publiczne upokarzanie jej". No to nie tańczę z nikim innym.

– A ona?

– A widzisz. Tu sprawy mają się inaczej. Wraca z dwudniowego szkolenia w Poznaniu i melduje, że spotkała tam kolegę ze studiów i on był nią oczarowany, i zaprosił ją wieczorem na drinka i gadali do upadłego. „Tak świetnie nam się gadało, wiesz? Powiedział mi, że jestem o wiele bardziej interesująca niż na studiach. Wykobieciałam!" Rychu, powiedz, czy wszystkie kobiety tak mają?

– Daj spokój, Wiesiek, za nimi nie trafisz. One mogą wszystko, bo są niewinne. Znam to i ten tekścik: „bo wy macie zdradę wpisaną w waszą cholerną płeć!" Kurwa, sam bym tego nie wymyślił! Nie zazdroszczę ci. Szczęściem, moja Anula tak nie świruje. Jak się gapię na taką laseczkę młódeczkę, mówi: „Idź, idź! Zobaczymy, czy cię będzie chciała, stary łachu!"

– Tyle razy mówiłem, że mi dobrze z nią, mamy dzieci i dom, nie zostawię jej ani dla Julii Roberts, ani dla Królowej... Cholera jasna, co jej siedzi w tym łbie? Już od lat uważam na każde słowo, każdy gest. Wszystko analizuję, żeby jej nie urazić, żeby nie było, że kogoś przepuściłem przed nią, komuś najpierw podałem serwetki, kieliszek, sól. Coraz mocniej się bezwiednie kontroluję...

– ...i tak ci już zostało – potwierdził nagle Rychu, patrząc na mnie. Pewnie w duchu liczyłem, że mnie pocieszy. Że nie jest tak źle.

– Sądzisz? Często się zastanawiałem, ile jest mojej winy w tym, że ona czuje takie drobiazgi, że ją kłują... Może to ja jestem jakiś niewrażliwy cham?

– Pieprzenie – mruknął Rysiek.

– Teraz to i ja tak coś czuję – odparłem.

No, wygadałem się i lepiej na duszy. Zapatrzyłem się w spławik i sączyłem piwko. Zmory odleciały.

– Rychu, co jest z tym łowieniem? – przerwałem ciszę.

– To? A, wiesz. Kazali się ruszać na świeżym powietrzu, a ja ruszać się specjalnie jakoś nigdy... Sport mi szkodzi. Spocę się, zadyszki dostaję. A tak – jestem na świeżym, nie plączę się Anuli pod miotłą. Dobrze, że wpadłeś, Wiesiu! Muszę się już zbierać. Wpadniesz jutro?

– Jasne. Przyniosę piwo, OK?

– Stoi! – Rycho się uśmiechnął i podał mi łapę.

Wracając, minęliśmy bezrobotnego Kazika.

***

Rozgadałem się, jakbym leżał na kozetce u psychoanalityka. Coś mi nie pasowało. Orest w ogóle się nie odzywał. Kreślił sobie jedynie coś po kartce. Potem ją odłożył i tylko słuchał. Albo taki kulturalny, że mi nie przerywa, albo śpi z otwartymi oczami.

– Zanudzam cię, przyjacielu...

Zaprzeczył energicznie ruchem głowy.

– Takie flaki... Nie będę cię...

– Nie, nie. To życie. Ja tu się nawet z kim pokłócić nie mam. Żyję jak pustelnik. Miło słuchać.

Może i tak. Zabawne. Ktoś drugi wyciąga z naszej historii to, co mu potrzebne. A dla nas to męka, od której chcemy się uwolnić. Jakie to proste. Drugi człowiek i troszkę bimbru. Albo piwa.

Orest nic już nie powiedział, tylko jego oczy prosiły: mów. Uśmiechnąłem się w duszy. Alkohol delikatnie falował w całym ciele... Czułem się, jakbym się znowu znalazł na szpili u Rycha albo... No tak, już wiem, czemu Orest mnie tak łatwo nakłuł. Miał to samo ciepłe i dobre spojrzenie co Olga...

ZAKAZ

Wróciłem do domu wyluzowany, jakiś mądrzejszy. Tak mi się zdawało. A tam standard, czyli nabzdyczona, wyniosła Joanna. Podczas takich cichych dni przynosiła pracę do domu, zakopywała się w papierach, udawała zarobioną po pachy. Nie musiała, ale robiła to, bo co miałaby robić? Dawniej szydełkowała albo robiła na drutach. Potem jej to minęło. Miała inne ulubione przerywniki. Zacięcie glansowała szklane drzwi na taras albo wycierała kurze, jakby miała przyjechać inspekcja z sanepidu. Ja też nie lubię kurzu! Wycieram go raz na parę dni szmatką z takim psikaczem, ale jej chodziło o coś innego. Ona chciała mi udowodnić, że jest kimś innym niż ja, że ona w takim brudzie żyć nie będzie.

Wieczorem wyszła, nie mówiąc mi, dokąd idzie. Kurczę! Ja byłem zawsze prześwietlony – a dokąd to, a po co? Ona wychodziła zawsze, kiedy chciała. Na swoje zebrania, ćwiczenia callanetics i jakieś inne, ja wiem co? Ma swoje życie kobieta – zawsze uważałem. Kiedyś sam ją do tego namawiałem, bo narzekała, że się czuje oderwana od Gdyni, swoich tam, dawnych znajomości. Mówiłem jej, żeby spytała żony Roberta. Spytała. Nawet się zaprzyjaźniły, bywaliśmy u siebie często, aż do ich rozwodu. Wtedy w ogóle zabroniła mi chodzić do knajpy na bilard, bo Robert tam często przesiadywał.

– Musimy się opowiedzieć po stronie Magdy. Nie możesz się teraz do niego odzywać!

– Ale... czemu? To mój kumpel!

– Kumpel? Swołocz, a nie kumpel. Ładny mi kumpel, który zostawia żonę dla jakiejś siksy!

– Asiu, znam Roberta od dawna, ale to nie moja sprawa, kolegujemy się, a jego związki, wybacz...

– Magda nic dla ciebie nie znaczy?! Ona cierpi! Ty wiesz, jaki to był dla niej cios?! Jakiś ty... nieczuły! Jacy wy jesteście wszyscy... jak zwierzęta – prychnęła i wyszła z pokoju.

Z Robertem pogadałem kiedyś przypadkowo. Faktycznie zakochał się, jak mówił, „ostro", a o swoim małżeństwie wypowiadał się z jakimś żalem. Że mało ostatnio rozmawiali, że Magda się zmieniła, że od dawna ze sobą nie sypiają, bo ją wiecznie boli głowa i coś tam jeszcze. Nie moja sprawa, tak zdecydowali. Robert twierdził, że mu wykrzyczała, za kogo go uważa i kto był dla niej o wiele lepszy, że był jej błędem od początku i takie tam. „Ile mogłem robić za figuranta? Za pana Nikt?" – pytał. A kiedy mu powiedziałem, że nie wyglądali na skłóconych, odparł: „Bo kłótni nie było, tylko coraz kwaśniej i ciszej, obojętniej. Jak sobie pomyślałem, że mam tak do końca życia, to... stary! A co to, za karę?! Z jakiegoś pieprzonego poczucia obowiązku? Bo tak nakazuje elementarne poczucie przyzwoitości?!" Opowiedział mi o swoim wujku, który miał żonę, co mu robiła magiel na całe miasteczko. Od urodzenia dziecka wiecznie ją głowa bolała, a on został popychlem, nikim. Po latach takiej poniewierki, jak już dzieciak zrobił maturę, postanowił odejść. Miał dość. Ta oszalała, wpadła w furię i zaszachowała go tym poczuciem obowiązku. Został, ale właściwie to się do niej już w ogóle nie odzywał, tylko warczał. Jak ona zaczynała, to nawet przy gościach, przy rodzinie, żeby się odezwał jakoś czy przyniósł sałatkę, coś, wiesz, to jej odwarkiwał: „Odczep się, zostałem, jak kazałaś, ale niczego się po mnie nie spodziewaj!" „Po jaką cholerę został?" – spytałem. „Nie wiem. Może nie miał dokąd iść? Roztył się i zmarł na wylew. To ja chrzanię takie poczucie obowiązku. Jest ktoś, kto mnie docenia. Teściu mnie wziął do warsztatu. Szkoda mi stoczni, co poradzić? A tu też jest robota. Samochody będą się zawsze psuły. Jolka mnie docenia... Chłopu potrzebne jakieś miłe słowo, uśmiech, szacunek, gdy tyra i kasę w zębach przynosi, no, tak? I Jola taka jest. Teście mnie lubią. Ja nie jestem jakiś luj, a Magda traktowała mnie... zresztą sam wiesz".

Według mnie miał rację. Nie polemizowałem z Joaśką na ich temat. Magda przychodziła do nas, zamykały się w kuchni i gadały, sabatowały, „wspierały". Czasem słyszałem o nas, facetach, takie rzeczy, że miałem ochotę natychmiast spakować walizkę. „Czytałaś o Marsjanach i Wenusjankach? Święta racja! Oni mówią kompletnie innym językiem, niczego nie

kumają". „Bo mają kurze móżdżki i tylko jedno im w głowie…" „Z nimi trzeba ostro: pilnuj i kontroluj, kontroluj
i pilnuj, i tak w kółko! Jak dzieci… Kobieta spytana o porządki w kuchni, wymieni trzydzieści kilka czynności, a facet
cztery…" „To jest, Aśka, święta racja. Oni są jak neanderta-
le – mogliby żyć i na śmietniku". „A Wiesiek to porządny jest,
co?" – spytała nieoczekiwanie Magda. Nie wiem, skąd miała
o mnie tak pozytywne mniemanie, ale Aśka i tak ją zaraz wy-
prostowała. „No jakoś go przyuczyłam. Jak mu palcem wska-
żesz, to sprzątnie". No i wybuchnęły śmiechem.
    Żenada. „Przyuczyłam".
    – Aśka, po co ty ją tak nakręcasz? – spytałem wieczorem,
gdy ta kwoka Magda już wyszła.
    – A ty co? – żachnęła się. – Uważasz, że mam ją zostawić
samą w nieszczęściu? Na lodzie? To wasza domena!
    – Moja?!
    – Wasza. To wy nas zostawiacie, bo wam hormony buzują!
    – Na lodzie?! Daj żyć, on dom jej zostawił! Bez szemrania!
    – No właśnie! A z czego ona ma go utrzymać?
    – Takie jest życie. Magda musi zacząć pracować, to zarobi
na dom!
    – Ona się opiekuje dziećmi, nie zapominaj!
    – Aśka, ich dzieci są już prawie dorosłe! Halo! Podciera
tyłki szesnastolatkom?!
    Wylała potok słów o męskich szowinistach i że dla nas to
tylko szmal się liczy, a nie wyższe wartości. Ja na to, że warto-
ściami się rachunków nie zapłaci… I dalej już po prostu nie
chciałem słuchać. Niech sobie myśli i gada, co chce. Jej mózg,
ona za niego odpowiada. Ale to nie wystarczyło. Ona musiała
mieć poczucie, że sprawuje władzę. Pewnego pięknego dnia
zakazała mi przyjaźni z Robertem. Zakazała – jak jakiemuś
smarkaczowi! „…i nie waż mi się". Co to za słownictwo?!
Miałem już nie zapraszać go do nas, bo „przecież wspieramy
Magdę". Machnąłem ręką. Robert – normalny, zrozumiał. Od
tej pory gadaliśmy w pracy. Aż nam zamknęli stocznię i wtedy
on zaczął pracę u nowego teścia. Dziś wydaje mi się to idiotyczne, niemożliwe, ale wtedy Joanna dopięła swego. Robert
przestał do nas przychodzić. Wiesz, dopiero po długim czasie
dotarło do mnie, że w gruncie rzeczy zachowałem się jak gni-
da. Niby pod płaszczykiem ratowania małżeństwa godziłem
się na przekreślenie przyjaciela.

Orest delikatnie zmrużył oczy, ale nic nie powiedział. Nawet nie pokręcił głową.

...na szczęście miałem Rycha. Dopływałem do niego prawie codziennie, jak do latarni morskiej. Tylko że od strony lądu. Zabierałem termos z gorącą herbatą z wkładką. Rum! Co za wspaniała rzecz, ale najlepiej smakuje w takim pejzażu. Chłód, wieje, a tu człowiek jest niezależny. Niech sobie wieje! W środku ciepło. Nalewam w kubeczki. Moje malutkie, parujące szczęście.

Rysiek zaczynał jakieś uwagi o rządzie i polityce, ale z reguły szybko przerywał:

– Mów ty, bo mi Anula i doktory zakazały się denerwować, a wiesz, co ja bym z tymi wszystkimi politykami obesranymi...?

– Wiem...

Patrzyłem, jak zatapia usta w kubeczku, mruczy z zadowoleniem i siorbie, bo gorące. No i to nieraz wystarczało. Mogłem iść do niego tylko po to, żeby w chłodzie na szpili napić się herbaty z rumem.

Ja jestem z małego miasteczka na Śląsku. Tam w liceum zobaczyłem Joaśkę. Byłem nieśmiały, mama wychowała mnie dobrze, według zasad rodzinnej kindersztuby, i chyba to sprawiło, że nie umiałem być odważny, bezpośredni w stosunku do dziewczyn. Do siostry czasem przychodziły koleżanki siusiumajtki, więc mówiłem na nie „przepiórki". Siostra się wściekała i skarżyła mamie: „Mamo, a Wiesiek woła na nas kuropatwy!" „Wiesiu! – krzyczała mama – nie wstyd ci? Po co im dokuczasz? To dziewczynki!" „Ja?" „No, a ja? Kuropatwy to nieładnie!" „Co? Mamo, jaka ona jest głupia, ja mówię: cześć, przepiórki, to ładnie!" „Dzieci do lekcji!" – kończyła te spory mama. Siostra pokazywała mi język i szła obrażona do pokoju babci odrabiać lekcje. Ja – do kuchni. Tam je odrabiałem do kolacji. Mama się kręciła i czasem odpowiadała na moje pytania, rozmawiała ze mną i tłumaczyła świat. Ojciec w tym czasie pracował na drugiej zmianie. Cudne czasy! Nasza mała kuchnia, wiadro z węglem mimo kuchenki gazowej, bo zimą dobrze było napalić w kuchni węglem, albo jak się coś piekło, a mama często piekła. Biszkopt to taki jej wychodził puchaty, pyszny! A jak się zesechł, to się go moczyło w herbacie z mlekiem. Chciałbym na chwilę chociaż...

Zamilkłem. Zamyśliłem się, rozmarzyłem.

– Orest, mów, szczerze, nie zanudzam cię?

Nic nie odpowiedział, oczy ma zmrużone. Wciąga nosem powietrze i... chrapnął. O cholera, gościu śpi! Wstałem jak najciszej z fotela. I wtedy się przebudził. Niezawodnie usypia go moje głędzenie...

– Orest!

– Tak, co...? Tak, mów, słucham...

– Nie, nie, Orest, idź spać... Nie wiedziałem, że jestem gaduła-morderca.

MOJA CLAUDIA CARDINALE

Od godziny leżałem na polówce u Oresta z zamkniętymi oczami, próbując zasnąć. Wprowadziłem się tym moim gadaniem w stan totalnego rozbudzenia. Obrazy przesuwały się jeden po drugim. Ten braciszek Olgi jest chyba jakimś medium.

★★★

Joanna przyszła do naszego liceum dwa lata po mnie. Rok męki! Gapiłem się na nią i wzdychałem po cichu jak marny poeta. Moja piękna, długonoga idolka, bogini. Wszyscy wodzili za nią wzrokiem. A ona w otoczeniu przyjacióleczek tylko strzelała oczami i deptała męskie serca – jak mi się wydawało – z rozmysłem. Rzecz jasna dramatyzowałem, że nie mam szans, że gdzież tam – ja i ona?!

Kiedyś opowiedziałem o Joannie niezdarnie i chaotycznie mamie.

– A czemu uważasz, że ty się jej nie spodobasz? – Siadła naprzeciw mnie i odsunęła miskę ziemniaków. – To miła dziewczynka?

Wzniosłem tylko ramiona. Mama się uśmiechnęła.

– Jesteś mądrym i dobrze wychowanym chłopcem, powinna to dostrzec. Zaproś ją do kina, na spacer...

– A jak odmówi?

– Wiesiu, nie zakładaj tego z góry, a poza tym panny zawsze najpierw odmawiają, a później, jak pomyślą, to żałują i wtedy zaczynają dawać sygnały, żebyś spróbował raz jeszcze, tak jest od wieków! To się nazywa „zaloty".

– Oj, mamo!

„Oj mamo" – tak uciąłem rozmowę, bo się zawstydziłem. Dzisiaj bym powiedział: „Oj, mamo, jak ty to dobrze wiedziałaś!"

Dopiero w karnawale na szkolnej zabawie zdecydowałem się i poprosiłem Asię do tańca. Zostaliśmy parą. Wygrałem los na loterii!

Pamiętam, jak pocałowała mnie pierwszy raz. Nie ja ją. Ona mnie. Wracaliśmy z tej zabawy, wziąłem ja za rękę – na tyle starczyło mi odwagi. To były inne czasy. Byliśmy wszyscy inaczej wychowywani. Na ulicach nie wypadało ostentacyjnie się obściskiwać, a już w małych miasteczkach za rękę chodziły stałe pary i narzeczeni po słowie. Naturalnie byłem jeszcze prawiczkiem. Widywałem u kolegów zdjęcia nagich kobiet. Sam też miałem w zeszycie do fizyki, który chowałem w tapczanie, kilka zdjęć Anity Ekberg z filmu *La Dolce Vita*, Brigitte Bardot i jeszcze takiej Włoszki – Moniki Vitti.

Kochałem się w marzeniach z Claudią Cardinale – opaloną, zbuntowaną i zmysłową. Szedł w naszym kinie western z nią i zakochałem się na zabój. Kupiłem nawet gazetę z jej wielkim zdjęciem. Zdjęcie miałem zawsze w zasięgu rąk. Boska Claudia!

Wieczorem, już w łóżku... brałem ją na pustyni, na derce przy dogasającym ognisku. Nad nami gwiazdy i nasze konie obok. Ona gorąca, nieco oporna, a ja taki męski kładłem ją obok, otulałem ramionami i całowałem, aż padałem z nią w piasek i miażdżąc w dłoniach jej piersi, szeptałem bezwstydnie najczulsze słowa...

Mama chyba wiedziała, jak się zabawiam, bo sam prałem moje spodnie od piżamy, ale nie komentowała. Dorosłem i chciałem przynajmniej całować się z dziewczyną, tulić ją i dotknąć piersi. Te dziewczęce cuda nie dawały mi spokoju. Koleżanki nosiły je dumnie pod napiętymi bluzeczkami, sweterkami, takie kształtne, małe, większe, ciężkie albo tylko takie ledwo co zaznaczające się – nasze chłopięce, senne marzenia. Jakże im zazdrościłem. Dotykały ich, trzymały w dłoni – jak ciepłe bułeczki – a ja mogłem tylko o tym śnić. Pamiętam te moje gorączki z powodu damskich piersi...

Mama rozmawiała ze mną trochę o „tych sprawach", bo ojciec był zapracowany i zmęczony. Nadto zwyczajnie wstydził się i chyba nie umiał.

– Wiesiu, dziewczynkę to możesz na spotkaniu pocałować i wiesz, przytulić, ale nie za mocno i nie nachalnie, bo się wystraszy, że ty cham jakiś jesteś. Dziewczynki są bardzo wrażliwe, wiesz? Musisz delikatnie i powoli, a nie zaraz zerwać z niej bluzkę i miętosić po piersiach.

– Mamo! – protestowałem.

– Oj, przesadzam, tak? Wiem, że jesteś dobrze wychowany. Kanapki spakowałeś? No to pa, synku, przynieś mi jakąś piątkę!

Wtedy podczas spaceru po naszym miasteczku wieczorem wiedziałem, że sporo uczniów i nauczycieli jest jeszcze na ulicach, więc się zdziwiłem, gdy na Granicznej Joaśka stanęła na kamieniu i objęła mnie za szyję. Poczułem na twarzy jej ciepły i szybki oddech. Pachniał landrynką. Wypluła ją i dotknęła moich włosów i przyciągnęła do siebie. Jej usta wilgotne i gorące. Myślałem, że oszaleję. Zrobiłem to, co aktorzy na filmach, ale zbyt gwałtownie. Oderwała się i spytała cicho:

– Nie całowałeś się jeszcze?

– No, co ty... – zacząłem, a ona tylko szepnęła:

– Poczekaj...

Powolutku zbliżyła się wargami do moich i nagle poczułem jej ciepły, słodki język, jakby mi otwierała usta. Rozchyliłem je i również wysunąłem swój. W głowie poczułem eksplozję, chyba i w sercu, i w kręgosłupie. To było boskie! Cudowne! Wargi, wilgoć, nasze oddechy, języki – jak zabawa węży. Cu-do-wne! W gatkach coś niebezpiecznie wezbrało. Miałem wzwód jak podczas pieszczot z Claudią Cardinale. O, nie. Tylko nie tu! Odsunąłem Asię.

– Chodź, bo nas kto zobaczy – szepnąłem, żeby tylko cokolwiek powiedzieć.

Jeszcze wiele razy całowaliśmy się tej zimy. Wiosną spotykaliśmy się za starym cmentarzem. Było zacisznie, ławka koło murku ukryta przed ludzkim wzrokiem. Tam poznałem kształt i smak jej piersi, pozwoliła mi też dotykać ud. Tuliłem ją zachłannie i mocno.

Nie mam pojęcia, jak ja się uczyłem, a w maju przecież zdawałem maturę. Pieściłem też Aśkę w marzeniach, siedząc w wannie, do łóżka zabierałem ze sobą papier toaletowy, bo moja namiętność nabrała bardzo męskiego charakteru i zwyczajnie domagała się spełnienia. Joanna kategorycznie nie chciała pójść na całość. Musiałem radzić sobie sam.

Rzuciła mnie po paru miesiącach. Kiedyś wracałem z kółka fizycznego i zaszedłem do „Kolorowej". Z płyty sączyło się *A whiter shade of pale* Procol Harum, a moja Aśka w smugach dymu z tanich fajek kleiła się do Łukasza – syna komendanta naszego posterunku.

– Możesz mnie zabić – powiedziała hardo przy wszystkich – ale od dziś chodzę z Łukaszem.

Jezu! Co za nokaut! Bolało tak, że nie mogłem jeść, spać...

Maturę zdałem dzięki mamie. Byłem nieprzytomny z bólu, żalu, rozpaczy. Matka przyłapała mnie na płaczu ze zdjęciem Aśki w dłoniach. Siedziała, wysłuchiwała, tuliła i tłumaczyła, że życie przede mną, że jeszcze spotkam tę swoją wymarzoną. Podawała mi walerianę wieczorem i syrop z melisy rano. Patrzyła boleśnie i klepała po twarzy. Ojciec udawał, że nic nie wie. Był dyskretny, ale teraz jakby częściej mnie potrzebował do noszenia węgla, do pomocy w porządkach na stryszku obok, w piwnicy, do skopania ogródka pod oknami naszego domu i zreperowania roweru. Milczał albo rozmawiał ze mną o moich studiach, dziwiąc się, skąd mi się w głowie urodziły statki, o bieżących wydarzeniach i tylko czasem, gdy mu się wydawało, że nie patrzę, przyglądał mi się. Czasem klepał po plecach niezdarnie i kiwał głową ze zrozumieniem.

Zdałem. Byłem wzorowym uczniem i jakimś cudem zdałem! Na studia wyjechałam do Gdańska. Długo jeszcze bolało.

Próbowałem znowu beznadziejnie zasnąć. Zaciskałem oczy, jakby w ten sposób można było zwielokrotnić ciemność w głowie. Za cholerę! Wszystko wirowało. Myliły mi się czasy, powróciły dawne lęki. I znowu przeniosłem się na szpilę, do Ryśka.

***

Kiedyś złowił nawet sporą rybę, miał w wiaderku cztery takie! Mew nie było na wodzie.

– Anula mnie zeklnie, ale za to jaką zupę zrobi! Jak chcesz, Wiesiu, wpadnij wieczorkiem, ostra, pieprzna, z ziemniaczkami, mówię ci!

– Dzięki, Rychu. Będziesz jutro?

– Jak nie będzie lało...

Rozstaliśmy się koło kontenerów. Wydawało mi się że za budynkiem starej maszynowni widziałam Joannę, ale może mi się tylko zdawało? Szpiegowała mnie? Chyba sądziła, że jak nie mam pracy, to łażę się łajdaczyć. Nie dam sobie wtłoczyć poczucia winy, że przychodzenie na szpilę jest moralnym przestępstwem. Już mnie to nie podnieca, nie interesuje. Nie jestem aż takim tępakiem ani „szowinistycznym samcem", jak to mówi czasem. Nigdy nie miałem odwagi, żeby sobie jasno powiedzieć, że nasze małżeństwo się posypało. Dlaczego? Bo Joanna mnie od początku przekonywała, że tylko ona ma rację i tylko ona widzi świat prawidłowo. Że ja i moja rodzina żyliśmy w błędnych relacjach i ja mam braki w odczuwaniu, nie jestem empatą. Jaka była szczęśliwa, gdy znalazła to mądre słowo. To był jej ulubiony zarzut: „nie jesteś empatyczny". Wmówiła mi, że mam jakiś istotny uszczerbek. Podczas każdej awantury wykrzykiwała, że to moja wina, że to ja ją rozdrażniłem, poniżyłem i jeszcze diabli wiedzą co.

Kiedyś, będąc u mamy, spytałem ją, czy wie, co tak naprawdę oznacza słowo empatia. Jadłem wtedy zalewajkę. Pamiętam jak dziś.

– Pojawiło się teraz i jakby cały problem się pojawił. Jak ty sobie radziłaś bez tego słówka? A przecież wiedziałaś, co czuje tata, ja...

– Wiesiu, za moich czasów? Współczucie... no może nie do końca, ale coś, co jest między zrozumieniem a litością. Współodczuwanie. To cecha ludzi wrażliwych. A co się stało, kochanie?

– Nic. Teraz taka moda na to...

– A, faktycznie! To dobrze, że język się bogaci, rozwija. Zjesz sernika?

Mama zabrała talerz po zalewajce. Cztery porcje, ledwo dyszałem, ale to takie fantastyczne w jej wykonaniu! Tata też uwielbiał zalewajkę. Mama robiła ją w sobotę. Wtedy zawsze pomagałem ojcu w ogródku przy cięższych pracach i gdy wracaliśmy, na stole stała miska ziemniaków ze skwarkami i zrumieniona cebula, i prosta, kwaśna zalewajka. Latem z koprem.

Z rodzicami rozmawiało się przyjemnie, bo nie strofowali, nie byli jacyś specjalnie pedagogizujący. Normalni. W tle grało sobie radio, a my rozmawialiśmy przy stole, przy herbacie. Byłem licealistą, ale oni traktowali mnie poważnie. Dlatego zawsze mogłem do nich przyjść ze swoimi sprawami. Głównie do mamy. Ona jakoś bardziej mi odpowiadała jako powiernik, lepiej tłumaczyła, miała więcej cierpliwości. Tato zasiadał koło radia i słuchał wiadomości, a wieczorem Wolnej Europy albo muzyki, przy której przysypiał. Słuchając radia, tata zwykle coś lutował. Zazwyczaj prosił o przytrzymanie kalafonii, a z czasem zaczął mi pozwalać na pracę lutownicą. Reperował znajomym wszystko, co elektryczne – radia, lampy, pralki. Płacili mu jakieś grosze, uważali go za skarb, bo sami nie umieli naprawiać. Odziedziczyłem po nim te umiejętności. Nawet sobie sam zrobiłem pierwszy adapter. Pozbierałem części z kilku zepsutych. Słuchałem na nim płyt – pocztówkowych zazwyczaj, bo na prawdziwe nie było mnie stać. Na któreś urodziny dostałem od rodziców płytę z włoskimi przebojami, musieli po nią pojechać do jakiegoś dużego miasta na bazar, bo u nas skąd by ją wzięli? Wieczorami tatko czasem prosił, żebym ją nastawił. Uśmiechał się tylko i nucił razem z Rocco Granatą, lutując kolejną lampę czy suszarkę:

Marina, Marina, Marina
Ti voglio al piu' presto sposar…

A ja z nim:

Marina, Marina, Marina
Ti voglio al piu' presto sposar…

Czasem, jak ojciec miał dobry nastrój, odkładał lutownicę, wstawał, brał mamę w ramiona, całował w rękę i tańczyli w kuchni. Mama się krygowała, ale tylko trochę.
– Ale… ja w kapciach, no co ty!
A ja szybko odsuwałem stół pod okno. Pięknie tańczyli, tak po staroświecku, elegancko…
Mama pracowała w szkole podstawowej jako bibliotekarka. Pamiętam ją w takim granatowym, błyszczącym fartuchu z białym kołnierzykiem, gdy wpadałem do biblioteki po klucze. Zaradna, cierpliwa, mądra. Tyle jej zawdzięczam! Między mną a Krysią jest spora różnica wieku, dlatego jakoś nie ma między nami silnej więzi. Takiej normalnej, jak to z rodzeństwem. Ona została z mamą. Mieszka dzisiaj dość blisko niej. Tylko ja czmychnąłem tak daleko…

DECYZJA

Czekałem na odpowiedź z Turku i żeby nie zwariować, odgraciłem przygórek i strych. Popaliłem śmiecie – stare zeszyty dzieciaków, jakieś krzesła, połamane ramki od obrazków, które zetlały, zszarzały, stare gazety i jakieś szmaty. Zrobiło się fajne przestronne pomieszczenie.

Okno w szczytowej ścianie było malutkie. Postanowiłem, że jak będę miał pieniądze, załatwię gdzieś większe i będzie tu więcej światła. Nawet na tej ścianie wychodzącej na ogród można by zrobić lukarnę z oknem, byłoby naprawdę doświetlone pomieszczenie. Marzyłem... Może zrobiłbym tu sobie pracownię? Gabinet taki, tylko mój. Słuchałbym sobie moich Pink Floydów i The Who bez tego gadania, że „jej głowa pęka", oglądał filmy, przy których ona dostaje trzepotania przedsionków – jak mówi, bo „są okrutne i złe". Ale ja i Tomek lubiliśmy mordobicia, przygody i wojenne. To normalne, do licha! Doskonale się bawiliśmy, gdy Seagal biegał po pociągu i rozwalał bandytów przemyślnie i ostro. Strzelał z biodra, walił z buta. Oj, faaaaaajnie! Wiemy, że to film. Wiemy! Nawet Chucka Norrisa z półobrotem lubiliśmy, nie mówiąc o klasyce z Brucem Lee. Tomek mówił: „napierdalanki", ja: „nawalanki", jakoś nie umiałem przy dzieciach kląć. Było w porządku! Jak przychodziły dziewczyny, wznosiły oczy do sufitu i strzelały porozumiewawcze miny. Oczywiście Richard Gere i Hugh Grant nie leją się po pyskach i nie skaczą sobie do oczu, tylko są piękni i eleganccy, a z nas „wychodzi nasza zwierzęca natura". Postanowiłem, że teraz ta natura będzie z nas wychodziła na strychu! Że ja na to wcześniej nie wpadłem!

Na gwiazdkę dzieciaki zgromadziły mi całą kolekcję z Bruce'em, co Aśka skomentowała złośliwie, że na nic więcej mnie nie stać intelektualnie, czy jakoś tak, ale puściłem to mimo uszu. Zawsze potrafiła powiedzieć coś miłego. Nawet na *Cast Away* nie mogła wysiedzieć. „Zbyt realistyczne!" – podsumowała i wyszła z pokoju, gdy Hanks musiał sobie wybić ząb łyżwą. Z Kaśką zasiadały do romansów i wtedy my z Tomkiem się ewakuowaliśmy, nie komentując tych wyciskaczy damskich łez.

Mój syn jest skryty, zamknięty w sobie i doprawdy rzadko się zdarza, żeby tak wylał z siebie jakieś swoje myśli, uczucia. Ja szanuję to i wiem, że na jego zwierzenia trzeba zasłużyć, poczekać, być cierpliwym. Aśka zawsze go zmuszała:

– No opowiedz nam teraz, jak było na wycieczce!

Widziałem jego tężejącą twarz przy obiedzie, odpowiadał wymijająco:

– Fajnie.

– Tylko tyle masz do powiedzenia? Malbork to ciekawe miejsce, co tam widziałeś?

– Joasiu, daj mu spokój, opowie jutro, jest zmęczony!

– Przepraszam cię bardzo, nie pouczaj mnie przy dzieciach, dobrze?

I już wiedziałem, co będzie, gdy Tomek pójdzie do siebie. Joaśka zacznie awanturę o brak szacunku, który jej zdaniem wpajam dzieciom, a Tomek włączy mocną i głośną muzykę. Ja go znam i wiem, że chętnie opowiedziałby, ale nie nakłaniany, po jakimś czasie, może wieczorem, przy kominku siadłby i wtrącił coś o ogrzewaniu w tym zamku i dalej by już poszło! A pod przymusem, jak to robi Aśka, zacina się w sobie i koniec. Szkoda, że ona tego nie rozumiała. Żądała natychmiastowego podporządkowania się, a potem awantura, że nie staję murem za nią. Może powinienem częściej okazywać Tomkowi wsparcie? Wolałem wyciszać Aśkę.

Jak ja przeżywałem tę szansę na azyl. Teraz posprzątam tu... O! Całe poddasze wytapetuję, bo jest pokryte niezbyt piękną płytą wiórową. Postawię piłkarzyki, zawieszę rzutki koło drzwi i będziemy mieli z Tomaszkiem twierdzę, do której nikt się nie wedrze. Męski bastion!

W sklepie z tapetami wybrałem najtańszą. Resztki – szara, w jakieś geometryczne coś. Polski klej (dobry będzie!) i... bawiłem się dwa dni. Aśka miała zajęte popołudnia – callanetics i jakieś kominy z Magdą. Miałem spokój. Nastawiałem sobie muzę, jak lubię, ciąłem kawałki tapety, mazałem klejem płytę wiórową i odcinki tego szarego brzydactwa i radośnie kładłem, dociskając wałkiem jak należy. Papierowa, tania, więc... łatwo nie było, ale ja nie jestem jakiś dupek. Każdą tapetę położę! Trochę irytujące były te zmarszczenia, ale wiedziałem, że przez noc wyschnie i się naciągnie.

Cieszyłem się, że będę miał jakiś totalnie swój pokój, a Tomkowi, jak wpadnie i będzie chciał dać ostro te swoje kawałki dziwnej muzyki, nic nie przeszkodzi! Żadna kobieta tu nie będzie nas ustawiać! Posprzątałem i byłem z siebie dumny. No i zadowolony z efektu. Joanna mniej. Śledztwo – gdzie się podziały szpargały? Kto pozwolił mi palić pisma sprzed lat? Ramki? Przecież można je było skleić. Nagle się okazała niezwykle oszczędna! I szmat nie mogła odżałować. Gdy tylko wspomniałem o tym, że zamierzam wyciągnąć z garażu starą wersalkę, zrobiła kwaśną minę i zeszła na dół.

Kilka dni minęło bezboleśnie. Nawet przyjemnie. Zrobiła się wiosna. Słonko i ciepłe powietrze zaczęło prowokować do porządkowania ogródków, grabienia, palenia gałęzi, chaberdzi, no i rozmów z sąsiadami. Joaśka założyła dres, zawiązała chustkę na głowie i uśmiechnięta wyszła na zewnątrz, wciągając głęboko powietrze do płuc.

– Patrz, Wiesiaczku! Co za dzień! Ja zacznę pod jabłonką, ty podetnij wierzbę!

Grabiła, komentując coś wesoło, mnie też robota szła, aż do chwili, gdy pojawił się na naszej ulicy patrol straży miejskiej z propozycją mandatów za palenie ognisk. Wszystko się przeistoczyło w uliczną awanturę, gdy moja Aśka i Iwona spod piątki uciszyły wszystkich i powiedziały dobitnie:

– Więc nie wolno palić ognia w ogródku, tak? Dobrze, proszę pana, zabieramy liście i patyki, zanosimy do domu, i jeszcze starą oponę dorzucę do kominka. Co? Nie wolno mi? Chyba żadna ustawa nie zabrania palenia we własnym kominku? No więc za co mandat? Co?!

Strażnik już miał dość. Wiedział, że na takie argumenty nie ma mocnych. Żegnany gwizdami, coś jeszcze bąkał o przepisach. Sąsiedzka solidarność zwyciężyła!

Ciepła pogoda sprowokowała nas też do grillowania. Moje panie zrobiły stół na tarasie, a ja z Tomkiem przygotowaliśmy mięsa i piwo. Nie tylko u nas snuł się apetyczny zapaszek karkówki i kiełbasy. Tych dymów i aromatów jakoś się straż nie czepia. Joanna zrobiła pyszną sałatkę, kupiła piwo i była wesoła, radosna, nawet zalotna i trzpiotowata. Pokazała nam, że wchodzi swobodnie w dżinsy Kasi. Przez chwilę, gdy tak siedzieliśmy, zajadając się wypieczonym mięsiwem i ciesząc tą cudowną atmosferą, pomyślałem, że smutno mi wyjeżdżać.

– Wyglądacie jak siostry – krzyknąłem, robiąc im zdjęcia. – Oprawię je i postawię na stoliku! Jakie mam piękne kobiety! Chodź, Tomasz, teraz one nam cykną zdjęcia, chodź! I weź te czapy kucharskie, my polscy mężczyźni robimy najlepszą karkówkę!

Wesołe popołudnie. My weseli. Dzieciaki z nami – uśmiechnięte. Tak właśnie mogłoby być zawsze. Może dotrwamy tak do wieczora, do rana? Do jutra? Może.

Uff. Tydzień minął bez awantur. W środę Aśka na krótko się spięła o te gazety i szmaty popalone, ale dała się wyciszyć. W domu było poprawnie. Cały czas miałem się na baczności, uważałem na słowa, tym bardziej że dostałem odpowiedź z Finlandii na tak!

W sobotę Kasia zapowiedziała wyjście na tańce. Mieli turniej w Toruniu za dwa miesiące, więc ćwiczyli to swoje stepowanie. Znaczy irlandzkie stepowanie. Pięknie tańczą, a ja bardzo lubię irlandzką muzykę. Kasia jest wysoka, smukła po mnie i ciemnowłosa, znakomicie się prezentuje. Powinna zostać liderką czy tam solistką. Odeszła taka jedna, bo jest w ciąży, i zrobiło się wreszcie miejsce dla Kasi. Wiem, że długo na to czekała, czując się niedoceniana, bo jedna z solistek była córką dyrektora Domu Kultury.

Zostaliśmy w domu. Proponowałem kino, ale padało, więc Joanna nie chciała wychodzić. Będzie zwykły wieczór z fondue. Wziąłem parasol i poszedłem po jej ulubione białe wino. Może tym razem będzie OK?

Ku mojemu zaskoczeniu, gdy powoli i szalenie ostrożnie macałem grunt, mówiąc o Turku, Joanna sama spytała:

– A ty byś chciał, Kocie?

Gdy mówiła „Kocie", to zazwyczaj miała schowane pazurki i pokojowe nastawienie. Można brnąć dalej.

– Asieńko, wiesz, jak jest. Ciężko mi znaleźć cokolwiek, a to jest moje stanowisko, jakby pode mnie, na moje umiejętności. No i kasa inna!

– A język? – Joanna spokojnie macza bułkę w serze i zjada, popijając winem. Ser się stopił i bąbelkował lekko, gęsty jak lawa. Aśka robiła fantastyczne grzaneczki potarte czosnkiem i jakieś korniszonki, grzybki, śliwki z octu, takie słodko-kwaśne. Rewelacja! Bardzo to lubiłem.

– Ćwiczę trochę określenia, wiesz... fachowe i chyba... poradziłbym. Kupiłem kiedyś słownik branżowy polsko-angielski. Pamiętasz? Jak była tutaj ta wycieczka z Chin.

– Pamiętam, na nic ci się nie przydał twój angielski, bo oni gadali gorzej niż ty! – Roześmiała się, odrzucając głowę tak, jak lubię – wesoło, zalotnie. Taka mogłaby być zawsze. Kurczę!

I ku memu zdumieniu jakoś gładko połknęła pomysł mojego wyjazdu do stoczni w Finlandii. Odetchnąłem. Niepotrzebnie się obawiałem, przecież ona widzi, jak jest. Kasa się skończyła, roboty nie ma, a reperowanie pralek nie da nam pieniędzy na godne życie, zważywszy, że Kasia i Tomek mają swoje potrzeby.

Gdy wróciłem z łazienki, już była naga w pościeli, najpierw położyła mnie na brzuchu, usiadła na mnie i robiła masaż. Zrobiła to kilka razy po przeczytaniu jakiegoś poradnika. Mogła tak częściej, naprawdę fajne! Gdy zrobiło mi się niewygodnie, sam już dalej pokierowałem sprawami. Jaka ona potrafiła być gorąca, podatna na pieszczoty, szczodra w gładzeniu mnie i drapaniu tam, gdzie lubię. Sama mi pokazała, czego chce – szybko, mocno, bo była rozpalona i mokra, wchłaniała mnie jak wielka mątwa. Czuję to jak dziś, oplata mnie rękoma, nogami, zasysa, kołysze biodrami zapamiętale, zwalnia – chce trochę jeszcze przedłużyć tę zabawę, pęd do spełnienia. Szepcze mi do ucha jakieś urywane słowa, lekko sprośne, ale chyba ją podniecają. Liże mnie za uszami, kąsa, jej gorący i mokry język szaleje. Puszcza mnie i ześlizguje się do moich bioder. O! Pani! Czym sobie zasłużyłem?! To wielka rzadkość, robi to gorącymi wargami, pieści i oblizuje wacka, Ach! Bosko jest! Ledwo wytrzymuję, bo ona układa się na boku, znów wciąga mnie w siebie i robi z nogami taką figurę, która powoduje, że jej wnętrze staje się ciaśniejsze, czuję ją mocniej, i po chwili szczytujemy szaleńczo. Och, Aśka! Nie pozwala mi z siebie wyjść. Nie rusza się – w jakimś półśnie obejmuje mnie. „Nie wstawajmy jeszcze, co?" – szepcze błagalnie. Jest cicho i dobrze, o niczym nie myślę. Już prawie zasypiałem, gdy wymruczała, że musi mnie „zjeść jeszcze raz, bo jadę na tak długo". Dało radę te „dwa razy" bez większych problemów.

Rzadko bywała tak podniecona.

– Ale wrócisz? – spytała, gdy już umyliśmy się i ułożyli do snu.

– No a co ja bym w świecie robił bez ciebie? I dzieci... – dodałem sprawiedliwie.

– Spróbuj tylko coś zrobić, to cię zabiję! – droczyła się.

– Damy radę! Kochanie, to blisko, będę przyjeżdżał, jak często się da. Zarobię i wrócę! Zobaczysz!

Podjąłem decyzję. Jadę!

Przez dwa tygodnie było... inaczej. Joanna jakaś refleksyjna, jakby lekko zasmucona, że jadę, ale też podekscytowana. Raz namyślała się, jak to będzie, i czy na czas mojej nieobecności nie wynająć jednego pokoju, przenosząc Tomka na stryszek, bo przecież i tak jest w internacie, a po jakimś czasie euforycznie kreśliła plany dobrobytu, odwiedzin...

Kochałem ją. Za to, że mimo swojej wybuchowości bywała czuła, miękka, kobieca, a ja tego potrzebowałem zawsze i tym można mi było kanapki smarować. Byle buziak, uścisk i spokój – powalały mnie na kolana. Zwykła domowa cisza, pieszczota jakaś ulotna, dobre słowa – w takim maśle mogłem żyć, i jeszcze za uśmiech – góry przenosić. Małe mam potrzeby. Spokojny wieczór w domu, ciepła szarlotka z cynamonem i moja Joasia w niebieskiej podomce, nucąca jakiś przebój, jaśniejąca niczym najpiękniejsza gwiazda. Za mało? A czego chcieć więcej? Jestem prostym inżynierem. Żaden tam heros, superman, zwycięzca. Ja jestem ten od kadłubów, blach, spawów, połączeń. Statki nie mają przede mną tajemnic, są moim hobby od lat, wiem o nich wszystko! To jest to, co zawsze chciałbym robić, w czym jestem naprawdę dobry.

Jestem „romantyczny jak kalafior" i zapominam czasem o tym, że kobiety lubią wiersze, kwiaty i piosenki. Zawsze o tym zapominam – co będę ukrywał, ale kocham szczerze, wiernie, zwyczajnie. Jestem zwykłym facetem, prostym inżynierem.

Po tych paru tygodniach spokoju byłem uskrzydlony. Może jednak pomyślała, zweryfikowała swoje skłonności do przesady, do tych wybuchów? Może uznała je za niepotrzebne, bo przecież widzi, jak ją kocham! Chciałem o tym wszystkim opowiedzieć Ryśkowi. Że chyba się myliłem, byłem niesprawiedliwy w tych ocenach. Poszedłem do kuchni zrobić herbaty z rumem i jakieś kanapki.

– Wychodzisz? – Aśka wróciła z pracy wcześniej.

– Sądziłem, że masz tę gimnastykę, że wrócisz jak zwykle.

– Zwolniłam się, mam jakąś migrenę, albo grypa mnie bierze...

– Przynieść ci coś z apteki?

– Nie, dziękuję. Położę się.

– Na pewno?

– Na pewno.

– Może jednak sprawdź, czy niczego ci nie trzeba. Jak wrócę, to zrobię ci na noc grzańca, chcesz?

– Idź już... – Aśka zniecierpliwiona, ściska sobie dłońmi czaszkę.

Niby wiosna, ale znów chłodno, zimno wręcz, więc założyłem ocieplane spodnie i kurtkę z kapturem. Nieźle wiało. Szedłem przez ogródek wygrabiony, ale ciągle jeszcze martwy i brzydki. Kilka krokusów się przebiło.

Rysiek pomachał do mnie tym razem z falochronu. Ciut dalej niż szpila. Siedział blisko brzegu za ścianką z betonowych kształtek. Tu zaciszniej. Idę przez piaszczystą plażę. Fale jak cholera, że też się chce Rychowi kija moczyć w taką pogodę! Ale powietrze fajne. Wskakuje do płuc takie chłodne, rześkie, wilgotne. Męska pogoda. Za wielkim betonowym trianglem zaciszny kąt. Ale świetne miejsce! Rysiek w ciepłej czapie, zielonej, wielkiej kurtce. Oj, dba o niego Anula!

Usiadłem obok, jak zwykle. Ten sam rytuał. Rysiek wyjął piwo. Otwieramy puszki.

– Rysiu, nie jest źle. Joaśka połknęła mój wyjazd. Nawet jej to chyba pasuje. Będzie miała męża obcokrajowca, z eurodolarami. Czekam tylko na potwierdzenie z Turku.

Rycha to jakoś nie bawi. Co jest?

– Patrz, Wiesiek, ja tego skumać nie mogę i cholery dostaję, dlaczego stocznie upadły?! Przemysł stoczniowy pada? Gówno prawda! Na całym świecie się buduje i buduje. Czemu tacy ludzie jak ty muszą wypierdalać z kraju i służyć innym?

– Nie zaczynaj, bo ci żyłka pęknie – odpowiadam spokojnie. – Ja też nie mogę tego pojąć, ale co poradzisz?

– Dla mnie to sabotaż jest! – Rysiek patrzy na mnie poważny i zły. – Powtarzam ci, sabotaż! Każde państwo, co ma morski brzeg, buduje porty, statki, a my, kurwa, upierdoliliśmy nasze! „Bo się nie opłacało, bo zostały popełnione błędy w zarządzaniu". To znaczy, że ktoś je chciał popełnić, że komuś oddano pod zarząd nasze, rozumiesz – nasze! – porty, stocznie, i ci ludzie zawiedli na całej linii. To pod sąd ich! To innym, nawet takim Wietnamcom, Chinolom, się opłaca i budują stocznie tam, gdzie wczoraj rósł ryż, a my upieprza- my to, co mamy już gotowe, co działa, i... tego, no... wiesz, i zaraz się okaże, że jakiemuś maharadży to się będzie opła- cało... Kurwa, no! – zapowietrzył się, zezłościł. I nagle mu przeszło. – A ty co? Bo nogami przebierasz do tej roboty.

– Rysiek, daj spokój... ja już to odchorowałem, przerabia- łem, wściekałem się, ale to nic nie da. Trzeba patrzeć, jak ra- tować własny tyłek. A z robotą? Zdecydowałem. Jest okazja. Nikt na mnie wiecznie czekać nie będzie.

– Ale co? W twojej specjalności czy coś innego?

– W mojej, dokładnie!

– I twoja się godzi?

– Wyobraź sobie, że jeszcze mi za to wacusia wypieściła. Jakby już za nim tęskniła!

– O, ho, ho! Za coś takiego to warto wypić! – Wznosi do góry puszkę z piwem i kiwa głową. – Co będziesz robił?

– To samo co tu, nadzorował budowę kadłubów, tylko za normalne, europejskie pieniądze!

– Które ładnie będziesz podsyłał swojej magnifice – dodaje Rysiek sarkastycznie.

– No, a po co bym tam jechał? – śmieję się.

– Jasne! Przybij piątkę!

Chwilę pomilczeliśmy. Rysiek nie miał ani jednej rybki. Wiedział, że nic nie złowi, więc nawet wędki nie trzymał. Wbił ją w rozpadlinę byle jak. Siedział i po prostu był. Jakby tylko po to, żeby ze mną pogadać.

– Nie masz pojęcia, Rychu, jak ja już chcę do roboty! Chcę normalnego, męskiego rytmu. Wstać, wziąć rano prysznic, zjeść porządne śniadanie i do stoczni! Z takimi jak ja, nawet gdy są konflikty, wiatr albo ziąb. Pracować! Pra-co-wać! Gdy się pracuje dużo i ciężko, to urlop smakuje jak... naleśniki z owocami i czekoladą. Takie, jakie jadłem pierwszy raz w Londynie.

Kilka lat temu pojechaliśmy za pieniądze z mojego projek- tu do Londynu. Asia wzięła tydzień wolnego. Byłem szczę- ściarzem! Wygrałem konkurs, dostałem dość dużą kasę za projekt i oto jestem w Londynie z moją piękną żoną i mogę jej powiedzieć to, o czym zawsze marzyłem:

– Kochanie, nie krępuj się, nie musimy się szczypać, stać nas na małe szaleństwo!

Jej uśmiech i spojrzenie wystarczyły mi za milion dolców, jakie powinienem dostać za taki projekt i może kiedyś dostanę. No, jeśli nie milion, to ciut mniej, ale przecież dobry jestem w te klocki!

Londyn był nasz. Wspaniałe pięć dni. Naturalnie małe zgrzyty. Starałem się niczego nie spaprać. Wstawaliśmy o dziewiątej. Śniadanie do pokoju, bo Aśka nie zejdzie do sali nieumalowana. Ma być elegancko. OK. Koło południa miałem dość. Ile można się malować, suszyć włosy, prasować bluzkę?

– Asineczko, proszę cię – mruczałem już porządnie wnerwiony. Londyn czeka, a tu bim-bom, południe!

– No, o co ci chodzi? Chcesz pokazać światu ładną kobietę czy kocmołucha?

W okolicach trzynastej trzydzieści dotarliśmy wreszcie do centrum. Drobna sprzeczka, bo byłem już głodny.

– Kup sobie hot doga! – łaskawie zarządza moja pani i obiera kurs na sklepy z ciuchami. Siedzę jak ten dureń przed przymierzalnią. Aśka co chwilę pokazuje mi się w czym innym.

– Zobacz, nie za gruba w tym jestem?

– Nie, dlaczego? – próbuję wysondować, co należy powiedzieć.

– A w tym, popatrz? Eee, w niebieskim nie jest mi za dobrze! Patrz, zielona jestem! Przynieś mi taką, tylko morelową, tam wiszą...

Wiem, jaki to „morelowy"? Niosę. Siadam. Siedzę...

– No, zobacz!

– Super! – wołam, nawet nie wiem co. Już nic nie widzę.

– Zwariowałeś?! Zobacz, jaka tragedia! Jak mnie to poszerza! Te kontrafałdy! Nie! Odwieś to. Wolę spódnicę ołówek. Przynieś tamtą grafitową, co ją odwiesiłam.

Biegam szukać spódnicy „ołówek". Na szczęście kojarzę mniej więcej, kiedy jej błysnęło oko. Miła ekspedientka pomaga mi, godziny mijają, a może nawet dni i tygodnie. Jezuuuu! Ile można przymierzać! Pytać?! Ja się nie znam, mnie się Aśka podoba najbardziej w takiej niebieskiej podomeczce, jaką nosi w soboty. Obcisła, ładnie zaznacza jej bioderka i piersi. A tu? Ołówek czy morelka? Nie wiem. Zostaję uznany za gbura i że nie umiem współpracować, i że ze mną tak zawsze. Milczę, żeby nie zepsuć tego dnia do końca. Czuję się tu klaustrofobicznie, chcę wyyyyyyjść!

Przy kasie gały wyłażą mi z orbit, ale udaję, że nie widzę tego rachunku. Miało być cudownie! Zupełnie jakby jej odebrało zdolność mnożenia. Takie same łachy można u nas na Świętojańskiej w Gdyni mieć kilka razy taniej, ale nie komentuję. Najważniejsze, żeby była zadowolona.

Ze zwiedzania czegokolwiek nici, bo teraz ona jest głodna. Ale szczęśliwa, więc olewam, trudno. Jakoś to będzie. Joanna uśmiechnięta wcina makaron z krewetkami u Chińczyka i szczebiocze, puszy się, jak to zada szyku, jaki to Londyn ciekawy. Jest wesoła, przymilna. Warto było kupić ten najdroższy ołówek świata. Wieczorem niesiemy szampana do pokoju i pijemy z plastikowych kubeczków. Joaśka wspomina jakiś jej studencki obóz, zaśmiewa się, a w łóżku jest szczodra i gorąca.

Wytrwałem w Londynie do końca, nie skarżąc się już na poranne grzebanie. Zdychałem z nudów, czekając w nieskończoność, aż się zakręci grzywka, aż pomaluje sobie cienie i dopasuje coś do spodni, bo trzy tysiące bluzek w walizce „absolutnie do niczego się nie nadaje". Znosiłem to wszystko heroicznie. Za to na ulicy wyglądała na zadowoloną i promieniała.

Ostatniego dnia zażyczyła sobie wreszcie British Museum. Kontemplowała długo każdy eksponat, usiłując coś wyczytać w przewodniku. Zupełnie jakby kończyła historię sztuki, jakby się na tym znała. Nie używała angielskiego od szkoły. Pyta mnie, ale słownictwo z zakresu sztuki jest mi obce. Wiem, jak jest stal, spaw, nit, kołnierz... A poza tym widzę obraz czy rzeźbę, fajny jest (albo nie), idę dalej! Ale ona nie, musi się popisać wrażliwością i wiedzą. Spokój.

Chciałem zwiedzać? Mam zwiedzanie! Raczej – mam za swoje. Po głębokim i dokładnym skontemplowaniu zasobów British Museum wreszcie wyszliśmy.

Ale tak czy owak to był miły wyjazd. Wspominam go raczej na plus, chociaż mogłoby być inaczej. A może marudzę?

– Byliście bez dzieciaków? – pyta Rysiek.

– Bez. Przy dzieciakach raczej by nie była taka szczodra w nocy i by tak cudownie nie piszczała. Sorry, że ja ci tu o takich szczegółach, ale wiesz, jestem prosty chłop. Lubię, no!

– A który z nas nie lubi? Ja, Wiesiu, niby po zawale, a też się do tej roboty przykładam. Doktory kazały się oszczędzać, ale o bzykaniu nic nie słyszałem! A Anula jak to kobieta, choć ma swoje lata, to wiesz, potrzeby swoje też ma! Masz jeszcze tę swoją herbatkę?

– Jasne! Proszę. Anula? No, patrz, Rychu, a mówili, że po menopauzie...

– Nie wiem, co mówili, ale ja się ojca lubiłem słuchać, który mamusi używał do śmiertki. Ojciec mój gadał, że jak baba w nocy nie pokrzyczy, to w dzień warczy. Dobre, nie?

– Nie mam, Rychu, aż takiego doświadczenia, ja z jedną Joaśką całe życie.

– Żartujesz?

– Nie. Od ślubu tylko z nią.

– O, kurczę! Toś ty jest kozak! Chyba że kręcisz!

– Nie kręcę. Poskakałem przed ślubem, a po ślubie nigdy żadna inna. Nie potrzebowałem...

Zamilkłem. Rozpaplałem się jak baba, aż głupio. Sięgnąłem po termos, ale Rysiek nakrył dłonią kubek.

– No, jeszcze po kubeczku – próbowałem go przekonać.

– Już starczy...

– Zaszalej, jest okazja.

– Ja już swoje poszalałem. Teraz piję z bezpiecznikiem – westchnął, spoważniał.

Już dawno chciałem go zapytać o coś, ale nie miałem dość odwagi. Najwyżej zmilczy.

– Rychu, mogę cię o coś... – zacząłem.

– Wal – przerwał mój wstęp.

– Mówili chłopaki, że byłeś nauczycielem akademickim. – Twarz Ryśka się ściągnęła, spochmurniał. – Przepraszam, jak chcesz, to nie odpowiadaj. Pytam, bo...

Rysiek machnął ręką.

– Nie ma w tym tajemnicy. Wykładałem w Gdańsku geografię. Za dużo piłem. Zwolnili mnie dyscyplinarnie, bo naubliżałem studentom. Poszedłem uczyć do liceum. No i tam też się popisałem. Na koniec prowadziłem samochód „pod wpływem”, jak mówią... i zabiłem Teresę... moją żonę... Wylądowałem na odwyku.

– Zabiłeś?!

– Niby zmarła w szpitalu, niby nie byłem bezpośrednio winny, bo to w nas wjechali, ale wiesz...

– O, kurczę…

– Wiedziałem, że sam nie dam rady. Poszedłem na grupę i psychoterapię. Wróciłem do ludzi. W szkole już byłem spalony. Znalazłem robotę w porcie, w magazynie. Nie piłem! Więc żeby sobie udowodnić, jak się zmieniłem, poszedłem za bar.

– Barman niepijący alkoholik? Niezłe.

– Niezłe.

– A teraz… piwo ci nie przeszkadza? A rum w herbacie?

– Wiesiek, ja nie mam pięciu lat. Od dawna nie piję, żeby coś poczuć. Znaczy, żeby się natrzepać. Piwko, proszę bardzo, herbatka z rumem, proszę bardzo, i nic ponadto. Szczególnie w domu, bo Anula nie lubi. Ona też zanadto lubiła kiedyś. Ja już tak od lat… jedno piwko. Czasem u znajomych… no, dwa. Szlus!

Szlus. Rozpadało się. Zebraliśmy swoje graty i zrobiliśmy odwrót.

Miałem jeszcze miesiąc do wyjazdu. Wolałbym, żeby to było już. Flaki mi się wywracały od tego braku pracy, życia na jałowym biegu. Co robić w pustym domu tyle czasu? Wycierać pięć razy to samo miejsce z kurzu, łazić po pustej chałupie, poprawiać firanki i sprawdzać, czy kwiatki mają wodę?! Odurniające i poniżające dla mnie. Jestem inżynierem, twórcą, konstruktorem! Nie jestem kobietą domową! Pamiętam mój pierwszy własny projekt. Kuter, ale jaki! Autorskie rozwiązania, dość nietypowa linia. Rewelacja! Wszystkim się podobał! Dyrektor nawet powiedział:

– No, to teraz czekamy na deszcz zamówień!

– Jaaasne – zażartowałem, że niby wiem, że to żaden cud, że taki skromny jestem.

– Panie Wiesławie – pokręcił głową – to jest naprawdę świetny projekt! Proszę to zapamiętać! – I zrobił taki znaczący gest dłonią, że niby w przyszłości…

Niestety ten mój skromny triumf przemienił się w wielki wstyd. Za wiele było wokół mnie hałasu, zanadto byłem eksponowany, zdjęcia, wywiad do gazety, fotoreporter… Podczas ceremonii wodowania grupowe zdjęcie. Ustawiono nas wszystkich pięknie wystrojonych i wesołych.

– Państwo nie stójcie tak sztywno! – wołał fotograf. – Luźniej! Uśmiechy! Radość! Weźcie się jakoś po kumpelsku, rączki na ramiona sąsiada, jesteście załogą, o tak!

Kucnąłem w pierwszym rzędzie. Nade mną dyrektor z żoną i nasz szef z sekretarką Majeczką. I Romek, i inni... Wszystko wedle poleceń fotografa, to Majeczka mi na ramieniu dłoń położyła. Wyszło piknie. Poszło na pierwszej kolumnie. Pokazałem gazetę w domu. Tomek zagwizdał z uznaniem. Stary to zdjęcie oprawił i zawiesił w sekretariacie. Minął tydzień i... Musiałem wysłuchać, jak to Joanna wparowała do sekretariatu.

– Dzień dobry pani!

– Witam panią. – Majeczka wstaje zdziwiona, bo rzadko tu żony zaglądają. – Proszę, czym mogę służyć?

– Ja właściwie w takiej błahej sprawie – Joanna uśmiechnęła się słodziutko. – Ja, widzi pani, jestem żoną.

– Tak? – Majka czeka na dalszy ciąg.

– Tak! – Joanna podchodzi do zdjęcia i patrzy. Patrzy i milczy. Majka nie wie, co jest grane, więc ponagla:

– Ale co ja mogłabym...?

Joanna, nie odwracając się, kładzie palec na mojej sylwetce i mówi powoli:

– Tego pana...

– A! Pana Wieśka. Zawołać? Ma inspekcję. – Majka nie znała Joaśki. Nie miała pojęcia, co potrafi.

– Ja nie przyszłam tu do mojego męża, a do pani. Chciałam pani uświadomić tylko, że to mój mąż. Rozumie pani? Żo-na-ty. Nie wypada na oficjalnych zdjęciach obściskiwać żonatych. Chyba mnie pani rozumie? A jak nie, to zrozumie pani, mając własnego męża! Do widzenia.

Wezwano mnie do biura. Dyrektor w pretensjach. Majka we łzach, niedawno wyszła za mąż, jest w ciąży ze swoim ukochanym, a tu taka afera! Chciałem się zapaść pod ziemię. Nie wiedziałem już, jak przepraszać Majkę. Oczywiście na drugi dzień wszyscy się uśmiechali na mój widok. Nie mogłem dopuścić, żeby coś podobnego się powtórzyło.

– Joanna, nigdy ci nie dałem powodów do zazdrości. Nigdy! Co ci przyszło do głowy?! To młodziutka, zakochana mężatka! Czyś ty oszalała?

Naturalnie to nie były argumenty dla mojej żony. Żadnego, najmniejszego poczucia winy! To ja byłem ślepy i głupi, i jeśli nawet nic mnie z „tą panienką" nie łączy, to nie znaczy, że nie miałoby się tak stać, bo ona, Joanna, widzi, jak ona na mnie łypie. Kiedy? Gdzie ona to widziała? Paranoja jakaś. I...

tylko patrzeć, jak w coś wpadnę, bo „jestem w takim wieku", a poza tym zawsze okazywałem jej, Joannie, lekceważenie.

Omal z krzesła nie spadłem.

– Już nie pamiętasz, jak byliśmy u Ireny na nowym mieszkaniu? I jak jej nadskakiwałeś?

– Ja? kiedy?! W jaki sposób?

– Otóż kiedy nalewałeś szampana, to oczywiście jej pierwszej, a przecież wypadałoby mnie! To ja jestem twoją żoną!

– Ale to Irena podstawiła mi kieliszek po dolewkę, miałem go odtrącić? Tłumaczyłem ci to już wielokrotnie, poza tym to było pięć lat temu, kobieto!

– Chcę ci tylko udowodnić, że od lat robisz to bezwiednie!

– Co, do cholery jasnej?!

– Lekceważysz, przymilasz się każdej innej, a ja jestem traktowana jak popychle! Nie zauważasz mnie, olewasz! Zawsze to robiłeś, zawsze!

Co ona gada?! Jakie „zawsze"? Zawsze to ja ją szanowałem, uwielbiałem, szczyciłem się nią, bo była moją boginią, cudem, moją miłością. Kindersztubę mam wyssaną z mlekiem matki. Na ile umiała, na tyle mnie wychowała na szarmanckiego faceta – przepuścić w drzwiach, podać dłoń, pomóc, podsunąć, ukłonić się, tachać siaty, myć podłogi... Co ona gada?! Ja – cham i prostak? Nie umiem okazać jej szacunku?!

Tak oto moja wielka duma i radość, mój projekt kutra zostały przyćmione awanturą zakładowo-domową. Zastanawiałem się, czy to nie rodzaj zazdrości, że mam swoją chwilę triumfu, szczęścia? Może ona wolała myśl, że jestem zwyklakiem, że „prochu nie wymyślę", że wyżej nerek nie podskoczę? Może dzięki temu ona czuła się kimś lepszym?

Coś mi nie była pisana światowa kariera. Najpierw zazdrosna żona, a potem rozpadła się stocznia.

Fujara ze mnie i trochę hipokryta. Rysiek mnie zapytał: „Wiesiek, a ty naprawdę nigdy nic, żaden skok?", a ja mu zasuwam, że jakoś nigdy mnie nie ciągnęło, bo mam żonę ideał.

Dziwak ze mnie. Nie żebym był nieczuły na kobiece wdzięki. Jestem. Podobają mi się kobiety, owszem, ale odganiałem chronicznie myśli o przygodach, tym bardziej że widzę po kumplach, jakie mogą być nieprzewidziane następstwa. Zresztą Rysiek też niby zdumiony, że ze mnie taka

cnotka, ale sam mi kiedyś opowiadał, jak to leżał w szpitalu razem z jakimś dyrektorem po rozległym zawale.

– Wiesiek, on normalnie, jak to dyrektor, zatrudnił asystentkę, tak to się teraz nazywa, co się składała głównie z nóg, burzy włosów i pięknych piersi. Na swoje utrapienie. Rzucił dla niej rodzinę, dzieci, zostawił żonie dom, samochód – wsio! Po dwóch latach umawia się z byłą i błaga: „Ty mnie przyjmij z powrotem! Proszę cię". Asystentka owszem, niczego sobie – ładna i chętna do tych rzeczy, ale… Nie gotowała, bawić się chciała, a jemu szkodziło knajpiane żarcie, na dyskotekach rozsadzało mu łeb… Skamlał, żeby żoneczka wpuściła go z powrotem do domu. I co? Psińco. „Nie – odpaliła mu. – Wracaj sobie do swojej gwiazdy! Wystarczy, jak raz zrobiłeś ze mnie pośmiewisko na całą okolicę!" No i legł koło mnie, na kardiologii. Tak, Wiesiu. Różnie to bywa ze skokiem w bok. Albo weź tego kapitana, tego wiesz, co Don Juan na niego wołali. Znasz go. Dzieci narobił po świecie i teraz wypłaca jak bankomat. Ja tam uważam, że w tym względzie to lepszy jest stary wróg niż nowy przyjaciel. Przynajmniej teren masz obeznany, rozpracowany. Nie powiem, nielekko ty masz z tą swoją, ale ja wiem… teraz wyjedziesz i ona sobie może nagwizdać. No tak?

– Ano tak – westchnąłem.

PANNY I MĘŻATKI

Już raz wyjechałem. Moja młodość w Trójmieście! Młodość spod znaku amorów. Rację ma powiedzonko, że „klin klinem". Pęknięte po rozstaniu z Joaśką serce zrastało się. Po zamieszkaniu w domu studenckim dość szybko wpadłem w oko miłej Marzence – pracownicy sekretariatu administracji. Marzenka wyszła za mąż za marynarza i – jak twierdziła – przeliczyła się. Potrzebowała towarzystwa, więc jakoś szybko bardzo nawiązaliśmy znajomość. Straciłem dziewictwo, chociaż przecież moją kochanką była sama Claudia Cardinale, więc teoretycznie wiedziałem, jak przystąpić do rzeczy. Niestety nie miałem pojęcia, że ciało i zapach Marzeny i te jej zabawy językiem po szyi, że sam dotyk skóry ciepłej kobiety wystarczy, abym eksplodował, i że biedna Marzena będzie musiała zacząć jeszcze raz i poświęcić mi więcej czasu, by wytłumaczyć w praktyce, na czym z grubsza polega seks.

Zazwyczaj byłem gotów już po pierwszym pocałunku, a gdy leżeliśmy nadzy w łóżku, zdarzał mi się falstart, jeszcze zanim „byłem w ogródku". Moja diabliczka przyjmowała to spokojnie, bo po piętnastu minutach znów byłem gotów, jak gdyby nigdy nic. Ech! Młodość!

Marzena była okrągłą blondyneczką o bardzo kobiecym, zmysłowym zapachu i gładkiej, jakby natłuszczonej skórze. Poruszała się leniwie, powoli jak skradający się kot i lubiła spoglądać spod rzęs. Szczególnie mnie brało, gdy załatwiałem coś w sekretariacie i udawałem, że się nie znamy. Kiedy wieczorem wchodziłem po schodach kamienicy, w której mieszkała na pierwszym piętrze, ona już cicho uchylała drzwi w szlafroku niedbale zarzuconym na nagie ciało – gorąca i chętna. Raj!

Uwielbiałem, gdy mnie dotykała, ale ja nie umiałem jej dotykać, więc szkoliła mnie w zakresie kobiecej anatomii, prowadząc moją dłoń po sobie jak po mapie. Nawet w jej ciepłym i wilgotnym wnętrzu prowadziła mnie lubieżnie i tak, jak chciała. Opuściłem się nieco w nauce, bo zamiast mózgu miałem wiadro hormonów.

I wszystko byłoby w porządku, gdyby marynarz nie wrócił zupełnie nie w porę. I nie w porę wszedł do mieszkania, otwarłszy je swoimi kluczami. Nie przypuszczałem, że to się tak może skończyć. Dał mi przepisowo po gębie i wywalił na klatkę, rzucając za mną ciuchy.

Marzena przyszła do pracy w ciemnych okularach i roześmiała się na mój widok. Nie spotykaliśmy się więcej, choć zawsze się do mnie uśmiechała, jak mi się zdawało – porozumiewawczo. Myślałem o niej jeszcze przez parę miesięcy, za każdym razem, gdy dotykałem językiem ruszającego się przedniego zęba. Na szczęście w końcu się ustabilizował.

Później była Aldona, studentka polonistyki, i Wiesia, przedszkolanka, moja imienniczka. Z Aldoną spotykaliśmy się w jej akademiku i strasznie to było uciążliwe ze względu na jakieś zakazy i nakazy czystości moralnej, które panowały i w naszym domu studenckim. Niełatwo było mojemu pokoleniu z życiem seksualnym. Wszędzie czyhano na nasze występki erotyczne, chcąc uniemożliwić nam seks przedmałżeński. Komuniści pod tym względem nie różnili się od kleru. „Nielzia!"

Daty ślubów, a po nich daty urodzin dzieci świadczyły i świadczą za siebie, nie zawsze to jest dziewięć miesięcy. Poczęcia przedślubne to nie nasz wymysł. Zakazy w tym względzie to jak tamowanie powodzi snopkiem słomy. Do akademika właziłem przez okno na parterze, do miłych koleżanek, a stamtąd już do Aldonki, na drugie piętro. Niestety, dokwaterowano jej niemiłą koleżankę i się skończyło.

Przedszkolanka Wiesia miała swój mały pokoik przy jakiejś babci, starej i głuchej. Babcia udawała, że przysypia, a tymczasem podglądała nas namiętnie przez dziurkę od klucza. Wiem, bo szurała kapciami i sapała, jak się nachylała do tej dziurki.

Wiesia była dość pruderyjna, nie lubiła szaleństw, jak Marzena, ale za to była bardzo wrażliwa i szybko się rozpalała, a także była jakoś tak ciasno zbudowana, że bardzo szybko mnie niosło, więc chciałem, prosiłem ją, żeby unosząc uda szeroko, rozluźniała się nieco, ale nie. Lubiła tylko po bożemu, więc z jakości przeszliśmy w ilość. Biłem swoje kolejne rekordy. Aż do otarcia naskórka.

Z Wiesią rozstałem się po roku. Jakoś się nam rozlazło, znudziło... Znudziło się mnie, ale nie było łez. Rozstaliśmy się zwyczajnie – bez dramatów.

Ach, no i Maria, starsza ode mnie żona adwokata.

Dorabiałem w spółdzielni studenckiej myciem okien. To była willa i okien miała sporo. Pani domu czyścioszka i do tego piękna, smutna. Opowiadała mi o zdradzie męża i tak się popłakała, że znalazła się w moich ramionach. Całowałem ją i tuliłem za każdym razem, gdy wpadałem umyć te okna, a ona osuwała się na wielką sofę w pokoju. Czułem się jak bohater włoskich filmów. Tajemniczy kochanek pięknej damy. Miała wspaniałe, jasne włosy, które upinała w wysoki kok, a gdy je rozpuszczała, sięgały jej do pasa. W łóżku musiałem uważać, żeby ich nie przycisnąć, bo wtedy robiło się mało romantycznie. Włosy łonowe miała też jaśniutkie, co doprowadzało moje zmysły do szału. Do tego chyba się tam perfumowała, bo za każdym razem, gdy zanurzałem twarz w jej łonie, czułem zapach kwiatów. Maria sprytnie i dość jednoznacznie pokazała mi, że chciałaby, żebym całował nie tylko jej usta. Szybko sprawdziłem, do czego to może prowadzić, więc polubiłem niesamowicie. Była szczodra w pieszczotach i umiała sprawić mi wiele satysfakcji, jednak najwspanialej szczytowała. Spazmowała głośno i... pięknie! Miałem wrażenie, jakbym był kompozytorem, a ona moją ulubioną solistką.

Z czasem już nawet nie myłem okien.

Jakoś na ostatnim roku, gdy przyjechałem do domu na święta, przypadkowo wpadłem na Joaśkę. Spędziliśmy razem sylwestra i wylądowaliśmy w łóżku. Moja pierwsza miłość! Starałem się potraktować to lekko. Spotkanie po latach, niezobowiązujący seks. Bałem się miłości. Nie chciałem znów być tak zraniony jak za pierwszym razem, a już wiedziałem, że Joanna jest zdolna do torturowania partnerów. Łukasza podobno spławiła po półtora roku. Mówiono w miasteczku, że to piekielnica.

– Wiesiek, ja piekielnica? – mruczała mi w ramionach. – Ja?! No chodź tu, chodź, pokażę ci, jaka ja jestem łagodna, chodź...

I była. Łagodna i gorąca. Musiała mieć dobrych nauczycieli, po tym jak mnie rzuciła. Postanowiłem jak najszybciej wrócić do Gdyni. Nie wierzyłem, że ta jej przemiana to prawda. Chciałem też dać jej po nosie. W końcu nacierpiałem się przez nią. Zresztą sam nie wiedziałem, czy chcę jakiegoś poważnego związku. Tak mi jest przecież dobrze z Marią – niezobowiązująco, lekko i miło. Miałem kilka miesięcy do końca studiów i chciałem rozpocząć życie... Jakieś życie. Zawodowe również, ale na razie bez obrączek, a tym bardziej pieluch. W każdym razie – nie teraz!

Joanna przyjechała któregoś razu do Gdyni i na długim spacerze wyjaśnialiśmy sobie nasze sprawy. Naturalnie skończyło się w łóżku. Mistrzyni w mowie! Jak ona argumentowała, myślała za siebie i za mnie. Później kilkakrotnie zrywaliśmy z hukiem i łzami i... wracaliśmy. Była nieprzewidywalna. Z jakichś idiotycznych powodów wszczynała awanturę – rozkręcała ją, płacząc i krzycząc, dramatycznie trzaskając drzwiami i biegnąc ulicą niby na dworzec, by po chwili stać pod drzwiami z miną małego kotka...

Seks po czymś takim smakował jej wybornie. Było cudownie, z gorącymi wyznaniami szeptem i zaklęciami. Lubiła to od początku. A jednak nie sądziłem, że to będzie ewoluowało tak niebezpiecznie, że seks po awanturach stanie się prawie regułą. Jako deser? Nagroda? Antidotum?

Z pomocą rodziców i stoczni stałem się posiadaczem małego mieszkania. To ono głównie było sceną dramatów z Joanną. W końcu miałem dość i zerwaliśmy nieodwołalnie. Tym bardziej, że odezwała się Maria. Właśnie się do niej wybierałem cały wyelegantowany, znaczy czysty i pachnący. Pamiętam, że lało potężnie, gdy zadzwonił dzwonek do drzwi. Joanna. Znów scena ekspiacji, zapewnienia, łzy i moje tłumaczenie, że zwyczajnie nie umiem się odnaleźć na takim rollercoasterze. Została na tydzień i znów zerwaliśmy. Nieodwołalnie. Pyskówka ostra, raniąca, wredne słowa.

– Żegnaj... – powiedziała dramatycznie, wychodząc.

Wróciła po półgodzinie ze szlochem. Rzuciła się na szyję, szepcząc jak katarynka: „Nie potrafię bez ciebie żyć. Próbowałam, wierz mi..." Zastanawiałem się, czemu my tak mamy – ostro, dramatycznie i z zakrętami – a inni spotykają się, gruchają i po prostu są ze sobą? Zdecydowaliśmy, że się przeniesie na studia do Gdańska i będziemy ze sobą na dobre i złe.

Wierzyłem, że to takie młodzieńcze histerie i że po ślubie się uspokoi. Naturalnie przez jakiś czas po jej przenosinach było bosko. Urządziła moje mieszkanie po swojemu – z różnymi babskimi fintifluszkami, roślinami i serwetkami. Zrobił się prawdziwy dom. Czasem pachniało rosołem, naleśnikami. Czasem cały weekend jedliśmy kefir z czerstwym chlebem, nie chcąc opuszczać łóżka – miejsca rajskich doznań.

Żyłem w wiecznym uniesieniu, te zachwyty nad tym, że tak można kochać, że ona mnie tak kocha. Facetowi to imponuje, taka mieszanka – orgazmy i pienia nad jego męskością. Oblewanie miłością, megamiłością i uwielbieniem. To było jak narkotyk. Zaczynałem tego potrzebować bardziej niż rutynowych wytrysków w ramionach prostej Wiesi czy gorącej Marii. One nie karmiły mnie uwielbieniem, raczej łaskawie przyjmowały moje hołdy. Gdyby człowiek umiał patrzeć dziesięć, dwadzieścia lat naprzód...

Temperament Aśki stał się bardzo odczuwalny. Zawsze była ostra i bezczelna, ale to się robiło... trudne. Skłóciła nas z całą rodziną. Zanim się zorientowałem, poodsuwali się od nas znajomi. Jej zostały dwie, może trzy koleżanki, które zadręczały nas (mnie) swoimi wizytami. Mnie zostali tylko koledzy w pracy. Tylko, bo Aśka ich nie lubiła, więc o zapraszaniu nie było mowy. „Mamy małe dzieci, a oni palą!" – zawsze umiała coś wymyślić.

Pracowałem jak wół, bo przecież żądania i potrzeby rosły. Samochód (bo duży fiat to „pudło"), dom zamiast mieszkania (bo „ona w bloku nie będzie się poniewierać"), zresztą słusznie – mężczyzna ma zbudować dom, posadzić drzewo, spłodzić syna, córkę, kupić samochód sobie i żonie, załatwić wakacje w Bułgarii, Grecji, później we Włoszech, etc.

Gdy po długim czasie pojechałem do rodziców, mama rozpłakała się na mój widok.

– Wiesiu, tak bardzo posiwiałeś, wyglądasz na zmęczonego.

Ojciec nic nie mówił, cieszył się rozmowami ze mną o życiu, o świecie. Unikał rozmów o Aśce. Nie znosił jej. Nigdy się do niej nie przekonał. Wnuków prawie nie znał, Aśka nie lubiła tu przyjeżdżać i robiła wszystko, żeby nasze wizyty u moich rodziców były jak najrzadsze.

W moim rodzinnym domu nikt nigdy nie krzyczał. Czasem moja siostra, ale tylko wtedy, gdy np. zaprosiła koleżanki, a ja je podglądałem, jak przymierzały staniczki, takie koronkowe balkoniki – bardotki.

– Mamoooo! – wołała. – Zabierz gooooo!

– Wiesiek! – Mama dawała mi ścierką przez plecy i goniła precz.

Na poważnie nigdy nie było takich scen i takich wrzasków, jakie umiała wygenerować Aśka. Gdy jednak widziała, że przegina, że zamykam się w sobie i milknę na długo, potrafiła mnie tak zmanipulować, że... miękłem. Nas facetów łatwo podejść.

Roman, szkolny kolega, wyłuszczył mi to na jakimś piwie, po spotkaniu jubileuszowym. Rozgadałem się o Aśce i naszych problemach, a on wstawiony już nieźle wypalił szczerze:

– Bo ty, Wiesiek, pierdoła jesteś. Przecież ta twoja Joaśka to narowista klacz. Jak była z Łukaszem, wiesz, tym, co teraz kantor obok banku ma, nieraz oberwała za swoje fochy! A ty... pierdoła jesteś!

Jestem. Byłem i jestem. Nigdy nikogo nie uderzyłem. Ani psa, ani dziecka, ani kobiety. Dziś też bym nie uderzył. Nie mój sposób na życie. Może faktycznie bywałem za miękki?

WYJAZD

Dostałem ostateczne potwierdzenie, że Finowie mnie chcą, czekają na mnie i moje doświadczenie. Ktoś tam poczytał w papierach o kilku moich rozwiązaniach i projekcie kutra. Miło. Projekt nie tylko przyniósł wstyd.

Jadę! Dzieciaki przyjęły mój wyjazd ze zrozumieniem, a nawet euforią.

– Wpadnę do ciebie! – deklarowała Kasia. – Pójdziemy na spacer, pokażesz mi miasto, port, stocznię...

– I sklepy ze szmatkami... – dopowiedziałem jej marzenia.

– Tato! – próbowała zaprzeczać.

– No, Kasiu, jasne, będzie wszystko, i spacery, i sklepy, ciuszki... Tylko się tam jakoś zakotwiczę.

Tomek też coś mówił o wizycie, ale bardziej umawiał się na fotografowanie, właśnie chwycił bakcyla, i chyba chodziło mu o sprzęt fotograficzny. Zachłysnął się obróbką zdjęć i czymś, co się nazywa komputerową galerią fotograficzną. Tylko czy ja mu dorównam? Komputer znam tyle o ile, ciągle rozgryzam. Pokazał mi te różne galerie – fantastyczne! Ludzie wklejają zdjęcia, komentują, dyskutują.

Z nikim dotąd nie mailowałem. Czasem pisywałem listy. Koperta, znaczek... Najczęściej do mojej siostry, ale i tak wolę telefon – jakoś nam się lepiej gada niż pisze. Kryśka czasem aportuje, co u mamy, bo ona, nie chcąc mnie niepokoić, ukrywa jakieś kłopoty. Ostatni pomysł Krysi bardzo mi się podoba – chcą sprzedać mieszkanie rodziców i wybudować dom, do którego zabiorą mamę. One dwie zawsze doskonale się rozumiały, ale mama mawiała, że do dorosłych dzieci nie należy się wtrącać, a wspólne mieszkanie prowokuje do tego, więc – nie. Długo – nie, ale teraz, gdy ma wylewy na siatkówce i grozi jej ślepota, to doskonała myśl.

Nie dla Joanny. Zamiast zadowolenia, że problem się rozwiązuje – fochy, bo po sprzedaży mieszkania powinni podzielić się z nami pół na pół. O mało bym się udławił po takim dictum.

– Aśka, dostaliśmy kasę na nasz dom za życia taty! Nie wezmę za mieszkanie rodziców ani centa! Kryśce i jej mężowi jest ciężko, a mimo to rzucili się na budowę domu, ona zajmuje się mamą... Jak w ogóle mogłaś...?

Mogła. Posłuchałem, kim jestem, kim jest Krysia i że rodzina w ogóle mnie nie obchodzi. Zamknąłem się. Nie podejmowałem tematu. Aśka się nabzdyczyła i mieliśmy kolejne dwa dni ciszy.

Pożegnanie przed moim wyjazdem było do bólu zwyczajne. Kochaliśmy się bez entuzjazmu, czułem, że Joanna robi to, oględnie mówiąc, mało chętnie i ponadto udaje szczytowanie. Trudno. Może nie miała ochoty? Niepotrzebnie zaczęła. Nie uważam, że jadę na zsyłkę i koniecznie musi mnie pożegnać orgazmem.

Rano, tuż przed wyjazdem na lotnisko, nagle mówi:

– Nie wiem, czy to było konieczne...

– Co? Wyjazd?!

– Wiesz, aklimatyzacja, nowe miejsce, język. Czy ty sobie poradzisz? Może gdybyś lepiej poszukał, mniej marudził...

Myślałem, że dostanę zawału. Teraz wątpliwości?! W ten sposób chce mi pomóc, odbierając wiarę w siebie? Ja marudziłem?!

– Joaśka, ty siebie słyszysz? Ja marudziłem? Zamknęli stocznię i wszyscy tu szukają roboty, ja i...

– Słyszałam to tysiąc razy! Ale ty się uparłeś! Może zdjąłbyś koronę z głowy i naprawiał te pralki i... byłbyś w domu.

– Przypomnę, że sama nie chciałaś pracować w przedszkolu i ponad rok szukałaś pracy...

– Będziesz mi to teraz wypominał?

Nie komentowałem. Może tak myśli, a może nie wie, jak to będzie, może to tylko niepokój? Wielokrotnie rozmawialiśmy o tym, że takie dzisiaj czasy – nieraz chłopaki muszą pojechać do pracy dalej. Zgadzała się i mówiła, że nic takiego, że mężczyzna ma to wpisane w swoje geny, że nam jest łatwiej i takie tam. „Poradzimy sobie, to nie antypody". A teraz kwaśna mina i: „Nie wiem, czy to było konieczne". Kobieto!

Po południu ocknąłem się, bo w pokoju było jasno i pachniało jedzeniem. Suszyło mnie nieludzko, ale Orest pomyślał i o tym – koło łóżka stała flaszka mineralnej. Gdy wstałem, przestało lać, głowa już nie miała wielkości i ciężaru glinianego sagana. Co za facet! Stał w kuchni i mieszał w garnku.

– Kapuśniak! – oznajmił z uśmiechem. – Na resztce kiełbasy, z kwaśnej kapusty. Najlepszy po piciu! Idź się wykąp, zaraz dojdą ziemniaki.

Pod prysznicem zmyłem resztki zmęczenia. Pospałbym może jeszcze, ale nie chciałem nadużywać gościnności, zresztą musiałem trafić na prom i dojechać do domu na czas.

– Nie wiem, jak ci dziękować – powiedziałem lekko zażenowany.

– Za co? Że cię wysłuchałem? Daj spokój, jak każdy artysta karmię się cudzym życiem. Ciekawie było! Może mi się do czego przyda ta twoja opowieść. Olę pozdrów ode mnie i zawieź jej to.

Wręczył mi ciężką torbę.

– To rzeźba jest taka... Oli się spodoba, i kiełbasa tutejsza, podzielcie się. No, z Bogiem! – to mówiąc, uścisnął mi dłoń.

Pożegnany serdecznie, odpaliłem na Gdańsk. Jak to dobrze, że tu przyjechałem. To moim życiem się można karmić? Ciekawe. No, jak tak spojrzeć z lotu ptaka...

CZĘŚĆ II

JOAŚKA

TURKU – SPOWIEDZI CIĄG DALSZY

Włączyłem radio, sączył się jakiś miły podkład do moich słodko-kwaśnych wspomnień. Uśmiechnąłem się, przypominając sobie moje pierwsze lądowanie w Finlandii.

Na lotnisku w Helsinkach zrozumiałem, że jestem w innym świecie. Muszę rozmawiać tylko po angielsku, i to jest jakby mniejszy problem, ale muszę też uważnie słuchać tego, co mówią do mnie, i to – większy. Mam kłopoty ze zrozumieniem innych. Odebrałem bagaże, wymieniłem pieniądze i ze ściągawką w ręku poszedłem szukać autobusu. Minąłem kilka barów z żarciem, ale... Nie, może później coś gdzieś zjem. Znalazłem przystanek, z którego był kurs do Turku.

Ciepło. Niby Finlandia, a wiosna, jak u nas... O wszystko muszę się pytać, podpatrywać, kombinować. To frustrujące. Powtarzam sobie, siedząc już przy oknie w drodze do Turku, że to się kiedyś skończy, że obłaskawię, oswoję ten świat i wtedy on wchłonie mnie jak swojaka. Na razie jest mi głupio, gdy nie rozumiem, gdy proszę o ponowne wyjaśnienie i... slowly, please.

Krajobraz za oknem dziwnie znajomy – zupełnie jak Polska. Oglądam ciekawie pola, lasy i zabudowania. Fakt – czyściej, porządniej. No i ta szosa! Prosta, dobrze wyprofilowana. Musiałem się lekko zdrzemnąć, bo szarpnięcie mnie wybudziło. O, za oknem krajobraz już inny. Za skałami zobaczyłem morze, więc już chyba blisko. Na przystanku końcowym podszedł do mnie szpakowaty gość.

– Zdzisiek – podał rękę. Jak się okazało, znajomy Roberta. Rozpoznał mnie ze zdjęcia.

– Wiesiek – odpowiedziałem uradowany. – Słyszałem o tobie wiele! No i dzięki za pomoc.

Zawiózł mnie najpierw na obiad. Byłem mu za to wdzięczny, bo już mi kiszki marsza grały. Sądziłem, że polską metodą kupię po przyjeździe coś w markecie. Jakiś chleb, bo kiełbasę mam ze sobą, ale skoro Zdzisiek mnie ciągnie – chętnie zjem! Wrąbaliśmy po wielkim steku z łososia z frytkami i paskudnymi ogórkami marynowanymi na słodko. Do tego Zdzisiek nie skąpił mi piwa. O boski napoju! Dopiero gdy zanurzyłem dziób w wielkim kuflu, gdy pod pianką poczułem zimny, gorzkawy smak, zawyła moja dusza samcza: „Witaj, przygodo! Najedzony i napiwiony mogę teraz tyrać!"

Zdzichu zrobił mi wykład, wtajemniczając w rzeczywistość stoczni. Opowiadał o wszystkim dokładnie, jak tatuś. Idzie na emeryturę. Obejmę jego stanowisko – z polecenia mnie zatrudniają, to daje mi fory, ale jednocześnie nie mogę spaprać sprawy. To jasne! Szef Zdzicha – jakiś Lennard – to podobno bardzo fajny chłop. Są kumplami od dawna.

Gadało nam się nad podziw dobrze. Chłop z branży, ma dużą wiedzę! Nadto sympatyczny, skromny. Robota chyba w porządku – tylko może wymagania ciut inne, no i praca w obcym języku. Na szczęście mam sporo czasu na aklimatyzację. Czeka mnie kurs branżowych określeń, wymogów, BHP etc. Na ten czas zamieszkam w hotelu robotniczym, kilka przystanków od stoczni.

Z samochodu Zdziśka zobaczyłem stary port i Muzeum Morskie – do zwiedzenia oczywiście. Dalej podziwiałem okolice kompletnie jakby nieportowe, niestoczniowe! Zielone łączki, laski, domki jak z bajki i tylko linia wysokiego napięcia i ogromna trafostacja świadczyły, że gdzieś tu jest wielki zakład pracy. Samego portu, stoczni nie widać zza drzew. Jedziemy i jedziemy. No, nareszcie!

Obejrzałem po drodze mariny, później port, aż w końcu dotarliśmy do stoczni. Biura pozamykane, ale wpuszczono mnie ze Zdziśkiem na teren. Wciągnąłem nosem zapach. Inny niż u nas i… podobny zarazem.

Przeszliśmy się do doków, gwizdnąłem kilka razy, widząc magazyny i wszystko to, co za chwilę stanie się statkiem. Jednym, drugim… Kilka bloków silników, śruby, wszystko ładnie zabezpieczone, pomalowane. Dalej magazyn blach i lakiernia. Nowoczesna – jak mi powiedział Zdzisiek – rok temu wymieniono filtry i teraz emisję zanieczyszczeń zminimalizowano do oporu.

Podoba mi się tu. Nade wszystko porządek. Lubię mieć swoje graty w domu poukładane i w pracy lubię to samo. Tu widać, że oni mają hopla na punkcie oznakowania, co jest co.

Wieczorem hotel zdumiał mnie porządkiem i czystością. O, to nie to samo, co u nas! Pokój mam mały, ale samodzielny, czyściutka pościel i łazienka – cacko. A bałem się, że wyląduję w jakimś smutnym hotelu z byle jakimi meblami.

Pierwsze dni. Szkolenia i wdrażanie się. Normalka – nerwowo, nieswojo, obco. O fińskim nie miałem pojęcia, ale Finowie dość dobrze mówią po angielsku. Nie znałem ludzi, obyczajów, czułem się jak w pierwszej klasie w nowej szkole, ale wiedziałem przecież, że dam radę! Dzień po dniu, krok po kroku wdrażam się, zagłębiam. Facet musi sprostać i już! Pierwsze dni, nawet tygodnie w obcym kraju nie są łatwe, szczególnie gdy się nikogo nie zna. O wszystko cierpliwie pytam, szukam, błądzę… Do stoczni mam autobus spod hotelu, szybko i bez problemu, do miasta też wiem, którym jechać, ale samo miasto muszę sobie przejść sam, wzdłuż i wszerz, żeby się jakoś połapać, poznać.

Mój szef, jowialny grubas Lennard Palqvist, zgodnie z zapowiedzią Zdziśka okazał się człowiekiem otwartym i pomocnym. Łysiejący, ryży wiking. Dowcipniś. Nosi spodnie na szelkach i strzela z nich często, szczególnie jak żartuje.

– All right? – pyta.

– Yes, of course! – odpowiadam. Każdy tak odpowiada. Z wyjątkiem Finów, oni odpowiadają: Hyvä on! Jest dobrze! Ja też podłapałem i czasem to rzucam Lennardowi.

Opanuję to – logistykę, nowe wymagania, szkolenie. Zawziąłem się, skupiłem się tylko na tym. Wiedziałem, że muszą mnie sprawdzić, wymacać, kto ja taki, czy wpasuję się w kadrę inżynieryjną, czy jestem szybki, kompetentny i zdyscyplinowany. Finowie są w porządku, chyba lepiej zorganizowani niż Polacy, mniej narzekają, nie marudzą, nie „mielą ozorami po próżnicy" – jak mówił Zdzicho. Fajny gość, ale wkrótce po moim przyjeździe wyjechał do kraju na emeryturkę. Cieszył się, bo w domu wnuki, żona, dzieciaki.

Zamykam oczy i… do roboty! Dam radę!

Na wieszaku wisi mój niebieski uniform, kask, latarka (porządny maglite!), buty, uprząż i kamizelka, bo ciepłe kurtki dostaniemy później. Witaj, nowe życie!

Przez miesiąc żyłem jak nakręcona maszynka. Teraz mam już tymczasowe mieszkanie, małe, blisko stoczni, nad samym morzem, w fińskich domkach – bliźniakach. To też rodzaj hotelu, ale już z kuchenką, lodówką, mieszka się tak bardziej po domowemu. W podobnych mieszkaliśmy kiedyś na wakacjach w Polsce, w Sierakowie, w jakimś ośrodku... chyba TKKF. Tylko te są ocieplone. Za ścianą pusto. Na razie mieszkam sam. Ciepło, wygodnie. Mam mało rzeczy, nie przyjechałem tu komfortowo żyć, tylko pracować! Nadmiar rzeczy rozprasza i utrudnia. Teraz to widzę. Bez problemu funkcjonuję trochę jak traper. Proste męskie ciuchy, tylko tyle, ile potrzeba, żadnych zbędnych dupereli. Trzy książki zabrałem z Polski. Więcej nic.

Obiady na stołówce. Nie marudzę. Dość dobre. Jest szwedzki stół. Znaczy, fiński. Najbardziej lubię te ich śledzie. Ile tego! Na zakąskę zmiatam cały talerzyk z takim czarnym chlebem – coś jak nasz razowiec. Rewelka. Stawiam sobie piwo, a co! Bezalkoholowe. Woda jest darmowa w dowolnej ilości i jakieś soczki. A, i jeszcze taki dziwny napój, przypomina ruski kwas chlebowy. Z ciepłymi daniami to już bywa różnie, a to zapiekanki ziemniaczane z rybą, a to baranina, całkiem niezła, i jakiś gulasz, kurak pieczony i niezbyt dogotowane warzywa, strasznie mdłe. Zup nie jadam – są okropne. Joaśka to robiła zupy. O, tak! I mama. Przypominam sobie czasem mamowe zalewajki, nawet krupnik. Mama robiła krupnik na żeberkach wieprzowych i dodawała suszone grzyby. Naturalnie zabielała śmietaną. Joanna gotowała go na skrzydłach drobiowych z masą pietruszki i koperku, z drobną kaszą, z ziemniaczkiem i pieprzem, i bez śmietany. Przyrzekłem sobie, że jak tylko przyjadę do Polski, będę codziennie jadł michę zupy, bo te stołówkowe tutaj to jedna woda z farfoclami.

Popołudniami siadałem na rozkładanym foteliku przed domem i gapiłem się w morze. Nie ma tu ładnej plaży – trawa, kamienie i woda. Spokojna jak w miednicy. Mewy, niebo, krótkie dni, nostalgia, którą zabijam pracą i snem. Niewiele myślę. Odreagowuję zmęczenie, odpoczywam i powtarzam materiał ze szkoleń. Wszystko po angielsku. Brakuje mi trochę wiedzy, ale przede wszystkim słownictwa. Zasypiam z notatkami i słownikiem. Budzę się z notatkami i słownikiem. Do miasta, w którym jest kilka kawiarenek internetowych, mam spory kawałek, więc rzadko jeżdżę, ale nauczyłem się już korzystania z internetu. Obiecuję sobie, że za pierwszą... no, drugą pensję kupię jakiegoś używanego laptopa. Tomkowi się dorzucę, to sprzeda to nasze maszynisko i kupi lepszy, z większą pamięcią. Kilka lat temu to i tak było senne marzenie, a dziś gadam z nim dzięki komputerowi. Ojciec by się cieszył – lubił takie nowinki.

Z nikim się jeszcze nie zakumplowałem, z nikim nie gadam więcej, niż to potrzebne. Szkoda, a może i dobrze? Nagadałem się z Rychem przed wyjazdem i wystarczy.

Nocami śpię jak zabity, ale czasem brak mi Joaśki. Seksu, przytulania. Kurczę, dola emigranta! „Cierp, ciało, kiedyś chciało!" Piwo przed snem – zdecydowanie! Stać mnie! Dzień za dniem taki sam, jak w *Dniu Świstaka*.

Rok zleciał, jak z bicza trzasł. W Polsce byłem raz, na Boże Narodzenie, krótko jakoś, bo miałem tylko dwa dni wolne, a później moje dziewczyny wpadły do mnie na zakupy, też raz, na weekend. Joanna nieco zdziwiona warunkami, w jakich mnie zastała, ale nie komentowała. Takie męskie, surowe życie, sam chciałem, a ile za to kasy przysyłam!

– Wygodnie ci tu, nie marzniesz? – spytała raz tylko, nie zwracając uwagi na moją odpowiedź.

Poganiały sobie po sklepach w Turku przerażone cenami i nabzdyczone lekko, że ja jestem jednak do 16.00 w pracy i nie zawiozę ich do Helsinek. Wróciły do Polski.

Tomek nie mógł z nimi przyjechać – i to chyba dobrze. Wysłałem mu pieniądze i kupił sobie bardzo porządny komputer. Ja mam laptopa! Już normalnie z sobą mailujemy! Czasem Joanna się podłącza i coś dopisze. Dziwne, kiedy przyjechała z Kaśką, zapewniała, że daje sobie radę. Myślałem, że zrozumiała, iż nic jej nie zagraża, że rok, dwa pocierpimy, ale się odbijemy i wrócę. Może w tym czasie w Polsce sytuacja się unormuje. Przyjdzie ktoś mądry, kto będzie miał pomysł na nasze stocznie – poza sprzedaniem ich za grosze Arabom albo urządzeniem w nich muzeum pamięci o lepszych czasach. Niestety, po powrocie znowu ją dopadło. Coraz więcej pretensji o moją nieobecność, że „pieniądze to nie wszystko, że powinienem być w domu, że dzieci dziczeją, oddalają się od niej, bo nie rozumieją (?!), czemu musiałem wyjechać, i oskarżają ją o pazerność". Co za bzdura! Dzieci są duże i mądre, rozmawiałem z Kaśką nie raz i z Tomkiem. Tomasz mnie uspokaja, że mama to już tak ma i marudzi. „Nie przejmuj się, ojciec!" O co jej chodzi? Jeśli o pieniądze, to muszę być tu, ile można prowadzić bezsensownych dyskusji, tłumaczyć, że nie nadaję się na pomocnika naprawiacza pralek? A jaka jest alternatywa? „Mógłbyś budować jakieś łódki, jachty, jak ten twój znajomek, u którego pracowałeś, pamiętasz? Albo sam mógłbyś otworzyć punkt napraw sprzętu AGD". Ile można w kółko nawracać? Wałkować te same bezsensowne pomysły? Pisać o tym maile? Zamiast wsparcia stale pretensje. Dlaczego? No, czasem zmiękczała mnie też miłosnymi wywodami – że tęskni, że w domu pusto beze mnie, że brak jej moich pieszczot. Niech się zdecyduje. Ja też tęsknię, ale nie mamy po dwadzieścia lat. Stuknęło nam dwadzieścia sześć lat pożycia, mogę spokojnie jeszcze popracować w Finlandii, jak mi zapowiedział Lennard, do końca, może do emerytury. Za godziwe wynagrodzenie, jakiego w Polsce nikt mi nie da! Pisałem Joannie, że jak wejdę na wyższe stawki, to ona może zrezygnować z pracy i przyjechać do mnie. Będziemy razem, chociaż mądrzej byłoby wytrwać, bo musiałbym jej nadal opłacać ubezpieczenie zdrowotne, emerytalne. Trzeba i o tym myśleć, starość za rogiem, tuż-tuż. Oglądałem programy o emerytach, którzy nie mają z czego żyć, to smutne i podłe słuchać, że młodzi nie dają już rady ich utrzymywać. Sam sobie chcę zapewnić starość, tylko muszę się sprężyć i Joanna też musi o tym myśleć. Z czasem kupię samochód i przyjazdy będą częstsze. „Porozmawiamy, jak przyjedziesz" – usłyszałem w czasie rozmowy telefonicznej. Nie zabrzmiało zbyt fajnie.

Byłem wyczerpany tą emocjonalną karuzelą. Miałem jednak nadzieję, że to oddalenie uzmysławia jej, kim dla siebie jesteśmy, i może przestanie robić te swoje awantury o bzdury? Złagodnieje. Zobaczy, ile tu mogę zarobić. Przecież się kochaliśmy, jesteśmy rodziną, po co to rozwalać krzykiem, wypominaniem czegoś, czego kompletnie nie pamiętam? Powinna cieszyć się, że nie gnuśnieję na bezrobociu, że mam szansę rozwoju i pracę w swoim zawodzie. To tak trudno pojąć? To nie moja wina, że stocznie padły! Przekwalifikowanie się – owszem, wielu kolegów musiało, i dzisiaj prowadzą jakieś interesiki naprawcze, kioski, są dostawcami, kierowcami... a ja dostałem znakomitą szansę! Cieszę się, doceniam to, a ona – nie... Szkoda. Ale to nic, może to znowu chwilowy kryzys. Łudziłem się. Może potrzebuje cyklicznie moich zapewnień, że ją kocham.

Jechałem do domu pierwszy raz na dłużej, po roku nieobecności! Nie mogłem się doczekać.

MÓJ DOM?

Przyjechałem w piątek. Tomka nie ma – będzie później. Joanna naprawdę stęskniona, szczęśliwa, i wesoła – taka, jaką najbardziej lubię. Czekał na mnie barszcz ukraiński i pierogi. Po obiedzie chciałem zadzwonić do mamy, ale Joasia szepnęła gorąco, że Kasia zostanie na noc u koleżanki. Jest cudownie. Miałem rację. Potrzebuje mnie, tylko zamiast to wprost powiedzieć, zasypuje mnie bezustannie pretensjami.

W sypialni naturalnie gorąco, czule i z wyznaniami z obu stron. Jak tęskniłem, jak ona tęskniła i że mnie kocha i przeprasza za wszystko, i teraz już będzie inaczej, bo ona zrozumiała, ile dla niej znaczę. Miała długa rozmowę z Kasią, która zwróciła jej uwagę na to, że czasem po prostu psuje atmosferę. Nie dowierzałem własnym uszom. Doprawdy? Jak w bajce. Moja najpiękniejsza dziewczyna z całej szkoły! Moja Joanna! Czułe pogaduszki w łóżku, znów zatopiłem się w jej szyi, krągłościach, znów radośnie wywołałem przyśpieszony oddech i wkrótce po nim głośny spazm rozkoszy. Kocham ją i już! Teraz wszystko się zmieni. Ja też postaram się nie denerwować jej byle czym.

Na sobotę i niedzielę przyjechał Tomek. Kasia zrezygnowała z wieczornej próby. Powitanie, prezenty, bo poczekaliśmy z tym na Tomka. I z opowieściami, które sączyłem jeszcze długo przy winie i cannelloni z serem i szpinakiem – nowym przepisem Joasi, który wynalazła specjalnie na mój przyjazd. Niech ten sen trwa wiecznie! Dzieciaki też jakby weselsze, ciekawe wszystkiego. Dowiedziałem się, co u Tomka, co Kasia zamierza w sprawie pracy. Dorosły mi dzieciska!

W niedzielę pomagałem w domu, bo na wieczór mieli wpaść goście. Przed południem miłe zakupy razem i znów jakieś kulinarne nowości Joanny. Na szpilę, do Rycha, nie poszedłem. Nie było czasu i... potrzeby, bo rzecz nie do uwierzenia, Joanna zgodziła się, byśmy zaprosili go z Anulą do domu. Nie tylko ich, ale jeszcze Roberta z Jolą i dwóch kumpli z żonami, w tym jeden to sąsiad z ulicy. Oczywiście nie obyło się bez wielkiego westchnięcia, ale niech tam!

Z Tomkiem zabraliśmy się za mopy, ustawienie stołu i przycięcie trawy w ogrodzie. Później poszedłem do kuchni pracować jako kuchcik. Kroiłem, płukałem, siekałem i mieszałem. Paplaliśmy z Aśką jak za dawnych lat. Mam wspaniały dom! Nie tylko architektonicznie, ale w ogóle. Kapitalne dzieciaki i żona, której problem z emocjami, ta maleńka wada, dziś zmalał i przestałem się go obawiać. Przecież skoro jest tak, jak sobie obiecaliśmy, skoro była taka rozłąka, która uświadomiła nam, jak bardzo się kochamy – to musi nastąpić jakiś przełom. Joasia powinna zrozumieć, że za moimi słowami, gestami nigdy nic się nie kryje – jestem, jaki jestem, kocham i nie knuję. Nie umiem kłamać, kręcić, spowijać słów w jakieś przenośnie, co często mi sugerowała. Dowartościowuję ją, jak tylko mogę, bo sądzę, że te jej wybuchy oparte są na niepewności, czy na pewno ją kocham mocno i do końca. Na pewno! Może za mało jej to okazuję? Wysłałem cicho Tomka po kwiaty.

– Joasiu...

– To dla mnie? A co to ci się stało? O, jakie piękne! Mój ty królewiczu!

Promienny uśmiech na na jej twarzy, warto było!

– Poczekaj, tylko wstawię wodę na ryż. Tomasz? – woła go. – Tomaszku, wstaw kwiatki do wazonu. A ty daj mi buzi i idź nakryć do stołu.

– Już nakryte.

– Wolałabym inny obrus, tam ci położyłam, nie widzisz? I kieliszki daj te kryształowe. Te są na co dzień, nasze prywatne, a te dla gości. Oj, kiedy wy się nauczycie? Mężczyźni! – parsknęła.

No i wybiła godzina zero! Goście! Czułem się, jakbym miał urodziny albo imieniny. Zasiedliśmy do zakąsek. Najpierw wyciągałem od znajomych – co się tu działo, co w porcie, jak ze stocznią, jak z ich pracą. Wieści raczej niewesołe. Później oni zaczęli o sobie. Joanna zachowywała się normalnie, choć Roberta, a zwłaszcza Jolkę ledwo dostrzegała. Jola chyba wyczuła sprawę i zamilkła zupełnie, udając, że słucha. Polała się wódeczka, zaczęły się nocne Polaków rozmowy o Finlandii, o stoczni, o Lennardzie i zarobkach, i... Ledwo się rozgadałem, Joanna przejęła inicjatywę. Słucham, słucham i mam wrażenie, że to ona spędziła ten rok w Turku i ona wie wszystko lub prawie wszystko. Przekręca źle zapamiętane szczegóły lub wprost mówi bzdury. Ona zna Turku, bo była tam dwa dni na ciuszkach. Odpowiada zamiast mnie na pytania, przerywa, podlana wyborową głośno rozprawia się z tematem mojej pracy, nie zwracając uwagi na mnie, na miny znajomych...

– Wiesiu – Rysiek zwraca się w końcu do mnie – ale powiedz, jak to jest? Im się opłaca brać ludzi od nas? Dawać im mieszkanie. Szkolić...

Joanna znowu mnie wyprzedza:

– Finlandia jest krajem...

Ryszard nie wytrzymuje i prosi:

– Pani Joanno, proszę, mógłby teraz Wiesiek...?

Robi się cisza, Joanna uśmiecha się i mówi:

– Och, naturalnie! Kocie, opowiadaj!

Zdziwiłem się tą słodyczą, ale chyba miałem rację, oddalenie zrobiło swoje. Joaśka złagodniała. Zdobyła dystans do siebie.

– Mówiłem o tym wczoraj w domu, więc Joasia wie, Rychu, tam jest tak, że...

Widzę kątem oka, jak przekłada coś na stole i wstaje. Przepraszając gości, wychodzi do kuchni z naczyniami. Wraca, siada, słucha, uśmiecha się i zachęca gości do szarlotki, sernika. Słodka jest, a jaka wciąż ładna, szczupła! Piękną mam żonę! To był fajny wieczór. Przełomowy! Mam nadzieję, że teraz już będzie tak zawsze. Fajnie jest tak pogadać z kumplami, normalnie, w domu, przy dobrym jedzeniu! Panie też się zanadto nie nudziły, wypytując o to i owo. Sporo naszych jest w robocie za granicą, rozumieją to.

Przy pożegnaniu Ryszard ścisnął mi dłoń znacząco i szepnął „sorry", ja mu, że nic się nie stało, maleńka niezręczność! Odprowadziłem towarzystwo do furtki i wróciłem do domu sprzątać po kolacji. Dzieci na dole nie było. Za to była Joanna w szlafroku. Zbliżyłem się, by podziękować jej buziakiem za... i nagle ta jej mina! Powiedziała mi wszystko. Uwaga! Za sekundę nastąpi eksplozja. Ale jeszcze próbuję, może się nie mylę.

– Jak przyjęcie, fajne, prawda? Byłaś cudowna! Daj, ja się tym zajmę, kochanie, a ty idź się połóż, ja pozmywam i posprzątam sam! Ty się napracowałaś, no idź! – powiedziałem, chcąc odebrać od niej talerz.

Cofnęła się energicznie. W oczach miała furię. Syknęła przez zaciśnięte zęby:

– Jak śmiesz?!

– Joanna?

– Jak śmiesz upokarzać mnie w moim własnym domu?!

– Joasiu...

– Srasiu! – wrzasnęła i talerz rozbił się o ścianę. – Srasiu-Joasiu! Do cholery jasnej! To po to przyjechałeś, żeby mi urządzić taki wieczór?! Kim ja dla ciebie jestem?! Popychadłem? Kuchtą?!

– Joanna, uspokój się. Co się stało?

– Gówno! Pan przyjechał na występy, artysta pieprzony, i musi pobrylować w towarzystwie jak jakiś kogut, paw! A mnie sprowadzić do roli kucharki, kelnerki!

– Chyba przesadzasz, chciałem tylko, bo Rysiek pytał...

– Właśnie! Rysiek! Taki sam cham jak i ty! Kto to jest ten niby-znajomek, co? Barman, alkoholik w dodatku i degenerat! Ale mi przyjaciel! – krzyknęła z kpiną. – Takimi się właśnie otaczasz i chamiejesz z roku na rok coraz bardziej! Cha-mie-jesz! – wyskandowała.

Z góry zeszły dzieci. Kaśka z prośbą w oczach, Tomek przerażony, choć przecież nie pierwszy raz widział mamę w akcji.

– Mamo... – Oczy Kasi są już mokre. – Obiecałaś...

– Wynocha na górę! Nic tu nie macie do gadania! To sprawa między mną a ojcem! – krzyknęła.

– Joanna, opanuj się! – huknąłem.

Na dzieci?! Zawsze ataki brałem na siebie, ale krzyk na dzieci? Przesadziła!

– O, jaka komitywa! – zasyczała. – Dobrze, dobrze! Zostańcie i zobaczcie, jak ojciec mną poniewiera!

Obrzydliwe słowa, obrzydliwa awantura, wszystko obrzydliwe. Poleciał kolejny talerz i mocne teksty, dzieci poszły na górę. Nie wytrzymałem, musiałem coś zrobić, żeby jakoś zastopować ten huragan. Znam to, rozkręcała się dopiero, a skoro poszły talerze, mogło być gorzej. Może za radą Ryśka wrzasnąć? Walnąć pięścią w stół? Spróbowałem.

Rzeczywiście poskutkowało. Zamilkła. Rozpłakała się, machnęła niedopitą wódkę z czyjegoś kieliszka i poszła do kuchni zmywać zaciekle. Zostałem sam w pokoju. Wyszedłem na taras strzepnąć obrus. Miałem uczucie za płytkiego oddechu. Jakbym na klatce piersiowej trzymał wór cementu. Boże, czemu tak jest?! Czemu?! Było już dobrze, wspaniale i... miało być inaczej! Oddychałem głęboko, coraz spokojniej, ciężko mi w klatce, jakbym nie mógł zaczerpnąć powietrza do końca. Muszę wziąć procha.

Wróciłem do pokoju, pozbierałem skorupy potłuczonych naczyń. Wszedłem do kuchni, by wyrzucić śmieci, i wtedy zobaczyłem, jak Joanna, szlochając, szoruje nożem po przegubie dłoni. Wyrwałem jej go, strużka krwi zalewała naczynia w zlewie. Szarpała się ze mną, ale wreszcie osłabła. Nic nie mówiąc, zakleiłem jej rankę. Co za szczęście, że tego dnia mimo próśb nie naostrzyłem noży!

– Zostaw mnie – warknęła, wychodząc z kuchni, i skierowała się do sypialni.

Nie chciałem tam iść. Niesmak i żal podeszły mi do gardła. Noc spędziłem w mojej strychokryjówce, na materacu. Przykrą noc, pełną przemyśleń, rozczarowania i poczucia całkowitej bezsilności. Czemu ona się nie hamuje, gdy ewidentnie zbliża się do granicy? Czy gdy do niej zachodzi Ninka albo Magda, to ja wpadam w histerię, dlatego że nie wiem, o czym gadają? Nie rozumiem, więc się nie wtrącam, nie przerywam.

Dlaczego urządziła taki cyrk? Skąd ten atak szału? Jakie to chore, że nie mogę mówić tego, co myślę, zanim nie zanalizuję tego pod kątem Joanny! Jej urojeń i obrażania się za jakieś nieprzewidziane, kompletnie nieuzasadnione rzeczy.

Rano poinformowałem Tomka, że wyjeżdżam do mamy.

– Ojciec... no, przykro mi... – powiedział głucho.

– To nie wasza wina. Daj spokój!

– Chciałbym, żebyście przestali. Ja wiem, że to mama zaczyna, ale... Kurczę, ja już się boję wracać do domu! Ostatnio gdy gadała z Kaśką, wtrąciłem coś, że cię rozumiem, zaraz mnie pouczyła, że jak będę stawał po twojej stronie, to oznacza, że ona nie ma już syna...

– Tak ci powiedziała?

– Tato, tylko nie mów jej, proszę. Poza tym to mama. Kocham ją, ale nie rozumiem. Może jej coś jest?

– Może… – zamyśliłem się. – Ale ja wyjeżdżam, nie dam rady.

– Pozdrów ciocię i babcię.

Kasia nic nie mówiła, tylko uśmiechnęła się do mnie smutno w kuchni. Joanna, co było do przewidzenia, nie wychodziła ze swego pokoju. Zadzwoniłem do Kryśki. Telefon odebrała mama.

– Wiesiu? Wiesiu mój! Co u ciebie, synku? Jesteś już w Polsce?

– Mamo, będę wieczorem, całuję, powiedz Krysi, żeby mi rozłożyła polówkę na strychu.

– O nie! Krysia pościele ci w pokoju Grzesia, tylko jedź ostrożnie!

– Będę jechał ostrożnie, mamo, nie czekajcie z kolacją, najwyżej z zimnym piwkiem, no, pa!

I wtedy pojawiła się Joanna. Przemówiła, a raczej zadrwiła:

– Jedziesz się pożalić mamusi?

– Nie. Jadę ją odwiedzić, to moja matka – powiedziałem spokojnie, nie patrząc na nią. O dziwo, nie skomentowała. Poszła do kuchni. Zjadła śniadanie, nie odzywając się ani słowem, a potem ubrała się i wyszła do pracy. Bez słowa pożegnania.

Jechałem przez Polskę z myślami najróżniejszymi. Większość oczywiście o Aśce. Było mi tak głupio przed znajomymi. Rano jeszcze pechowo wpadłem na ulicy na żonę kolegi, która była na tym nieszczęsnym przyjęciu. Wypaliła bez ogródek:

– A nie wybralibyście się do terapeuty?

– Terapeuty?! – zatkało mnie. – A po co? To nasze sprawy i sami je sobie rozwiązujemy!

Byłem chyba za ostry, bo się odwróciłem i poszedłem z jakimś: „Do zobaczenia".

Teraz w samochodzie mieliłem te słowa. Aż tak widać nasz problem, że mi obcy ludzie sugerują, że coś z nami nie tak? Sami nie miewają, do licha, problemów?! Kurczę, co za tupet! No nie, do wariatkowa to się jeszcze nie nadajemy! Joaśka ma piekielny temperament, więc może ona na jakąś terapię, ale ja? Po co? Jestem normalny. My razem? Opowiadać obcej osobie o naszych… Nie, no, żarty! Naoglądała się baba amerykańskich filmów albo naczytała kobiecej prasy! Terapia! A co tu pomoże terapia?!

Opanowało mnie obrzydzenie do wszystkiego. Włączyłem Trójkę. Muzyka trzepnęła mną ostro i dobitnie. Wygrzebali z lamusa *Money for nothing* Dire Straits. To jest kapela!

U Krysi wylądowałem po dziesiątej. Mama jakby zmalała, czekała na mnie w oknie i zeszła do bramy się przywitać. Przytuliła mnie, chyba płacząc. Nic dziwnego, długo tu nie byłem. Ja też miałem wilgotne oczy.

– Mamusiu, no, no, mamo – mruczałem, kołysząc ją w ramionach. Przysiągłbym, że nie musiała kiedyś aż tak stawać na palcach, a ja tak się nachylać.

– Mała się zrobiłaś! – uśmiechnąłem się do niej.

– Zdeptałam się, Wiesiu, chodź, chodź do domu! Krysia już herbatę wstawiła.

Kryśka przywitała mnie równie serdecznie.

– Chyba się za tobą stęskniłam, łajzo – powiedziała z uśmiechem, oswobadzając się z moich objęć.

– I ja nie przeczę, zołzo jedna, że tęskniłem – odparowałem, całując ją w rękę. To stara szkoła ojca: zawsze mamę i siostrę, oczywiście Joannę, a nawet Kasię całował w dłoń.

– A Grześ? – pytam Krysi.

– U narzeczonej! – puszcza mi oko.

Ho, ho, ale czas leci. Mój siostrzeniec, mały brzdąc, Grześ u narzeczonej!

– A Maciek?

– W trasie! Chyba teraz w Hamburgu. Dzięki Bogu, że ma tę robotę, bo jego firmę rozwiązali, wiesz? Pracuje teraz dla jednego prywaciarza. No siadaj!

Dom mojej siostry jest przestronny i nowocześnie urządzony. Na parterze mama ma swój pokój koło łazienki. Żeby nie musiała chodzić po schodach.

Zatęskniłem do domu rodziców, do ciasnej kuchni, w której siadaliśmy wszyscy, choć najczęściej ja z rodzicami, bo Krysia wolała swoje kominy, pogaduszki w babskim gronie. Czasem każde z nas milczało. Ojciec coś dłubał, mama lepiła pierogi, nucąc coś, a ja czytałem. Najwspanialsze czasy! Poczucie ciepła domowego, bezpieczeństwa i zrozumienia. Moja wyspa szczęśliwa. I kuchenne zapachy. W piecu się paliło...

Nie pamiętam, żeby moi rodzice się kłócili. Taki był obyczaj – jeśli cokolwiek mieli sobie do wyrzucenia, przegadania, to wieczorem za zamkniętymi drzwiami sypialni albo szli na długi spacer. Wtedy wiedzieliśmy z Kryśką, że coś jest na rzeczy, gdy rodzice nie pytali, czy pójdziemy z nimi.

– Widziałeś? – mała Krysia przychodziła do mnie z rewelacją. – Rodzice poszli na spacer!

– I co?

– No, bez nas. Tata miał smutną minę...

– A, no – odpowiadałem trochę bez sensu, bo jako starszy brat nie potrafiłem jej uspokoić. A tym bardziej siebie. Czasem z okna widać było, jak szli koło garaży, że mama gestykulowała, i widać było, że to nie jest romantyczny spacerek dla zdrowia. Nie chcieli przy nas prać brudów, jak mawiała nasza sąsiadka z parteru. Starsza, prosta kobiecina, która, bywało, zastępowała nam babcię, gdy rodzice mieli dłużej pracę. Do niej to biegaliśmy na siku z podwórka, bo było bliżej. „Pranie brudów"? Kiedyś spytałem mamę o te ich spacery i „brudy". Roześmiała się tylko.

– Wiesiaczku, między nami nie ma brudów, czasem tylko musimy coś przegadać, miewamy kłopoty, problemy, a po co wy macie w tym uczestniczyć? To nie wasze sprawy, synku!

Tak było. Tak mam zakodowane – nie przy dzieciach!

Siedliśmy, mimo później godziny, poplotkować. Dawno mnie tu nie było, dawno nie gadaliśmy. Zdałem relację z pracy w Turku, opowiedziałem o ciekawostkach, aż w końcu zeszło na dom i moje relacje z Joaśką. Kryśka po dwóch piwach nabrała animuszu i wyrypała wprost:

– Wiesiek, ty za łagodny jesteś. Ona ci skacze po głowie, jak chce, a ty pozwalasz? Dlaczego?! Ja bym jej w mazak dała i już.

Krysi pierwszy mąż, niewydarzony redaktorek miejscowej gazety, był facetem z temperamentem. Podejrzewam, że nie raz „dał jej w mazak". Drugi, Maciek, jest spokojnym, wielkim miśkiem, kierowcą. Nie ma tych odruchów – tak sądzę, bo mama i Grześ bardzo dobrze się z nim czują.

– W mazak? – zdumiałem się. – Wiesz, co mówisz?

– Ja bym nie wytrzymała tych wszystkich tekstów, jazdy, obrażania mamy i nas, w ogóle. Wiesiek, ona jest klasycznie rąbnięta!

– Ale to nie znaczy, że mam jej dawać w mazak!

Mama siedziała cicho, nie wtrącając się.

– Nie zaszkodziłoby jej. Od razu by się zorientowała, kto tu rządzi. Pierdoła jesteś, braciszku, ot, co ci powiem. Pierdoła!

Krysia piła trzecie piwo i była ewidentnie nakręcona.

– W życiu! – zadeklarowałem. – To nie jest żadna metoda, pozabijalibyśmy się. Pamiętasz, jak twój pierwszy...

– Pamiętam, ale to było inaczej – ucięła.

– Kryśka, nie ma inaczej, przemoc rodzi przemoc. Pamiętasz? – nucę niezdarnie:

Pierwsza zbiera uczciwie:
Dzban pełny ma już, pełny już.
Druga zła patrzy chciwie
*I chwyta za nóż, ostry nóż...**

– To na pewno o przemocy? – spytała i zamilkła na chwilę. Coś chyba do niej dotarło. – No tak, ale jak nic z tym nie zrobisz, to szybko cię wykończy.

– A dzieci ? – pyta nagle mama przytomnie, z troską.

– Staram się, jak mogę, żeby nie przy dzieciach, ale teraz, gdy są już duże, to w takich chwilach wychodzą z domu albo się zamykają w pokojach i puszczają głośno muzykę. Szklana ściana...

Na tym skończyliśmy. Zegar wybił drugą w nocy. Pora spać.

Gdy się obudziłem, Krycha już była w pracy, Grześ w szkole. No a Maciej jeszcze w trasie – wraca jutro. Sam z mamą jak za dawnych lat. Mama robi dla mnie specjalnie zalewajkę, ja siekam cebulkę do skwarek, gadamy. Wspominamy, opowiadam też mamie szczegółowo o sprawach w Turku. Ciekawa jest nawet tego, co tam jem!

Wzruszają mnie jej stare już ręce, powykrzywiane artretyzmem. Ma cienką skórę, plamki na niej i nabrzmiałe żyły. Palec wskazujący, obolały, trzyma wyprostowany. Na szyi zwiotczałej skóra w fałdach wisi nieładnie, twarz mamy w zmarszczkach. Moja kochana mama... Niby zbrzydła, ale jak podnosi na mnie oczy całe w iskierkach uśmiechu, jest taka piękna. Chciałbym jej powiedzieć, ile dla mnie znaczy, ile przyjaźni matczynej mi ofiarowała, więcej niż surowy ojciec, ale nie potrafię. Słowa grzęzną mi w gardle.

Rozmawiamy o nagrobku ojca, o tym, że trzeba go wyremontować. Jutro pojadę z nią na cmentarz. Życie nie stoi

---

* Wojciech Młynarski, *Ballada o malinach.*

w miejscu. Czuję bolesny skurcz na myśl, że przecież i mamy mi kiedyś zabraknie. Oby jak najpóźniej!

Na cmentarzu cisza dnia powszedniego. Faktycznie, grób ojca jakiś taki żałosny, stara rama z lastriko obłupana z lewej strony. Zasuszone, zgnite kwiatki.

– Mamo, zamówmy nowy nagrobek, co?

– Wiesiu, to teraz taki wydatek! Może jakoś później, jak już umrę. I wiesz co... Spalcie mnie, ja tak nie lubię wilgoci! I będę pewna, że się nie obudzę!

Głupio mi tego słuchać. Chowam wzrok, bagatelizuję.

Umieranie. Kres naszych dni. Idiotyczny temat dla rozważań, szczególnie ze starym człowiekiem. Mój Boże... ja też się staję starym człowiekiem! Idę za mamą... do starości, do śmierci. Mama opowiada coś o sąsiadce z naszego starego domu, a ja nie słucham, pogrążony w nagłej refleksji. Starzeję się jak moi rodzice! Tatko kiedyś był wielkim, czerstwym chłopem, a po latach, gdy zobaczyłem go w szpitalu, zdał mi się jak sucharek, taki... drobny, maleńki. Zrobił się taki lekki, że Krysia przewracała go z boku na bok do umycia bez wielkiego wysiłku. Chciałem dać jej pieniądze na wynajęcie kogoś, ale raz że nie miałem pracy, a poza tym Krysia się wzbraniała. Gdy jej pomagałem, zapach ojca mnie zemdlił. Nigdy tak nie śmierdział, zawsze ogolony, zawsze skropiony wodą kolońską... A wtedy fizjologia zrobiła swoje – pot, kał, odleżyny...

– Kryśka, skołuję jakąś kasę, dam ci, nie możesz sama tego robić!

– Daj spokój, braciszku... małe dzieci też śmierdzą, jak walną kupę. Daj spokój! Nie jestem z porcelany! Ojciec to ojciec!

Było mi źle z tym, że nie uczestniczę w tej spłacie długu, oddalony o tyle kilometrów, uwiązany do rodziny, dorabiający jakoś na bezrobociu. Głupio mi było. Zostawiałem Krysię samą z tym wszystkim i... wracałem do domu. Teraz przynajmniej ten nagrobek... Muszę o tym porozmawiać z Krysią, przekonać mamę.

Wieczorem zagadnąłem Kryśkę, gdy byliśmy sami.

– Daj spokój – ostudziła mnie szybko. – Nie naciskaj, bo mama zaraz się poczuje w obowiązku wskoczyć do nowego grobu, a tak, jakoś się trzyma. Daj spokój!

ŻÓŁTA KARTKA

Po moim powrocie na weekend, pstryk! Czary-mary, normalny dom! Normalna Joanna – miła, uprzejma, z wielkim garem gołąbków. Kasia i Tomek w domu. Rozmawiamy. Tomek radzi się mnie w sprawie oprogramowania, siedzimy przy komputerze, Kasia sprząta z mamą ze stołu, podają herbatę, wołają nas na ciasto. Odpalamy kasetę z występem Kaśki we Wrocławiu. Kapitalnie tańczy! Moja córcia! Wilgnie mi wzrok, przytulam ją. Jestem dumny – miała swoje solówki. Pięknie tańczy na czubkach palców, jak w balecie klasycznym. Później oglądamy koncert Michaela Flatleya – mój prezent dla Kasi. Nagranie na żywo. Ona trochę grymasi, że Flatley to takie nasze Mazowsze uwspółcześnione i bardzo nagięte dla publiki, i mało w tym prawdziwej „irlandzkości". Przekomarzamy się, gadamy, śmiejemy...

Wieczorem gramy w scrabble. Ja uważam, staram się, dzieciaki też, Joanna rozproszona – przegrywa.

– Nie chciałam przy dzieciach – zaczyna, gdy zostajemy sami, nadąsana – ale zanadto się popisujesz!

– Daj spokój! To tylko gra, chodź tu – wyciągam ręce. – Kto nie ma szczęścia w grze...

– No tak, stary tekst zwycięzcy! Te twoje erudycyjne popisy są męczące i śmieszne, wiesz?

– Czemu śmieszne? Że znam słowa rzadziej używane, bo czytam? Ciesz się, że nie jestem ćwokiem!

O, cholera! Już tego nie cofnę, już wiem, że chlapnąłem, że odpaliłem lont i teraz już nie ma zmiłuj...

– Aaaaa! Taaak? – syczy Joaśka. – To znaczy, że ja jestem, tak?

– Ależ, kochanie, zawsze ktoś wygrywa i ktoś przegrywa, ostatnio przegrał Tomek i się nie wściekał...

– ...i na dodatek ja się wściekam, tak? Tak?!

– Joasieńko, dajże spokój, chodź, nalejemy sobie wina...

– O, tak, tak! Pozacierać ślady, nalać winka, może idiotka się zamknie, tak? Ale ja sobą nie dam tak pomiatać! Nie jestem ćwierćinteligentką, jak sobie wymyśliłeś, nie popisuję się swoją pseudoerudycją dla taniego poklasku! To nie w moim stylu tak zadzierać nosa!

– Joaśka, posłuchaj siebie! To tylko gra, daj już spokój!

– Dla ciebie jasne! Wszystko spłycisz, prostaku, ale tu nie o grę idzie, a o twoje wieczne poczucie wyższości! Pokazywanie mi swojego lekceważenia i wywyższania się. To jest twój problem!

– Mój? – zbaraniałem. Poszła za daleko, znów jakieś nadinterpretacje, jakieś wariackie skojarzenia i wszystko, wszystko oczywiście, wymierzone przeciw niej! Zwykła gra! Jestem zły. Mam dość. Taki miły wieczór! Nie zamierzam odpuszczać i odpalam:

– Aśka, nie przeginaj! Chcesz awantury, idź sobie do kuchni i tam się wściekaj, ale nie prowokuj jej tam, gdzie jej nie ma! I nie obrażaj mnie, cholera jasna, nie rób z igły widły, bo wszystkich nas u czubków pozamykają!

Walę pięścią w stół, jak by sobie tego życzyła Krysia. Widać moją złość. Aśki to nie bierze. Na chwilę staje zdumiona, ale zaraz odzyskuje swój grunt. Zbliża się do mnie i dyszy prosto w twarz:

– Taaak? Wściekamy się, co? Prawda w oczy kole? A co? Może chcesz mnie uderzyć, co? Co?

Zupełnie jakby podsłuchała wywody Kryśki o daniu „w mazaka".

– Dajże spokój!

– To ja zaczęłam? Tak? Ja się popisuję i nie znoszę słów krytyki? Ja lekceważę na całej linii i pogardzam? Ja?! Ty cholerny... bucu ty! Ty zakłamańcu! Zawsze taki byłeś. Zawsze! Poniżałeś mnie swoimi sztuczkami, że taki niby jesteś oczytany, inteligent się znalazł! Pamiętam, jak jeszcze w Gdyni specjalnie kupiłeś te trudne krzyżówki, żeby mi pokazać, jaki to ty jesteś świetny, jaki mądry! Prostactwo! Albo jak z Wackiem Pruszkowskim rozwiązywaliście przy mnie te krzyżówkę z „Przekroju", którą przywiozłam z pociągu.

– Jakiego pociągu? Jaką krzyżówkę? – pytam zbaraniały.

– Gdy wróciłam od rodziców nocą i nie rozwiązałam krzyżówki w pociągu, bo byłam zmęczona, padnięta, wtedy był u nas Wacek Pruszkowski, pamiętasz? Pomagał ci kłaść tapety, pijaczyna boży... I na moich oczach postanowiłeś mnie poniżyć, upokorzyć, rozwiązując z nim tę krzyżówkę, a ja wracałam nocą, taka zmęczona...

– Oszalałaś? Joaśka, to było dwadzieścia lat temu! Co ty wyciągasz za jakieś opowieści z lamusa?! Jakie „upokarzałeś"?! Zwariowałaś chyba!

– O, nie! To nie ja zwariowałam! Ja tylko jestem wiecznie atakowana, poniżana i niszczona przez ciebie i twoją rodzinę! Podładowały twoje ego mamunia z siostrunią? Napuściły? Cholerne intelektualistki! Przypomnij sobie, jak twoja mamusia szanowna była tu u nas, rok po śmierci ojca, była gościem, przypomnę, a przy stole, przy naszych dzieciach, mówiła do ciebie łaciną! Żebym nic nie rozumiała! Żebym poczuła się gorsza! Głupsza!

Pamiętam. Przypominała mi to już wiele razy. Było to przy stole – wspominki i rozmówki o latach przeszłych i napomknęliśmy o problemach małżeńskich Krysi. Z moich ust padło nazwisko jej teściowej, mama wtedy rzuciła po łacinie coś, co zawsze nam powtarzała wychowawczo:

– Wiesiu! Nomina sunt odiosa*!

Długo musiałem Aśce tłumaczyć, że to nic przeciw niej. Nie pomagało. I znowu wróciło...

– Uspokój się! – huczę. – To już przerabialiśmy! Przepraszałem cię, cholera wie, ile razy!

Cisza, ale nie składa broni. Dyszy i zbiera się. Oho! Będzie atak frontalny... Ma w oczach błyskawice, przyśpieszony oddech i bardzo złowrogi wyraz twarzy.

I nagle:

– Ty chamie! Ty prostaku. Ty i twoja mamusia! Ty sądzisz, że można mnie tak zbyć? Mnie?! Mamusia prostaczka i synalek prostak zabawiają się w intelektualistów kosztem synowej! Wart pac pałaca! Chamstwo i tyle – wykrzykuje wrednie, z satysfakcją w głosie.

– Aśka, odpierdol się od mojej matki! – Straciłem zwyczajnie panowanie.

---

* Nomina sunt odiosa (łac.) – wymienianie nazwisk jest niewskazane.

– O! – triumfuje. – O! Jaki popis kultury! Może powiesz to po łacinie?!

Nagle słyszymy dzwonek do drzwi. Milkniemy oboje. Zbieram się w sobie. Idę do drzwi. Sąsiad z naprzeciwka. Mało się znamy i raczej nie lubimy. Liście z jego klonu zaśmiecają nam działkę i Aśka kilka razy już robiła mu wymówki. On się odgryzał ostro, a ja stawałem w obronie Aśki.

– Dobry wieczór – mówi ze złością na twarzy. – Panie sąsiedzie, mam wezwać straż, policję? Muzyka u was aż huczy, a to już północ! I awantura coraz głośniejsza. Chcesz pan lżyć żonę, to ciszej, proszę, albo chociaż okna pozamykać!

– Przepraszam. – Zamykam mu drzwi przed nosem i biegnę na górę. Stukam, walę do Tomka i Kaśki. Otwierają prawie jednocześnie. U Tomka grzmi cholera wie co, u Kasi rytmy irlandzkie.

– Ciszej! – przekrzykuję hałas. Idą ściszyć. Kasia zamyka drzwi, a Tomek jeszcze wychyla się i pyta dość bezczelnie:

– Skończyliście już?

– Tak... – Nie wiem, co powiedzieć. Właściwie ma rację. Jest cyniczny i ma do tego prawo.

Schodzę na dół. Furia stoi w oknie i dyszy ciężko – zła, znaczy, i jeszcze nierozładowana.

– Dzieciaki zagłuszały naszą kłótnię...

– Naszą? – pyta mistrzyni nonsensu. – Naszą? – Odwraca się i wiem, po prostu wiem, że to nowa fala, i nie mylę się. – Naszą?! – krzyczy. – A może twoje chamstwo chciały uciszyć? Twoje maniery z podwórka? Dobrze się czujesz, co? Pokazałaś, na co cię stać! O, i zawsze pokazałeś, zawsze mi musiałeś udowodnić, jaka ja jestem denna, tępa, głupia!

– Nigdy tego nie robiłem, Aśka, nie uważałem cię za mniej inteligentną czy głupszą. To twoje chore projekcje, skończ to wreszcie! Doskonale wiesz, że przypisujesz mi coś, czego nie robię, do kurwy nędzy!

Tak, już nie panuję nad sobą, rzadko mi tak puszczają nerwy. Straciłem kompletnie hamulce. Jestem roztrzęsiony.

Aśka stoi w szale. Zabrakło jej argumentów, chwyta więc szklankę z niedopitym piwem i chlapie mi w twarz. Odwraca się i wychodzi do kuchni. Wie, że nie pobiegnę za nią. Ona zakończyła swoją kwestię. Gdybym za nią pobiegł, to tylko po to, żeby ją udusić... Jestem mokry od śmierdzącego piwa, poniżony i bezsilny. Zły. Nie wiem, co robić, znów ledwo łapię oddech. Duszno mi.

Wycieram się serwetkami, ale śmierdzi nadal. Aśka tłucze garami w kuchni. Ostentacyjnie i głośno miota się, zmywając. Zrobić demolkę, a potem pozmywać naczynia... Jaki to ma sens?

Następnego dnia mijaliśmy się, jakbyśmy byli duchami. Za to wieczorem przy kolacji Aśka udaje zdziwioną:

– No, co takie miny macie? – pyta dzieci, nakładając im spaghetti. – Co się dzieje?

– Daj spokój, mamo, nie spaliśmy najlepiej...

– Taaaaak? A był ku temu szczególny powód?

– Powód?! – Kasia patrzy znacząco na Tomka i mówi: – Wasza awantura, mamo. Oto powód.

– A-wan-tura?! Żartujesz, moja kochana. Jaka awantura?

– Mamo, hello? Do pierwszej żeście na siebie krzyczeli!

– Kasiu! Nie tym tonem. Krzyczeli? Kochanie – zwraca się do mnie – słyszysz, co Kasia mówi? Otóż, dziecko – znów do Kasi – nie „krzyczeli". Owszem, było drobne nieporozumienie, a ty zaraz „krzyczeli". Nie wyolbrzymiaj, proszę. Masz takie skłonności do dramatyzowania! Wiesiu, chcesz sałatki?

Normalne...

Opada mi szczęka. Kaśce też. Za każdym razem, choć powinniśmy przywyknąć do tych Joaśki powrotów do normalności. Jak gdyby nigdy nic siedzi, podaje nam sałatę, uśmiecha się jak zwyczajna, miła Joanna. Jakby wczorajszego wieczoru nie było. Ona go nie pamięta! W głowie taki backspace... delete... Wczoraj to wczoraj, a dziś to dziś! „Proszę, sałata!" Ja tak nie umiem. Kasia i Tomek też chyba nie. Zamykają się w sobie po takich wieczorach. Na mnie patrzą też inaczej. Jak? Tomek... ironicznie? Z kpiną? A Kaśka? Obrażona nawet na mnie!

Ale jest spokój. I żeby go teraz nie zepsuć. Jest miło, niemal bosko, ale wiem, że do... następnego razu. Już to od dawna wiem, bo cały czas mam w głowie, że będzie następny raz. Wiem o co. Przyjdzie chwila, zacznie się od czegokolwiek – kwitnących jaśminów albo felg od samochodu, złamanego paznokcia albo urodzinowej kartki z życzeniami od mamy dla niej, gdzie coś będzie z małej litery, i wybuchnie jak wulkan, będzie krzyczała, obrażała...

Przykro mi. Przykro, że już to wiem. Że wpisałem to w nasz małżeński krajobraz, że się tego spodziewam! I że nie mam pojęcia, jak temu zaradzić.

Joanna w pracy. Dzieci nie ma. Jeszcze kilka dni do wyjazdu. Poszedłem na szpilę do Rycha. Dzień piękny, słoneczny. Plaża fantastycznie skąpana w słońcu. Nie było go tam. Poszedłem do stoczni, popatrzyłem przez bramę. Zahaczyłem o Roberta. Przywiozłem mu wielką flachę finlandii w podziękowaniu i zapomniałem dać. Pogadaliśmy chwilę.

– Zajdź do baru. Rysiek już za ladą – radzi Robert. – Otwiera o czternastej. Wieczorami młody go zastępuje.

– Nie żartuj! To już czternasta? Bywaj, Roberto! I raz jeszcze dzięki! – podaję mu butelkę.

– O! To ja dziękuję!

W knajpie istotnie Rychu za barem, czyta gazetę, bo nikogo nie ma.

– Sie masz. – Siadam na stołku.

– Sie mam! No jak tam? Morze się uspokoiło? Co podać, piwko?

– Nie, Rysiu, może...

– Kawunię ci zrobię. Dobrą maszynkę mam! Włoską! Ja nie pijam, bo by mi serce siadło! Ale chwalą. Poczekaj no!

– Nie, Rychu. Dzięki, ale kawy nie. Też mam czasem takie... w klatce, jakby duszno...

– O, niedobrze. To masz witaminy i potas na koszt firmy!

Rysiek leje mi sok pomidorowy do kubeczka. Znów sobie milczymy. Ja piję sok i nie wiem, jak zacząć. Rysiek wyciera szklanki i pogwizduje.

– Wiesiu... – zaczął, ale nic więcej nie powiedział.

– Rysiek, chciałem cię przeprosić za Joannę. Za tamto, wiesz.

– Daj spokój! – odpowiada i patrzy na mnie z uwagą. – Współczuję ci, normalne to nie jest. Tak się wściekła, że chciałem z tobą pogadać. Anula to powiedziała, że ta twoja się czuje niedowartościowana i dlatego, ale uważaj, mówiła też, że to jej problem, nie twój.

– Tak powiedziała?

Pokiwał głową.

– A ona coś o tym wie. Ma brata z podobnymi symptomami. Straszny wariat. Młodszy. O byle co potrafił wzniecać taki dym... Został w domu z matką i znęcał się nad nią psychicznie. Aż ją do grobu wpędził. Dopiero jak druga kobieta go rzuciła, a tam wiesz, różnie bywało, bo i do bitki się rwał, to policjantka taka go skierowała do psychiatry. Że jak podejmie leczenie, to będzie miał jakieś ulgi przy wyroku. Dał się przekonać. Psychiatra dał mu proszki i skierował na psychoterapię. Tam się okazało, że jest coś takiego jak ADHD u dzieciaków, tylko się jakoś inaczej nazywa u dorosłych. I można to lekami uspokoić i terapią.

– Myślisz, że ona ma jakieś... złe mniemanie o sobie, niską samoocenę, czy jak? Skoro stale mnie o coś podejrzewa, posądza o to, że jej nie doceniam, takie tam...

– Wiem. Możesz wyjść ze skóry, zagadasz się na śmierć, a i tak nie poradzisz. To głęboko w główce siedzi. Tu chyba sam, Wiesiu, nic nie zdziałasz. Spróbuj ją przekonać, może jakiś lekarz, terapia, może jakoś, wiesz... Wracasz?

– Dokąd? Do Turku? Wracam. Muszę i chcę, robota czeka!

– Ale szczęścia w twoich oczach to ja nie widzę...

– A, bo wiesz... Lekko nie jest. Wkurza mnie ta obczyzna. Dookoła wszyscy gadają po fińsku, a dla mnie to...

– ...chińszczyzna – wtrąca Rychu.

– Kumple gadają ze sobą, śmieją się, a ja nie wiem z czego. Nie umiem brać udziału w dyskusjach, bo ledwo kumam, o co chodzi. Nawet gdy paplamy po angielsku, to dłuższe czy bardziej skomplikowane wypowiedzi układam sobie w myślach, zanim je powiem. Czuję się jak cofnięty w rozwoju. Pewnie kiedyś się przyzwyczaję, tylko... kiedy?

– Zdążysz przed śmiercią – pociesza Rychu.

Żegnamy się.

– Dzięki, Rychu. Bywaj!

– Bywaj, Wiesiu. A serduszko to sobie przebadaj, wiesz?

– Czemu? – zdziwiłem się.

– A... dla jaj! – powiedział Rycho poważnie.

Nie sądzę, żebym się przejął słowami Ryśka, ale już od jakiegoś czasu ciasno mi w klacie. Już wiem, co oznacza słowo „duszność". Nie znam pojęcia „serce mnie boli", bo naprawdę boli mnie dusza. I to od dawna. Jestem facetem, więc rzecz jasna boję się zastrzyków i dentysty. Pamiętam, jak poszedłem z Tomkiem do stacji krwiodawstwa oddać krew dla naszej sąsiadki. Postanowiłem być twardy i pokazać wszystkim, że to dla mnie małe miki. Wszelkie badania wstępne – jakoś dałem radę, ale gdy panienka z okienka podeszła do mojego przegubu z igłą jak dla wieloryba, poczułem pot na czole i ową duszność.

– Dobrze się pan czuje? – zapytała miniaturka kobieca o blond loczkach, z wielką troską w błękitnych jeziorkach otoczonych nazbyt mocno umalowanymi rzęsami. Skinęła na drugą, stojącą po mojej stronie aniołkę, która równie ciepło i troskliwie nachyliła się z tym idiotycznym pytaniem. Jak mam się czuć, widząc tę dzidę w ręku blond oprawczyni?

– Eee, znaczy… tak jakoś dziwnie mi – powiedziałem, bo sądziłem, że będzie jakieś odroczenie, szklaneczka zimnej wody i ponowna troska.

Panny skinęły na kogoś i podszedł do mnie sanitariusz o posturze Hellboya z kamiennym wyrazem twarzy.

– Wyprowadzić pana?

– Nnnnie, skąd! To chwilowe! „Czyń, kacie, swą powinność" – usiłowałem zażartować i wtedy blond aniołek wbił mi tę wielką rurę w żyłę, a ja chyba nawet nie poczułem. Trochę mi się zrobiło słabo, ale zacząłem spokojnie oddychać i obiecywać sobie, że nie padnę tu w obecności Tomka i tych anielic.

Krew powinni pobierać mężczyźni!

Słowa Rycha jednak zaczęły pulsować. Może powinienem? Tak pro forma. Mam jeszcze kilka dni urlopu. W gabinecie lekarskim fajny gość, młody lekarz z zapędami psychoanalitycznymi. Rozgadałem się, musiałem z kimś skonfrontować myśli i szczerze powiem – poczułem małą ulgę. Tłumaczyłem się gościowi, którego pierwszy raz w życiu widziałem, z braku pracy i problemów z żoną.

– Musi pan trochę wyhamować. – Lekarz miał miły uśmiech. – W pańskim wieku serce ma już bagaż, a tym bardziej bezrobocie i kłopoty małżeńskie… to waży, oj, waży. Prowadzi do spastycznych skurczów mikrowłókien, niedotlenienia, arytmii. Bardzo pana proszę nie lekceważyć żadnych objawów. Przepiszę panu środki wyciszające.

– Ale po co? Ja nie jestem żaden histeryk, umiem się opanować.

– I to jest pana problem. Czy pan wie, co to jest implozja? Na moje wyczucie pan jest typem introwertycznym, umie się pan opanować, a to znaczy, że w stresie pan imploduje, nie odreagowuje stresu, a jakby chowa go w sobie, kieruje do środka. To nie pozostaje dla organizmu bez konsekwencji. Na razie ich nie widać, ale z czasem się odezwą...

– Wie pan, panie doktorze, ja nie jestem mazgajem, no jak coś poważnego, to jasne, ale zwyczajnie nie mam czasu na latanie po lekarzach, badania i szukanie Bóg wie czego.

– No. Prawdziwy twardziel... Wie pan, ilu takich spoczywa w spokoju? Inaczej... Statki... bo pan jest stoczniowcem, tak?

– Tak.

– No. Statki, żeby ponownie wyjść w morze, muszą przejść przegląd, prawda? A im starszy statek...

– Może pan nie kończyć. Czyli co? Starość?

– Niech pan nie przesadza. Reszta badań jest tu do zrobienia tak na wszelki wypadek. Sporo tego, ale raz na sto lat wypada. Jest pan zdrowy, tylko trzeba zredukować stresy. Nadmiar. Proszę to wykupić, mieć pod ręką. A to bez recepty, takie łagodzące. Warto mieć je w kieszeni, na wszelki wypadek, gdy pan czuje nadchodzącą burzę... Rozumiemy się?

A więc dostałem żółtą kartkę.

W domu cisza. Nikogo. Poszedłem do swojej strychokryjówki i nastawiłem na cały regulator *Whisky in the jar* Uriah Heep. O, jaki to jest dobry kawałek! Solówa na gitarce – boska. Leżałem na dmuchańcu i myślałem sobie o młodości, o życiu, o tym, czy zyskałem, czy straciłem. Taki męski rozrachunek po tym, jak konował mi pogroził palcem...

Nastawiałem po raz setny Uriah Heep, podkręcając głośność, i wtedy w drzwiach mojej dziupli zobaczyłem... Tomka.

– Synek? A co ty tu robisz?

– Mam zwolnienie na tydzień. Zapalenie oskrzeli, to pomyślałem, że jeszcze pobędę z tobą. Poczekaj, coś ci przyniosę.

Po chwili synek wręczył mi płytkę.

– Puść to...

Usłyszałem znajomą przygrywkę, ale jakby... mocniejszą. *Whisky*... ale inne.

– Kto to? – pytam. – Niezłe.

– Metallica. A ty się odżegnywałeś, że to już nie twoje kawałki. Posłuchaj sobie, a ja zrobię zapiekankę. Zgłodniałem jak cholera. Tobie też?

– Yes. Tylko bez cebuli.

Ale mnie wzięła ta Metallica. Ma synek rację! Zamknąłem się hermetycznie w moich Pink Floydach, Uriah Heepach, The Who, uważając, że później już nikt i nic. A to nieprawda. Metallica w wielu utworach, jak dla mnie, zbyt metalowa, ale kilka... No, no! Jedliśmy zapiekanki i słuchaliśmy. Dobrze mi to zrobiło, bo sądziłem, że Tomek bardzo się oddalił nie tylko ze względu na internat i studia poza domem, ale w ogóle. Teraz ewidentnie łapiemy kontakt. Dotknąłem jego czoła.

– Masz temperaturę?

– E, chyba nie. Może małą. Trochę zasymulowałem. Nadrobię!

– Tomek, naprawdę chcesz pływać?

– Chcę. Nie masz pojęcia, co czuję na morzu. To jest... taka wolność!

– A odosobnienie? Jak założysz rodzinę?

– Nie pali mi się. Nie mam, sorry, ojciec, zbyt fajnego wzorca. Ja wiem, że wy się jakoś tam kochacie, a może już nie... ale kompletnie nie umiem zrozumieć, jak to możliwe, tak żyć i że... wiesz.

Westchnąłem. Kurczę, czuję się winny. Czemu musieli oboje – on i Kasia – patrzeć, jak się spinamy, jak awantury rodzą się z niczego, jak rozwalają najmilszy wieczór? Szkoda mi tych lat, szkoda Tomka. „Nie ma zbyt fajnego wzorca". Cholera jasna, to nasza wina!

– Tomek, ale ty możesz inaczej...

– Tato, poradzę sobie. Po prostu cieszę się, że jestem daleko, że będę pływał, a małżeństwo, dom, rodzina jawi mi się dość odległą sprawą. Jakoś się to stanie, bo nie bój się, jestem hetero! – roześmiał się i zamilkł.

– Nie mam wątpliwości, synu. Po takim ojcu!

– No, jakim? Powiedz, byłeś babiarzem, co? Widziałem twoje zdjęcia z młodości, te babeczki na tych zdjęciach, co mama... paliła.

– Proszę?!

Zawahał się, ale mówił dalej:

– Jak cię nie było i rozpaliliśmy w sobotę kominek, to mama przyniosła całą torbę śmieci i tam były też jakieś laski sprzed lat. Powiedziała, że to twoje zdobycze, ale nie potrzebujesz aż tylu, wystarczą ci jakieś, co zostawiła.

Zrobiło mi się gorąco. Nie chciałem nic robić, zanim się nie upewnię, szczególnie że dbałem zawsze o autorytet Joanny w oczach dzieci. Przeszliśmy na inny temat i Tomek poszedł się położyć. Mówił, że symuluje, ale faktycznie ma jakąś infekcję. Zaniosłem mu herbatę z cytryną i leki, a potem poszedłem do regału z fotografiami i otworzyłem moją szufladę.

Trzymałem tam swoje papiery, zdjęcia ze szkoły, zdjęcia rodziców, Kryśki, jak była mała, ciotek, wujów. Cała moja młodość uwieczniona na zdjęciach. Moja działalność studencka – obozy, wypady i... kobiety. Kilka zdjęć Marzeny, mnóstwo Aldony i trochę Wieśki. Niestety żadnego – Marii.

Były... Cała koperta znikła. Także listy i kartki od Wiesi, w zaklejonej szarej kopercie, i moje niezdarne, grafomańskie erotyki, które kiedyś wysmażyłem po kolejnych odkryciach rozkoszy dzięki Marii. Wygrzebałem pudełko negatywów. Zdjęcia dziewczyn były starannie powycinane. Z filmów zostały pojedyncze kadry... To... chore!

Zdumienie wymieszane z jakimś rodzajem przerażenia. Miotałem się między chęcią zrobienia wreszcie megaawantury a myślami, by machnąć na to wszystko ręką, bo przecież żadna kłótnia nie zwróci mi moich zdjęć i pamiątek.

– Nie wiedziałeś?! – Do pokoju wszedł Tomek.

– Czemu nie śpisz?

– Tato... szczerze mówiąc, tak myślałem. Mówiłem mamie, że nie powinna, ale ona wtedy była taka pobudzona... Nie pohamowałbym jej. Jak się zorientowałem, że czyta mój pamiętnik, też nie umiałem jej wyjaśnić, że to złe. Wmawiała mi, że skoro jestem skryty, to ona musi się jakoś dowiedzieć, czy się prawidłowo rozwijam. Ale ty przecież zawsze mówiłeś, że cudza korespondencja jest święta.

– I nie zmieniłem zdania – powiedziałem poważnie. – Świętość. Mnie tak wychowali rodzice. To są moje standardy i nie odejdę od nich.

Zamknąłem oczy i dyszałem.

– Wkurwiłeś się? – Mój syn musiał być lekko przerażony moim stanem.

– Tomek!

– Oj, tato... jesteśmy obaj dorośli. Jest różnica między zły a wkurwiony. Ty myślisz, że ja z chłopakami to gadam językiem literackim?

– U nas się nie klnie.

– W stoczni...

– W stoczni to co innego.

– Przepraszam.

– Jestem... – zacząłem – jak wy mówicie, na maksa wkurwiony!

– Też bym był... – Mój syn okazał mi wsparcie. Właśnie zdałem sobie z tego sprawę. Stał ze spuszczoną głową.

– Tomasz, nie mów nic, to nie twoja wina, ja to jakoś sam załatwię. Receptę jakąś dostałeś? – urwałem temat. – Daj, wykupię ci. Pokaż czoło. Masz gorączkę, kładź się.

Wyszedłem z domu, bo bałem się, że jak wróci Joanna, nie zapanuję nad sobą. Chciałem nią potrząsnąć i wywrzeszczeć całą moją wściekłość, rozgoryczenie, rozczarowanie. Nigdy nie przypuszczałem, że może być tak... podła! Tyle lat małżeństwa, wszystko dla dzieciaków i domu. Okazywałem jej tyle miłości mimo tych jej wszystkich afer, bo sądziłem, że może czuje się jakoś niedowartościowana. Ale dzisiaj ręce mi opadły. Wyobraziłem sobie, jak siedzi z nożyczkami i tnie... Ile w niej było nienawiści do mojej przeszłości, która – jak każda inna – minęła, jest tylko historią śpiącą w szarej kopercie na dnie szuflady! Jej pamiętniki, listy, zdjęcia byłych narzeczonych, Łukasza – ma w swojej szufladzie przewiązane czerwoną wstążką... Ba! Pisuje do swojego byłego z czasu studiów maile, bo się tym chwali: „Wiesz, odnaleźliśmy wspólny język. Olek jest takim moim wirtualnym przyjacielem!". OK. Niech sobie będzie. Pewnie się czuje lekko osamotniony w Kanadzie. Nie robiłem jej o tę korespondencję żadnych wyrzutów, bo niby o co? Niech sobie piszą, skoro mają wspólny język... Olek ma żonę na wózku, może potrzebuje wsparcia Joanny? Jakoś nie jestem zazdrosny. „Nie musisz! – deklarowała Joanna. – Ja jestem porządna!" Zupełnie jakbym ja nie był...

Tak, jestem jeleń. Zbyt ustępliwy i za spokojny. No, ale taki mam charakter. U nas w domu nikt nikomu nie szperał w rzeczach osobistych, nie otwierało się cudzych listów. Może to ja jestem idiotą? Niedostosowanym społecznie, podtatusiałym panem po pięćdziesiątce? Może powinienem traktować ją ostrzej, ale wtedy w domu byłoby już piekło nie do wytrzymania...

Co mam zrobić? Nie wiem. Jakoś zareagować muszę, tylko co to da? Cholera jasna!

Poszedłem na plażę, pełno spacerowiczów, choć to już od dawna miesiące niewakacyjne. Ciepło i ładnie. Za kilka dni wracam do Turku. Ucieknę. Ale ile można uciekać, udawać, że nie ma problemu. Siedziałem tak na kamieniu, daleko od miasta. Myślałem i myślałem, ale niczego nie byłem w stanie wymyślić. Tak zwane uczucia ambiwalentne. Zazdrosna o to, co było ponad ćwierć wieku temu? Paranoja!

Gdy wróciłem, Joanna już była w domu. Kręciła się po kuchni, nie patrząc mi w oczy. Tomek jej powiedział? Niemożliwe. A jeśli nawet... Długo trwało milczenie, w końcu nie wytrzymałem:

– Joanna, zaglądałem do mojej szuflady. Co się stało z moimi rzeczami?

Siada. Jest blada, ale spokojna. O dziwo, zero ataku, tylko potulny wzrok i cichy głos.

– Musisz to zrozumieć, Wiesiu. Byłeś daleko, a ja tak strasznie tęskniłam, tak mi cię brakowało, w domu, w ramionach... – zawiesiła głos i popatrzyła na moją reakcję. – Dzień był jakiś okropny i ja czułam się fatalnie...

– Mogłaś zadzwonić, zawsze odbieram, nawet w pracy.

– Mogłam, ale chyba komórka była rozładowana, poza tym to koszty... a jak się tak tłukłam po pustym domu jak Marek po piekle i zaczęłam, wiesz, dla zabicia czasu robić porządki... – westchnęła i zrobiła dramatyczną minę. Zamilkła. Zbierała myśli. – Ty nie masz pojęcia – kontynuowała po chwili – co to znaczy, gdy cię dopadnie takie uczucie osamotnienia...

– Tak sądzisz? Że nie wiem? W Turku otacza mnie tłum przyjaciół?

– To nie to samo... – Joanna już czuła, że się zapętla. – A może po prostu nie tęsknisz tak bardzo jak ja, no i...

– ...i?

– I kiedy wzięłam do ręki te zdjęcia... te wasze wypady, biwaki i te uśmiechy... młodzieńcza radość... uświadomiłam sobie, jak jestem stara i jak zbrzydłam, i poczułam się taka...

– Poczułaś zazdrość o coś, co było trzydzieści lat temu! Joaśka! Uważasz, że to normalne?

Nagle uznała, że w kwestii wyznania swojej winy zrobiła już wszystko, a ja niebezpiecznie się zbliżam do żądania „przeproś przynajmniej", a ona przecież nie ma w zwyczaju przepraszać za cokolwiek. Owszem, zna słowo „przepraszam", ale raczej w kontekście: „przepraszam cię, ale chyba zgłupiałeś". No, czasem, jak podczas łóżkowych ekspiacji: „przepraszam cię za wszystko i... obiecuję że...".

I nigdy jeszcze nie dotrzymała obietnicy. Milczałem, wściekły na nią i na siebie.

– Przegięłaś, Aśka. Tym razem przegięłaś. Mam tego dość. Wtedy wybuchła:

– A co ty sobie myślisz, cholera jasna, że ja się tylko będę przed tobą kajać? Wyjechałeś sobie i zostawiłeś wszystko na mojej głowie! To ja wychowuję, piorę, sprzątam i... trzymam to wszystko w kupie! Ty masz wszystko gdzieś! „Wyjechał za pracą", byle jak najdalej od tej wstrętnej baby, ot co!

Joanna wpadła w swój ulubiony słowotok i oto nagle dowiedziałem się, że dzieci się odseparowują, uciekają, bo nie mają normalnego domu, i że to podłe. Podnosiła głos i robiło mi się coraz ciaśniej w głowie.

– To moja wina?! Joanna, jeżeli już, to nasza. Rozumiesz, co mówię? Nasza! Przez te awantury o nic, o głupstwa, pouciekały, a nie dlatego, że ja tu urządzam jatki.

– Chcesz mi zasugerować, że to ja zawsze jestem winna, tak?

– Asiu, czy ty mnie słyszysz? Mówię: nasza! Poza tym nie ja wywołuję aferę o słówko, o jakąś myśl, której nawet bym samodzielnie nie wymyślił. O gest sprzed lat, narzeczone sprzed lat... Na miłość boską! Już o tym rozmawialiśmy! Nie ja się czepiam byle czego, a potem się tnę czy łykam prochy.

Otworzyła szerzej oczy. Zawrzała.

– Jak śmiesz?! Jak śmiesz naigrywać się z moich stanów? Ja bywam w totalnej desperacji, miewam załamania i... i...

– ...głupiejesz. A nasze dzieci na to patrzą. I właśnie dlatego uważam, że to najwyższa pora porozmawiać z kimś o tym problemie.

– Problemie? Uważasz, że to tylko mój problem?! No, ciekawe!

– Joanna, ja pójdę z tobą. Tylko zróbmy coś z tym!

Zamilkła na chwilę i nagle zaatakowała, jaki to ja jestem jednostronny, cyniczny, ograniczony i głupi, i że to ja się nadaję do leczenia, a nie ona, i że nigdzie się nie wybiera, chyba że ja ją chcę na siłę władować do wariatkowa i...

Poszedłem na górę. Do siebie. Mam dość. Ślepa uliczka. Jazda donikąd. Wołała jeszcze z pół godziny, miotając się po mieszkaniu zła i podlana koniakiem.

Całe szczęście, że po godzinie zszedłem do kuchni po coś do picia i zobaczyłem przez uchylone drzwi światło w sypialni.

Joanna leżała w łóżku, a z kącika ust ciekła jej ślina. Obok stały jakieś fiolki po lekach. Koniak i prochy! Zwariowała. Miała chrapliwy oddech, nie mogłem jej dobudzić. Zadzwoniłem po pogotowie.

Przyjechali po kwadransie, z minami, jakby byli obrażeni, że im głowę zawracam. Posadzili Joaśkę w wannie i zrobili pompowanie żołądka. Kazali mi się nie wtrącać i wysłali do kuchni narobić gorącej, słabej herbaty.

– Masz pan cyrk – przemówił na koniec jeden z sanitariuszy. – Pokaż jej pan jutro łazienkę, tylko nie sprzątaj pan, to zawsze działa na jakiś czas.

Kiwnąłem głową i spytałem lekarza, co dalej.

– Jeśli to się powtarza, psycholog, psychiatra, terapia. Pan powinien wiedzieć, na jakim to tle. Dobranoc.

– Dobranoc.

Kasia wróciła późno. Już po ich wizycie. Nic nie powiedziałem. Miałem w głowie totalny mętlik. Rano zadzwoniłem do Lennarda, że chyba zrezygnuję z pracy, że mam kłopoty w domu. Wzdychał współczująco. Na koniec powiedział:

– Weslaw, daję ci tydzień urlopu, przemyśl to...

– Ok, Lennard. Dziękuję!

– Wieszek... Ja cię lubię! Dobrze zacząłeś i w ogóle jesteś OK. Pomóc ci w czymś?

– Nie, dziękuję, to rodzinne sprawy...

Następnego dnia zakomunikowałem przy śniadaniu, że gotów jestem wrócić do domu, zaczynam robić rozeznanie w okolicy. Kaśka odłożyła widelec zdumiona.

– Tato, ale... skąd ten pomysł? Źle ci tam szło? – kręciła głową z niedowierzaniem.

– Kasieńko... – zacząłem, ale Joanna szepnęła do niej słodko:

– Kotek, to nasze z tatą ustalenia. Tak będzie lepiej dla rodziny!

Rozmowa zamarła. Kaśka wstała od stołu i poszła do siebie.

Tomek też był całkowicie zaskoczony, ale stwierdził, że może to nie najgorszy pomysł.

– Mama odetchnie, bo sugerowała, że ty tam...

– Zwariowałeś?

– Nie. Ona się boi... Mówi, że się postarzała i że ty tam się pewnie już kręcisz koło samotnych babek.

– Rany boskie, mówiła ci coś takiego?

– A jak sądzisz, czemu pocięła te zdjęcia? Zazdrosna jest! One tak mają, znaczy kobiety koło menopauzy.

– A ty skąd wiesz?

– A jak myślisz, ojciec? Moi koledzy też mają problemy rodzinne, a od zazdrości babskiej racz nas chronić, Panie!

Zazdrosna?! Żeby to była kokieteryjna zazdrość, na wesoło... Ale nie. O kogo, o co? Ona jest zazdrosna na poważnie o swoje fantazje, o przeszłość sprzed trzydziestu lat? Nie jestem typem babiarza. Co innego dostrzec, że aktorka, panienka na ulicy ładna, zgrabna, a co innego łapać okazje i romansować. To dla mnie nie tylko nieuczciwe, ale głupie. Nie potrafię kłamać, kręcić, więc jakieś tego typu zabawy musiałyby się skończyć fatalnie. Wystarczała mi zawsze Joasia. W łóżku nigdy żadnych problemów do momentu, gdy zacząłem zauważać jej nadaktywność erotyczną po ostrych nieporozumieniach, po których chciała szybko wrócić do miłego nastroju, bo... miała jakiś do mnie interes. Kupić nowe firanki albo dostać znów kasę na przegląd samochodu, bo to, co jej dałem, „jakoś się jej rozeszło". Przykry taki seks i uczucie bycia manipulowanym. Widząc moje osłabienie seksualne, zaproponowała mi wizytę u lekarza. Też przykre... Nie rozumie, że mogę bez wspomagaczy, ale szczerze! Jak to w muzyce się nazywa? Con amore... Gdy czuję fałsz, udawanie, to wacek zwyczajnie strajkuje. Kiedyś znalazłem świetny fragment na ten temat w *Układzie* Kazana. Tak mi się spodobał, że go sobie wynotowałem, żeby jej kiedyś go zacytować: „Jest jeszcze coś, co budzi mój szacunek dla fiuta. Nie da się właściwie zmusić go do podniesienia się i udawania. Jeśli nie chce, można go bić i wymyślać mu, lecz z miejsca się nie ruszy. El Conquistador będzie sobie leżeć i dąsać się. Miękki jest wyrzutem dla swego posiadacza. Powiada: kłamiesz, chłopie"[*].

Aśkę to bardzo wkurza. Nie panuje nad sobą i obraża mnie, zarzucając mi impotencję. A ja chcę się kochać zwyczajnie, a nie dlatego, że zamiast powiedzieć zwykłe „przepraszam, zagalopowałam się", moja pani chce mnie obłaskawić seksem, zatuszować orgazmem chwile złe i podłe, których mam już potąd! Nie! No nie!

---

[*] Elia Kazan, *Układ*, Warszawa 1972, tłum. Cecylia Wojewoda.

Jestem łatwy w obsłudze – spokój, uśmiech, wzajemny szacunek i wtedy łóżko! Jak to mówi Kazan? „Jednooki Rozbójnik nie zna żadnych powinności. Ani przymusów. Ani kłopotów wynikających z tych pojęć. Patafian ma jedno oko na czubku głowy, dostrzega to, czego chce, bierze na cel i rusza do ataku. W duchu wielkiego Teddy'ego Roosevelta nawołuje wszystkie wojska, by stanęły za nim i zaatakowały pagórek. A ciało, uznając czystą potrzebę Nabrzmiewającego Zaganiacza, staje za nim i szturmuje całym swym arsenałem środków".

Tak, gdy jest wszystko na swoim miejscu, moje podbrzusze dokładnie wie, co się dzieje. Wacek zachowuje się szarmancko i z wirtuozerią. Przynajmniej tak mi się wydaje po tylu latach małżeństwa z Aśką. To, co robimy w sypialni, nie może być nudnym odwalaniem sprawy.

Po południu poszedłem na szpilę. Rycha tam już od dawna nie było, ale chciałem się trochę poczuć jak on, wolny facet, pomyśleć, czy nie robię piramidalnej głupoty, porzucając robotę w Turku. Gdy wróciłem, zastałem ślady bytności Joanny, ale jej samej nie było. Na stole w kuchni siatka z chemią i prasą. Widocznie miała możliwość, to wpadła z zakupami. Dziwne jednak, że ich nie rozpakowała. W pokoju już wiedziałem, czym się zajęła. Laptopa zostawiłem kompletnie rozładowanego. Teraz był podłączony do prądu. W szufladzie biurka widoczne dowody buszowania. Moje bagaże też przeszukane, choć niby ułożone (nie rozpakowałem wszystkiego, zostawiłem walizkę w takim stanie, jak przyjechałem, mniej więcej). A jednak znów mnie to zdumiało. Ona nie spauzuje.

Wieczorem, gdy zahaczyłem o to wszystko, dowiedziałem się, że podczas mojej nieobecności w domu zadzwonił telefon i kobiecy głos spytał o mnie, po czym się rozłączył. Zatem Joanna, węsząc zdradę, splądrowała mi rzeczy w poszukiwaniu dowodów mojego przestępstwa. Miała do tego oczywiste prawo. Jasna cholera! To niemożliwe, że ta kobieta jest moją żoną.

– Aśka, czujesz, że... przeginasz? Popadasz w paranoję!

– Ja? Ja popadam? Podajesz jakimś lafiryndom swój domowy numer telefonu i uważasz, że to ja mam obłęd? To nie ja nie chcę już współżycia, to nie ja śpię na strychu, nie ja zabijam sumienie środkami uspokajającymi i nie ja mam ewidentną andropauzę!

– Proszę?! Co zabijam?

– Masz w szufladzie środki uspokajające, ciekawe po co? I od jakiegoś czasu nie chcesz ze mną sypiać. Rozumiem, że jest ktoś atrakcyjniejszy ode mnie.

– Dostałem te środki od lekarza, bo badałem serce, mam problemy.

– Jasne! Sercowe, jak każdy facet w andropauzie! Jesteś zdrowy jak koń i tylko ja ci się już znudziłam!

Próbowałem jej tłumaczyć, ale to nie był dobry moment, Aśka znów się nakręcała, wołała, łkała, ubolewała głośno, że nie ma pieniędzy na „balony-silikony", o jakich rzekomo śnię, i że wszyscy mężczyźni są tacy sami...

Zadzwonił telefon. Podniosłem słuchawkę i usłyszałem damski głos:

– Pan Wiesław...?

– Tak, przy telefonie.

– Witam pana! Chciałabym pana zainteresować sprzedażą znakomitych kołder firmy...

Podałem słuchawkę Aśce. Wzbraniała się, ale w końcu wysłuchała.

– To moja „lafirynda"? O nią ta cała afera i przeszukania? To telemarketing! Nowa forma zatruwania nam życia! Joanna! Uspokój się wreszcie!

Była wściekła, nie złoży broni, nie powie „przepraszam". Nie ona! Jeszcze próba ratowania siebie i podania w wątpliwość moich słów:

– Teraz może i tak, ale rano to był inny głos! A poza tym może usłyszała, że nie jesteś sam i udawała? Skąd ja mogę wiedzieć?

Poszedłem do pokoju i zadzwoniłem do Lennarda, przepraszając go za zamieszanie. Wracam jednak do Turku, nie wyrobię tu. Mam dość.

KAROL

Nazajutrz, po wyjściu Aśki do pracy, zebrałem dzieciaki w kuchni i powiedziałem im o swojej decyzji. Kaśka wczoraj nie mogła się nadziwić, że chcę wrócić. Dziś zmieniła płytę. Kobiety są nieprzewidywalne!

– Tato, po tylu latach? To ucieczka! – parsknęła.

– Zapewne, Kasiu, ale i ty, i ja doskonale wiemy, od czego, chyba że byłaś na tyle mało spostrzegawcza...

– Tato, mama jest trudna, to prawda, ale tak rozwalać tyle lat małżeństwa?! To niepoważne!

– Z twojego punktu widzenia może tak to wygląda, ale czy zadałaś sobie pytanie, jak ja się z tym wszystkim czuję? Jak to, co mama robi, rozwaliło mój system obronny? Ja się zamieniam w strzępek nerwów. Zresztą nie rozmawiajmy o tym, bo mi niezręcznie.

– No tak, dodaj jeszcze, że jestem za mała...

– Kaśka, daj spokój – Tomek warknął, wyraźnie stając po mojej stronie.

– OK, OK! Wasza solidarność!

– Kasiu, zrozum, próbowałem, jeszcze wczoraj byłem gotów wrócić i naprawiać pralki, ale to jest niemożliwe. Mam tu siedzieć i czekać na kolejny wybuch mamy? Może beze mnie jej lepiej? Może to ja jestem jakiś...

– Tato, daj spokój! – Teraz Tomek ostro mnie ucisza. – Nie wmawiaj sobie. Kaśka, ty też się zamknij, jak nie masz nic mądrego do powiedzenia. Jest jak jest. Nie wy pierwsi, a my nie maluchy. Damy radę. A ty, ojciec, nie pękaj.

Kasia milknie z urażoną miną. Rozumiem ją. To kobieta, trzyma z matką. Tak, wszystkich rozumiem, ale muszę też zadbać o własne zdrowie psychiczne, bo jak się rozpadnę, to już nikomu nie będę potrzebny. Dzieci... zawsze mięknę, ale one mają swoje życie, już startują w dorosłość, w swoje sprawy. Muszę wyjechać i odseparować się od Joanny, inaczej zwariuję.

Joanna do końca trwała w swej zapiekłości, urażona, że pokazałem jej wpadkę, że okazała się głupia i podejrzliwa. Ani słowa! Wolała milczeć wyniośle i odgrywać obrażoną. W takiej scenerii opuściłem dom. Czułem, że coś pękło. Gapiąc się w chmury za oknem samolotu, po raz pierwszy pomyślałem o... rozwodzie. Zwyczajnie! Rozwiedźmy się! Już czas skończyć to, co nas zamęcza, a mnie coraz dotkliwiej. Nie mam już odporności. Po lichu mam resztę życia spędzać z kimś, kto okazuje mi pod każdym względem brak szacunku, podejrzliwość i pogardę? Pogardę wobec mnie i mojej rodziny. Mam do śmierci siedzieć jak na czubku wulkanu, kontrolować się i zastanawiać, kiedy wybuchnie? No nie... Nie ja pierwszy i nie ostatni. Chcę tylko normalnego życia, a jeśli oznacza to bez Joanny, jeśli ona tego nie rozumie... trudno. Rozwód.

Tak mnie ta myśl chlasnęła, że aż się zapowietrzyłem i powiedziałem na głos do siebie:

– O kurczę!

Facet obok zdjął słuchawki, pytając:

– Przepraszam?

– Nie, nic, to ja przepraszam.

Tak poznałem Karola, Polaka, który, jak się okazało, pracuje w tej samej stoczni w Turku. Pogadaliśmy trochę, zaskoczeni zbiegiem okoliczności. Przeszliśmy na ty, bo jak to – dwaj stoczniowcy mają sobie „panować"? Po wylądowaniu chętnie skorzystałem z jego samochodu. Super, nie musiałem jechać autobusem, a przede wszystkim posłucham kogoś, kto zna tutejsze realia.

Karol wydał mi się początkowo nieco zbyt wesołkowaty, ale był naprawdę sympatyczny. Chętnie opowiadał o stoczni, zwyczajach, własnych doświadczeniach i obserwacjach.

– Wiesz, Polacy nie trzymają się w kupie. Jest tu nas zaledwie kilku, ale wszyscy jacyś zajęci, nie zanadto towarzyscy. Jeden młodzik już się ożenił z Finką i mają dziecko, więc wiesz... A ten Zdzichu, o którym mówisz... Tak, słyszałem o nim, ale osobiście nie znałem. Ja jestem towarzyskie bydlę. Obracam się wśród Finów, Ukraińców, Litwinów, Chorwatów... O, to już niedaleko, tam, widzisz? Nie byłeś tu? – spytał

Karol, zmierzając ze mną do knajpy w okolicach starówki. – No to poznasz prawdziwe tutejsze smaki! To lapońska knajpa, zobaczysz, super!

Zrozumiałem „japońska" i zastanawiałem się, co ma Japonia do Finlandii, czemu w japońskiej knajpie podają fińskie dania? I jakież one mogą być zaskakujące?

Okazało się, że żaden szał. Restauracja mało japońska w stylu. Raczej w rustykalnym. No jasne! Lapońska! Ale kartę nam podano... po polsku! Karol uśmiechnął się, widząc moje zdziwienie.

– Jeden taki mój znajomek napił się tu kiedyś i zbeształ ich za brak karty po polsku. „Co to, we wszystkich językach macie, tylko nie w naszym?! Bo my co? Sroce spod ogona wypadli?!" I ta kelnerka, o, ta spora taka, widzisz?, odszczeknęła mu się, że skoro taki mądry, to mógłby przetłumaczyć. I przetłumaczył! Teraz desery i pierwszy kieliszek wódeczki ma tu za darmo! No, czytaj, a ja i tak zamówię zestaw dla ciekawskich, co?

Po jakimś czasie na stół wjechały dziwne zakąski. Jadłem zaskoczony i skupiony na nowych smakach. Małe rybki, które się je w całości – „pies z budą", sałatka z grzybów, płatki wędzonego łosia i suszonego renifera, dziwne, żółte, kwaskowe jagody występujące ponoć tylko w Finlandii. Na koniec podano nam szklaneczki do połowy wypełnione kwaśną, gęstą śmietaną i dopełnione żółtym kawiorem oraz czarniutki chleb w postaci grzanek, obficie omaślony. Naprawdę fantazja!

– To co cię tak ruszyło w tym samolocie? Jakiś pomysł racjonalizatorski? – spytał Karol, nakładając sobie porcję kawioru w śmietanie na czarną grzankę.

– Jakby ci to... – wykręcałem się, bo jakoś mi głupio się zwierzać komuś, kogo znam kilka zaledwie godzin. Ale patrzyłem w jego szczerą i wesołą twarz i pomyślałem sobie, że właściwie czemu sobie nie ulżyć. Facet budzi zaufanie. Tym bardziej że na stole wysychała mała karafeczka doskonale zmrożonej wódeczki. Karol nie pił, towarzyszył mi mineralną i zapewniał, że „w Turku się napijemy jak ludzie". No więc rozwiązany wódeczką, dobrym żarciem i serdecznością nowego kumpla wyrzuciłem z siebie w formie żartu: – A, wiesz, Karol, wykombinowałem sobie, że się rozwiodę.

Spoważniał, patrzył na mnie i zaczął półgłosem, spokojnie:

– Wiesz, Wiesiu... Nie musisz. Ja wiem, że robię na facetach piorunujące wrażenie, ale doprawdy, chłopie, nie musisz się aż rozwodzić! – powiedział, dotykając mojej ręki z dziwnym wyrazem oczu.

Zesztywniałem, moja dłoń z kieliszkiem zastygła w pół gestu. O mało go nie wypuściłem. Rany boskie! Tylko tego mi trzeba było! Od razu powinienem się domyślić. Był zbyt przychylny, opiekuńczy! Teraz się nie odczepię. Jak się zacznie do mnie przystawiać, stanę się pośmiewiskiem w pracy. Po cholerę mi to? Było wziąć autobus! Musiałem mieć wyraz twarzy kota srającego w deszczu, bo Karol huknął zaraz:

– Jezu! Wiesiek! Żartowałem! Ożesz, kurwa, Wiesiek, no na poważnie to wziąłeś?! – wybuchnął śmiechem Karol. Rżał jak koń. Machnąłem jednym haustem ten kieliszek wódki ze wstydu, że nie skumałem żartu. No, ale jestem hetero całą gębą, to jak miałem zareagować?

– Wybacz, Karol – zacząłem.

– Nie tłumacz się! Oj, Wiesiu, Wiesiu, już cię lubię... Czasem trzeba pożartować. – Otarł dłonią łzy z oczu, odetchnął nieźle ubawiony. – Ale o czym to my... Rozwód? O, to niewesoło... Poznałeś kogoś? Wybacz, że pytam, ale jak nie chcesz, nie mów...

– Nie! To nie to. Masz żonę?

– Niech Bóg broni!

– To chyba nie zrozumiesz, ale... wymyśliłem, że to chyba najlepsze rozwiązanie.

Patrzył na mnie i kiwał głową.

– Dobra – powiedział. – Teraz dość o tym. Jak mawiał mój dziadek: „Święty spokój nie ma ceny". Pogadamy, jak będziesz miał chęć, a na razie na ciepło proponuję danie tutejsze, coś, wiesz, jak nasz schabowy z kapustą! Voilà! Nazywa się to poronkäristys, z mięsa renifera! Musisz spróbować! Żaden cud, ale fajne.

Po chwili w atolu z przecieranych ziemniaków... parował drobniuśki gulasz. Posypane to wszystko było żurawiną. Do tego akcent swojski – ogórek, marynowany po ichniemu, na półsłodko. Smaczne, choć żaden szał czy szok. Ot, przyzwoite danko.

Zrobiło się miło. Męska solidarność przy talerzu i kieliszeczku! Co prawda piłem samotnie, ale obiecałem rewanż. Męska przyjaźń to jeszcze zbyt wielkie słowa, za mało się znaliśmy, właściwie wcale, ale serdeczność Karola rzeczywiście wprawiła mnie w świetny nastrój. Polubiłem go, choć był ode mnie młodszy i całkiem inny. Singiel i jajcarz. Tyle wiedziałem na pewno. No i mój pierwszy tu kumpel.

W drodze do Turku przysnąłem mile kołysany i podlany fińską wódeczką.

Nazajutrz w pracy dopadł mnie Lennard.

– I jak tam? – spytał poważnie.

– Zostaję... tu.

Uścisnął mi dłoń, a następnie powiadomił, że nasze fińskie domki idą do rozbiórki, zatem czy interesuje mnie mieszkanie. Firmowe oczywiście, rotacyjne, na nowym osiedlu blisko stoczni. Opłaty niskie, standard fiński – znaczy czysto i bardzo funkcjonalnie. Wielu moich kolegów wynajmuje prywatnie pół domu, pięterko albo pokój w okolicy. Karol mieszka dość daleko od roboty, więc też jest zainteresowany tymi nowymi mieszkaniami.

Naszą stocznię otacza kilka osiedli w klimacie typowo wiejskim. Sporo starych domostw wymieszanych z nowymi budynkami, ale niekłócącymi się stylem. Charakterystyczne drewniane albo obłożone sidingiem. W ogródkach czysto i kwietnie. Drzewka owocowe, koguty z kurami... Sielsko i anielsko. Byłem w takim wiejskim domku u znajomka Chorwata. Jest tu z żoną i dzieciakami, wynajmują piętro. Fajnie mają... Rodzina w kupie.

Większość wolnego czasu spędzam teraz w towarzystwie Karola i innych, też samotników. Przyzwyczajam się do mojego nowego stanu. Jestem... No właśnie, kim jestem? Żonaty w separacji – mówię, gdy się jakoś tam opowiadamy przed sobą. Nie mam formalnej separacji, ale ja ją czuję. Już niewiele mnie łączy z Joaśką. Nie tęsknię... Tu się nikt nie dziwi, gdy to mówię. Normalka. Każdy jest jakiś... Żonaci, single, separowani. Postanowiłem się wkleić w towarzystwo, chociaż nie jest to mój ulubiony sport, ale skoro tu jestem, to zamiast dziwaczeć w samotni, pobędę z ludźmi.

Wczoraj byłem u Karola na meczu Polska – Finlandia. Oj, taki mecz, tu! Obowiązek patriotyczny. Zabezpieczyliśmy się na polu piwnym na okoliczność wielkiej wiktorii.

Grali w Polsce. Naszych prowadzi teraz nowy trener, Holender Leo Beenhakker. Wielka narodowa dyskusja, czy uchodzi, że trenuje nas obcokrajowiec. Entuzjaści, sceptycy i zaciekli wrogowie. Ci ostatni wyniuchali mu, że nie ma do końca załatwionych jakichś papierów, i każą go zwolnić z paragrafu, że pracuje na czarno.

– To patrz, Wiesiu. My musieli tu za robotą, a Holender do Polski... – śmieje się Karol.

– Fachowiec. Dla fachowca zawsze robota się znajdzie – rozłożyłem ręce. I wskazałem na szklanice z piwem. Właśnie grali hymn.

– A my co? – oburzył się Karol.

– My są dupy wołowe. Napijmy się za naszych! – zaapelowałem z mocą.

No niestety, na nic się zdało nasze kibicowanie. Cholera, z Dudkiem w bramce i z tym fachowcem z krainy tulipanów nasi przegrali z Finami 1:3. U siebie! Co za wstyd!

– Karol, jak my się jutro pokażemy. Pośmiewicho sobie zrobią.

– Eee, pieprzyć dziadów. Zresztą ja jestem już taki pół-Fin, pół-Polak. Kit wie, komu kibicować. Napijmy się.

Nazajutrz nastawiłem się na ciosy, a tu... Lennard pociągnął mnie na bok i szepnął mi, że szykuje przeniesienie czy awans – nie zrozumiałem. Podobno wykazałem się dobrą pracą. Uwielbia robić niespodzianki. Rechocze, gdy ktoś się cieszy z zaskoczenia, dowiadując się o czymś miłym. Nietypowy jak na Fina, większość jego rodaków to skupieni na pracy mili ludzie, dość zamknięci w sobie. W robocie poważni i pracowici, gdy jednak popłynie alkohol, potrafią żartować – robi się zaraz wesoło i bardzo po męsku. Nie jestem częstym bywalcem takich imprez, ale czasem mnie zaciągali i... było miło.

Szkoda – myślałem sobie – że w Polsce tak ulegałem Joaśce i prawie w ogóle nie łaziłem z chłopakami do Rycha na darty i piwo. Aśka wmówiła mi skutecznie, że tak robią tylko degeneraci, że to ohydne tak się szlajać po knajpach i chlać piwo z kolesiami. Dom, rodzina, dzieci to jest mój święty obowiązek i powinienem się temu oddać bezgranicznie. To się oddałem, idiota.

Mój ojciec co pewien czas zostawał w pracy na jakichś zebraniach i mama nie wnikała, co to za zebrania. A gdy go przenieśli do biura, po tym, jak zrobił zaocznie technikum, bywało, że jeździł w delegacje, na szkolenia, na których nie tylko panowie się szkolili. Wiem to… Mnie Joaśka ukształtowała na swoje kopyto. Tak jej to zręcznie poszło, że sam szedłem po pracy do domu jak koń z klapkami na oczach, zahaczając jeszcze o spożywczak i warzywniak. Dygałem stamtąd siatki z ziemniakami, kapustą, cukrem, mąką, mlekiem. Za ciężkie dla kobiety. Zawsze dom na pierwszym miejscu, Joanna, dzieci – ja na szarym końcu. Takiego mnie sobie wychowała. Dałem się bezboleśnie, bo większość z nas, tatuśków, wówczas tak właśnie żyło – cała energia na dorabianie się meblościanki, samochodu, domku, brzucha, zawału… Póki było dobrze, to… było dobrze i już. Nie zadawałem sobie pytań o to, czy mógłbym inaczej. I… uciekł kawał życia!

Odkąd zacząłem z chłopakami ze stoczni chodzić na piwo czy kręgle, wydaję się sobie ciut normalniejszy. Najważniejsze, że już nie mam po czymś takim poczucia winy!

Mała dziura to nasze Turku. Zresztą gadam tak, jakbym w Polsce mieszkał w większej dziurze! Już znam tu uliczki, sklepy, knajpki, pocztę, bank, w którym założyłem konto, i nabrzeże rzeki Aura, które lubię. Turku to niegdysiejsza stolica. Stale tu coś budują, przerabiają, remontują, usprawniają. Teraz wielki parking pod rynkiem. Kolosalny! Piętrowy!

Sporo tu starych, drewnianych domów z czasów przedwojennych, z charakterystycznymi białymi obramówkami okien. Dużo też się buduje nowego – hotele, centra handlowe, osiedla. Stocznia rośnie, ma nowe zamówienia, cholera jasna! Czemu nie u nas?! Jak mnie to wkurza!

Czasem idę posiedzieć koło katedry. Sam. Jest wielka i stara. Podobno ma osiemset lat! Niesamowite, jak stare jest samo Turku. Nietknięte wojną, czyste i spokojne. Jak byłem w Polsce, ominął mnie tutejszy Jarmark Rycerski. Wyobrażam sobie ten rozmach. W zeszłym roku widziałem tu świąteczny jarmark na Boże Narodzenie. Dosłownie mnie zatkało – tyle tych ozdób, świateł i duperelek wszelkiego rodzaju. Po tej naszej polskiej zgrzebności odwykłem. Ceny po przeliczeniu na złotówki wydawały mi się wysokie, więc cierpiała moja dusza. Tak chciałem nakupować tego badziewia Kasi i Tomkowi, Joaśce, ale ciągle liczyłem każdy grosz po polsku, skrzętnie… My z biednego kraju nie umiemy z mety wziąć oddechu. Ścibolimy pieniądze, jemy byle jak, chodzimy w starych łachach i to wszystko „dla dobra rodziny". Zapominamy o tym, że za naszą harówkę należy się nam czasem „cacko z dziurką", jak mawiał ojciec. Co prawda on miał na myśli coś lepszego.

Dopiero Karol jakoś mi to wyperswadował.

– Wiesiek, no daj spokój! Zarabiasz tyle, że stać cię na piwko z kolegami, lepsze... no wiesz, wszystko!

– Tobie to dobrze, nie masz rodziny i nie musisz...

– A ty musisz krwi utoczyć, tak? Daj spokój, ja rozumiem, że przyjechałeś tu z kraju za pracą, ale, do cholery, nie oszczędzaj tak na sobie jak jakiś Wietnamczyk!

Właściwie ma rację. Czy ja doprawdy muszę się tak zarzynać? Tomek zaraz się oderwie od nas całkiem i pójdzie do zawodu. Ma mieszkanie po wuju Stefanie – niewielkie, ale jednak. Zarabia mało, ale to dopiero początek. Będzie pływał – to już coś, praca jak każda inna. Kaśka też zaraz kończy studium i do pracy, no chyba że będzie chciała na studia. Joanna ma pracę – nie muszę sobie odejmować, wystarczy, że wysyłam jej połowę.

– Ile?! – Karol wytrzeszczył oczy, kiedy mu się kiedyś z tego zwierzyłem.

– Połowę. Trochę ponad.

– Wiesiu, albo ty mnie bierzesz pod włos, albo coś z twoim mózgiem nie tak. Z tego, co mi mówiłeś, to twoja pani jest mocno awanturna i dlatego kombinujesz rozwód. Tak czy nie? I co? Jeszcze jej dopłacasz za to, że ci życie podeszło do gardła? Wiesiek, sorry, ale może ty masz na drugie Matka Teresa?

– Odczep się! – burknąłem, ale przecież mówił prawdę. Może poluzuję z tym wysyłaniem połowy, ściboleniem, odmawianiem sobie wszystkiego? Chciałem kupić samochód... Uśmiechnąłem się do tej myśli.

Lennard, jak obiecywał, przeniósł mnie do nowego projektu! Ogromny wycieczkowiec! Wielki jak sto choler! Karol już przy nim pracuje. Na razie w biurze czasem się mijamy na korytarzu, ale już mnie zawiadomił, że czeka na mnie tu, „na tej wielkiej krypie". Sądzę nawet, że ugadał to z Lennardem, a ten – wyżej. Kurczę! Cieszę się jak dzieciak! To wielki projekt i wciągnięto do niego tylko najbardziej zaufanych. Czyli mnie docenili! Ha!

Myślę, że jestem dobry w mojej robocie. Chyba dlatego, że ją po prostu lubię. Kontroler jakości, czyli facet, który poucza innych, jak dobrze wykonać zadanie. Amerykanie podobno stwierdzili, że pouczanie innych czy skuteczne udowodnienie swojej racji wpływa przyjemnie na te same obszary w mózgu co... orgazm. Nawet jak to nieprawda, to coś w tym jest. Mądrzenie się i pouczanie innych bywa nad wyraz przyjemne. Może więc dlatego mam satysfakcję, że moja robota właśnie na tym polega? Na szukaniu błędów innych i udowadnianiu, że mam rację. Sprawdzam konstrukcję elementów kadłuba statku, czy są zbudowane zgodnie z dokumentacją i zatwierdzonymi procedurami, czy jakość odpowiada standardom. Mam wyczucie. Bardzo często nie muszę nawet zaglądać do rysunku, żeby wiedzieć, że czegoś brakuje, że usztywnienie powinno być z drugiej strony blachy, że majster zapomniał o węzłówce, że źle jest położona spoina. Moje stanowisko daje całkiem sporą władzę. Moje decyzje jako inspektora działu kontroli jakości mogą mieć wpływ zarówno na premię majstra, brygadzisty, jak i robotnika, spawacza czy montera. Nie ma się co oszukiwać: to też sprawia przyjemność. Ale staram się nie nadużywać pozycji – zawsze moje uwagi zgłaszam w taki sposób, by nikt nie czuł się urażony, i prawie zawsze zadowalam się ustaleniem sposobu naprawy, bez robienia nadmiernego szumu.

Dziwne, w pracy sprawdzam się w czymś, w czym jestem beznadziejny w życiu. W domu to ja byłem ciągle pouczany. Joaśka wiecznie ze mnie niezadowolona, tu mnie nagradzają. Życia się nie zrozumie. Ale co tam. Najważniejsze to się nim cieszyć, jak mówi Orest.

Poszedłem zatem uczcić z Karolem mój awans do irlandzkiego pubu. Była dobra kapela z muzyką na żywo, opowiadałem mu, jak Kaśka tańczy. Powiedział mi, że muszę go z nią jak najwcześniej zapoznać. „Fajny byłby z ciebie teściunio", walnął mnie w plecy rozweselony. Co ja bym tu teraz robił, gdybym w samolocie nie poznał Karola? Chyba bym się całkowicie pogrążył w tych swoich smętnych rozważaniach.

Co najmniej raz w tygodniu robimy wypad rowerami po okolicy albo jak już napada śniegu – gramy w siatkę w niedalekim, wojskowym klubie, chodzimy do sauny. Kiedyś i owszem, miałem kolegów, ale ostatnie piętnaście lat kumplowałem się głównie z... domem i rodziną. Jedyną moją rozrywką były półlegalne wyprawy do Rycha. Karol to kawaler, więc uważa, że na „kajdany szkoda życia". Jest typowym lekkoduchem, lubi kobiety, wino i śpiew. Ściślej: whisky, tequilę i dobrą muzykę. Z Polski wyjechał bardzo dawno, pracował w Hamburgu, w Raumie, a teraz w Turku. Ma koło pięćdziesiątki. Młodszy ode mnie. Jest wysoki, gibki (gra ma tłuszczu, cholera jasna!), ciemnowłosy, bez żadnej siwizny (no, może ciut) i wiecznie zadowolony z życia. Najstarsza jego kochanka miała 65 lat. Ale czy można mu wierzyć? Czasem puszczam mimo uszu te jego przechwałki. Czasem... zazdroszczę. Opowiada o tym swoim życiu erotycznym tak jak o jeździe na nartach. Nie jest wulgarny. No, trochę, ale to taki styl macho. Karol sławi kawalerskie życie jako naturalny stan dla faceta. Ja – nie i mimo to jakoś dobrze mi w jego towarzystwie. Nie wiem, jak odwrotnie, ale zakładam, że on nie należy do biczowników i jakbym wydawał mu się jedynie nudnym pierdołą, nie katowałby się moim towarzystwem. Proste.

– Wiesiek, dzisiaj wieczorem jedziemy na kulki! – melduje mi Karol. Nie pyta, a melduje i już. Bywało, że się ociągałem, że nie, bo koszty i takie tam, ale mną potrząsnął.

– Chłopie, opanuj się! Ile razy ci już wpajałem, że musisz się zatroszczyć o własną dupę! No, szybko!

– Poczekaj, przebiorę się.

Ściągam dres, wkładam dżinsy i bluzę. Zamykam za sobą drzwi pustego pokoju. Pustego życia. Ma rację. Co ja mam tu tak siedzieć sam? Idiotyzm! Jestem mu wdzięczny za jego anielską cierpliwość.

Na kręglach jest luzacko i głośno. Niewiele pań, trochę siks w młodzieżowych grupach. Nas jest czterech – ja, Karol, Ludwig, Niemiec, i Ari, Grek. Ma na imię Aristoteles, jak Onassis, ale ani takiej kasy nie ma, ani go nie przypomina. Chudy jak tyka i kościsty. Nie umiem jeszcze podkręcać kul jak Ludwig, ale powoli sobie radzę. Z choreografią też amatorszczyzna, ale nikt na to nie zwraca uwagi.

– Dobrze! – wołają, gdy robię strike'a, i biją mi brawo jak dzieciakowi. Strzelamy sobie „piąteczki". Piję piwo i uśmiecham się, milcząc. Jeszcze jedna kolejka, jasne! Fajnie jest, kurczę!

Karol podwozi mnie do domu.

– To co, Wiesiek, decydujesz się na firmowe mieszkanie czy coś wynajmiesz? Lennard mi pokazał te plany mieszkań. Ja w to wchodzę.

– Nie wiem, jakie koszty, no, ale gdzieś trzeba mieszkać, nie? – mówię, jakbym szukał u niego potwierdzenia.

– Eee, jakoś dasz radę. Obetniesz trochę honoraria swojej pani.

Kiwam głową i śmieję się. Mam już trochę dość wynajmowania i tego dojeżdżania. Miło by mieć Karola za sąsiada. Nie to, że będziemy do siebie na herbatki ganiać, no ale... sól bym miał od kogo pożyczać.

– No? – pyta raz jeszcze.

– Zorientuj się.

Może dałoby się tu popracować do emerytury? Do Polski już mnie nie bardzo ciągnie. Może faktycznie trzeba by tu mieć „swój kawałek podłogi", a nie wieczną prowizorkę, ciuchy w kartonach, non stop na walizkach, w hotelowej prowizorce?

Dziwnie tak powiedzieć to na głos. „Nie ciągnie". „Do emerytury". Kurczę! A jeśli Joaśka zrozumie, zmięknie, napisze dramatycznie, żebym wracał, bo mnie tak kocha, że nie może beze mnie żyć, że pójdzie na jakąś terapię, że się razem zestarzejemy. Nie, nic takiego się nie stanie. Jest już na pewno pogodzona z moją emigracją i tym, że jest sama. Wysyłam jej fantastyczną, jak mi się wydaje, kasę. Nie narzeka, ale też nie pisze, nie dzwoni, nie mówi niczego, co by świadczyło o tym, że zależałoby jej na mojej ciągłej obecności. Na mnie. Jest chłodna w kontaktach, oficjalna. Kiedyś to była kara, a teraz? Stan przewlekły?

– OK, Karol, podpytaj Lennarda, a właściwie nie, sam spytam. Policzę pieniądze i wiesz... No chyba tak, przejedźmy się pooglądać te mieszkania.

– No to stoi! Cześć!

Uświadomiłem sobie dokładnie, że to nie jest taki wypad po pracę, jak to było za studenckich lat, gdy się jeździło do Szwecji na truskawki. Że to już nawet nie jest tak, jak parę miesięcy temu. Jestem... emigrantem! Zamieniam właśnie prowizorkę na stały ląd. Zarzuciłem kotwicę. Ta myśl wprowadziła mnie w dziwny stan refleksji nad tym, jak to z nami mężczyznami jest. Nigdy nie myślałem o emigracji, a ten wyjazd traktowałem wybitnie zarobkowo, jako coś na szybko, rok, góra trzy – dorobię i wrócę! Wiśta wio... A ja tu sobie moszczę mieszkanie, byt. Czyli nie na chwilę. To robota na dłużej, na lata. Chcą mnie tu, doskonale płacą, szanują. A przede wszystkim to już nie chodzi tylko o robotę. Chodzi o mnie...

MÓJ JEST TEN KAWAŁEK PODŁOGI

Minął niespełna rok i wylądowaliśmy w nowych blokach, we własnych mieszkaniach. Na tej samej klatce schodowej. Koniec Żyda Wiecznego Tułacza! Teraz mam tu swój... dom! Niech będzie wygodny, ciepły, bo jednak zima tu jest lodowata, długa, ciemna. W czasie nocy polarnej mamy tu krótkie dni – słońce nisko, wcześnie zachodzi, i ta ciemnica też bywa dla mnie dołująca. Za to dzień polarny też łatwy nie jest – potrzebne są ciasne rolety albo story, inaczej nie umiem spać. Słońce zachodzi dosłownie na chwilę i noc jest biała – faktycznie.

Zimą Karol chodzi czasem na solarium i uważa, że to znakomicie robi na niedobór światła słonecznego, ale ja jakoś nie dałem się w to wyciągnąć. Nie wierzę. Dla mnie to jakieś... zbyt kobiece. Właścicielka jest chyba jedną z narzeczonych mojego jurnego kolegi, więc on niech chodzi, ja nie muszę.

Mam dwa pokoje na drugim piętrze. Mogłem wziąć więcej, ale po co mi, żeby opłaty mnie dobiły? Wyposażenie podstawowe już mam. Kuchnia, meblościanka, sypialnia, szafki nocne. Taki standard fiński. Proste to i ładne. Joannie by się nie podobało. Za surowo, ale mnie jak najbardziej!

Karol mieszka na tej samej klatce – trzy piętra wyżej. Ma dwa wielkie pokoje z kuchnią typu studio i ładny widok z okien. W przeciwieństwie do mnie obrósł już w swoje graty. Żyje sam dla siebie, to ma. Ma doskonały sprzęt grający oraz imponującą płytotekę. Odgrażał się, że mi zaimponuje jako kucharz i słowa dotrzymał! Dobry jest. Gotuje w niektóre soboty i niedziele, a ja się dorzucam do gara. Wieczorami zazwyczaj jestem sam, bo Karol ma swoje potrzeby i jakieś przyjaciółki na przychodne albo wychodne.

Moje małe szczęście, moja mała stabilizacja. Czy mogłem chcieć czegoś więcej? Chyba powinienem... Po jakimś miesiącu Karol mnie zdrowo ochrzanił.

– Wiesiu, ja rozumiem oszczędności, ale jak ty tu możesz mieszkać?

– O co ci chodzi? – zbaraniałem.

– Ta twoja męska dziura wygląda surowo jak cholera. Tu jest jak w ośrodku dla uchodźców. Przenieś ten stół do kuchni, po cholerę ci ta zawalidroga? A tu trzeba byłoby jakiś porządny fotel i ławę... Coś w oknach. Nie?

– Nie mam kasy, meble tu drogie. Wystarczą mi te rolety.

– A słyszałeś o czymś takim jak second hand?! Pojedziemy, potargujemy się. Tu jest taki jeden po drodze do Naantali! I skoczymy na pchli targ, tam, bracie, masz wszystkiego pod dostatkiem i za pół, ćwierć ceny!

– Daj spokój...

– O, i biurka porządnego nie masz, lampa by się przydała. Oglądanie nie kosztuje!

Pojechaliśmy w sobotę, nie było nic do roboty. Skład używanych gratów mieścił się w sporym baraku. Wciągnąłem się szybko, bo ceny niskie. Wyobraźnia zaczęła pracować. Faktycznie milej mi będzie mieszkać. Zapaść się w fotel, bo ta moja kanapa nie taka znów wygodna. Poleniuchować podczas meczu czy filmu. Lampy stoją osobno. Maszyna do szycia, magiel domowy. Przez chwilę pomyślałem o Joannie... Żelazka, garnki, taborety... Nawet zasłony i poduchy, wszelka drobnica. Zdecydowałem się na dwa fajne fotele z dużą pufą pod nogi, do tego stolik i lampa stojąca. Właścicielka dorzuciła mi poduchę gratis, a gdy jej podziękowałem z uśmiechem, dodała śliczną karafkę.

– Robisz wrażenie, Wiesiu! – zaśmiał się Karol.

Fotele nie mieściły się do auta, ale mój dzielny kumpel pogadał z panią i wieczorem jej syn dostarczył mi meble do domu.

– Transport masz gratis, ale whisky stawiasz! – to rzekłszy, zatrzymał się koło sklepu. – Mamy karafkę, zatem dziś pijemy u ciebie!

Szarpnąłem się i za spore pieniądze kupiłem jaśka wędrowniczka w opakowaniu z dwoma podajnikami, bo w domu nie mam szkła, jeśli nie liczyć kubka i dwóch szklanek. Za to w zamrażalniku jest lód! Cholernie tu drogo, ale... raz się żyje, a ja tak bardzo lubię whisky!

Wieczorem siedzieliśmy u mnie, w wygodnych fotelach, na stoliczku stały nasze szklaneczki, które przy każdym podniesieniu mile grzechotały lodem.

– Karol, a ty nigdy nie myślałeś o założeniu stadła? – odważyłem się w końcu zadać sakramentalne pytanie.

– Oj, Wiesiek... Ja wiem, że wyglądam na bon vivanta i bradiagę, ale tak się porobiło i tak już jest dobrze.

– Nigdy mi nic nie mówisz o sobie, właściwie cię nie znam – zacząłem się usprawiedliwiać.

– Bo nie pytałeś!

– A co to, baba jestem? Każdy mówi to, co chce, nie umiem ciągnąć za język dla samej ciekawości.

– Może i racja. – Karol pokiwał głową. – Ja jestem pruszczanin, no więc normalne, że statki, bo prawie każdy chłopak u nas marzył o lepszym życiu, moi kumple z podwórka jak nie do marynarki, to do stoczni się pchali. Matka mnie pilnowała, żebym nie wyrósł na ladaco, goniła ścierką do lekcji. I tą ścierką sprawiła, że skończyłem studia!

– Ach, te nasze matki... – pokiwałem głową.

– Jak byłem w wojsku, wujo załatwił mi marynarkę. A jakże! Porządną jednostkę, niedaleko domu. I zakochałem się. Co to było za trzęsienie ziemi! Zwariowałem ze szczęścia, bo Gabryśkę znałem niby od dzieciaka. Chodziliśmy do tej samej szkoły, byliśmy jak brat i siostra. Na studia pojechała do Wrocławia, coś tam kombinowała i jak wróciła... O! Wyrosła na piękną kobietę. Bogini! No nie widziałeś w życiu piękniejszej panny.

– Zaskakujesz mnie – pokiwałem głową z uznaniem. Zanosiło się na dłuższą opowieść.

– Byłem zaczadzony, wodziła mnie na sznurku, skakałem koło niej jak piesek cyrkowy. I tak poskakałem do oświadczyn i garnituru. Wszystko było już zaklepane, gdy pojechałem do niej z obrączkami. Otwiera mi jakaś taka inna i... wiesz co? Nie uwierzysz, bracie! „Przepraszam cię” – mówi. Okazuje się, że miała na studiach romans z jakimś Muhamedem z krajów roponośnych i jak on pojechał do domciu, długo się nie odzywał, u nas wiesz, stan wojenny – popaprało się. Ona sądziła, że to finito, a tu nagle po latach pojawia się ten pieprzony Otello i, wiesz, podsuwa jej pod nos stan konta i perspektywy petrodolarowe.

– I poszła na to?

– A jak! Tłumaczyła mi, że to była wielka miłość, że on taki cywilizowany, że ma jakieś tam dobra i że będą mieszkać w Paryżu. Walnąłem jej z piąchy w... lustro w przedpokoju, tak że tylko odłamki strzeliły wkoło i moja krew. Walnąłem drzwiami i poszedłem w długą! Obrączki, jak pizgnąłem do Wisły, tak tam pewnie do dziś leżą na dnie. Lazłem piechotą do domu, rycząc jak zarzynany wół. Później upiłem się na umór, oberwałem od matki ścierką, a jakże, i już.

– Skamieniałeś – skomentowałem.

– Ty, docent, nie filozofuj – Karol próbował się uśmiechnąć zawadiacko, a w zamian za to pojawił mu się na ustach dość bolesny grymas. – I nie wracajmy już do tego. Jest znakomicie tak, jak jest! OK?

– OK. Tak łatwiej? – spytałem niepotrzebnie.

– Może i łatwiej, a ty co, chcesz mi kazanie walnąć? A może znów dostałeś jakieś instrukcje od jaśnie pani? – odbił piłkę.

– Hm. OK. Zamykam dziób – postanowiłem uszanować wolę Karola. – Tak się, wiesz, zastanawiałem i nie mogłem jakoś nazwać siebie emigrantem... I że ja tu na dłużej...

– Wiesiu, możesz jak inni Polacy uścibolić ciut grosza i zawieźć do kraju, ale to głupota. Wielu już takich widziałem, kłamią sami sobie, że to już ostatni rok, a ciągną robotę, dopóki się da, bo takie jest życie. Ja nie udaję, nie mam po co wracać do kraju, wybrałem świat jako miejsce zamieszkania. Hamburg, Turku, a może za jakiś czas mnie rzuci do Dubaju, Korei. Do Chin. Do Singapuru. Statki się buduje tam, gdzie jest morze. Świat mnie ciekawi, ciągnie.

– To czemu tu siedzisz? Ani klimat, ani...

– Nie wiem. Zanim cię spotkałem w samolocie, nawet tak kombinowałem, żeby gdzieś do ciepełka. Ale Chiny mi kumple zohydzili, że niefajnie tam jest, w Korei podłe żarcie i panienek mało, a ja Tajek i tych tam Azjatek nie lubię, nie pogadasz! W islam się nie wpakuję. Nie wiem... Rozglądam się, zbieram wiadomości, ale póki co, jest jak jest. Ty też się nigdzie nie wybierasz, to sobie tu pomieszkamy, a potem... Może razem czmychniemy dalej? W Korei to mam kumpla Klausa, co jakiś czas daje sygnał, ale ostatnio sam miał problemy. Osobiste. Nie wiem... Powoli już mi się tu nudzi. Jak zrobimy ten wycieczkowiec, to coś pokombinujemy, co?

Słuchałem go jednym uchem. Ma rację. Zobaczymy.

– Wiesiu, bo ty musisz poczuć, że to twój nowy dom, wtedy zaczniesz go urządzać tak, że przestanie być tylko prowizorką – Karol wrócił nieoczekiwanie do tematu mojego surowego mieszkania. – O, dywanu nie masz, jakiegoś chaberdzia w doniczce, obrazka. Kobiety mają rację, te dodatki są miłe, no... Takie rekwizyty sprawiają, że wnętrze staje się oswojone. Co? Może walniemy się jeszcze po jakąś wykładzinę, dywan, firanki?

– Firanki nie – zaoponowałem. – Szmatki w oknach są zbędne! Zbieranina kurzu! Tylko jakaś osłona od słońca latem. Dolne szyby zakleję folią matującą. Żeby mnie z podwórka nie było można podziwiać, jak paraduję po domu w gaciach.

W wielu oknach u Finów w ogóle nie widzę niczego, nie zasłaniają się, życie jak na dłoni!

Przypomniałem sobie, jakim upiornym zajęciem było upinanie w domu firanek i zasłon. Joanna podpatrzyła w jakimś piśmie takie elegancko drapowane, jak w „koszmarnym śnie cukiernika", i już musiałem wystawać na drabince i upinać. Łapy mnie bolały jak cholera. Czysty absurd. Może w salonie dziewiętnastowiecznego pałacyku byłyby te drapowane fintifluchy w porządku, ale u nas? Dyskusji jednak nie było. Nie znam się, więc nie zabieram głosu. U mnie szmat w oknach nie będzie!

– Dobra, w dupę firanki – zakończył dyskusję Karol, wyciągając szklaneczkę, bym dolał mu jasia w. – Ale dywan ci się przyda, zobaczysz!

Poczułem radość. Z takiej głupoty! A jednak!

Po kilku wypadach na pchle targi moje nowe, surowe mieszkanie zaczęło przypominać dom. Kupiłem rdzawy dywan puchacz, niewielką plamę miał akurat w miejscu, które przypadało pod fotelem. Zamiast obrazków powiesiłem zdjęcia Kaśki i Tomka, w sypialni – wielki plakat Pink Floydów i... Marylin Monroe. A co! Nawet już mam kieliszki do wina i kieloneczki do wódeczki, jakby co. Talerze, jakieś garnki i patelnię do jajecznicy. W kuchni przybiłem półeczkę na przyprawy. Wieszak na ręczniki.

Faktycznie – oni tu lubią te second handy. Obieg rzeczy używanych, oszczędność, a przede wszystkim radość, że to wszystko tak szybko nie umiera. Zmieniają się tylko użytkownicy. Szkoda, że u nas tak tego mało. Jeśli już, to bywały zazwyczaj same ciuchlandy. Ubrania akurat to ja kupuję nowe, używanych się brzydzę, ale takie garaże z wtórnym obiegiem mebli – rewelacja!

***

Żyję życiem singla – tak to Kasia nazwała. Sam. Dziwne i bardzo normalne. Kupuję sobie ubrania i kosmetyki, płyn do mycia naczyń, jedzenie. Mało, bo mało potrzebuję. Wizyty w sklepach z Karolem bywają niebezpieczne. Tydzień temu namówił mnie na potworny (moim zdaniem) wydatek – „bieliznę himalajską", bo na inspekcjach zwyczajnie marzł mi tyłek.

– Każdy tu to kupił! – przekonywał Karol, wciskając mi w ręce jakąś drożyznę.

– Ja szukam ciepłych gaci, a nie piecyka! Odczep się – próbowałem się ratować.

– Chłopie, to jest nowej generacji. Termoaktywna, coś dla nas, bo zatrzymuje ciepło, a nie pocisz się jak świnia w saunie. Kup, ty liczykrupo! Zaoszczędzisz na lekarstwach. Wiesiek, to o komfort pracy idzie, a nie strojenie się dla lal. À propos, poszedłbyś w sobotę na imprezkę? Zapraszam cię do Miriam, tej, co ma solarium. Sporo ludzi, sporo pięknych dam... No przestań marszczyć brwi! Żyjesz jak eremita. Jak nie będziesz używał, to ci odpadnie!

– Co odpadnie? – udaję, że nie kumam.

– To, co ci usycha. Wiesiek! Przestań robić z siebie mnicha.

Uśmiechnąłem się, czytając metkę na jego himalajskiej bieliźnie.

– Już dobrze... kupię! L czy XL – zmieniłem temat – jak sądzisz?

– Przymierz!

– Nienawidzę przymierzania, tu jest tabela rozmiarów... Biorę L, nie lubię, jak mi coś wisi.

– Dlatego proponuję ci imprezkę u Miriam.

Nie da za wygraną!

– Karol, odczep się od mojego życia intymnego, co?

Popatrzył na mnie spokojnie i zrobił taki grymas, gdy coś mu nie pasuje.

– Wiesiu, gdy poczujesz bożą wolę, rzeknij tylko słowo! Zostawię ci klucze. Mam lepszą filmotekę niż ty!

Wzruszyłem ramionami, udając obrażonego.

W sobotę Karol poszedł – jak sam mówi – „na łajdactwo", a ja się dobrałem do jego filmoteki. Skoro tak zachęca, to obejrzę sobie jakiegoś porniaczka. Mój sąsiad ma sporą kolekcję. Niemieckich nie znoszę – za wulgarne i kiepska jakość. O! Japońskie, rysunkowe, ale te mnie śmieszą i jakoś nie poruszają zmysłów. Idiotyzm – niby film rysunkowy, a panienki to jak dziewczynki, gwałcone przez stwory, własną wyobraźnię, sfiksowanych książąt, inne kobiety… Niby nie chcą, niby chcą… Nie, nie lubię. Zbyt mi obce kulturowo. Są tu i jakieś włoskie, są i francuskie – fajne okładki…

Otworzyłem jaśka, do miseczki wsypałem słone precelki i zasiadłem. Zrobiło mi się gorąco, a później smutno. Masturbacja już nigdy, tak jak w młodości, gdy kochałem się z Claudią Cardinale, nie była moim ulubionym zajęciem.

ŚWIĘTA

Na święta namówiła mnie Kasia, mama, trochę Karol. Ociągałem się z decyzją, chciałem, żeby ktoś mi nakazał, że mam jechać, bo szczerze mówiąc – nie miałem ochoty. Wolałem, żeby ktoś za mnie podjął tę decyzję, stwierdził, że jest to moim absolutnym obowiązkiem, bo ja sam tego tak nie czułem. Dziwne. Zastanawiałem się, czy może pojechać na święta do mamy i Krysi? No, ale głupio tak zostawić Kasię i Tomka z Joanną. Z nimi separacji nie zakładam. Co prawda Kasia i tak zapowiedziała, że pierwszego dnia świąt jedzie do koleżanki, a Tomek przesiedzi święta, dłubiąc w komputerze albo oglądając National Geographic. My z Joanną zapewne będziemy milczeć albo się żreć. Albo udawać, że jest OK, a na to nie miałem ochoty. Najbardziej od wyjazdu odstręczało mnie to, że powinienem z nią pogadać o rozwodzie.

– Będziesz tu gnił? Wiesiek, to nie ma sensu!

– A ty? – spytałem Karola.

– Ja jadę do matuli. Jak chcesz, zabierz się ze mną! Ucieszy się, choć głucha jest i ślepawa, ale kochana. U nas ubogo, ale chędogo, a w miasteczku koleżanki samotne z wyboru lub porzucenia chętnie pocieszą Samotnego Wędrowca!

– Ty tylko sam z mamą?

– Nie, no dojadą siostry, bracia, kuzyni… kuzyneczki!

– Diable rogaty, tobie to tylko jedno w głowie! Dzięki, Karol, raczej zostanę albo pojadę do mamy. Jeszcze nie wiem. Bywaj!

– No to daj, bracie, pyska, uzbierałem kilka wolnych dni, jadę jutro. To… wesołych i dosiego. I żeby ci, wiesz…

– Wiem.

– Nie usechł!

Ja też uzbierałem, ale kasy. Brałem nadgodzin, ile wlazło. Stare, polskie przyzwyczajenie. Kiedyś rzuciłbym to Joasce pod nogi. Ale dziś – nie. Zostawię. Może szarpnę się wreszcie na bryczkę?

Byliśmy z Karolem w ichniejszym autokomisie. Ile mogę jeździć z nim czy sam autobusami? A on oszaleje z zachwytu, mogąc mi pomóc wybrać. Trochę się zna i ma już taki charakter. Czuje się w obowiązku dbać o mnie, samotnika, pierdołę. W przeliczeniu jest tu drożej, to jasne, ale autka jakieś takie w lepszym stanie, zadbane i co tu dużo mówić, bardziej dowierzam Finom. Uczciwsi, chyba nie sprowadzają z Zachodu bitych, powypadkowych kalek zagrażających życiu klienta. Poczekam, pomarudzę trochę, może opuszczą, a może nazbieram jeszcze trochę kasy i kupię jakiś lepszy?

W poczcie znalazłem mail od... Joanny. Nauczyła się?! Przekonywała mnie, że powinienem być na Wigilii, przecież dzieci... No i nie róbmy sobie tego i że przecież nie będziemy przez moje fochy i jej drobne błędy (?) rozwalać rodzinnych świąt. Myślę, że sprawczynią tego była Kasia. Naturalnie złamałem się. Pojawiłem się w domu dwudziestego trzeciego obładowany prezentami, w pogodnym nastroju i z odwagą cywilną. Z mety zadzwoniłem do mamy i Krysi. Ucieszyły się, pytały, czy wpadnę. No, mało mam tego czasu wolnego – tłumaczyłem – i może w ostateczności coś w Joasce pękło? Nie odzywałem się długo, nie nalegałem na zgodę, nie modliłem się do niej jak zawsze. Może zrozumiała, że to nie żarty? Że takim sposobem daleko nie zajdziemy? Może ten rozwód jest kompletnym absurdem?

Może... Nie liczyłem na wiele. Może na refleksję, naleganie Kasi? Na rozsądek? Nie jesteśmy młodzi, trzeba się jakoś zestarzeć z klasą.

***

Na lotnisku w Gdańsku bałagan – na walizkę czekałem z pół godziny. Taksówkarze zarabiają na jeleniach, rzucając kwoty z księżyca. Pieprzę ich. Nawet by mnie było stać, ale nie będę popierał oszustów. Chlapa. Na PKS dojechałem autobusem. Wilgoć wlazła mi za kołnierz i poczułem ją w kościach, stojąc na przystanku. W holu nie dało rady. Odór jakiś – wymieszany pot, brud, szczyny, fajki i zapiekanki, ohyda! Za to sam autobus koszmarnie przegrzany, wlókł się jak smród za wojskiem. Może powinienem do pociągu, ale PKS miałem szybciej. Muszę kupić samochód. Wsiadłbym w Turku, zapakował gratów, ile chcę, na prom i już! Karol jednak nigdy do Polski nie jedzie samochodem. Mówi, że drogi fatalne i napić się nie można. Wystarczy mu, że w Finlandii prohibicja, bo po osiemnastej wódeczki się nie kupi, a met jeszcze nie wynaleźli. Na stacjach oprócz benzyny i płynu do spryskiwaczy – posucha... „Jakim cudem ten kraj jeszcze funkcjonuje, to nie wiem – dziwi się Karol. – Co to za kraj, w którym się nie pędzi samogonu?"

Samogon. Pamiętam, że mama gniewała się, jak ojciec przynosił samogon od kolegi. Ulegała jedynie, gdy ojciec nastawiał na nim nalewki. Miała jakieś swoje lęki przed czymś zakazanym i picie białej wódki uważała za prostactwo – chyba że do śledzia, w święta. Natomiast nalewki to było coś. Babcia i prababcia we dworze robiły, ale mama nie zapamiętała receptur i sama tworzyła. Tatko chętnie próbował i zawsze marudził, że czegoś brakuje. Mama wiedziała, że mu idzie o dolewkę. W życiu go nie widziałem pijanego.

Oj, spędziłoby się te święta w naszym starym domu, z rodzicami... Gdyby to tylko było możliwe – Kasia, Tomek i rodzice. Ojciec gadałby z Tomkiem o elektronice, dziwił się, pytał... Kasia pomagałaby mamie. Lubią się, ale rzadko widują. Mama pamięta Kasię jeszcze z warkoczami. Joanna nie jeździła z nami do mojej rodziny. Zawsze gdy padała ta propozycja, zasłaniała się swoją mamą, która przeniosła się do młodszej córki, do Warszawy.

Plucha w tej Polsce. Szaro i wilgotno – obrzydliwie. Pod tym względem Finlandia jest boska. Czysta, biała, mroźna. Tylko dołują te krótkie dni. Mnie – bardzo.

W PKS-ie przysypiam, jest ciemno i ciepło.

W domu nie zastałem nikogo. Czemu mnie to nie dziwi? Dzieciaki będą dopiero jutro. Zadzwoniłem do Kasi, jest na próbie, a Joanna w pracy. Tomek też gdzieś w swoich rewirach. Nastawiłem na cały gwizdek The Wall Floydów. Odgrzałem sobie jakąś wczorajszą zupinę i zrobiłem makaron z serem. Choinka leży na tarasie, więc ją rozpakowałem i osadziłem w stojaku. Tłukę się po pustym domu, chciałbym coś zrobić, ogarnąć, bo chyba dawno nie było odkurzane, ale mnie zmogło. Wyciszyłem muzykę, położyłem się na chwilę i zasnąłem.

Był już późny wieczór, kiedy się ocknąłem. Jakbym się znalazł w innej bajce, w innym czasie. Ktoś mnie nakrył kocem, w pokoju przyćmione światło, sączą się piosenki świąteczne z płyty, którą kupiłem Aśce dwa lata temu – taka wiązanka niekoniecznie kolęd, które co roku wałkuje się powszechnie. Nat King Cole, Cliff Richard, Dean Martin, Celine Dion, fajna płyta... Miło mi się zrobiło. Nawet w kominku rozpalone! Kasia cicho ubierała choinkę.

– Cześć, skarbie – odezwałem się dość chrapliwie.

– Cześć, tatku!

Jej uśmiech mnie powala. Lubię ją taką, bo zazwyczaj jest skupiona, poważna. Podeszła i pogłaskała mnie po czole.

– Masz gorączkę – orzekła jak moja mama, zatrzymując dłoń na czole.

– Nie, tylko poczułem się zmęczony, ostatnio pracowałem w nadgodzinach, koledzy wzięli sobie więcej wolnego.

Istotnie, gorąco mi i tak jakbym faktycznie miał chrypę.

– Gdzie mama?

– W kuchni, a gdzie? Wiesz... „O Boże, ile ja mam roboty! Czy zdążę, nie, nie pomagaj mi. Ubierz choinkę". To ubrałam, ładnie?

– Pięknie.

Zawsze tak jest. Joanna robi mnóstwo rzeczy tylko po to, by się zamęczyć, a wszystkich przy okazji udręczyć. Zazwyczaj tylko ja mogłem być podkuchennym, ale teraz ledwo się ruszam. Gnaty mnie bolą, wstać mi się nie chce, ale jakoś trzeba iść choć się przywitać.

Człapię do kuchni. Joaśka w fartuchu – na kuchni wszystkie palniki zajęte, z garnków para unosi się wprost do okapu. Na blacie deska, na niej różności do posiekania, pokrojenia, obok miski z czymś do wymieszania. Ogólnie pachnie świętami.

– Cześć – rzucam jakoś obco i całuję Joaśkę w policzek.

Spojrzała na mnie przelotnie i schowała wzrok. Obco jest. No, ale jak ma być? Oboje wiemy, że się coś zepsuło.

– Pomóc w czymś? Przepraszam, pospałem – tłumaczę się nieswoim, niskim i chrypiącym głosem.

– Ale się dorobiłeś! – Joanna, nie patrząc na mnie, sarka. – Zmierz temperaturę.

– Nie, ja tylko tak... – próbuję się wywinąć, oszukuję sam siebie.

– Wiesz, gdzie jest – kontynuuje Aśka.

Z szafki nad lodówką wyjmuję termometr, wkładam sobie do pyska i siadam.

Napiłbym się herbaty. Chcę nastawić czajnik, ale przeszkadzam Aśce. Omijamy się komediowo, jak na filmie. Kiedyś parskalibyśmy ze śmiechu, objąłbym ją, ona zrobiłaby mi kubas herbaty, badając troskliwie policzkiem, czy mam tę temperaturę. Dzisiaj nie. Jest inaczej. Każde z nas się okopało i gapimy się przez lornetki na siebie – co które zrobi. Jak się zachować? O co chodzi? Hmmm. Tak to wygląda? Obcość. Rozchodzenie się w dwie różne strony...

– Życie nam się rozlazło – mówię na głos ni to do siebie, ni to do Aśki.

– Tobie się rozlazło, ja w swoim mam porządek. Idź do pokoju, przeszkadzasz – mówi, nie patrząc w moją stronę, bardzo zajęta.

No to już wiem, na czym stoję. O porozumieniu nie ma mowy. Będzie przedstawienie pod tytułem: Święta w rodzinnej atmosferze.

Joanna była pochłonięta pracą w kuchni do nocy. Jeszcze dwa razy robiłem sobie herbatę, brałem aspirynę, za każdym razem pytając:

– Może jednak w czymś pomogę?

– Dziękuję, radzę sobie – odpowiadała dobitnie, jakby nie obdzielając mnie jakąkolwiek pracą w kuchni, wymierzała mi karę.

Trudno. Ogarnęliśmy z Kasią duży pokój. Bardziej Kasia. Ja produkowałem masę kataralną, więc smarkałem i ledwo widziałem na oczy. Pościeliłem sobie na strychu. Za dnia mogłem wstawić tam olejak, zapomniałem jednak, że istnieje, i marzłem. Nie poszedłem także do wspólnej – kiedyś – sypialni. Raz, że zaraziłbym Joannę, dwa, że teraz byłoby to jakoś... głupio. Warczy na mnie, zbywa, a ja mam się pakować do wspólnego łoża? Założyłem stary dres i zawinąłem się w kołdrę. Zaraz się rozgrzeję.

W nocy obudziła mnie wilgoć. Moja samotnia już się nagrzała. Ciepło w powietrzu, ja opatulony w kołdrę i jeszcze ten dres. Byłem mokry jak ścierka. Cichaczem zszedłem na parter wyciągnąć coś z szafy. I znowu zrobiło mi się zimno. Nocą temperatura na piecu się obniża. Z nosa mi się lało, głowę miałem jak dynię, po prostu zdychałem. Zagotowałem so-

bie w kuchni mleko z miodem i z nową porcją aspiryny usiadłem, zawijając się w pled.

Usłyszałem, jak ktoś wstaje na górze. Takie człapanie to
chyba Tomek. Wrócił późno... Wchodzi do kuchni.

– Cześć, tato. Źle się czujesz?

– A ty co, nie śpisz?

– Zaraz się położę, klikałem z Grażyną.

– Grażyną?

– Moja... Nie wiem, chyba dziewczyna. Jest teraz w Sta-
nach u starych.

– Spotykacie się?

– Mała przygoda, raczej erotyczna niż miłosna.

– Uważaj, synu, one tego nie lubią.

– Czego?

– Tymczasowości.

– Ona jest inna. Ma ojca marynarza. Matka się z nim roz-
wiodła, bo już nie wytrzymywała, więc Grażyna też nie traktuje mnie docelowo.

– A jak traktuje?

– Sorry, tatku, może się obruszysz, to seks. Sypiamy ze sobą
i to wszystko. Lubimy się. Ja przecież chcę pływać. Herbaty?
Doleję ci.

– Tomek, ale kiedyś zatęsknisz do gniazda. Będziesz chciał
wracać i widzieć, że w twoich oknach pali się światło, ktoś czeka...

– Światło ustawię sobie na programatorze, a z tym czeka-
niem... To idiotyczne, żeby dziewczyna musiała tyle czasu
czekać. Po co mi to? Ojciec, małżeństwo jest przereklamowa-
ne. Dla mnie liczy się praca i wolne związki. Domek, wywala-
nie śmieci i kłótnie są dobre dla waszego pokolenia, wybacz,
pewnie kalam świętość...

– Nie kalasz, i mam poczucie winy, że to przez te nasze
awantury, ale, synek, tak nie musi być! Twoja babcia żyła
z dziadkiem do jego śmierci w zgodnym związku!

– Tato, wiem. Sporo ludzi żyje w dobrych związkach, ale
wybacz, ja tego nie czuję. Może jeszcze nie czuję? Nie doj-
rzałem do wicia gniazdka. Nie mam z kim, nie mam ochoty.
Powołania.

– Mało masz okazji. Siedzisz stale z nosem w komputerze.

– I studiuję, i pracuję, nie zapominaj. A komputer? Tato,
to takie samo miejsce spotkań jak ulica, pub, szkoła. Tylko
możliwości większe.

Oczy mi się rozszerzyły.

– No, mam znajomych w całym świecie. Kumpli, koleżanki z Chorwacji, Stanów, Kenii.

– Z Kenii?

– Taka nawiedzona misjonarka. W necie można spotkać o wiele fajniejszych ludzi niż w naszych pubach czy w ogóle dookoła nas. Mówię ci. Zresztą te malowane lale, co chodzą do pubów na polowania, mnie nie interesują.

– To chyba faceci idą na polowanie?

– Wszystko jedno. Głośna muzyka, ocean piwa i tokowania. Jakoś mnie to nie bawi. Masz syna dziwaka. Idę się położyć, sam się obudzę, nie hałasujcie rano zanadto, co?

– Cześć, synek. Wyrosłeś mi, spoważniałeś, a ja nawet nie zauważyłem kiedy.

– No... – Tomek popatrzył na mnie z filozoficzną zadumą i dodał z rozbawieniem: – Golę się... A na gwiazdkę kupiłeś mi resoraka?

– Nie. Wóz strażacki, jaki sam chciałem mieć. Śpij!

Zgasiłem światło i powlokłem się spać. Ale zasnąć nie mogłem, bo rozmyślałem o Tomku. Niepokoi mnie. Niezobowiązujący seks, singlizm... to chyba taki teraz wiek i moda. Nowe wynalazki, a on lubi nowości. Niech popróbuje, w końcu jakaś dama go usidli. Ciężko żyć bez ciepełka, bez miłości... Na mnie i na moich kumpli jakoś to samo naszło, jako coś naturalnego. Co prawda, nie każdy tak planował, żeby zaraz rodzina, bachor i pieluchy, ale jak strzelił w dziesiątkę i... począł, to już się ogarniał i... „Witaj w klubie!"

Co ja bym zrobił bez rodziny? Nigdy nie widziałem siebie jako wolnego strzelca, singla. Owszem, za młodu sobie poskubałem, poszalałem, ale żeby całkiem odrzucać stałość, rodzinę? Może młodzi teraz mają większą... wolność osobistą? Odrzucili „zawsze", „trzeba", „konieczność"? Może Tomek jest takim wolnym facetem? Będzie sam, co port, to kobieta, żadnego bólu serca, że w domu żona się zamartwia albo... puszcza? Nie kupi sobie paprotki ani kanarka, żadnych uwiązań? To dobrze?

A jak którą zapłodni, to co? To nieodpowiedzialne. Teraz mam z nim o tym gadać, jak właśnie mi pokazał, kim jest? Jaką ma filozofię życia? Biłem się z myślami. Rzucałem się od zrozumienia do negacji. W końcu to mój syn! Powinienem go tak wychować, żeby był szczęśliwy! Znaczy – jak? Widział, że jestem troskliwy o rodzinę, dom, chyba odpowiedzialny ze mnie ojciec.

Pamiętam, jak Aśka wyjechała na szkolenie, a on dostał zapalenia oskrzeli i gardła. Wziąłem wolne, gotowałem mu przecierane zupki, dzwoniąc do mamy po sprawdzone recepty, aż usłyszałem: „Ty mu, Wiesiu, bańki postaw". I co? I postawiłem! Mało się nie zesrałem ze strachu, jak mój dzieciak zareaguje, czy mu jakiejś krzywdy nie zrobię, a tu proszę, już nazajutrz była poprawa!

Ale co z tego, jak i tak daliśmy mu fatalne wzorce. Nie dziwię mu się, że wzdryga się na samą myśl o tym, że tak mógłby wyglądać i jego związek. A może ta Grażyna to ściema? Tak oni teraz mówią – „ściema". Za moich czasów mówiło się „kit". Może Tomek jest… innej orientacji? Aż mi się gorąco zrobiło na samą myśl. Niemożliwe. Wyczułbym! Jezu, nie, tylko nie to! Nie żebym z krucjatą przeciw gejom, pracuję z takim Pekko, porządny chłop, ale… syn? Nie! Proszę – nie.

MATCZYNY ROSÓŁ

Rano nie słyszałem, kiedy Joaśka wyszła. Dziś Wigilia – wróci wcześniej... Fatalnie się czuję. Faktycznie, rozwaliło mnie coś okropnie. Pociągam nosem, który mi się zrobił wielki i czerwony. Trzęsie mnie trochę. Oczy pieką i chrypię jak Armstrong. Mógłbym zaśpiewać jak on *What's a wonderfull world*, tylko że dla mnie jakoś teraz nie jest on wonderfull. Świat mi się poszerzył, to prawda, ale dzisiaj jestem udomowiony, a nawet ukanapowiony.

Kasia zrobiła mi omlet i kakao, mówiąc, że jak ona bywała chora, tylko to jej pomagało, i wygoniła na kanapę.

– Moja mama – zauważyłem – zawsze mnie ratowała rosołem. Był gorący i rewelacyjnie stawiał na nogi!

– Coś ty? Zwykły rosół?

– Nie zwykły. Babciny. O, wiesz co? Zadzwońmy do babci i przy okazji spytasz się o przepis.

Mama była rozanielona naszym telefonem. Skończyłem jednak dość szybko, tłumacząc, że wkrótce opowiem jej wszystko przy kawie i placku. A prawda była taka, że wyczuwałem jej zatroskanie o mnie. Wolałem uciec od piekących tematów. Kaśka, zdobywszy przepis, poczuła wenę twórczą i pognała do miasta po produkty. Po powrocie zamknęła się w kuchni i pichciła. Później ogarnęła resztę parteru i kuchnię, a ja zdychałem. Popakowaliśmy prezenty. Moja córeczka wydoroślała, zmądrzała. Taka się zrobiła poważna, odpowiedzialna.

– Tato... Źle jest, prawda? Jak bardzo?

– Ale... że co? Przecież wiesz...

– Śpisz na strychu i nie mów mi, że to przez zaziębienie! Nie jestem mała. Warczycie już na siebie od jakiegoś czasu bez przerwy. To już koniec?

– Kasiu...

– Tato, ja wiem, mama nie jest łatwa, ma diabli temperament, powie, zanim pomyśli, krzyczy... Ostatnio pogadałam z Dagmarą, to nasza nowa choreografka. Powiedziała mi, że u niej było podobnie.

– Znaczy, że co?

– Miała męża awanturnika. Domyślam się, że nie tylko na nią wrzeszczał. Rozstali się, chociaż podobno kochali. Tato... Można kogoś kochać i... bić?

– Bić?! Nie, chyba nie, no jak się bije, to się nie kocha... Nieeeeeee!

Patrzyła chwilę, jakby się wahając.

– Daga mi powiedziała, że to lepiej, gdy ludzie przestają się krzywdzić i dają sobie szansę na nowe szczęście. Rozwiedziecie się?

– No popatrz...

Zamyśliłem się. Nie ma sensu chyba dłużej udawać. Ona wszystko doskonale czuje. Westchnąłem.

– Kasinko... no co mam ci powiedzieć?

– Nic, tatku. Taki jest ten lajf. Rozwiedziecie się? – dociskała.

– Nie wiem jeszcze. Chyba... A wy co na to?

– Co? Ja i Tomek? Przecież jesteśmy już dorośli. Tomek ze mną rozmawiał wtedy, jak na ciebie nawarczałam. Mądry jest... Pytanie: jak wy? Rozmawialiście już, jak ma być między wami? Bo teraz jest beznadziejnie. Udajecie coś dla naszego dobra.

– Nie. Nie rozmawialiśmy i chyba nie udajemy, Kasiu.

– To co, rozwód?

Milczałem.

– Tato, zróbcie coś z tym, bo jest okropnie.

– Kasiu... „Zróbcie"? To niełatwe. – Powinienem powiedzieć, że nie wiem, jak się do tego zabrać. Bo jestem tchórzem? Czy nie umiem wziąć byka za rogi?

Zapadło milczenie. Kaśka wyszła na chwilę do swego pokoju posprzątać.

Nie wiem. Chyba trzeba będzie jakoś. Mam kilka dni do nowego roku, pójdę do jakiegoś adwokata, pogadam... Czyli jednak ostatecznie podjąłem decyzję? Uff. Tak. Zrobię to. Tylko jak to przyjmie Joanna? Zgodzi się na nieorzekanie o winie? Gdy tylko dzieciaki pojadą na te swoje kominy – siądę z nią.

– Tato, chcesz herbaty? – Kasia wytrąca mnie z moich myśli. Poukładała wszystko w pokoju migiem.

– Kasiu, mam pytanie z tych niedyskretnych... Yyy...

– Mam chłopaka – przerwała mój namysł.

– Nie, nie to...

– Nie jestem w ciąży.

– Kaśka!

– No co? Żartujemy sobie, tak? Z mamą to bym tak nie mogła. Brałeś aspirynę?

– Ja nie o tym...

– No, a co? Czy mama kogoś ma? Nie wiem. Chyba nie.

– Nie o tym! Kaśka, daj mi powiedzieć! Czy Tomek, czy on...

– Czy nie jest gejem, tak? Chyba normalny, bo raczej mi się nie zwierza, ale rok temu na sylwestra to się obściskiwał z taką jedną. Byliśmy razem u znajomych.

– Obściskiwał? Nie z Grażyną przypadkiem?

– Nie pamiętam, taka wysoka, szczupła, chyba jest córką naszej polonistki, co wyjechała do Stanów.

– O, chyba tak. To z nią się obściskiwał? OK. No dobrze już, dobrze... Walnę się na chwilę, bo coś słaby jestem.

Źle się czuję, z nosa kapie. Nochal wielki i przytkany, nie znoszę tego. Łamie mnie w kościach i gardło takie obolałe. Głos ciągle niski, przez to bardzo interesujący, mógłbym śpiewać jazz. Nie żebym na co dzień piał jak Farinelli, ale teraz basuję chropowato. Nic mi się nie chce. Śpiewać też nie. Zaległem pod pledem w pokoju i chyba się zdrzemnąłem, bo nagle zobaczyłem nade mną Kasię z wielką filiżaną rosołu. Mamy taką z jednym z uchem – z grubego porcelitu, mieści w sobie pół litra płynu. A rosołek to jest coś, co kocham! Ciut maggi, pieprz i prawie parzę sobie usta. Żłopię z rozkoszą.

– Córenia! – chrypię. – Jesteś genialna!

– Nie ja, to babcia, to od niej przepis, z przypalaną cebulą! – Moja córka uśmiecha się, robi piruet i woła: – Umiem robić rosół!

Gorąco mi, pocę się jak świnia w saunie... i dobrze.

Właśnie, sauna... Karol mnie nauczył. Co to za kapitalny wynalazek! Finowie! Chapeau bas! Teraz by mi się przydała, chociaż ten rosołek działa podobnie. Zawijam się w pled, wypocę to cholerstwo. Będę żył!

Święta przeszły bezpłciowo, normalnie, bez żadnych afer. Jednak... obco. Joanna milcząca, wyniosła, a może poprawna? Sztuczna, choć chwilami próbowała być miła. Niby uśmiech i miłe pytanie, co tam u mnie, ale widzę, że mało ją to obchodzi.

– W moim nowym mieszkaniu – mówię – musiałem sobie zainstalować ciężkie rolety, bo białe noce...

A ona w tym momencie ni z gruszki:

– Przebąkuje się coś o reaktywacji stoczni...

Opadają mi ręce. Odkąd ją to interesuje? Zaczynam więc i ten temat.

– Wiesz, nasze stocznie to studnia, w którą trzeba byłoby wpompować masę...

A ona znów mi przerywa:

– Nagrobek pękł. Zawołałam kamieniarza, żeby...

Okropne. Zabawa w głuchy telefon, ale bez afer! Zdziwił mnie ten jej spokój, chociaż znam ją i wiem, że jest wystudiowany.

Po świętach byłem już na tyle ozdrowiały, że postanowiłem jednak zasięgnąć języka w sprawie rozwodu. Tylko spytam, jak to się załatwia.

MECENAS CYRYL

Dwie kancelarie pozamykane, trzecia czynna. Starszy ły-sawy gość udzielił mi wskazówek, opowiedział o proce-durach i dorzucił garść ciekawostek z marginaliów. Znaczy, jak się ludzie rozwodzą. Z klasą i bez.

– Wie pan – zacząłem – specjalnie się nie dziwię, to jednak jakaś trauma i nie dziw, że ludzie są nerwowi.

– Proszę pana, ja wiem, że to trauma, zresztą jak dla kogo, dla niektórych to szczęśliwe zakończenie jakiegoś etapu, oswobodzenie się z krępujących już więzów itp. Inni są zasko-czeni, wściekli, zwyczajnie przestraszeni, i ja to rozumiem. Ale to nie ma nic wspólnego z klasą rozstania. Bywają sceny tak żenujące... Życzę panu dobrego rozwodu, jeśli już pan podjął decyzję.

Decyzja. Czy podjąłem? Podziękowałem za rozmowę i po-wiedziałem, że wkrótce się zgłoszę z konkretami. Muszę jesz-cze tylko się oswoić z tą myślą, że to... koniec. Właściwie to on już się dokonał, muszę temu nadać formalny kształt.

Wracałem, bijąc się z myślami. Zawinąłem ciaśniej sza-lik i postanowiłem sprawdzić, czy Rycho już czynny. Jest po pierwszej, więc powinien.

Knajpa pachnie znajomo, mniej śmierdzi papierosami, ale czuć zapach świec, które palą się wieczorami osadzone w pę-katych zielonych butlach po koniaku. Wciągam z zadowole-niem zapach Ryśkowej knajpy. Szukam go wzrokiem... Jest!

– Witaj, Rysiu!

– O, witaj! – mówi wyraźnie ucieszony, potrząsa moją łapą ponad blatem, za którym siadłem na stołku. – Co podać?

– A daj mi gorącej herbaty, jestem po paskudnym zaziębie-niu.

– No to z rumem!

Rysiek leje mi rum do kubka z herbatą i podaje cukier. Milcząc, wyciera kufle i patrzy na mnie badawczo.

– I jak tam? – rzuca zaczepnie.

– Wporzo! Praca ciężka, ale fajna... Bo jest! Mam już mieszkanie, kolegów, porządną kasę.

– A w domu? Tęsknota poskromiła złośnicę?

– Nie do końca. Znaczy, poprzednio było paskudnie, a tym razem jest zimno i byle jak.

Merdałem łyżką w kubasie i nie bardzo wiedziałem, czy jest sens zanudzać Ryśka swoimi sprawami. Wystarczająco mu się nawywnętrzałem przed wyjazdem.

– A brykę jakąś kupiłeś? Mówią, że tam drogo.

– No, drogo. – Zdałem mu krótki raport z mojego wypadu do autokomisu z Karolem. Patrzyłem, z jakim mistrzostwem i jakąś miłością nalewa piwo uroczej parce. Co najmniej jakby rzeźbił pianę.

– Darek zmarł – Rysiek zmienił temat, gdy odeszli. Ocknął się, powrócił do mnie.

– Nie żartuj! Darek? Taki czerstwiak! Ile miał lat?

– Pięćdziesiąt trzy... Raczysko.

– O, kurczę – westchnąłem. Już kilku kumpli w moim wieku jest po tamtej stronie. Ciężko to znoszę. Chwila milczenia. Zebrałem się w sobie, co najmniej, jakbym miał zaraz skoczyć z mamuciej. – Rysiek, chcę się rozwieść. Co ty byś zrobił na moim miejscu? – spytałem idiotycznie.

Popatrzył na mnie, jakby zastanawiał się, czy odpowiedzieć mi dowcipem, czy poważnie.

– Wiesiu, ale ja nie jestem tobą, nie żyję za ciebie. Nie wiem! Robert trafił dobrze z tą nową. Co prawda Magda mu strasznie dowala, alimenty go zżerają, ale gębę ma uśmiechniętą. Mówi, że fajnie jest mu się budzić z tą jego... jak jej? Jola? I że milczeć fajnie... To najważniejsze. Fajnie razem milczeć. Bo wiesz, tak myślę, że jak jesteś z kobietą i milczycie, a ty się czujesz jak na weselu, na które cię nie proszono, to kiszka, bracie.

– Mówi się też, że wspólny sen jest ważny, intymny, nie że seks, a sen. Też na s...

– Coś w tym jest... – Rysiek pochylił się nad blatem i dodał prawie szeptem, choć jedyna na sali parka siedziała daleko, pod ścianą, i była całkowicie pochłonięta sobą: – Ja to jak się dotulę do mojej Anuli, to wszystkie strachy mnie opadają i myślę wtedy, że jestem nieśmiertelny.

Uśmiechnąłem się.

– Zazdroszczę ci. – Spojrzałem na zegarek, udając, że coś mnie gna. – Muszę już lecieć. – Nie chciałem więcej smęcić.

Wracałem pustymi ulicami. A może po prostu nic do mnie nie docierało? Pogrążyłem się w swoim nierozwiązywalnym problemie. Rychu... U mnie też tak kiedyś było. Teraz śpię sam i nie jest mi z tym źle. Kiepsko, że nie ma już tamtego wspólnego spania, ciepła, żaru, seksu, ale nie wyobrażam już sobie tego z Aśką taką jak teraz. Oschła, obca, wyniosła. I szczerze mówiąc, czuję, jakby coś się za tym kryło. Wyjadę przed Nowym Rokiem.

Przebukowałem bilet bez problemu, samolot w połowie pusty. Po licho mam siedzieć w pustym domu? Dzieciaki mają w planie swoje imprezy, a Joanna zakomunikowała mi, że idzie do Magdy, na babskiego sylwestra. Nie wiem, czego się spodziewałem. Że siądziemy razem i na spokojnie przegadamy nasze sprawy, a ona sama z siebie zaproponuje rozwód i będę miał z głowy? Pogadamy jak ludzie?! Optymista...

Próbowałem z nią rozmawiać przed południem, była w domu, w jej firmie mają wolne. Odpracowali. Siedzieliśmy w kuchni, po śniadaniu. Joanna zaczęła wkładać naczynia do zlewu.

– Nie wiesz, co u Roberta? – spytałem bez sensu. Cisza. Więc zmieniłem pytanie: – A co u Magdy?

– Magda?! No... Jest sama, a Robert się ustawił z Jolką wygodnie.

– Pracuje?

– Musiała, bo alimenty sąd jej przyznał głodowe.

– Pytałem o Roberta, czy pracuje. Gdyby nie miał pracy, nie miałby na alimenty. A że Magda pracuje, to dobrze, bo co miałaby robić w domu? Dzieciaki już prawie dorosłe...

– No tak! Męska solidarność – sarknęła.

– Joanna, musimy porozmawiać...

Zmieszała się. Chyba czuje, że mam ochotę położyć na stole nasze sprawy. Zaczęła sprzątać intensywniej i warknęła:

– Musisz teraz? Daj mi spokój! Nie ma o czym, jest jak jest, masz swoje fochy i ja to nawet rozumiem. Wydaje ci się, że jesteś taki święty, bo pracujesz za granicą na dom i dzieci, i żądasz jakiegoś specjalnego traktowania. Nie ty jeden, mój drogi. Życie się tak ułożyło, zresztą sam to wymyśliłeś, nie pytając mnie o zdanie. Masz, co chciałeś!

Jakby mnie piorun raził. Nie pytałem? A te godziny przegadane tu, w kuchni? Pytania, z którymi się nosiłem jak kura z jajem? Ile razy tu, przy tym stole dzieliłem się z nią wątpliwościami, szeptałem w łóżku, że umrę z tęsknoty, że to niełatwe? To kto, jak nie ona, nagle zmienił front, gdy usłyszał, jakie byłoby moje wynagrodzenie?! „Wiesz, Wiesiu, to nie koniec świata. Turku jest blisko! Damy radę!" I buziak, i języczek, i dłonie tam, gdzie lubię – nisko, na krzyżu. Gdy mi tam masuje, jestem już bezmyślny – rozpalony, można ze mną wszystko... Kurczę! Sądziłem, że mam jej pełne przyzwolenie, wsparcie... A teraz to? Przecież szukałem jakiejkolwiek roboty, która dałaby nam godziwe utrzymanie. I po jaką cholerę kształciłem się tyle lat, żeby teraz skrobać żaglówki bogatszym od siebie albo założyć punkt naprawy pralek?! Mam robić za dziada, bo moje państwo nie umie rozwijać przemysłu stoczniowego? Bo dwadzieścia lat po skoku Wałęsy, z Solidarnością na ustach rządów w wolnej Polsce, ginie po kolei Gdynia, Ustka, Szczecin? To moja wina, że znalazłem pracę zgodną z moim wykształceniem i umiejętnościami, ale za granicą?! Wina? Czy zaleta? Jak długo jeszcze moja żona będzie tę moją robotę, postawę, mój zawód oprychiwać z niechęcią i pogardą?

Patrzę na obcą mi osobę. Nie rozumiem – miałem bielmo na oku? Przecież było inaczej, cieplej, mądrzej, serdeczniej (gdy nie miała tych swoich wybuchów). Umiała mnie pocieszać, rozumiała i współczuła, gdy straciłem robotę, a teraz, gdy nadal, jako jeden z nielicznych, mam żonę, tylko daleko – jest obca i wyniosła! Przecież mamy z tego porządne życie! Gdyby zaprzestała tego czepiania się i krzyku o byle gówno – dożyłbym z nią starości, śmierci! Kochałem ją.

Jestem wściekły, rozczarowany. Nie tak miała wyglądać ta rozmowa. Powściągnąłem jednak złość. Jak wybuchnę, do niczego nie dojdziemy. Joanna nie zna słowa „przepraszam", a ja je znam aż za dobrze i dlatego już mi się nie chce czołgać, przepraszać za nie moją winę. Jednak musimy się jakoś określić, bo jak? Złożę papiery bez powiadomienia jej, bez uprzedzenia? To byłoby świństwo.

– Joanna, usiądź.

Nie reaguje. Jest ostentacyjnie dokładna w szorowaniu zlewu.

– Joanna! – Mój dobitny głos każe jej się odwrócić. Patrzy na mnie badawczo i siada z jakimś cynicznym uśmiechem, grymasem.

– No...?

– Postanowiłem ułatwić nam sprawy, które są ciężarem dla nas obojga... – zacząłem, ale niełatwo mi to powiedzieć, bo nie mam przygotowanej perory, tekstu, scenariusza.

– Chcesz się rozwieść? – zbija mnie z pantałyku, z tym ironicznym uśmiechem dolepionym do twarzy. Podpiera dłonią brodę i patrzy mi w oczy.

– Skąd wiesz...?

– W twoim laptopie znalazłam stronę z kancelariami adwokackimi. Nie sądzę, żebyś chciał spisać testament, do tego trzeba notariusza!

Ma wyzywające spojrzenie, wie, że mnie to wkurzy. Tyle razy jej mówiłem, że cudza korespondencja, kieszenie, listy są święte i nienaruszalne! Mimo to grzebie mi w kompie. Niesłychane, i w dodatku nie bardzo mogę zareagować oburzeniem, bo... No właśnie, bo sam sobie założyłem kaganiec. Autocenzura – postanowiłem nie reagować emocjonalnie. Ona tylko na to czeka, bo jest lepsza w te klocki. Nie mam ochoty na jej kolejną pyskówę – aferę z wrzaskami. Nienawidzę tego. Zawsze bałem się ich i unikałem jak ognia. Tak, podkuliłem ogon, bo żadna siła nie była w stanie zahamować Aśki, jak się rozkręciła. Jestem być może neptek i słabeusz, ale już nigdy więcej nie pozwolę na wrzaski, rzucanie talerzami. Dość tych wszystkich słów wrednych jak cholera, walących na oślep, a raczej faulujących, wycelowanych w najboleśniejsze punkty człowieka. Doskonale rozeznane miejsca i doskonale skalibrowane pociski – żeby skutecznie zraniło. Tak żebym w środku jęczał. A ona? Ona później nigdy tego nie pamięta! „Tak powiedziała? Niemożliwe! Przecież ona tak nawet nie myśli!"

Bywało, że wpadałem w paranoję. Może faktycznie coś pochrzaniłem? Ale nie – przecież wiem dokładnie, co wykrzykiwała. Kiedyś nawet ją nagrałem. O Boże! To był błąd. Puściłem, gdy zapewniała, że ona czegoś nie powiedziała.

– Joaśka, ty siebie nie kontrolujesz, posłuchaj tylko i zaprzecz, że tego nie wykrzyczałaś!

Puszczam jej z kaseciaka: „...i ty, ty śmiesz mnie uciszać? Ty karzełku, ty! Jesteś nikim, rozumiesz?! Nikim! To przy mnie wyszedłeś na ludzi, to dzięki mnie masz to, co masz! Pamiętasz, jak chciałeś rzucić studia? Kto cię powstrzymał, zdopingował, pchał? Kto wybłagał w spółdzielni mieszkanie w pierwszej kolejności? Ty niemoto jedna!"

Bolało. Tak, chciałem rzucić studia dzienne i studiować wieczorowo, żeby zarabiać więcej kasy dla nas – na mieszkanie, samochód czy coś. Cały czas wierciła dziurę w brzuchu, że „wypadałoby coś zrobić, bo można jakoś pokombinować, jej znajomi kombinują i mają!" Ale studiów nie rzuciłem, bo mama mi to wybiła z głowy – nie Aśka. Nie usłyszałem od niej słowa wsparcia, a nawet któregoś dnia przyniosła mi rozkład zajęć wieczorowego roku i mrużąc oczy, tłumaczyła, że przecież wieczorami też można się uczyć. Cwana. Nie pamięta. „Wspierała mnie i pchała"? Zadziwiające... W łóżku pokazywała mi samochody na zdjęciach i marzyła, czym będziemy jeździć. Wtedy chciałem dla niej wszystko!

Tak, poszła do spółdzielni z matką i... kopertą od swego ojca. Ja niestety nie umiałem iść z łapówką od teścia, który zresztą nie lubił mnie otwarcie. I wtedy, i dzisiaj jakoś nie umiem wręczać łapówek. Tu ma rację – jestem pierdoła, nie załatwiłem...

Słuchała tej kasety oniemiała. A potem się wściekła i oskarżyła mnie o... montaż! Manipulację! „To nie jest mój głos!" Darła się, że to są metody gestapo, i podobne bzdury. Niczego nie udowodniłem, rozpętałem niepotrzebną awanturę. Nie chcę tego już nigdy. Nigdy!

Skoro byłem takim fajtłapą, nieudacznikiem, nie umiałem niczego jej zdaniem załatwić (ale na dom, samochód, wyjazdy jakoś po prostu zarobiłem), to co ona ze mną robiła przez te lata?! Było sobie znaleźć kombinatora, cwaniaczka czy innego supermana... Szlag!

W kuchni jest cicho. Tyka zegar. Joanna patrzy na mnie wyczekująco.

– Więc? – pyta jakby rozbawiona, że mnie przyłapała na czymś w rodzaju palenia ukradkiem czy oglądania pornosa. Jakby to nie ona musiała się wstydzić, że grzebała w mojej korespondencji.

– Co „więc"? – powtarzam. – Więc mam wrażenie, Joasiu, że faktycznie powinniśmy się rozstać. Nie wiem, czy na zawsze, ale ja już nie mam ani ochoty, ani siły... Może separacja byłaby...

– O, tak, tak, tak, biedaczek z ciebie! – szydzi. – Zaraz mi się tu rozkleisz, żeś taki nieszczęśliwy, a chodzi tylko o to, że chcesz bezkarnie poszaleć, i oczywiście ja mam ci dać to rozgrzeszenie! „Separacja”! Co to takiego jest separacja, Wiesiu? Czy my nie żyjemy już w separacji?

– Asiu, oddalenie nie jest separacją. Są ludzie, którzy muszą tak żyć i się kochają, wspierają, szanują, chcą ze sobą być, a u nas niestety tego nie ma, zabrakło jakiegoś istotnego elementu, który...

Zakałapućkałem się. Nie umiem rzucić jej w twarz, że jedyny powód to ona i ten jej temperament awanturnicy. Już nawet nie to, że nie czuję od dawna wsparcia, a sam muszę ją wspierać w każdej decyzji, nie to, że mną pomiata, a dla siebie domaga się ogromnego szacunku, na każdym kroku. Okrzyki w rodzaju: „jesteś intelektualnym dnem, nikim, moje buty są mądrzejsze od ciebie” – fruwają podczas awantur i jeszcze nigdy nie zostałem za nie przeproszony. Wystarczy za to, że się tylko odszczeknę doprowadzony do białości: „Aśka, nie bądź głupia” czy „tylko idiota mógłby powiedzieć coś tak głupiego” – wybucha odrębna awantura o to, że jestem prostakiem, bo tylko prostak może wykazać taki brak szacunku.

– Rób sobie, co chcesz, albo idź do lekarza! – Joanna wstaje, uważając, że swoje już powiedziała.

– Do lekarza?

– Może ci przepisze jakieś hormony, biedaku – mówi to z politowaniem i wstawiając szklankę do zlewu, wychodzi. Nie interesuje jej, czy rozmowę uznaję za skończoną czy nie. Ona wychodzi i szlus... Temat rozwodu został zawieszony w powietrzu, zignorowany.

O mój Boże! Za tekst o jej hormonach byłbym porównany do najgorszego menela.

I co teraz?

Następny dzień nie przyniósł żadnej niespodzianki. Zwyczajna Joanna zwyczajnie pojawiła się w szlafroku na śniadaniu – miała wolne przed sylwestrem – zwyczajnie rzuciła uwagę, że dzieci wróciły po nocy i jak one dziś pójdą się bawić? „Ach, ta młodość!” A potem mi zwyczajnie zakomunikowała, że niedługo wychodzi do fryzjera i kosmetyczki. Wpadnie do domu przespać się i przebrać, a później idzie do Magdy, i żebym nie zostawiał ognia w kominku, jak pójdę spać. I poszła się ubrać. Mówiłem jej, że dziś wyjadę, że chciałbym dokończyć rozmowę – nie odezwała się. Udawała, że nie słyszy. Olewa mnie uprzejmie i grzecznie. Milczy.

Już mnie to nawet nie dotknęło. To koniec. Nie chce rozmawiać, to nie. Sprytnie. Zatem napiszę jej o wszystkim, co chciałem powiedzieć, przynajmniej nie będzie mi przerywała.

Zjadłem wczesny obiad z Kasią i Tomkiem, raz jeszcze wspomniałem mojej córce, że żyję tylko dzięki rosołowi, jaki mi ugotowała, zostawiłem im kasę i życzyłem dobrej zabawy. Oni chyba więcej rozumieją, niż sądzę. Pożegnałem się i pojechałem na lotnisko.

NOWY ROK

Dotarłem do domu nocą, przed dwunastą. Dom. Tak nazywam moje mieszkanie bez firanek... Dom. W końcu to już drugi rok. W oknach sąsiadów widać światła, słychać gwar i muzykę... Osiedle zaśnieżone, mroźno jest. Sylwester. Wszyscy się bawią!

Zrobiłem sobie herbatę i kanapkę. Otworzyłem paczkę z polskimi kabanosami, z lodówki wyjąłem ogórki. Żadne wędliny świata nie równają się z naszymi. Karol zaraził mnie jeszcze szynką chorizo – hiszpańską, drogą, ale pasuje nam do naszych kawalerskich kanapek. Jeszcze nie wrócił z Polski. Nic to, lubię i nauczyłem się być sam. Opanowałem to, chociaż czasem to dokuczliwe i bywa, że dopada mnie nostalgia... Tak jak teraz. Ludzie składają sobie życzenia, cieszą się, przytulają. A ja jestem sam... Rozkleiłem się. Smutno mi jest, w telewizji wszystko mnie drażni, odpaliłem komputer. Coraz bardziej wciąga mnie internet, odkrywam nowe portale, mogę zaprenumerować prasę elektroniczną, czytać sobie....

Zamyśliłem się. Tato...? U was w niebie też to jest – internet? Spodobałoby ci się. Oj, lubiłeś nowinki! Pamiętam nasz pierwszy telewizor. W naszej kamienicy tylko u nas był i u Grzegorków w pierwszej klatce. Musiałem być grzeczny, jeśli chciałem oglądać dobranocki, później niedzielną *Bonanzę*, *Zorro*... A jak był Wyścig Pokoju – to już mieliśmy u siebie wszystkich sąsiadów. Ale było fajnie! Ścisk i takie emocje! Ojciec obiecał mi kiedyś, że pojedziemy do Warszawy na Stadion Dziesięciolecia, na finisz. Czekałem cały rok. Finisz był w sobotę, więc pojechaliśmy. Obżerałem się watą na patyku, obwarzankami, przeciskałem w tłumie, trzymając ojca za rękę kurczowo. Taka masa ludzi! A finiszu i tak nie widziałem... ale – słyszałem! Boże, ten ryk stadionu!

A potem pojeździłem tramwajem i to było dla mnie największą frajdą. Późnym popołudniem tatko poszedł ze mną do zoo. Mało nie oszalałem z radości. Nikt z moich kolegów nigdy tu nie był! Zachwyciły mnie małpy i krokodyl. Gady rozczarowały. W zebrę nie uwierzyłem. Wydało mi się to podejrzane – te paski. Pomalowana! Hipopotam się nie wynurzył, mimo że czekaliśmy długo. Wszystko mi wynagrodziła bułka z parówką i musztardą z budy koło bramy zoo. Była fantastyczna.

Wracaliśmy nocnym pociągiem. Całą podróż przespałem na ojcowych kolanach.

Wydaje mi się to teraz prehistorią. Naprawdę już tyle lat minęło, tato? Od starego radia na lampy po dzisiejsze laptopy... Jaki skok! Ty nie mogłeś nawet marzyć o robocie za granicą, nie miałeś paszportu, a ja mam. Znam już angielski tak dobrze, że się dogaduję tu z każdym, że chodzę z Karolem i kumplami do kina i bez problemów rozumiem film. Wiesz, tato? I tylko sam jestem. Nie tak jak ty z mamą, do końca razem. Nie udało nam się.

Ciekawe, pocieszałbyś mnie czy ganił? Nigdy nie rozmawialiśmy o tym. Nigdy się nie skarżyłem na żonę – po prostu nie wypadało. To są tak dalece prywatne sprawy, że się ich nie nosi na publiczny osąd. Nawet do rodziców, do bliskiego kumpla. Pierwszy Rychu usłyszał ode mnie kilka słów o Joaśce...

Podniosłem temperaturę, bo na wyjazd zmniejszyłem i dom się wyziębił. Podlałem kaktusa i coś liściastego, czego nie znam, ale jest zielone. Założyłem piżamę. Usłyszałem z zewnątrz wybuch sztucznych ogni i okrzyki z okien. Wypiłem sporą szklaneczkę whisky, uczucie nostalgii jakoś odleciało. Poczułem się bardzo normalnie, opadło ze mnie napięcie i to coś, co mnie ściskało, gdy myślałem o domu, dzieciach i Joannie. Poczucie winy czy co? Nie, nie ma go już. Żadnej winy... i nie będzie żadnej ekspiacji. Bawi się teraz w babskim towarzystwie. Nie prześlemy sobie nawet sms-a, bo...

Ach, żyję po swojemu i po swojemu pójdę sobie spać. Chciałem nawet dla pewnej demonstracji nie myć nóg, ale zaśmiałem się do swoich myśli. Nie zasnąłbym. Niemyte wydają mi się lepkie. Może i jestem troglodytą, ale z czystymi nogami i... resztą też! Uff. Jutro rozpakuję walizkę i siądę do tego pozwu. Dzisiaj spać. Oby ten rok był dla mnie lepszy, tylko lepszy!

– Twoje zdrowie, Wiesiu – powiedziałem na głos, dopijając rudą. To były jedyne życzenia, jakie tej nocy otrzymałem.

***

Pozew naskrobany byle jak leży w szufladzie i czeka. Nie zajrzałem do niego. Nie mam pomysłu. Nie wiem, co napisać. Do Aśki też zaczynałem kilka razy. To trudne. Niech sobie poczeka. Za to postanowiłem sobie sprawić w nowym roku przegląd techniczny. Firma stawia w ramach jakiejś akcji rozszerzony zakres badań lekarskich. Krew i siki, cukier, ciśnienie parokrotnie, prześwietlenie, badania płuc, spirometria, serce – dla podejrzanych holter (nie jestem podejrzany, nie chwaliłem się moimi sercowymi badaniami w Polsce), echo i próby wysiłkowe. Po echu pani mi tylko powiedziała, że mam uważać, i zapytała, czy biorę jakieś leki. Powiedziałem, że nie biorę. Jakiś czas brałem na wyciszenie, i to wystarczy. Poprawiło się i już! Ciśnienie w normie!

No i coś, czego nienawidzę – badanie na okoliczność prostaty. Na szczęście w porządku, ale doktor proktolog – dopiero się dowiedziałem, jak wdzięcznie nazywa się znawca odbytu – namówił mnie jeszcze na kolonoskopię z łagodną hydrokolonoskopią poprzedzającą, opowiadając mi o raku jelita tak bardzo barwnie, że skutecznie mnie wystraszył i... poszedłem.

No, nic przyjemnego. Leżałem na kozetce, na plecach, pod kocem, z gumowym wężykiem w tyłku. Lekarz falował szklaną rurką podłączoną do aparatury i oglądał to wszystko, co mi zalegało jelito grube (fuj!), opowiadając mi beznamiętnie o swojej podróży na Malediwy zeszłego roku. „Nudno jak cholera!" – zapewniał mnie. Bardziej mu się podobało trzy lata temu na Seszelach, bo był z kolegami i bratem i cały czas grali w siatkę, a w hotelu były cuuuudne i niedrogie Ukrainki.

– Czysto – powiadomił mnie po godzinie, gdy już zacząłem podejrzewać, że znalazł wszystko, co najgorsze, bo gapił się w te moje złogi jak sroka w gnat, a raczej jak... kaprofil w łajno.

„Czysto, bez zmian i w normie. Jest pan zdrowy, pogratulować, tylko mniej solić, bo ciśnienie w górnych granicach normy, do widzenia!" Czyli co? Jestem młody, piękny i zdrowy? Można jeszcze poszaleć?

Poszedłem na saunę i basen. Późno, wchodziłem ostatni. W szatni byłem sam, stanąłem przed lustrem. Zdjąłem mokre gatki, wycierałem się i popatrzyłem na siebie badawczo. Miąchy jeszcze jako takie, klatka... no, była kiedyś bardziej umięśniona, ale jeszcze nie najgorzej, ale kłaki na niej – o, Jezu!... Oszroniło mnie jak trawnik po przymrozkach! Zbliżyłem oko do lustra. Nawet koło wacka siwo się zrobiło. Na skroniach – wiadomo, nerwy, ostatnie przeżycia, rozumiem, ale tu...? Owinąłem się w ręczniki i poczłapałem do szafki. Siwizna w tych miejscach? Myję się codziennie, ale jako normalny facet nie oglądam się tak... szczegółowo i z namaszczeniem jak kobiety. Posiwiałem, znaczy – jestem stary? Ale proktolog mówił, że zdrowy, że bez zmian...

WIOSNA

Ta zima mnie wykończyła. Może dlatego, że jestem sam, że miotam się z myślami o rozwodzie? Może to taki psychiczny dołek? Inny kraj, inni ludzie, inne zwyczaje i osamotnienie. Poczucie, że coś wyleciało człowiekowi z rąk...

Karol nie potrafi tego zrozumieć. „Przecież sam chciałeś, jesteś prawie wolny!" Oczywiście to próba postawienia mnie na nogi, bo znamy się na tyle dobrze, że wie, ile dla mnie znaczyła rodzina.

– Wiesiek, nie oszukuj się, to był inny etap. Małe dzieci, którym chciałeś kupić rowerek, i żona, której chciałeś nieba przychylić, sądząc, że ją przekonasz do siebie. Ale było, minęło! Nowy etap! Nowe rozdanie!

– I co z tego? Nie wiem, Karol, czy ten etap mi się bardziej podoba.

– Jesteś na jego początku, zbuduj go tak, żebyś był zadowolony. Zrób coś dla siebie, bo inaczej, Wiesiu, zawsze będziesz czuł dyskomfort.

– Co to znaczy? Że nie robię nic dla siebie?

– To znaczy, że jak nie obudujesz się swoimi klockami, nie nauczysz się fetować siebie samego, będziesz tylko zapierdalaczem.

Przegadaliśmy trochę ten temat i chociaż Karol nie jest tu wyrocznią, w wielu sprawach ma rację. Nie chcę być tylko emigrantem zarobkowym, choć tak właśnie początkowo miało być. Dzisiaj się pozmieniało, mój cel, czyli zabezpieczenie rodziny, podnoszenie naszego statusu, rozmył się, rozsypał. Nie myślałem o tym, że dzieci pójdą swoimi drogami, Joanna swoją, ja – swoją. Miało być inaczej. Łudziłem się, że Joanna się zmieni, widząc, jak się staram. Miało być, kurczę... pięknie.

Życie nas zaskakuje, a w dodatku sam sobie napisałem obecny scenariusz – i teraz udaję zaskoczonego. Nie umiem się cieszyć tym, co mam. Karol umie. Urządził się po swojemu, wygodnie, na nikogo się nie ogląda. Chciał do cieplejszych krajów, ale na razie patrzy, szuka, maca... Miło mi, bo mówi, że ze względu na mnie jeszcze nie czmycha. „Może by tak razem?" Nie wiem. Jakoś nie czuję potrzeby. To znaczy, jego lubię bardzo, ale zmieniać znów miejsce, uczyć się na nowo wszystkiego...?

Był u nas kolega – stoczniowiec, Polak. Robił tu rozeznanie. Pracuje od kilku lat w Chinach, spora stocznia, niezła kasa, ale nie jest lekko. Totalnie inna kultura, obyczaje, ciężko się dostosować, szczególnie gdy nie ma grupy swojaków o podobnej mentalności.

– Jak sobie, człowieku, nie zorganizujesz czasu po pracy – opowiadał – to umarłeś. Ja ledwo wyrabiam, biorę dużo roboty, żeby nie mieć czasu wolnego i nie myśleć! Znam w okolicy już każdy kawałek ziemi. Wsie, miasteczka, pola, co się da. Zwiedzam, fotografuję z nudów, muszę się tylko zebrać i opisać to wszystko. Trzeba mieć jakieś hobby – siłownia, fitness, szachy, cokolwiek. Ci, którzy nie mają takiej woli, zazwyczaj piją i łajdaczą się, zapadają w sobie, dziczeją. Podwójne życie.

– Jak to? – pytam naiwnie.

– Normalnie, żona w Polsce, dzieci, dom, teściowa... Odwiedziny raz do roku, bo to długa cholernie trasa. Czasem żona dojedzie, ale na co dzień dom pusty, smutny, to sobie chłopaki biorą „gospodynię".

– Aaaa, ty o tym...

– Jest do kogo pysk otworzyć, do kogo się przytulić. Taki grzech jest mniejszy niż wieczne szlajanie się po burdelach, i jest się dla kogo nie upijać. Mój koleś trafił na taką fajną stateczną kobitkę z dzieckiem. W Azji normalnie to ona już przepadła, nikt się z taką nie zwiąże. A ta sobie radzi – sprząta u białasów i trafiła na niego. Są razem, choć on ma w Polsce rodzinę.

– Nie sposób wytrzymać? – pytam, jakbym się z choinki urwał. Jakbym sam czasem nie wył do księżyca.

– Wiesz – mówi – łatwo oceniać. To wygnanie. Obco, daleko, paskudnie. Są tacy, co tego nie wytrzymują. On się z nią nie ożeni i ona tego nie oczekuje, ale i jej lżej, i jemu. Anglojęzyczna dość, to choć...

– O czym z taką gadać?

– O pogodzie, o tym, co jutro na obiad… Dzieciak fajny, dobrze się uczy, na spacery sobie chodzą razem. Jakoś żyją…

– W kłamstwie. A rodzina co? – zapytałem. Karol spojrzał na mnie i pokręcił głową. Zmilczał taktownie moje zapędy moralizatorskie.

– Nie wiem – wzruszył ramionami nasz „Chińczyk". – To jego sprawa. Ja też sam już wariowałem i żona powiedziała „dość". Mam wracać albo znaleźć coś bliżej. No to wracam przez Finlandię. Wpadłem spytać i tu, ale kicha. Nie wiem, co będę robił w kraju. Kompletnie wypadłem z obiegu! Mam pomóc szwagrowi w sklepie. Chyba sobie w kolano strzelę… Ja i sklep!

Nie brzmiało to wszystko optymistycznie.

Wracałem z knajpy niezbyt podbudowany. Gościu opowiadał o takich rzeczach, że wyjazd „do ciepłego" nie wydał mi się wielką atrakcją. W Europie stocznie są wypełnione na full, i tak cud, że tu się załapałem. W Wietnamie, na Filipinach – syf, malaria i wilgoć jak cholera. Beznadzieja socjalna i nic tylko pić i wyć – jak mówił. Z rzadka jakiś się załapie do Arabów, ale i tam życie niełatwe. W Chinach, Korei podobnie, klimat bardziej wahliwy – latem upały i wilgotność powietrza jak w szklarni, zima jak zima, mroźna, sucha, ale kulturowo zupełnie inna bajka. Jeszcze w większych miastach pół biedy, a jak się trafi totalna dziura? Polaków jak na lekarstwo. Psychika siada. Biały, samotny facet nie wyrabia.

– Jak sądzisz, przesadzał?

Karol milczał. Gapił się za okno. Wracaliśmy autobusem – piliśmy obaj.

– Każdy ma swój sposób na życie, Wiesiek. Wy jesteście uwiązani do rodzin, cierpicie, bo oddalenie, poczucie beznadziei, poczucie winy. Ja tego nie mam. Ja jestem wolny obywatel świata, takim siebie stworzyłem i już.

– Jakby co, dla uniknięcia pokus, wyrzutów, trzeba wyjeżdżać z rodziną, jak ten, o którym opowiadał. No, ten, co się załapał do Dubaju!

– Do Kuwejtu. No, ale to rzadkość, taki kontrakt, sam wiesz. Ja może i mógłbym do Kuwejtu. – Karol uśmiechnął się na samą myśl. – Chociaż tam akurat za gorąco. W upał to mi się robić nie chce, a i z seksem niełatwo. Eeeee, do dupy z Kuwejtem!

– I ty też, obywatelu świata, bywasz samotny, potrzebujesz towarzystwa, nie?

Karol zadumał się, po chwili rzucił w okno:

– No... czasem.

Przez dłuższy czas Karol nie wspomniał już o ciepłych krajach.

Wredna ta zima. Ledwo wytrzymuję. W Zakopanem na halach już są krokusy, widziałem w kompie, podobno wcześnie wiosna przyszła. Tu wszędzie rośnie śnieg. Muszę coś wymyślić, bo zwariuję!

No i wymyśliłem! To znaczy w końcu się namyśliłem. Jestem posiadaczem siedmioletniego saaba! Karol miał już powoli dość naszych wypraw do autokomisu. Ciągle marudziłem i wybrzydzałem. Jakoś nie mogłem się przekonać, bo uważałem, że za moje pieniądze, ciężko i z mozołem ścibolone, powinienem sobie kupić co najmniej dwuletnie audi z napędem odrzutowym... Żartuję, ale naprawdę nie było niczego, co by mnie poruszyło, a może nie mogłem trafić na „ten dzień"? Kasia tak mówi, gdy idzie na przykład po buty i wraca bez nich:

– To nie był dzień na buty! – I wyjmuje z torby dżinsy albo pudełko migdałów w czekoladzie.

Ze mną chyba było tak samo, to nie był czas na kupno samochodu.

Aż w końcu trafiła się okazja. Kumpel Karola pozbywał się saaba, bo mu odwaliło na terenówkę, i właśnie zaczął jeździć – przyznam: bardzo rasowym – czarnym wranglerem. Jego saab – znakomicie utrzymany, czysty i sprawny – ma dziwny, stalowy kolor, ale to mnie akurat najmniej boli. Jak na siedmiolatka, mało jeżdżony. Facet mówił, że nim to tylko do pracy i do miasta, a na wakacje brali od teściów vana. Może i tak. Nie mam podstaw, żeby Finom nie ufać. Wziąłem, bo byłem już potężnie spragniony... własnej bryczki! Zachwyciło mnie to, że nie muszę na oględziny jechać z Joanną, że się obejdzie bez jej orzecznictwa, uwag w stylu, że tapicerka kiepska albo zapach nie taki, a już kolor to okropny. Rzeczywiście, zapach nie był najlepszy, bo właściciel palił i dym przeszedł szmaty. Pojechałem więc na myjkę, żeby mi uprali całą tapicerkę i w ogóle. Gdy nurkowałem do środka, podnosząc oparcia i pokazując, że wszędzie ma być wymyte i obsikane przeciw zapachom, znalazłem herbatniczka, takiego słonika. Pewnie jego dzieciak zgubił. Nie wiem czemu, rozczuliło mnie to. Pytam się kolejny raz sam siebie – starzeję się?

Ale jak już wsiadłem do mojego samochodu i zapuściłem na full Deep Purple'ów, stwierdziłem, że krew krąży mi tak samo, i ryczałem na całe gardło z nimi:

Smooooke on the waaaaaaater,
and fire in the sky!
smooooke on the water...
bam, bam, bam, bamba-babam,
bam, bam, bam, babam!

Mam brykę! Kiedyś tak samo cieszyłem się z pierwszego malucha. Z innych już mniej, bo zazwyczaj jeździłem nimi mało i nie były to zachodnie samochody z bajerami. Później samochód był bardziej potrzebny Joaśce niż mnie, a teraz mam swój, przez siebie wybrany i wyposażony! Cieszę się jak gówniarz! Najbardziej w moim samochodzie fascynuje mnie sprzęt grający, za który musiałem dopłacić ekstra. Karol się targował i cisnął, aż go mitygowałem, żeby dał spokój. Nie chcę wychodzić na jakiegoś dziada. Dostałem ochrzan na osobności:

– I czego? Czego? On ma na oku nowy sprzęt ze zmieniarką na osiem płyt i z takimi subwooferami, że jak siądziesz na nich, montuje je pod siedzeniami, poczujesz drgania na dupsku! Stać go!

– A ty skąd wiesz?

– Wczoraj gadał o tym pół dnia, więc niech nie świruje z ceną za stary sprzęt.

Ten odtwarzacz, co go Karol wytargował, wystarcza mi. I tak za coś takiego zapłaciłbym w Polsce... Nie, nie zapłaciłbym, nie kupiłbym! Za drogo, i Joaśka uważałaby to za stratę pieniędzy, a tu jednak zapłaciłem, bo strasznie chciałem mieć w samochodzie dobrą, moją muzykę. I mam!

W styczniu wysłałem do mojej żony maila o tym, że napisałem, ale go jeszcze nie wysłałem, pozew, że proponuję porozumienie i dogadanie się jak ludzie. Dziwne. „Do mojej żony" – nigdy nie używałem tego zwrotu, chyba że jakoś oficjalnie: „pan pozwoli, panie dyrektorze, moja żona", ale nigdy nie myślałem o niej – żona. Zawsze była moją Joaśką,

Joanną, Asią, Aśką. Teraz pierwszy raz używam określenia „moja żona" w prywatnych całkiem myślach, bo już chyba nie jest moją Asieńką. Tamtej nie ma od dawna. Mail w odpowiedzi był bardzo suchy, dość obcesowy, jak od faktycznie obcej osoby.

Wiesiu,

Ponieważ nie raczysz ze mną rozmawiać o naszych sprawach i chyba dość samodzielnie i samolubnie podjąłeś decyzję o naszym formalnym rozstaniu, a raczej o Twoim odejściu, nie pozostaje mi nic innego, jak się do tego jakoś ustosunkować. Nasza ostatnia rozmowa w domu była niepełna i szczątkowa. Nie byłeś łaskaw pozostawić mi pola do dyskusji, uważając, że tylko Twój punkt widzenia się liczy. Jakie to charakterystyczne dla Ciebie i Twojej egoistycznej postawy! Zawsze tak było, że liczył się dla Ciebie tylko czubek własnego nosa! Nic dziwnego, że gdy zakosztowałeś wolności bez zobowiązań, odbiło Ci i postanowiłeś zostawić mnie, jako kogoś, kto wymaga lojalności, uczciwości i prawego postępowania, nawet gdy może uczucia jako takie lekko przygasły. A obowiązek?

Gdybyś był choć ciut mniej samolubny, wiedziałbyś, że nic nie trwa wiecznie, a o miłość trzeba dbać jak o rzadki kwiat. Oczywiście, skoro w domu zapominałeś o podlewaniu zwykłej paprotki, skąd miałbyś mieć wiedzę, jak pielęgnować uczucia do żony? To dla was – mężczyzn w okresie andropauzalnym – normalne, że myślicie tylko o sobie.

Jeśli sądzisz, że życie nadal będzie Cię nagradzać, głaskać, a ja wiecznie ustępować – mylisz się. Żadne „porozumienie stron". Ty zawiniłeś w rozpadzie naszego związku, więc bądź odpowiedzialny i jeśli masz jakieś śladowe ilości odwagi cywilnej, weź winę na siebie. To Twoje fochy, i skoro chcesz się uwolnić z tych (jak zapewne sobie myślisz) „kajdan", proszę bardzo, ale mnie w to nie mieszaj. Nie mam sobie jako żonie, towarzyszce życia i kochance nic do zarzucenia. Reszta – przez mojego adwokata.

Joanna

Naturalnie, a czego się spodziewałem? „Andropauzalnym"? No, poszła po bandzie! Co za słownictwo! Adrenalina znów podskoczyła mi maksymalnie. W tym samym momencie pukanie do drzwi. Wchodzi Karol, bezbłędnie wie, kiedy się zjawić. Przeczytałem mu epistołę mojej żony.

– Co sądzisz? – spytałem na koniec.

– Chciała cię obrazić, tylko że ty, chłopie, jesteś w kwiecie wieku.

– Tak, jestem kwiatkiem w okresie andropauzalnym.

– Ależ ty ją usprawiedliwiasz. Wytresowała cię! Nie ma prawa używać tego terminu jako przytyku, rozumiesz, Wiesiek? Nie bądź pierdołą i zrozum to wreszcie. Jakbyś coś, którejkolwiek z nich, chlapnął o menopauzie, to by cię zagdakała, że jesteś cham i ją obrażasz. A one mogą!

– Właśnie, mogą i robią to. Masz rację, andro nie andro, pauza nie pauza, jeszcze żyję i mam swój rozum.

– No! I tak trzymaj! A napisałeś wreszcie ten pozew? – Karol dynda nogą w kapciu, bo przychodzi do mnie w kapciach. Przychodzi do mnie sobie poczytać, bo „samemu mu nudno". Nie przeszkadza mi. Nawet dobrze, że bywa, bo wtedy wydaje mi się, że wpuszcza mi do domu inne powietrze. Gada coś, zaśmiewa się z dowcipów albo przynosi żarcie, bo wie, że u mnie to raczej suchy prowiant. Jest moim pierwszym kumplem. Jeszcze z nikim nie byłem tak blisko, żeby surówkę jeść z jednej miski. Rządzi się w mojej kuchni, gdy smaży kotlety albo ryby, ale i wyciera pokornie naczynia, gdy ja zmywam. Ktoś by podpatrzył nas przez okno, wziąłby za parę gejów. Trochę mnie z początku deprymowała ta jego bezpośredniość, nawet szarogęszenie, szokowały jego opowieści o wybrykach łóżkowych, ale przywykłem. Jego zachowanie jest już dla mnie czymś normalnym, chyba uzupełnia to, czego we mnie nie ma – radość życia, bezpośredniość, luz. Czasem mu tego zazdroszczę, czasem mam ochotę go zamordować.

– No co? Napisałeś?! – niemal wrzeszczy.

– Napisałem, ale jeszcze nad nim pracuję, zanim wyślę adwokatowi. Chcesz herbaty?! – krzyczę z kuchni.

– Zrób. Napisz, że cię wkurwiała i zniszczyła zdrowie!

– Wiśta wio.

– Co tam burczysz? – woła Karol.

– Że chrzanisz! – odkrzykuję. – Muszę uzasadnić jakoś, poczekaj, zaraz przyjdę! – Nie znoszę przekrzykiwanek.

Siadam z herbatą. Obaj lubimy mocną.

– Karol, to sąd, więc muszę napisać uzasadnienie, które jest dla mnie oczywiste, ale dla sądu, szczególnie gdy to będzie kobieta, nie zawsze.

– Co „nie zawsze"?

– Nie zawsze to, co mnie się wydaje oczywiste, męczące i niereformowalne, uzna pani sędzia.

– Babska solidarność! Jakby był facio sędzia, dałby ci wolność w pięć minut! – stwierdza Karol.

– No właśnie nie wiem, jak trafię. Czy gdy napiszę, że swoim temperamentem, awanturami uprzykrzyła mi życie, nie wyjdę na zwykłego mazgaja?

– Zależy, jak to napiszesz, ale jak cię znam, to ją ułaskawisz.

– Czemu tak uważasz?

– Wiesiek, bo ty zazwyczaj jej bronisz. Opowiadałeś z rzadka o tych waszych aferkach, ale nie jak normalny facet, gdy go babsko wkurzy, tylko z takim jakby usprawiedliwieniem, że ona ma taki charakter, że taka jest, zamiast po męsku i szczerze przyznać, że to rzadka małpa. Starałeś się łagodzić: „może ona dlatego..." Takie wiesz, pitu-pitu. Zdecyduj się! Wkurzało cię to, raniła cię, nie ma już nic między wami... zakończ to! Zacznij nowe życie i „po japkach"!

– No wiesz... – zacząłem.

– Wiem. Znaczy... gówno wiem, bo nie byłem tak szczęśliwie żonaty przez wiele lat z wredną babą.

– Bez przesady, bywało też fajnie...

– Och! To trzeba było od razu mówić – drwi Karol. – Więc po kiego grzyba chcesz się rozwodzić? – Pokręcił głową. – Wiesiek... a ty sam wiesz, czego chcesz?

– Karol, ja jestem inny, może starozakonny? Pieprznąć tak za siebie prawie trzydzieści lat pożycia?!

– Wiesiu, ja nie jestem biskupem i dobrze o tym wiesz, ale odpowiedz sobie na pytanie proste jak cep: jesteś szczęśliwy? Zadowolony? Tęsknisz za domową atmosferką?

– Dzieciaków mi szkoda.

– Pierdolisz, sorry. Dzieciaki masz dorosłe! Tomek pracuje, Kaśka też, tak? Skończyła studia? I zaraz już ich nie będzie z wami. Porobią sobie dzieci i będą na swoim. Ty wrócisz z Turku za kilka lat na emeryturę, do tego domu, do tej kobiety, i... odpowiedz sobie na pytanie: widzisz to? Fajnie jest?

Wtedy znów zdałem sobie sprawę, że na sto procent nie chcę! Że nie będę już ani sekundy dłużej chciał słuchać, jaki to jestem nieudacznik. Poza tym jesteśmy zupełnie inni, czytamy co innego, słuchamy innej muzyki, to znaczy ona w ogóle nie słucha, mamy inne zdanie na większość tematów i zdecydowanie nie chcę już ani tych różnic zdań uzgadniać, ani kłótni, ani... łóżka. Tak, łóżka też nie. Czy to się nazywa „rozkład pożycia"?

– Karol, niesypianie ze sobą i brak wspólnych tematów to rozkład pożycia?

– A jak myślisz? – odpowiedział mi Karol pytaniem.

– Tak samo jak ty. Nie widzę nas razem w fotelach bujanych – westchnąłem.

– Wiesiek, ty strasznie dramatyzujesz, jak baba. Ja rozumiem rozwałkę związku, gdy dzieci małe, ktoś kogoś zdradził czy co... no, może boleć, ale teraz, u was? Dzieciaki wchodzą w dorosłość, z kobietą nic cię już nie łączy, ona cię nie szanuje, to... Co jest grane? Ratuj własną dupę! Jesteś jeszcze niczego sobie samczyk, jak ci narząd jeszcze nie usechł, to jeszcze nim powywijasz, aż panny i mężatki się posikają. Dasz radę jeszcze niejednego młodziaka zagiąć wiedzą i kondycją, a zachowujesz się jak starzec nad grobem.

Karol jeszcze siedział u mnie, gdy w skrzynce zobaczyłem nową przesyłkę od mojej żony. Połknęła jakiegoś bakcyla pisarskiego. Otworzyłem maila, przebiegłem wzrokiem... No nie...

– Patrz, co ona mi znów przysłała. – Wstaję od kompa i pokazuję, żeby przeczytał.

Twoja samolubna i egoistyczna decyzja jest zapewne podjęta pod wpływem jakiegoś młodego ciała, czego z racji oczywistych nie jestem w stanie sprawdzić. Więdnący, starzejący się facet w pogoni za młódką – to takie obrzydliwe i charakterystyczne dla was! Zapewne masz z nią więcej tematów do omówienia niż ze mną. Po jakiemu gadacie – po fińsku czy angielsku? Jak cię znam – mało raczej rozmawiacie, a Tobie po prostu sperma strzeliła do głowy i stąd ten pomysł, żeby mnie, swoją wierną towarzyszkę życia, odstawić na boczny tor, nie bacząc na zobowiązania i prostą, uczciwą powinność.

Zachowujesz się jak Robert i zamiast czerpać jakieś wnioski z tego, jak rozbił rodzinę i unieszczęśliwił Magdę – wolisz iść jego śladem. Jakże egoistyczne, samcze!

– No, no, co za język! „Sperma strzeliła..." – Karol kręci głową z niesmakiem. Chce wstać od monitora.

– Ale patrz dalej, już po tych inwektywach przechodzi do rozliczeń, że potrzebna jest kasa na ubezpieczenie, remont dachu i jej złamaną koronkę. Też na telefon komórkowy i letnie opony... Jakie pilne potrzeby?! Trzy lata temu był reperowany!

– Oj, Wiesiu, już nie przesadzaj. Nie jest tak źle, przecież mogła cię otruć w czasie ostatniej wizyty, a nie... – Karol znowu kpi. – Wiesiu, ty musisz być chłop z jajami. À propos... idziesz w sobotę z nami do Miriam?

Jasne, że nie – pomyślałem i odmówiłem.

A w sobotę... po kolejnym mailu od Joanny, imputującym mi niewierność, łażenie „na baby", zmieniłem zdanie! Skoro wyrok został wydany, to chociaż na niego zasłużę!

PARTY U MIRIAM

PART I ANIMA

Joanna jest jednak mistrzynią intryg. Napuściła na mnie Roberta. Chciała się z nim umówić w „bardzo ważnej sprawie", a gdy się wykręcił, przyłapała go, gdy szedł do Rycha. Udała, że niby bardzo się cieszy z ich spotkania i że chętnie się napije kawy, bo tak dawno już nigdzie nie była. Zaczęła go sondować, czy przypadkiem nic nie wie o moich babskich ekscesach, bo jesteśmy ze sobą tak blisko, „a wiesz, Robert, że gdy mężczyzna ma andropauzę, no ty oczywiście jesteś za młody" (oj, umie wazelinić), to kobieta musi stać na straży jego zdrowia. I zdrowia rodziny, bo jeszcze jakieś choróbsko może przywlec albo, nie daj Boże, zrobić jakiejś lasce dziecko. „Wiesz, Robert, no musimy go ratować, bo on tam z tej samotności gotów…" I ten palant dał się nabrać, czego dowodem był jego mail!

Cześć, Stary

Sorry, że piszę z rzadka, ale wiesz, jak jest. Trochę mi niezręcznie to pisać, ale była u nas Twoja Joaśka. Najpierw się zdziwiłem, ale później, jak pogadaliśmy, to widzę, że jej bardzo na Waszym układzie zależy. Ty poważnie chcesz się rozwieść?! Pamiętam Was jako bardzo zgraną parę! Wiesiek, ja zrozumiem, jak się okaże, że tam spotkałeś młode ciało, ale wiesz… to nie jest nic na trwałe! No, ja i Jolka to co innego, zresztą wiesz.

Joaśka uważa, że się pogubiłeś i troszkę Ci, przepraszam, odwaliło. Nie mnie Cię oceniać, kumplujemy się, ale pomyśl, czy ona nie ma racji. Przecież nie wyniesiesz się tam na stałe. Mnie się wydaje, że to u Ciebie chwilowe, wielki świat Ci trochę poświecił, ale ona uważa, że Twoje miejsce jest przy rodzinie. No, bo gdzie? A problemy? Kto ich nie ma? Masz troskliwą żonę. Pomyśl o tym.

U mnie wszystko OK. Jak wpadniesz, pogadamy i raz jeszcze
sorry, że się wtrącam.
R.

Oniemiałem ze zdumienia. Joaśka zrobiła Robertowi pu-
rée z mózgu! Że on akurat da się na to nabrać, tego bym się
nie spodziewał. Odpisałem mu błyskawicznie.

Cześć. Robciu, doceniam Twoje dobre chęci, ale niestety padłeś
ofiarą wrogiej propagandy. Umówimy się na piwo u Rycha i opo-
wiem ci, o co tu chodzi. Nie jest tak, jak ci to przedstawiła Joan-
na. Nie mam tu młodej dupy ani żadnej innej oprócz własnej, nic
z tych rzeczy, czyli jednak jakaś przyczyna tego stanu rzeczy musi
tkwić głębiej. Pomyśl o tym...
W.

Cholera jasna, ma kobieta tupet! Chyba sobie tworzy kółko różańcowe, które ją wesprze w sądzie!
W kolejnym mailu Joanna pisała już tak, jakbym faktycznie
miał tu kochankę i rój dzieci z nią. Paranoja! Pisze pewnikami:

Twoja ślepota każe Ci nie dostrzegać fatalnych skutków Twoich
decyzji romansowych (...) Jak każdy facet w Twoim wieku myślisz
nie tym białkiem, co trzeba.

Wyczuwam tu retorykę Magdy, która zazwyczaj bywała
wulgarna, gdy wypowiadała się o facetach.

Zdaj sobie sprawę, „wyzwolony", śmieszny pajacu, że jak zro-
bisz jakiejś lali bachora, to oznaczać będzie alimenty w dolarach!

No, jaka troskliwa! Śmieszny pajacu? Skoro tak, idę za-
szaleć z Karolem do Miriam. Nigdy nie byłem na orgietce
i szczerze mówiąc, nie miałem ochoty, ale wściekłość i ciekawość wzięła górę. Żeby choć kilka słów o tym, że jej – Joannie – jest żal naszego małżeństwa, że jej przykro, że może pogadajmy czy co... Nic. Nie jest w stanie przyjąć żadnych moich uwag, ostrzeżeń, że nie mogę żyć jak na wulkanie, że mam
bóle w klatce piersiowej i duszności. Wszystko to lekceważyła
i uważała za moje „roztkliwianie się i szantaż emocjonalny".
Nic do niej nie docierało, że mam dość jawnego lekceważenia

mojej rodziny i skutecznego odcinania dzieci od moich rodziców i siostry. Tu mam wiele sobie do zarzucenia, że aż tak dalece uległem i godziłem się na to dla świętego spokoju. Jestem współwinny, bo byłem za miękki. Pieprzony pierdoła.

Z tak wezbraną żalami duszą założyłem dżinsy, koszulę w kratę, skórzaną kamizelkę, bo przecież nie wbiję się na balangę w garnitur, i dałem się Karolowi zawlec do tej Miriam.

– Aleś się odpalantował – zaśmiał się, gdy po mnie wpadł.

– Odczep się, jestem... prawie po domowemu!

– Chodź, elegancie, taksówka czeka!

– Taksówka? Może wezmę swój samochód? – pytam jak idiota.

– Jak się chcesz pochwalić, to weź, ale pozostanie ci coca--cola...

– Aaaa, racja!

Miriam ma więcej lat, niż sądziłem, jakieś czterdzieści parę. Wita nas jak starych przyjaciół. Opalona, ciemnowłosa, jednak zniszczona, z niskim głosem włoskiej harpii wcale nie wygląda na Finkę. Dom urządzony przestronnie i z rozmachem. Wszędzie stoją baterie piwa i prostych zakąsek – sery, paluszki, precelki – widać, że nie na kolację tu przyjechaliśmy. Karol podaje jej reklamówkę – głupio mi, bo nie pomyślałem o wkupnym. Mój przyjaciel już podochocony, puszcza do mnie oko, by ruszyć na łowy.

Impreza mnie nie zachwyca – muzyka ciut za głośna, nie ma o czym rozmawiać, a kobiety są bardzo młode i jak dla mnie trochę za bardzo bezpośrednie, za głośne. Po paru chwilach niezręcznych rozmówek zapoznawczych polał się trunek. Każdy – poza mną – przyniósł spory flakonik. Wybrałem bezczelnie whisky, lodu było jak lodu, a szklanice wielkie. Lekkie skrępowanie pokonywałem, łykając ją często, więc dość szybko poczułem miły luzik. Zaczęło się poruszanie do taktu biodrami – kobiety tańczyły z facetami młodszymi niż ja, starsi raczej pili, niż tańczyli. Żarty, dowcipy, salwy śmiechu.

Karol przedstawił Olgę jakąśtam, chyba Rosjankę, nie dosłyszałem. Fajna babka do pogadania. Po chwili dosiadł się do nas kolega Karola i jakaś jego znajoma. Rozmowa się perliła, a ja wydawałem się sobie coraz inteligentniejszy i mądrzejszy. W salonie zaczęło się coś, co mnie zdumiało – karaoke. Zadziwiła mnie swoboda, z jaką normalni na co dzień ludzie robią z siebie pośmiewisko, wyjąc do mikrofonu pod muzykę z offu.

– Ocipiałeś? – Karol w kuchni wykpił moją uwagę. – Bawimy się, a nie ubiegamy o pracę w kościelnym chórze! Wiesiek, wyluzuj! No, na drugą nóżkę!

– Oj, chyba już na szóstą!

– A co tam, Wiesiu, bawimy się! Zdrówko!

Popchnął mnie do salonu. Niespecjalnie czułem się na siłach, wstydziłem się i zapierałem, ale w końcu z Karolem odśpiewaliśmy *Money for nothing* Dire Straits, oklaskani głośno, a później ja oklaskiwałem i gwizdałem z zachwytu, gdy Olga, z którą rozmawiałem, brawurowo odśpiewała piosenkę Streisand. Co za fantastyczny głos! Poluzowało mi i... przegiąłem. Z wielką lekkością i wdziękiem dolewałem sobie whisky, zatapiając w niej kostki lodu. Plum! Plum! He, he... Niestety, pierwszy raz od wielu, wielu lat nie zapanowałem nad sobą. Nie wiem, jak trafiłem do domu.

Obudziłem się we własnym łóżku, z suchym pyskiem i pełnym pęcherzem – w ubraniu, ale bez butów. Zwlokłem się i zataczając, poszedłem do łazienki. Próbowałem wysupłać się ze spodni, ale ledwie mi się to udało, puściłem pawia do umywalki. To dobrze – przemknęło mi przez myśl... Napiłem się wody z kranu, bo podróż do kuchni wydała mi się czynem niewykonalnym. Zawinąłem się w kołdrę i zamknąłem oczy – muszę to zaspać! Zakręciło mi się w głowie. Okropnie, jak na karuzeli w dzieciństwie.

Pamiętam ją, taka wielka, z siedzeniami na łańcuchach, była marzeniem każdego dzieciaka, jazda na niej uznawana była za przejście do świata dorosłych. Jako malec jeździłem na tej zwykłej z konikami, słoniami i wielorybami. Wreszcie, gdy wesołe miasteczko znów do nas przyjechało, poszedłem z chłopakami wyposażony w pieniądze od mamy i te ze zbierania butelek i makulatury. Bogactwo! Kupiłem sobie watę cukrową, napiłem się „orężady" i odważnie wsiadłem na karuzelę z łańcuchami. Gdy poszła w ruch i zawirowała, oszalałem z radości. Niestety, za chwilę, gdy miasto mi się zamazało, gdy moje jelita skręcały się jak łańcuchy kolegów przede mną (łapali się i zakręcali wzajemnie) i gdy ktoś z tyłu też mnie złapał i bujnął, dodając memu ciału dodatkowego bodźca – nie wytrzymałem i zwymiotowałem. Na szczęście nie ja jeden, więc obśmiewanie i kpiny wzięliśmy na dwóch

– wekslując je rechotem. I później już tylko rumieniąc się, gdy chłopaki to wspominali: „Pamiętacie, jak Wiesiek rzygnął?" Ano, rzygnąłem! Było mi wtedy głupio, bo biletowy zatrzymał karuzelę i wywalił mnie, wyzywając od gówniarzy.

Teraz czułem to samo splątanie w brzuchu. Znów wyrwałem do łazienki. Jezzzzu! Potrzebne mi to było! Karol odwiedził mnie w południe czysty, pachnący i wesoły.

– No, chłopie, aleś dał ognia. Jaką ty masz słabą główinkę!

– Ojezuuuu... Jak ja się znalazłem w domu?

– No a jak myślisz? Wujek Karolek cię przywiózł!

– Łezzzzu... Spieprzyłem Ci wieczór?

– Niezupełnie, bo pomogła mi siostra miłosierdzia Olga Iwanowna.

– Ta, co tak ładnie śpiewa?

– Ta sama!

– Eeeezuuuu – jęknąłem. – Rzygałem przy niej?

– Tylko raz, podczas jazdy, ale taryfiarz przytomnie w porę wywalił cię na śnieg!

– Nie mów... Co za wstyd!

– Daj spokój! Siostra Olga jest normalna.

– Jaka siostra?

– No Olga, pracuje u nas w przychodni! I pochodzi z kraju, w którym nie takie rzeczy widziała! Miałeś na nią oko, co?

– No... – zacząłem, ale zamilkłem.

Nie wiedziałem, jak zagadać, zakręcić się koło niej. Wydała mi się tam jedyna sensowna, nie za młoda, nie za głośna, tak jakby z innej bajki. Gadało nam się nieźle trochę po rosyjsku dla żartu, bo wydawało mi się, że co nieco pamiętam ze szkoły, resztę po polsku. Mówiła z wyraźnie rosyjskim akcentem. Miała ponoć babkę Polkę, ciekawostka taka. Fajna, niegłupia, „w latach" – taka dobrze po czterdziestce, średniego wzrostu i dobrze zbudowana. Sądziłem, że może faktycznie nawiążemy jakiś cieplejszy kontakt, ale... nie wyszło. Spiłem się jak gówniarz.

– Nie zawracaj sobie, Wiesiu, głowy jakimiś przeprosinami! Olga normalna jest. Co chcesz?

– Herbaty... – Ledwie to wyjąkałem, znów mną szarpnęło.

– Ty się chyba tymi orzeszkami tak załatwiłeś! – krzyknął już z kuchni. – Nic nie jadłeś przed imprezką, co? Zapomniałem cię uprzedzić, że obiadu tam nie ma. Masz tu, z cytryną. Chcesz aspirynę?

– Nie, ale jakby mi Kasia ugotowała rosół, to pewnie bym żył... – jęknąłem z głębi nieszczęścia. Boli mnie głowa, w brzuchu mam rewoltę... Po jaką cholerę dałem się namówić? Dupek, faja jestem! Rany boskie, łeb mi zaraz pęknie!

Po moim następnym pawiu z samej herbaty Karol orzekł, że to absolutnie zatrucie wódą i orzeszkami. Zaordynował kolejne wiadro herbaty i zakazał jedzenia czegokolwiek. Zwariował – jedzenie?! Na samą myśl o żarciu mnie skręcało... Spać... I żeby ta głowa tak nie bolała.

Karol poszedł do siebie i po chwili wrócił z dużym kubkiem gorącego rosołu oraz spodeczkiem z żółtkiem. Wlał je do rosołu i zamieszał z miną szamana.

– Jak myślisz, że to wypiję, to się mylisz – wyjęczałem.

– Nie myślę, ale wiem, że wypijesz i jeszcze podziękujesz. Masz i nie marudź!

– Chcesz mieć ubranko na żółto? – spytałem, widząc już i niemal czując, jak mu zwrócę ten rosołek na jego dżinsową koszulę.

Podsunął mi kubek pod nos tak zdecydowanie, że nie miałem możliwości odmówić. Byłem pewien, że zwrócę to spektakularnie, ale... nie. Rosołek został. Po pierwszym łyku poczułem cudowne ciepło w brzuchu rozchodzące się już bez kotłowaniny – łagodnie. Wypiłem i opadłem na poduszkę spocony jak prosię w saunie.

– Skąd ty masz ten rosół?! – spytałem Karola. – Kiedy zdążyłeś...?

– Cóż, ma się te zdolności!

Spojrzałem na niego z niedowierzaniem. Umie gotować, ale wczoraj był na imprezie, a w tygodniu nie pitrasił, więc skąd?

– Ta... Olga ugotowała?

– Jak ją poprosisz, może ci ugotuje, a na razie wiesz, Wiesiu, na świecie produkuje się rosołki w kostkach. Tak, bracie! – roześmiał się.

Oj, palant! Kostki rosołowe! Ale skoro rosołek z nich jest taki pyszny, jak mi się teraz zdawało, jutro kupię sobie całą szufladę do lodówki. I będę miał!

– Idź już sobie – poprosiłem Karola. – Idź w cholerę, to przez ciebie teraz umieram! Chcę spać!

– Przeze mnie?! To ja cię poiłem whisky jak krowę na pastwisku? Dobre! Ja tu życie facetowi ratuję, godzinami rosołek mu gotuję na własnej piersi, a on mi „idź w cholerę!" Dobrze, idę! I nie dzwoń do mnie ani nie wypłakuj w rękaw! Idę. Kwiatów na przeprosiny też nie przyjmę. Wpaść po ciebie rano, zewłoku?

– Wpadnij jutro, cześć.

Resztę niedzieli przespałem, wstając tylko wieczorem na siku. Miałem dreszcze, było mi zimno, ale już nie rzygałem.

O kurczę... Ale dałem popis! Nigdy więcej!

Ha! Człowiek łatwo zmienia zdanie!

Następnej soboty, z lekkimi oporami co prawda, ale poszedłem z Karolem znów do Miriam. Trzeba się zrehabilitować. A poza tym obiecałem sobie zmianę stylu życia. Może ja je przepaprałem? Może żyłem za ładnie, za grzecznie, za... nudno?

Kiedy gadamy sobie z Karolem, oglądając jakieś kiepskie mecze albo po prostu pijąc piwo pod jego znakomity gulasz, to mi się dziwnie robi. On tyle przeżył, dał radę narozrabiać od małego, a ja... Zawsze grzeczny, spokojny, porządny. Nie uważam tego za jakąś wadę, ale mi żal. Coś mnie ominęło z tego, co się nazywa młodość górna i durna. Nie popijałem w krzakach w tajemnicy, nie paliłem szlugów, nie podglądałem koleżanek w przebieralni szkolnej, nie upiłem się w zakrystii winem mszalnym, nie grałem na gitarze basowej w epoce big beatu, nie nosiłem włosów do pół pleców (na zdjęciach Karol wygląda jak rokokowy fagas księżnej Konstancji) i nie przeżyłem inicjacji z własną ciotką (a może Karol konfabuluje?) w wieku 14 lat.

Także później, jako dorosłak, jestem przykładem porządnego i... nudnego faceta. Wydawało mi się, że lubię moją rzetelność, obowiązkowość i kindersztubę, która pozwalała mi się czuć kimś na właściwym miejscu. Nie popełniałem gaf towarzyskich i nie mam kompleksów, ale... Kiedy tak porównuję siebie i wariata Karola, widzę, jak bardzo różnymi drogami doszliśmy do tego samego. Dwóch samotnych samców w jednym pokoju, dwóch fachowców tułaczy na emigracji zarobkowej, dwóch fajnych facetów.

Bywało, że Karol mnie wkurzał, bo nie jest jak ja – uprzejmy i ugrzeczniony, ale inaczej nie wlazłby w moje życie, wiecznie trzymany na dystans. Właśnie. Mój dystans.

– ...bo ty, Wiesiek, nie dopuszczasz ludzi do siebie. – Karol macza bułkę w sosie gulaszowym i pcha sobie do ust. – Jakbyś się bał, że mógłbyś być z kimś bliżej.

– Coś ty?

– No… ale tak jest!

– Karol, chyba się mylisz, ja może faktycznie nie lubię tak od razu za pan brat jak świnia z pastuchem, ale co, uważasz, że odstręczam?

– Może powiem tak: nie zapraszasz.

– Może nie muszę każdego…

Wolałem więcej o tym nie rozmawiać. Karol chyba dotknął jakiejś czułej struny. Fakt, nie jestem szczególnie towarzyski. Moi znajomi jakoś nie byli w stanie się z nami „skleić", zaaklimatyzować w naszym domu. Joaśka kwitowała to kpiąco i cynicznie, znajomi się nie pojawiali, odsuwali, a ja (dziś widzę – co za palant byłem!) zacząłem myśleć jak ona. Jak Joaśka, widziałem w nich jakieś nieistotne przywary, które ich przekreślały w jej oczach. Że Danek siorbie gorący rosół, że żona Waldka śmieje się zbyt głośno i mówi „włanczać", a Olek z żoną są nazbyt milczący… A to chyba atmosfera u nas tak ich spinała. Joanna nie bywała zbyt miła z tym swoim pouczaniem niby w białych rękawiczkach i udowadnianiem, że wszystko wie lepiej. Zadowolona była tylko wówczas, gdy uwaga skupiała się na niej. Gdy się przychodzi do niej, to rozmowa na temat innej osoby jest co najmniej niestosowna. Gdy nie stawałem po jej stronie, gdy nie okazywałem jej wystarczającego zainteresowania publicznie – obrywałem. Dzisiaj to widzę – czemu nie widziałem wtedy?

– Bo cię tak ułożyła, Wiesiu. Dałeś się, bo było ci wygodnie.

Ma rację. Było mi dobrze w tym układzie, bo Joanna czuwała nad całą moją niezawodową sferą życia. Robiła to tak zgrabnie i sprawnie, że zaufałem jej bezbrzeżnie. Ja tyrałem w stoczni, miewałem problemy, zebrania, ból głowy wywołany dostawami, bałaganem w niektórych zespołach, brakiem dyscypliny, więc poza bramą stoczni chciałem już tylko spokoju i spraw załatwianych mechanicznie – zakupy, ogródek, dzieci, kominek. Ton i styl naszego życia układała Joanna. I może nie zanadto dobrze czułem się z jej przyjaciółkami, które wpadały do nas na ploty, ale nie skarżyłem się. Nawet moje dyskretne wycofanie się było mile wynagradzane komplementami – jaki to ja jestem uroczy facet.

– …się dałeś – ironia Karola jest bezwzględna.

Się dałem.

No więc teraz spróbuję naprawić to, co spieprzyłem. Zaszaleję! Tak, koniec ery pierdoły! Niestety, tego samego dnia, gdy to wykrzyknąłem, przyszedł list od mamy.

Wiesiu, kochany mój synku

Ciężko mi na sercu, gdy tak o Tobie myślę. Sądziłam, że to przejściowe kłopoty. W małżeństwie tak bywa. U Krysi to jednak była, wiesz, jaka sytuacja. Nikt nie pochwala bicia, przemocy. Dobrze zrobiła, bo i sobie, i Grzesiowi oszczędziła życia z kimś, kto nie zasługuje na miano porządnego człowieka.

A u Was? Doprawdy aż takie to są problemy, że aż myślisz o rozstaniu? Mało wiem, bo zawsze trzymałeś mnie od Waszych spraw z dala i to, przyznam, szanowałam. Nie byłam chyba wścibską matką, teściową?

Ogromnie mi tylko żal, że moje wnuki są mi tak odległe, właściwie obce. Napisałeś mi, że Joanna była hamulcem, nie lubiła nas, ale Ty? Mogłeś przecież czasem z nimi wpaść, co? Może nie chciałeś wojować z żoną? Ale czy nie za łatwo dałeś się „ustawić"?

Ach, zostawmy to. Nie potrafię opowiedzieć się za lub przeciw Twojej decyzji, bo nie znam szczegółów, ale proszę Cię, przemyśl to dokładnie. Żebyś nie żałował. W złości człowiek robi różne rzeczy. To będzie rozkład rodziny – jak to przyjmie Kasia, Tomek?

Ściskam Cię współczująco – Mama

No, nie pomogła mi. Ale czego się spodziewałem? Faktycznie nie jest tu stroną, nie zna szczegółów. Nie wie, przed czym uciekam. Starsze pokolenie nie rozumie rozwodów, chociaż przecież i im były znane, ale zazwyczaj powody były bardziej krwiste, namacalne, a nie „przemoc domowa". Oglądałem tu program o tym. Okazuje się, że można dopuszczać się przemocy, miotając paskudne, bolesne słowa. Tyle że zwykle taką przemoc kojarzy się z rozjuszonym facetem. A jak jest odwrotnie?

Napiszę do mamy później, wyjaśnię jej, ale na to potrzebuję wyciszenia i skupienia, a na razie chcę odreagować.

ZREHABILITOWANY

U Miriam zostałem powitany normalnie. Wydawało się, że nikt nie pamięta moich ostatnich wyczynów. Nawet wzbudziłem aplauz – przyniosłem litrowy flakon rudej i wielką, wędzoną rybę kupioną przy szosie do Naantali.

Miriam uśmiała się i wyłożyła ją na srebrną tacę. Impreza była podobna do poprzedniej, może trochę więcej karaoke. Karol z Olgą zaśpiewali duet Kenny Rogersa i Dolly Parton. Poczułem lekkie ukłucie zazdrości, że nie umiem tak luzować jak on. No ale gdy już wypiłem na odwagę, zaśpiewałem razem z nim Willy Nelsona i Iglesiasa duszoszczipatelnyj kawałek, *To all the girls I've loved before*. Miałem nadzieję, że jakoś to weźmie Olgę, ale akurat wtedy poszła do kuchni po herbatę. Później ona sama śpiewała z gitarą kilka piosenek Biczewskiej i Streisand. Ma niski głos, ale potrafi pięknie wyciągać także wyższe partie. Koło mnie stanął wielki Peter z ekipy Karola i szepnął:

– Do diabła! Rosjanki jednak nie mają sobie równych, nie? Co za kobieta! Chyba do niej wystartuję!

Nie wiedziałem, jak zareagować, więc zdobyłem się jedynie na głupią minę i przeciągle:

– Yeeeaaa...

Próbowałem się włączyć do jakiejś rozmowy, ale nie bardzo mi to wychodziło. Nie miałem nastroju ani do zabawy, ani do gadek, wzięło mnie na mój ukochany święty spokój. Znów wyszedł ze mnie dupek. Wróciłem do domu sam. Jakoś nie byłem w stanie zluzować tak, żeby zabalować z jakąś damą, śpiewać karaoke czy gadać o wakacjach. Wszystko dlatego, że nastawiłem się na Olgę i w paradę mi wszedł ten Peter.

Obskakiwał ją, jakby chciał się oświadczyć. Inne koleżanki Miriam nieszczególnie były w moim guście.

***

Kilka dni później koło naszego ambulatorium wpadłem na... Olgę. Pogadaliśmy chwilę. Przepraszałem za to, że wyszedłem po angielsku, ale że nie miałem tej soboty dobrego nastroju, ona, że rozumie i że po co ja się tłumaczę, i że znów fajnie zaśpiewałem z Karolem, ja na to, że skąd ja, że to ona znakomicie śpiewa, i od słowa do słowa umówiliśmy się na kawę.

Moje pierwsza randka. Nie z żoną. Olga okazała się sympatyczną i bezpośrednią babką. Jest starsza, niż myślałem, mądra i życiowo doświadczona. A najważniejsze – powiedziała, że żałowała, iż wyszedłem. Peter? Bezczelny typ, przyczepił się do niej i nie dawał spokoju. „Szkoda, że poszedłeś". Nie kryguje się i nie robi z siebie kokotki. Normalna, znaczy.

– Jesteś wdową, tak? – spytałem, gdy już gadaliśmy szczerze o swoich życiowych sprawach.

– Taaak – zawahała się i popatrzyła na mnie z namysłem. – Powiem ci prawdę, ale mnie nie wysyp. Nie jestem wdową. Tu dla wszystkich – tak, ale może to głupie, wiesz... – westchnęła. – Mój mąż mnie zostawił i jest w Afryce. Dzieci nie mamy, nasz związek widocznie go znudził, bo któregoś dnia spakował się i oświadczył, że wyjeżdża.

– Tak nagle? – spytałem zdziwiony.

– Wiesz, to Fin. Oni nie są zbyt gadatliwi, a on zwłaszcza.

– A skąd się tu w ogóle wzięłaś?

– Cudem... Ja jestem pół-Białorusinka, pół-Ruska. No, babka nasza była Polką. Bo ja jeszcze rodzeństwo mam, siostrę Ludoczkę i ciotecznego brata Oresta. Jest rzeźbiarzem. Mieszkaliśmy w małej wiosce. To było paskudne miejsce i czas. Obok jednostka wojskowa. Wszyscy pili, z beznadziei albo ze strachu. Żołnierze, jak szli na przepustki, utykali po naszych wsiach, pili, bawili się... Gwałcili, co się tylko ruszało. Jak tylko podrosłam, matka wysłała mnie do ciotki, do szkoły z internatem. Do Leningradu. Ta ciotka się mną właściwie nie zajmowała. Skończyłam szkołę pielęgniarską, popracowałam kilka lat w szpitalu i tam poznałam stewarda z promu, co kursował do Helsinek. Załatwił mi robotę w kuchni. Dalej się domyśl – spotkałam mojego Markusa, jest lekarzem. Wyszłam za mąż, zamieszkaliśmy w Helsinkach, pracowaliśmy w jednym szpitalu. Imponowało mi, że się mnie nie wstydzi, bo ja wtedy najpierw byłam salową. Poznałam język, nauczyłam się angielskiego i wróciłam do wyuczonego zawodu. To dzięki niemu.

– To co mu odbiło, że cię zostawił?

– Katolik, idealista, wpadł w łapy takiego nawiedzonego księdza i zaczęli tu jakieś organizacje, akcje... Wiesz, nie mamy dzieci, dom pusty, ja na dyżurach, on na dyżurach... Wsiąkł w te zebrania i któregoś dnia, właściwie bez uprzedzenia, wyjechał. Mieszkanie mi opłacił na pół roku i bye, bye! W Helsinkach było za drogo, więc się przeniosłam tu, do Turku.

– Od dawna tu jesteś? – nie wiedziałem, jak rozmawiać dalej, bo Olga weszła już w dość intymną sferę... Nie potrafię tak z kobietami.

– A, już kilka lat. No i wszystko... łatwiej mi było mówić, że owdowiałam, niż że jestem opuszczona. Nie?

Pokręciłem głową, nie wiedząc, co odpowiedzieć.

Olga stała się moim... kumplem. Jak Karol. Dla pewności spytałem ją jeszcze, czy coś ją z nim łączy, ale zaprzeczyła. Choć nie całkiem...

– Nie. Nie jesteśmy parą ani nie byliśmy!

– Ale... byłaś u Karola. No wiesz, wtedy jak mnie tu przywieźliście...

– A tak, zanocowałam u niego. Ale nie, my nie. Karol lubi świeżą krew! Kiedyś owszem, trochę mi rozgonił samotność. On taki jest, że się daje lubić. Ja z byłymi kochankami nie utrzymuję kontaktów, a Karol jest... miły i nieszkodliwy. Wy Polacy w ogóle jesteście mili.

– Sama jesteś?

– Sama... i dobrze mi z tym. My Białorusinki jesteśmy silne i niezależne – powiedziała to z dumą, i dodała ciszej: – No, umiemy takie być.

Od tego czasu gadaliśmy nie raz u mnie albo u niej w domu, w kafejce albo w piwiarni. Fajna jest i taka odważna, silna, ma męski charakter. Nie maluje się, nie nakłada na twarz warstw pudru czy szminek. Zwinięte w kok włosy, nieumalowane, krótkie paznokcie. Jest taka naturalna, ciepła, bez celebry i udawania. Lubię ją.

Kiedyś siedziała u mnie wieczorem, gdy padało, wiało wściekle i ogólnie jakiś zdołowany byłem. Opowiedziałem jej ciut o sobie. Zrobiło się cicho. Za oknami wiatr wył i padało. Wtedy ona po prostu powiedziała:

– Wiesiek, jak chcesz, to zostanę.

Została. Mieliśmy spokój, bo Karol był na swoich lumpach. W pewnej chwili poszła do łazienki. Wróciła owinięta w ręcznik i spytała zwyczajnie, czy mam gumki. Nie miałem, ale miałem klucze do Karola. Przyniosłem. Byłem nieziemsko zdenerwowany. Nawet nie tym, że zdradzam po raz pierwszy Joannę, ale w ogóle... jak sztubak, smarkacz. Gdy wyszedłem z łazienki, Ola była już w łóżku. Uśmiechała się łagodnie. Lampka nocna rzucała mdłe, żółtawe światło na nią i na jej lekko już przywiędłe ciało. Piersi nadal miały ładny kształt, nie za duże, sutki za to były okazałe jak różowe płatki kwiatów, zupełnie inne niż małe, sterczące jak rodzynki suteczki Joaśki. Dość obfite biodra i fałdy brzuszka, który starała się wstydliwie ukryć.

– Oleńko, daj spokój – powiedziałem, mrucząc serdecznie i gładząc ją po nim, żeby wiedziała, że mi to nie przeszkadza. Skórę miała przyjemnie ciepłą i aksamitną.

– Przepraszam, ale nie mam dwudziestu lat – szepnęła.

– Gdybyś miała, nie znalibyśmy się, Olu. Popatrz na mnie, ja też nie mam! Nie wiem, kiedy zrobiłem się stary...

– Ale dobrze ci idzie – uśmiechnęła się zawadiacko, ujmując mojego wacka w dłoń. Istotnie mój narząd mnie nie zawiódł, choć czułem chwiejność jego decyzji. Sam też nie byłem podniecony jak młody szeregowy. Coś nie do końca jest tak...

– Daj, założę – Olga była sprawna. Ani się zorientowałem, już miałem na sobie sztormiak z Karolowej szuflady. Cieniutki, kolorowy, nie to, co za PRL-u: lateksowe paskudztwo w kolorze rękawicy chirurgicznej i o grubości linoleum. Później już nigdy nie zakładałem prezerwatyw. Nigdy.

Objąłem ją mocniej i pocałowałem. Ja od miesięcy wyposzczony, ona nie wiem. Było trochę nieporadnie, poczułem, że zdecydowanie ogania się od dodatkowych pieszczot, chcąc już przejść do konkretów.

Po kilku ruchach wiedziałem, że nie jestem w szale uniesień, lekko mi „prysły zmysły", co nie uszło jej uwagi.

– Sorry – szepnąłem.

– To nerwy, nie przejmuj się. – Jej uśmiech był szczery i czuły.

Starałem się zadbać o jej komfort, a później spiąłem się... finiszując zbyt szybko. Było mi strasznie głupio.

– Przepraszam – sapnąłem.

Olga pogładziła mnie po głowie.

– Niczewo – powiedziała ni stąd, ni zowąd po rosyjsku. Wstała i poszła do łazienki. Czułem się beznadziejnie głupio.

Kiedy i ja wróciłem z łazienki, Olga leżała na boku podparta ręką.

– Wiesiek, ty się nie przejmuj. To bez znaczenia. Nie mamy po dwadzieścia lat, to już ustaliliśmy, nie mamy na siebie wielkiej ochoty, to też chyba pewne, ale chyba cię lubię.

– Ja ciebie też, i może dlatego tak mi głupio.

– Wiesz co? Skoro poszło po szczerości, to mógłbyś mi zrobić o wiele większą przyjemność, co? Rozkleiłam się, ciepło mi i dobrze... Wiesiek, przytulmy się jak ludzie, co?

Uśmiechnąłem się. Boże! Jak ja się bałem tego, co będzie „po". Tej jakiejś niezręcznej sytuacji, milczenia, obcości. Chęci ucieczki. Dobrze, że Olga tak powiedziała, ja też zapragnąłem po prostu się przytulić, pomilczeć. Nastawiłem cichutko muzykę i zagarnąłem Olgę w ramiona. Przylepiła się i... rozpłakała. Nic nie mówiła, tylko pociągała nosem i nie pozwoliła mi na nic innego, jak tylko na gładzenie jej po głowie. Milczałem, bo i mnie się zrobiło jakoś miękko.

– Przynieś coś do picia i jakiś podkoszulek do spania, co? – poprosiła.

Wróciłem z piwem. Potaknęła akceptująco.

– W naszej wsi – zaczęła ni stąd, ni zowąd – mówiłam ci, nie było za dobrze. Moja matka chowała nas sama. Mnie i Oresta. Ojciec siedział w więzieniu, za kradzież drewna i kłusownictwo. Dostał więcej, bo w sądzie naubliżał sędziemu. Matka, żeby mnie chronić, a i w ogóle, miała takiego kochanka z jednostki, piła z nim, gziła się. Zawsze coś się nam za to skapnęło – cukier, czekolada, puszki z rybą. Z czasem przychodził też jego jakiś adiutant czy co, gówniarz taki, młodziak, miał szramę na pół gęby. Nie szukał dziewczyn po wsi. Taki... muł niegadatliwy. Jak tamten szedł z matką do pokoju, ten wychodził na papierosa, włóczył się po obejściu i tak mnie przyhaczył. Zobaczył mnie, szczając pod chlewem. Ja się chowałam w słomę, nad naszą świnią. Tam nie szukali... – zamilkła.

Nie śmiałem pytać. Chyba nawet nie chciałem, żeby mówiła dalej, ale ona po chwili kontynuowała jakby do siebie.

– Miły był. Nauczył mnie palić. Właściwie nie skrzywdził, nawet był delikatny.

– Ile miałaś lat?

– Dwanaście i pół.

– Żartujesz?!

– Nie.

– Chyba miał małego, bo nie bolało. I zawsze się starał nie spuszczać do środka. Jak się matka zorientowała, popłakała się i załatwiła mi ten wyjazd do ciotki, do obecnego Petersburga. Do siostry ojca, bo mój ojciec ruski. W internacie lekko nie było, ale zawsze najedzona...

– Ciężko miałaś. – Przytuliłem ją mocniej. Nie chciałem już tego słuchać. Wydało mi się to zbyt osobiste, ale Olga mówiła dalej.

– Później matka urodziła tamtemu córkę. Moją przyrodnią siostrę, ale jak Ludoczka była mała jeszcze, to mama ją migiem wysłała do mnie i mieszkałyśmy we trzy, póki ciotka wreszcie nie umarła, cholera jedna. Do szkoły baletowej ją przyjęli, Ludę. Zdolniaszka taka! Była mi początkowo obca, mało się znałyśmy, ale z czasem, jak przyjechał taki mały kurczak... była dla mnie bardziej jak córka. Matka zmarła na wątrobę. Zostałyśmy tylko my dwie, bo Orest ciągle gdzieś fruwał po świecie. Teraz znalazł robotę w Polsce. Więcej nikogo nie mam. Ja pracowałam w szpitalu, ona uczyła się i uczyła... Pracowała później na tym promie, co ci mówiłam. Wieczorami tańczyła w balecie z koleżankami, a w dzień jako stewardesa. Wygrała los!

– No... wypracowała – nie zdobyłem się na żaden inny komentarz.

– A wiesz? – Ola się uniosła na łokciu. – Ona i jej koleżanka ze szkoły razem pojechały teraz do Polski. Tańczą w tej waszej Warszawie!

– Baletnicą jest? – udałem ciekawość.

– No, tak jakby. Tańczy w lokalu, ale artystycznie, nie myśl sobie! Wiesiek... – zaczęła i podała mi pustą szklankę – pójdźmy już spać, co?

Wspólny sen, taki w objęciach, to bardzo intymne. Zostaliśmy z Olgą przyjaciółmi. Chyba pierwszy raz tak myślę o kobiecie. Przyjaciółka – żadna tam kochanica czy coś.

Sądziłem, że Karol nie zauważy, nie będzie komentował, ale nie – nie byłby sobą, jemu takie rzeczy nie umykają.

– Wiesiu? – spytał kilka dni później w przerwie meczu w tenisa u mnie, gdy wróciłem z kuchni z kanapkami. – A ty z Olgą to tak na poważnie?

– Nie, dla jaj – odpowiedziałem na odczep.

– Ty uważaj, nie skrzywdź jej, to bardzo porządna dziewczyna! Wdówka.

– Wiem, ale czemu zakładasz, że to ja ją skrzywdzę, a nie ona mnie?

Zatkało go na chwilę, po czym wybuchnął odkrywczym śmiechem.

– Zakochałeś się?! No nie! Mnich się zakochał!

– Oj, daj spokój, nie zakochałem się, ani ona się nie zakochała. Kumplujemy się tylko.

Karol słuchał z niedowierzaniem. Przeżuwał kanapkę i kombinował.

– Wiesiek – zaczął poważnie. – Kobieta, wiesz... Wystarczy czasem okazać ciut ciepła czy coś, nawet użyć słowa jakiegoś miękkiego czy jak, i one się zakochują z mety! Ty uważaj! Ja ci powiem, ty, bracie, uważaj! Kiedyś tu była taka Poleczka-Janeczka, fajna taka, wiesz, i do tych rzeczy skłonna, i ja niestety pełen niewiedzy i braku doświadczenia mówiłem do niej „rybko". I jak ona to kupiła! Zawisła mi, że tak powiem, na haczyku! O, Matko Boska! Co ja się z nią miałem! Zakochała się, „bo tak tatuś do niej mówił", i już się do mnie wprowadzała...

– Z psem i paprotką – podchwyciłem ulubione powiedzonko Karola.

– No! Dramat! Musiałem się nagimnastykować, żeby te pomysły jej z głowy wybić!

Zaczęła się druga połowa meczu. Grały siostry Williams. Są fantastyczne, ale grać to ja bym z żadną nie chciał. Zresztą dopiero się zapisałem na lekcje tenisa w tajemnicy przed Karolem, bo fitness jakoś mi nie pasuje. Pochodziłem z nim jakiś czas i basta, to nie dla mnie.

ROZWÓD

Postanowiłem złożyć ten nieszczęsny pozew. Cały czas się obawiam, że za cienkie mam argumenty. Wydawało mi się, że ktokolwiek przeczyta, iż się rozwodzę z żoną, bo jest kłótliwa, wyśmieje mnie, nazwie gamoniem, mameją, żałosnym pierdołą, który nie potrafił postawić na swoim, huknąć w razie czego, przerwać awantury... Pozew leżał więc w szufladzie pod telewizorem do Wielkanocy. Pojechałem bardziej na urodziny Kasi i rozmówić się ostatecznie z Aśką i z adwokatem niż na same święta.

Niestety popsułem te urodziny córce... Postanowiłem porozmawiać z Joanną spokojnie i rzeczowo.

Zajechałem moim nowym samochodem i zastałem dom pusty. Rozpaliłem w kominku, bo było zimno, a może to nerwy? Przygotowałem obiad i czekałem na Joannę. Powitanie było bardziej niż chłodne, atmosfera przy stole lodowata i przykra. Joaśka wyśmiała moją propozycję rozwodu z nieorzekaniem o winie. Oczywiście uniosła się, mimo że z początku starała się kontrolować. Jej natura wzięła górę. Potem zaczęła kpić i skończyła na dzikiej furii z pogróżkami, że popamiętam sobie i będę żałował.

Kasia wróciła z pracy ze swoim nowym chłopakiem i od razu posmutniała. Zapowiedzieli wieczorne wyjście i wyszli. Wychodząc, podziękowała nam za „przemiłą atmosferę", a Joanna naturalnie zrzuciła winę na mnie.

Czułem się fatalnie. Mam niewiele czasu. Do sądu mogę już tylko jutro albo pocztą z Turku. Nie wiem, czego się spodziewałem po Joannie – zrozumienia?

Nie mamy żadnej płaszczyzny porozumienia. Wojna.

Napisałem do Kasi krótki, przepraszający list.

Kochana córeczko!

Czasem coś, co się rozbije, popęka tak, że się tego nie da skleić. Z nami chyba tak jest – sama widzisz. Może faktycznie, jak uważa mama, wina mojego charakteru. Jeśli tak – nie zmienię się, bo nie umiem, nie wiem, co bym mógł jeszcze zrobić, żeby ona tak łatwo nie wybuchała, nie umiem jej zahamować, powściągnąć, zresztą wiesz. Dlatego postanowiłem, że nasze rozstanie będzie jakimś wyjściem. Ja nie będę zapalnikiem, ona się być może wyciszy, znajdzie sobie jakieś szczęście jeszcze?

Nie miej mi za złe tej decyzji.

Twój tato

Do Krysi nie chciało mi się gnać na drugi koniec Polski, ale co robić? Mam jeszcze wolne dni. Pojadę.

Rano Joanna wychyliła się z kuchni i warknęła:

– Uważaj, jak się odważysz na ten pozew, stracisz wszystko!

– Straszysz mnie? Joaśka, daj spokój. Widzisz, jak jest. Rozstańmy się jak ludzie, nie wykopuj topora, po co to?

– Powiedziałam i nie będę powtarzać. Wszystko! – syknęła i zniknęła w kuchni.

– Daj spokój, tato – powstrzymał mnie Tomek. – Chodź, pokaż, jak chodzi silnik, pochwal się bryką!

Pogadaliśmy o samochodzie, pokazałem mu, jak chodzi, i dałem się przejechać.

– Spaprałem wam święta – próbowałem przeprosić.

– Tato, spaprałeś wam życie, sorry, spapraliście. Ale to nie moja sprawa. Chcesz się rozwieść, zrób to, ja mam swoje życie, ale Kaśki trochę szkoda. Zresztą ona teraz pochłonięta tym Damianem.

– A ty...? – spytałem. – Naprawdę uważasz, że spaprałem nam życie?

– Spapraliście sobie nawzajem, mama bywa dziwna, nie dogadujecie się od dawna, ale rozwód? Sądziłem, że jakoś dacie radę.

– Jak, Tomasz? Ja na górze, ona na dole i wrrrrrr, wojna cały czas?

– Nie wiem, może faktycznie lepiej wam osobno? – Tomek nie patrzył na mnie.

Widziałem, że go to już chyba mało obchodzi.

– Wracasz po świętach do Gdańska, synek?

– Już teraz bym wrócił... to nie ma sensu. Mimo wszystko lepiej mi tam, sorry. Mieszkam sam, jakbyś chciał pytać, pracuję i jest OK.

– Tomek, przepraszam, ja już dłużej nie umiem udawać, schylać karku, jestem tym zmęczony, też chciałbym normalności, jakiejś odrobiny szacunku, wiesz...

Po raz pierwszy się przy nim rozkleiłem. Coś mnie złapało za gardło, ścisnęło.

– Wiem, ojciec, wiem... – Tomkowi też się zrobiło głupio.

– Pozdrów babcię i ciocię Krysię. Wpadnę tam latem, bo będę w pobliżu.

– OK. Może się u nich spotkamy? Cześć, synek.

– Cześć.

Po drodze zajechałem do kancelarii pana Cyryla. Tak się nazywa mój adwokat. Nie miał zresztą dla mnie za wiele czasu. Chyba tak to się teraz robi – każda minuta rozmowy kosztuje, więc po jakie licho ma sobie za darmo strzępić język? Zdecydowałem się i podpisałem mu pełnomocnictwo, zostawiłem mój pozew. Tym samym uruchomiłem proces... Chcę się już uwolnić, zdecydowanie, jakkolwiek!

– Wie pan – uświadomił mnie mecenas. – Jeśli będzie to z pańskiej winy, żona zażąda alimentów, proszę to wziąć pod uwagę.

– Ona miała i ma własną pracę! – powiedziałem usprawiedliwiająco.

– Ależ pan jest naiwny. To co, spróbujemy porozumienia?

– Może pan da radę, ja chyba nie mam daru przekonywania.

Mecenas nie pozostawił cienia wątpliwości, w co grają pary, które się rozwodzą, i o co chodzi z tym orzekaniem. Opowiedział, jak daleko posuwają się kobiety, żeby udowodnić winę męża, nawet gdy same zawiniły. Cienki jestem, faktycznie. Sądziłem, że można się rozejść i już. Że brudy prane w sądzie to inni, my załatwimy to elegancko.

Nie raz się jeszcze, podobno, zdziwię.

Jechałem do mamy i Krysi z ciężkim sercem. Nie dlatego, że się rozwodzę – już oficjalnie, normalnie – ale dlatego, że w tak paskudnej atmosferze, która rozwala naszą rodzinę i sprawia, że coś, co jest tylko między mną a Joaśką, rykoszetem uderza w dzieciaki.

Mama miała nieco odmienne zdanie.

– Wiesiu, gdzie drwa rąbią... to jasne, ale nie ty jeden jesteś winien. Dwoje was. Nie wiedziałam tylko, że sytuacja jest tak trudna. Przykre to. Kiedy mówiłeś o rozwodzie wtedy, pamiętasz, sądziłyśmy z Krysią, że z Joanną jakoś wyprostujesz, że ona zrozumie...

– Nie, mamo. Nie widzi żadnej swojej winy, awantur nie pamięta. Uważa, że każdy mój zarzut wyssałem sobie z palca, że mam kogoś i to dlatego.

– A... masz?

– Nie. No nie!

– Tylko pytałam. A dzieci nie poświadczą? Przecież słuchały tych awantur, wiedzą, jaka ona jest. Są dorosłe!

– Mamusiu, nie ma mowy, żebym w coś takiego je wciągał. Właśnie, żeby im tego oszczędzić, nie chciałem orzekania o winie.

– I co teraz?

– Nie wiem, adwokat ma się temu przyjrzeć, zadzwoni.

To mimo wszystko były miłe święta. Bo u Kryśki jest normalny dom, nikt się na nikogo nie drze. Kurczę, no!

★★★

Nie miałem pojęcia, w co się wpakowałem. Dla normalnego człowieka to są rzeczy z pogranicza paranoi. Do jakiego stopnia ktoś, kogo znamy, zamienia się we wroga numer 1. Joaśka pokazała pazury, o jakie nigdy jej nie podejrzewałem.

Sprawa wpłynęła do sądu pod koniec kwietnia, bo mój adwokat miał wypadek. Joaśka przystąpiła do ataku, strasząc, jak mnie zniszczy i wydoi finansowo, gdy udowodni moją winę.

– Jaką? – pytałem.

– A taką! Masz kochanicę! Mam dowody!

Na pierwszej rozprawie nie zgodziła się na porozumienie stron, znaczy na nieorzekanie o winie. Wykopała topór i zaczęła nim wymachiwać. Musiała wynająć detektywa, bo triumfalnie przysłała mi kilka zdjęć, na których witam się z Olgą pod ambulatorium, wymieniamy buziaka. Byliśmy też uchwyceni, jak wychodzimy z kręgli i z jakiegoś pubu. Ile musiała zapłacić fagasowi za łażenie za mną?! Całe szczęście nie dał rady sfotografować, jak Olga nocowała, bo zdarzyło się parokrotnie, i jak bym udowodnił, że bez sekscesów?

– Masz mnie! – huknął Karol. – Poświadczę, że spałem z nią ja, nie ty!

– Daj spokój, na razie nie trzeba żadnych poświadczeń. Nie trzymamy się z Olgą za ręce, normalne kontakty, tylko buziak na tym zdjęciu pod laboratorium.

– Miała urodziny, składałeś jej życzenia!

– Nie będę kłamał. Sprawdzą, kiedy ma, i będzie wtopa.

– No to gratulowałeś jej… czegoś tam.

– Świetny pomysł – pochwaliłem odkrywczą myśl. – Patrz, ile sobie trudu zadała! Ty, Karol, a może ten ktoś, kto rozpytywał o mnie Lennarda, to nie był Peter, tylko ten detektyw?

– Jaki Peter? Kto rozpytywał?

– Lennard mi mówił, że w barze jakiś facio o mnie rozpytywał, z kim się spotykam, wiesz… Z tego, co mówił Lennie, sądziłem, że to ten Peter, zazdrosny o Olgę, ale teraz myślę, że to mógł być detektyw.

– Spytaj go.

– Kogo?

– Lennarda!

Reasumując, lekko nie było. Kilku adwokatów przerobiła, wydała morze kasy (z której się nie rozliczyła) na nich i na detektywa, którego praca poszła na marne, bo w końcu dowody były żadne. Terminy odroczone, bo pani nie przybywała, kłótnie, przykre maile… Dowody przeciw mnie wyssane z palca. W końcu kolejny adwokat przekonał ją i… uległa. Pojechałem do Polski na sprawę, spóźniłem się, ale byłem! W sądzie okazywała mi najwyższą pogardę, nie patrząc na mnie ani razu i szepcząc coś do ucha adwokatowi. Po orzeczeniu rozwodu bez orzekania o winie podszedłem do niej.

– Witaj, Joasiu, no… to… – Było mi ciężko, ale chciałem jakoś zagaić, przecież nie musimy sobie wbijać noży.

Obrzuciła mnie lodowatym spojrzeniem i powiedziała wyniośle:

– Byłeś zerem i jesteś zerem! Chodźmy! – uśmiechnęła się do adwokata.

Wydało mi się, że jego spojrzenie było współczujące. A może to nadinterpretacja? Trudno. Najważniejsze, że wreszcie mam rozwód.

– Gdybym wiedział… – skończyłem relację Karolowi po powrocie z Polski.

– Co „gdybyś wiedział"? – pyta zaczepnie, siekając kapary.
– To byś się z nią nie żenił czy nie rozwodził?

– Nie wiem. Jestem… czuję się kompletnie wypluty. Myślałem, że jak już dostanę ten papier, to kamień mi z serca spadnie tak, że ty na swoim piętrze usłyszysz.

– I co? Nie mów, że nic.

– Nic.

– Masz bagietkę? – Karol miał świetny nastrój, jakby to on zwyciężył w sądzie. A może chce mi pokazać, że naprawdę mam powody do zadowolenia, a nastrój minie?

– Nie, razowiec tylko. Karol, napijmy się, co? Zadzwonię do Olgi.

– Nie dzwoń. Sami to opijemy.

– Czemu nie?

– Wiesiek, mnie się coś zdaje, że powinieneś z nią ostrożnie. Coś mi się widzi, że nasza Oleńka patrzy na ciebie miękko…

– Dałbyś spokój. Mówiłem ci, jesteśmy bardzo blisko, ale nie tak, jak sądzisz.

– Dobrze, nie wtrącam się, ale uważaj. A teraz zanieś to na stół i wyjmij kielonki.

– Mam tylko piwo.

– Wujek Karolek ma, co trzeba, twoją wolność trza ładnie opić! Zaraz wracam!

Przyniósł lodowatą żurawinową finlandię. Skrzywiłem się, ale okazała się w porządku. Micha tatara z łososia i kawiorek wjechały na stół. Dobrze pitrasi ten Karol.

– Więc jak powiadasz? Przyjaźnicie się?! – pytał, udając, że nie może pojąć.

– Mówiłem ci.

– A próby zanurzeniowe, wybacz, były?

– Były, ale kiepskie, więc przegadaliśmy noc, tak wiesz, ze łzami.

– Rozumiem, że ona płakała.

– Czep się, no! – rugnąłem Karola. – Ona, nie ja przecież!

– No, to szacun! Bo widzisz, Wiesiu, ja…

– Wiem, mówiła mi, że miałeś z nią incydent… ale wolisz młodsze.

– A dajże spokój, Wiesiek! Co za jakieś oskarżenia! OK. „Mieliśmy mały incydent, ale ja wolę…" Mnie nie rusza, ile dama ma lat i jakie ciało! Gdy to robię dla przyjemności, a nie dla zdrowia, to wiesz co? – zawiesił głos i popatrzył na mnie z miną Don Juana. – Nie kręci mnie cud-miód modeleczka, może mieć okrągłe to i owo, a nawet obwisłe, ale musi chcieć, czuć i mieć feeling do tego. I to, co ze mnie robi prawdziwego samca, to ich przyjemność! To prawdziwa frajda, gdy dama w twoich dłoniach zamienia się w cudny instrument. Gdy omdlewa, piszczy, jęczy, śpiewa z radości. A czy ma nadwagę, zmarszczki itepe, to mniejsza...

– A te siksy, co je rwiesz u Miriam?

– Dla zdroooowia. – Karol żuje tatara i uśmiecha się. – Ale mimo to, Wiesiu, nigdy się z żadną nie przyjaźniłem. Dlatego mnie zdumiewasz swoim stosunkiem do Olgi! I chyba zazdroszczę.

Zdziwiłem się.

– Karol, to normalne. Ona jest kapitalną... kapitalnym kumplem!

– Dlatego wujek Karol prosi wujka Wieśka o uwagę. Ola jest za fajna, żeby jej złamać serce, tak?

– Jasne – zgodziłem się i obiecałem sobie obserwację Olgi. Zakochała się?! We mnie?! Niemożliwe... Zamyśliłem się. Karol się zaśmiał, bo widzi, że dał mi materiał do przemyślenia.

– No! To polej, waść! – wytrącił mnie z zadumy. – Zdrowie Wieśka, rozwodnika!

Napisałem do dzieciaków i do Krysi, żeby powiedziała mamie. Zaden to szpan i zaszczyt – rozwód. Mam za sobą już to, co mnie zamęczało, a przed sobą... podział majątku, a to podobno dopiero jest jazda! Sprawę poprowadzi mi również mecenas Cyryl.

Kasia odpisała jakoś zwięźle i krótko:

Tato
Podjęliście tę decyzję. Trudno. Muszę to uszanować. Jakoś nie umiem sobie jeszcze wrzucić luzu. Jestem tu na co dzień i wiem, ile to mamę kosztowało. Jest podłamana, czuje się porzucona, stara i niepotrzebna. Jest chyba przerażona wizją przyszłości. Także znajomi się nie spisali i jakoś się poodsuwali od niej. Wiesz, ludzie są podli!
Tobie życzę, żebyś osiągnął to, czego pragnąłeś.
Daj mi trochę czasu, ale nie wymagaj, żebym stan rozpadu rodziny uznała za normalność.
Kasia

O, czuję słowa Joanny, jej sformułowania. Kasi też zrobiła przepierkę mózgu, że jest taka nieszczęśliwa, wystraszona. Musiało ją wkurzyć, że się znajomi poodsuwali, bo biegała do nich, prosząc, żeby zeznawali w sądzie na moją niekorzyść. Kilkoro wręcz mi o tym napisało. Odpisałem, że to ich wolna wola, niechaj robią, co uznają za słuszne. Nie miałem poczucia winy, nie miałem się czego obawiać. Joanna podobno agitowała bardzo zgrabnie, opowiadając jakieś dziwne historie, ale ludzie, jak to ludzie, mówili: „to wasza sprawa, ja nic nie wiem". Ale że pompuje Kaśkę takimi filozofiami: „opuściłem ją, jest samotna, nieszczęśliwa"?! Miliony razy prosiłem, żeby zaprzestała tych afer, krzyku, którego nie cierpię, nie wydzierała się wieczorami zwłaszcza, nie dźgała słowami, nie wbijała kolców, które pozostają na zawsze. Ona ich „nie pamięta", ja aż za dobrze.

– Życiowy nieudacznik!

– Beze mnie byłbyś nikim! Wszystko mi zawdzięczasz, niemoto!

– Jesteś przemądrzały, pseudointelektualista, twoja wiedza jest szczątkowa i powierzchowna, więc się nią nie popisuj!

– Cienki z ciebie zarówno facet, jak i mąż.

– Ta twoja rodzinka, dobre sobie! Intelektualiści! Matka bibliotekarka sądzi, że pozjadała wszystkie rozumy, a Kryśka nie skończyła żadnych studiów!

– I tak tego nie zrozumiesz, więc się nie wysilaj.

Było tego... W każdej awanturze wydawało mi się, że arsenał jej się powiększał, jakby wyostrzała te swoje strzały, nasączała trucizną. Słowa bolały, bo były poniżające, nieprawdziwe, rzucane z pogardą.

I teraz ona nie pamięta...

Może faktycznie jestem pierdoła? Może za cienką mam skórę? Powinienem być odporniejszy, bardziej chamski? No, nie wiem... Jedno wiem na pewno – nigdy więcej!

Kasia mieszka jak dotąd z Joanną i na razie jakoś sobie radzą. Zresztą nigdy większych wojen między nimi nie było. Tomek skomentował krótko: „OK. Macie to za sobą, mam nadzieję, że teraz ułożycie sobie życie jakoś mądrze", i przeszedł do swoich spraw. Niedługo wypływa w swój wielki rejs. Te zmiany kierunków, wydziałów tylko mu opóźniły to, czego tak bardzo pragnął! Mój syn! Nie będzie mnie na nabrzeżu – szkoda. Przydałaby mu się moja mocna ojcowska dłoń, a i ja chciałbym go... przytulić. Roztkliwiam się.

Pracowałem ostatnio niezwykle intensywnie, odreagowywałem, grając ostro w tenisa, i dość istotnie okroiłem kontakt z Olgą. Karol rzeczywiście miał chyba rację, a ja nie chciałem się wiązać, robić jej nadziei.

Jesienią przyjechała do nas nowa pani inżynier Kerstin Loof. Młodziutka, drobna, ciemna, co dziwne, bo Finki są spore, piegowate, rude albo blondyny, a ona przypominała raczej Włoszkę. Po politechnice. Podobno jak my – kadłubowiec!

Dżizas! Laseczka nie z tej ziemi. Nie żeby zaraz jakaś uroda powalająca, ale miała to, co facetów zabija – poczucie własnej niezależności, dumę i odwagę. Nade wszystko – wiedzę. Pamiętam, jak weszła rano do biura po basenie, półkrótkie włosy jeszcze wilgotne, zaczesane za ucho, żadnej biżuterii, blue dżinsy opięte na maleńkim tyłeczku, czółenka z miękkiej skórki i zwykły, granatowy sweterek. Zero makijażu. Spokojna, dumna i niezależna, pewna siebie. Głupie docinki kolegów skwitowała ironicznym spojrzeniem, prychnięcie Chorwata zmroziła chłodnym wzrokiem. Zwyczajnie wzięła kask, założyła kombinezon i poszła na inspekcję! Opadły im szczęki.

Co innego ja. Na mnie w ogóle nie zwracała uwagi. Miałem spokój. Nie mój target! Ciut starsza od mojej córki. Jak już ucichło i chłopaki przywykli, że to nie jest laseczka do wyrwania, zrobiło się głupio, bo Kerstin ustawiła sobie biurko vis à vis mojego, że niby tam ma najwięcej słońca. Jadła na stołówce zawsze obok mnie, rozmawiając najczęściej o pracy. Albo wcale.

– Z tobą się fajnie gada i te półgłówki mnie nie zaczepiają – tłumaczyła, stawiając miseczki z sałatką owocową. Dla siebie i dla mnie.

Może traktowała mnie jak nieszkodliwego padre?

Wkrótce Karol wybuchł:

– Do okulisty, debilu! Do endokrynologa! Taka dupa, a ty tatusia udajesz!

– Odwal się. Jest miła i tyle. Podobno sypia z Olle z eksploatacji.

– Sratatata! Już zerwali, a kolanami to ona trze na twój widok.

– Daj sobie spokój, Karol! – Gotów byłem się obrazić. – Nie każdy jest spokrewniony z małpami bonobo. Miła, przyjemna, ale nic ponadto! To dziewczynka! Do trzydziestki ledwie dobija.

– „Przyjemna"? Ty, Wiesiek, chyba rzeczywiście masz co-jones w zaniku! „Przyjemna"! Ja pierdolę! Pół stoczni dało-by się posiekać za jedno jej spojrzenie, a ty... Co ona w to-bie...? W życiu bab nie zrozumiem! W życiu! – Karol pobul-gotał jeszcze chwilę, machnął ręką i oddalił się jak od nieule-czalnego przypadku.

Jakoś parę dni po Nowym Roku wieczorem zapukała do mnie. Mieszkała w sąsiednim budynku. Stała za drzwiami, w klapkach, swetrze i z butelką wina.

– Wpuść mnie, Weszek – śmiesznie wymawiała moje imię. – Pogadaj ze mną, bo mi smutno.

Nastawiłem jakąś muzykę i zaśmiewaliśmy się, pijąc hisz-pańskie wino pod włoskie pizzetki, jedyne ciasteczka, jakie miałem w domu.

Naturalnie... wylądowaław moim łóżku. Przyszłazwłas-ną gumką, czyli zaplanowała to! Uśmiechnąłem się i da-łem za wygraną. Ja jej nie upolowałem. Była gorąca i od-ważna, wspaniała! Właściwie mógłbym się zakochać czy jak...

Było naprawdę miło, ale nazajutrz wyjaśniłem jej, że „no way". Niczego na dłuższą metę. Były łzy i smutek w jej wiel-kich oczach. Nie mogłem. Za młoda i... nic do niej nie czu-łem poza sympatią i szacunkiem. Nie, o zakochaniu nawet nie może być mowy.

– Why, Weszek? Why „no way"? – dopytywała się, tłuma-cząc mi, że jestem „The only one", że ona nie lubi gównia-rzy.

Jezus Maria, no i weź tu tłumacz jej, że nie. Nie będę jej ośmieszał, siebie, i na dodatek udawał, że trzydzieści lat róż-nicy między nami to pikuś.

Kerstin usiłowała jeszcze kilka razy mnie przekonać, że ona myśli o nas poważnie, że lubi dojrzałych facetów, że ja jestem... Tak, tak, tak! A ja już widziałem siebie za kilka lat, jak mozolnie ciągam po suficie obfite poroże albo cierpię po jej odejściu.

Karolowi nie powiedziałem nic. W ogóle nikomu. Kerstin chodziła uśmiechnięta, z wysoko podniesioną głową, nie stra-ciła klasy mimo „czarnej polewki" ode mnie, ale przeniosła się wkrótce do pracy w mniejszym porcie, do Raumy. Jeszcze dziś wysyła mi okazjonalnie maile z żartami, jakieś fajne slide show, pisuje, co u niej. Miłe...

Może nie miałem racji, może byłoby cudownie, ale wolałem nie sprawdzać. Jestem sam. Sam. I chyba już tak zostanie.

Niewinny incydent z Kerstin pozwolił mi uświadomić sobie jedno – nie jestem kobietom obojętny mimo wieku, braku, jak mi się wydaje, urody i mrukliwego charakteru. Niestety czuję się wypalony, pusty i niezaangażowany. W czasie któregoś z pobytów w saunie spróbowałem zrobić bilans zysków i strat. Moje życie rodzinne już nie istnieje, sam je rozwiązałem, dzieci są dorosłe, na swoim... no, prawie. Co mnie jeszcze czeka? Za mną jest wszystko: pierwsza miłość, pierwszy maluch, moja pierwsza praca, nasz dom, pierwsza ciąża Joanny... Niezliczone awantury... Nie mam rodziny, domu, znajomych, żony... Jestem sam – mówiąc to, wydałem się sobie strasznie smutny i żałosny.

Liczyłem na Karola i jego optymizm, bo wiele razy o tym myślałem, że ja i moje życie to już przeszłość.

– Masz doskonałą pracę, Wiesiu, za niemałe pieniądze, o których niejeden w kraju może tylko pomarzyć. Robotę, którą lubisz, i szefa, który cię lubi, to ważne. Lennard coś bąkał ostatnio, że się marnujesz na swoim stanowisku, a to oznacza, że albo kombinuje coś z awansem, albo się w tobie zakochał.

– Pieprzysz!

– No właśnie! – Karol uśmiechał się jak magik, któremu wyszła sztuczka, i kontynuował. – Masz ładne mieszkanie, niezły samochód, a jakbyś chciał, możesz mieć jeszcze nieźlejszy, nawet czerwony! Chodzisz dobrze ubrany, trenujesz tenisa, chadzasz regularnie do sauny i na basen, masz bardzo dobrą opiekę zdrowotną i będąc bez obciążeń, możesz odłożyć niezłą sumkę na starość. To według ciebie nic?

Milczę. To nie jest nic, ale wobec tego... czemu czuję się pusty, samotny, źle sypiam, nastawiam często telewizor bez dźwięku, żeby tylko coś się wokół mnie działo? Oparłem głowę o zagłówek. Kurczę. Nie potrafię tego docenić, czuję się zmęczony, i to nawet nie samą pracą.

– Ja, Karol, nigdy nie byłem sam! Aż tak bardzo sam!

– Jeśli chodzi o samotność, to najlepiej sobie sprawić psa albo kota. Ale ja widzę, że ty masz inny problem, i wujek Karol obiecuje, że go zlikwiduje. A nadarza się okazja, bo jesteś w najlepszym wieku.

– W najlepszym na co?

– Na bzykanko, ćwoku jeden! Jesteś wolny, masz kasę i zdrówko. Wiesiu! Świat stoi przed nami otworem, damy także!

Oczywiście próbowałem się opierać, ale mój „wychowawca" przekonywał mnie, że skoro „spieprzyłem sobie kawał życia", muszę odreagować. Zaczął mnie zabierać do nocnych barów, klubów, organizował najlepsze tancerki na rurach, chyba im płacił, żeby się do mnie kleiły. Cholera, nie mogłem! Czułem, że zapłacone i że udają. Fajne, zgrabne, urodziwe i pełne seksu, a ja – nic. Kompletnie się nie nadaję. Nie umiem się zresetować w takich miejscach.

Ale Karol był wytrwały. Próbował mnie znów zagnać do pobliskiego fitnessu.

– Wyrzeźbisz się, spocisz, zejdzie z ciebie przeszłość i zaczniesz żyć na nowo! Wiesiek, czy ty się, do licha, umiesz wyluzować? – złościł się, gdy odmawiałem którejś kolejki piwa albo whisky.

– Odczep się, Karol. Jak przesadzę z piwem albo rudą, to mi łeb rozsadza.

– Ale byś wyluzował! – upierał się.

W końcu wymyślił wycieczkę do Hamburga. Twierdził, że tam nawet impotentom nie opada z wrażenia. Dałem się zawieźć, bo by mnie zadręczył. Spróbowałem. Piękna jak sen czekoladka Nicole nawet pobudziła moje zmysły, ale jak nastawiła timer, taki jak mam do gotowania jajek, na pół godziny – wszystko mi opadło. Mimo starań panna niewiele zdziałała i wyszło dość żałośnie.

– Dobra, OK. Jedziemy do Amsterdamu. Zaprowadzę cię w miejsce, gdzie nie ma żadnych tajmerów – obiecał.

Nie powiem, kilka numerków mi się spodobało, trochę moje męskie ego i cała reszta zostały podniecone, ale na krótko. Wróciliśmy i jakoś nie zostałem wielbicielem szybkich numerków.

Wieczny malkontent. Olga nie, Kerstin nie, Nicole nie. Czego ja chcę?

Pierdoła. Czego może chcieć pierdoła?

GORZKI DOROBEK

Zbliżało się lato. Miałem wreszcie uciułany porządny urlop. Zaplanowałem go sobie i Lennard odkreślił mi go w kalendarzu.

– Jedź gdzieś do ciepłych krajów, Weszek, i wracaj, a potem pogadamy!

Hm. Czyli Karol miał rację? Awans?! Nie będę zaprzeczał, podnieciła mnie ta informacja. Znaczy, dla kogoś jestem cenny. Może bardzo.

Pan Cyryl zajmował się sprawą podziału majątku. Ja nie miałem siły i ochoty na nową wojnę z Joanną. To, co w związku z tym przeżyłem, chciałbym zakopać osiem metrów pod ziemią. Marzyłem o amnezji.

Okazuje się, że rozwód to małe miki. Opowiadał mi mecenas, że są sprawy ciągnące się latami, pranie brudów, spychanie win na wielką skalę. No, ale mam to za sobą. Joaśka, chyba już po tym, jak wyjechałem, ostatnio zdała sobie sprawę, że faktycznie – nie ma o co wojować, znaczy o kogo. Przegięła, zagalopowała się w swoim przekonaniu, że jestem wieczny frajer, że zawsze w końcu wybaczę, zapomnę potulny, miły i uczynny.

Gdy wyjechałem, zorientowała się, że już się urwałem z łańcucha! Że umiem żyć bez niej, że to już koniec, i nie pełzam, skamląc u jej stóp. Na razie ma dom, samochód i ogród dla siebie. „I zamierza mieć" – co mi jasno napisała w ostatnim mailu przed rozprawą.

Nie wyobrażaj sobie, że Ci to pójdzie tak łatwo. Ty odchodzisz z domu, więc siłą rzeczy dom pozostaje przy mnie. Co najwyżej możesz się ze mną dogadać co do działki na Zapolu.

Kiedyś rodzice Joaśki mieli taki zamiar, żeby zbudować nad morzem pensjonat i zarobić fortunę, ale zabrakło im kasy i zdrowia. Teść dostał wylewu i zamiar upadł. Działki kupiliśmy my – są trzy, na nasze nazwisko. Dobra lokalizacja – koło magazynów portowych, tych, co są do rozbiórki. Nie ma porządnej drogi, ale miała być. Podobno.

Czuję przez skórę, że podział będzie właśnie taki: dom – Joanna, działki – być może ja. W trakcie sprawy nagle zwielokrotniła swoje żądania, zaczęła domagać się także działek, mnie gotowa zostawić jedną! Mecenas oświecił mnie, że wobec nowego planu zagospodarowania miasta ich wartość gwałtownie wzrosła. Joanna zbiera podobno jakieś dowody, że dom postawiliśmy... Postawiliśmy? Ona coś stawiała? To ja stawiałem z majstrem, którego opłacali moi rodzice, a często ja sam! Teraz Joanna chce udowodnić, że to za jej pieniądze, że mój wkład był żaden, doprawdy opada mi szczęka.

– Ty, Wiesiek, się tym zajmij, bo ona cię wyślizga ze wszystkiego – rady Karola były poważne. – Ani się obrócisz, a zostaniesz goły i wesoły.

– Cyryl czuwa, a wiesz, niespecjalnie mam ochotę ścierać się z nią bezpośrednio, nie mogę być na każdej rozprawie, a i dowodów nie mam, że ojciec opłacał pracę murarza. Nie sądziłem, że jakieś dowody będą mi kiedykolwiek potrzebne! Mam to gdzieś! Niech sobie bierze dom.

– Ty się jej boisz.

– I tu się, Karol, mylisz. Już nie, bo jestem poza zasięgiem jej „trudnej osobowości". Chcę tylko świętego spokoju!

– Za każdą cenę?

– Prawie za każdą. Nie masz pojęcia, jak często podczas tych napięć domowych modliłem się w duchu, że oddałbym wszystko za to, żeby żyć w spokoju.

– No to Pan Bozia cię wysłuchał. I teraz oddasz wszystko swojej magnifice, bo ty wielkodusznie odpuszczasz. A życie, Wiesiu? Na razie sobie mieszkasz tu, a później? Jak wrócisz na ojczyzny łono?

– Nie wiem... Wystarczy mi małe mieszkanie i... – zająknąłem się.

– Tak, wiem, „spokój". Wiesiek, ocknij się! Będziesz sobie chciał jakoś pożyć, ułożyć życie, ja przecież widzę, tęsknisz do normalnego życia z jakąś kobitką. A przede wszystkim nie odpuszcza się tak dorobku życia! To jest twoja krwawica.

– Obawiam się, mój nawiedzony i wszechwiedzący kolego, że już mi przeszło. Życie stadne nie dla mnie. Jako stary cap sam się będę pasał.

– Ja się tam nie chcę wtrącać, Wiesiek. Fakt, że ta Kerstin za młoda była, ale jeszcze ci serce piknie!

– Nie piknie.

– Piknie jak nic! I to szybciej, niż myślisz. Ja ci to mówię! Wujek Karol. I jak tak patrzę na to, co za los ci zgotowała twoja była, utwierdzam się w przekonaniu, że mądrasek to jestem ja, wujek Karol, a ty, Wiesiu, wybacz...

– Wiem, palant i pierdoła...

Gadki wuja Karola muszę dzielić na pół, brać z przymrużeniem oka, ale cieszę się, że jest. Z początku trochę mnie drażnił – zbyt bezpośredni, głośny – ale dzisiaj to właściwie jedyna bliska mi tu osoba. Jeśli nie liczyć Olgi, ale ją odsunąłem dla dobra jej samej. Po co robić komuś nadzieję?

Nie jestem za bardzo towarzyski. Zaczepiam czasem jakieś osoby na inspekcji, pogadam, jak choćby z tą fajną, młodą spawaczką – Fatimą z Mali. Jest znakomita w swojej robocie, niebrzydka, choć ma wielką pupę, dość wysoka, z dredami. Czasem pogadamy o Afryce, o świecie. Ona dobrze zna angielski, jest silna i odważna, pewna siebie. Młoda mężatka.

– O, witaj, Foutumata z Mali!

– Hello, Mister Wieschek z Poland! – jest dowcipna i wesoła. – Ja już na dzisiaj skończyłam!

– Świetnie! Kiedy mąż przyjeżdża?

– Już przyjechał!

– Och, to faceci się martwią!

– To ich sprawa, ja się cieszę! Jak zdrowie, Mister Wieschek?

– Dzięki, Fatima, nie wyglądam chyba na chorego?

– Wręcz przeciwnie, żona musi być z pana dumna!

Jej mąż dopiero przyjechał – szuka pracy. Lekarz pediatra z wykształcenia. Oboje po szkołach w Mali wylądowali w Anglii. On na studiach, ona uczyła się spawania i dodatkowo angielskiego, bo francuski ma w małym paluszku.

– Fatima, skąd u ciebie to spawanie, statki? Mali nie ma dostępu do morza! – spytałem kiedyś.

– Chyba właśnie stąd. Zawsze podobały mi się męskie zawody. Ojca brat był spawaczem, a statki zobaczyłam w Hamburgu i jak popłynęłam na takim, poczułam, że to moje powołanie.

No, proszę!

Z Chorwatem czasem pogadam, śmieszy go, gdy mówię „Cześć, Chorwat", bo początkowo zapominałem jego imienia. On wesoło odpowiada „Cześć, Polak!" Nie jestem jakiś cieć i mruk, ale i nie Karol, co z każdym się zakumpluje, spoufali. Obywatel świata!

W trosce o mnie, o moje zdrowie psychiczne, Karol chciał mnie zabrać jeszcze kilka razy w takie miejsca, że jak twierdził, odnajdę swoje męskie pragnienia, zbudzi się mój samczy instynkt, poznam miłe damy... ale nie. Nie zbudził, i mój sąsiad sybaryta dał mi chyba spokój, uważając mnie za nieszkodliwego odszczepieńca. Pierdołę. I niech tak zostanie. Mam inne zmartwienia niż udowadnianie Karolowi i sobie, jaki to ze mnie jurny chłopczyk. Martwi mnie Kasia. Przyjechała na wydłużony weekend pogadać. Oczywiście, że nie chodziło o niedobór finansów, teraz mogę ją w tym względzie wesprzeć, problem w tym, że zmieniła się. Jest chyba mocno pod wpływem Joanny. Zrobiła się zasadnicza, dość ostra w osądach i... posmutniała.

Odstąpiłem jej moją sypialnię, bo moja córka umie sobie pospać. Lubi! Ja wstaję zawsze wcześnie, nawet w niedzielę. Zamykam do sypialni drzwi i cichutko sobie śniadankuję sam. Mój ulubiony kubek – w nim kawa, mleko – kanapka, a w wolniejsze dni jajówka na maśle ładowana na chleb i wiadomości BBC albo CNN. Taki już mam nawyk, nogi na stole, dres. Kiedyś miałem inne nawyki, a dziś – takie. Kasia wstaje późno i porusza się, śpiąc w środku, chyba wyczuwam w tym jej zachowaniu niezręczność i namysł – jak ma ze mną rozmawiać?

Wreszcie siada – zrobiłem jej jajecznicę i kawusię, jak lubi, w filiżance. To Olgi filiżanka, bo ona nie cierpi pić herbaty po rusku, w stakanie, czyli szklanicy, ani w kubku. Lubi „po pańsku", jak mówi, w dużej filiżance, którą sama przyniosła.

– Tato, musimy pogadać. – Kasia jest poważna. Dorosła i poważna. Do niedawna wydawała mi się dzieckiem, a teraz siedzi przede mną kobieta.

– Domyślam się, i żeby ci ułatwić... powiedz, ile potrzebujesz i jeśli to nie tajemnica, na co? – uśmiecham się dobrotliwie.

– Wiedziałam. – Kasia obrażona spuszcza wzrok do filiżanki.

– Co „wiedziałaś”? Że się domyślę? Kasik, ja też w twoim wieku głównie potrzebowałem kasy...

– Trafiłeś, owszem tak. Generalnie jestem w potrzebie, ale też chciałam pogadać tak w ogóle.

– Wykładaj karty, słucham.

Westchnęła i zrobiła minę męczennicy. Zazwyczaj tego nie robiła. Kasia była pogodna, choć dość poważna, ale... Coś się zmieniło.

– Tato, uważam, i to jest szczere, że mścisz się na mamie.

Mało nie spadłem z krzesła.

– Mszczę? – zdębiałem.

– W końcu, wiesz, odszedłeś z dość niejasnego powodu. Wiem, wiem, mama ma temperament, krzyczy, ale zawsze to znosiłeś, i przecież normalnie, na co dzień było dobrze. Nie przerywaj mi! Było tak, że koleżanki mi czasem zazdrościły, bo bywaliście tacy fajni! W każdej rodzinie są kłótnie...

Czy to jest ta sama Kasia, która mówiła, byśmy coś zrobili, bo jest okropnie? Albo ja śnię, albo ona zapomniała. Skąd u niej takie wahania? Różnice? Praca Joanny czy własne obserwacje?

– Kasiu. Co ja ci mam powiedzieć? No... są. Nawet się ludzie czasem biją, ale czy to dobrze?

– Wiolki matka z ojcem nie raz sobie do oczu skakali i nawet czasem leciały plaskacze.

– Co ty mówisz? Po twarzy?

– No, mają taki hiszpański temperament, jak mawiała matka Wioli, ale dziś już im przeszło. Czasem tylko się drą, ale są razem. Wiolka mówi, że się w łóżku godzili.

– Co do tego... – zacząłem, ale Kasia przerwała mi kategorycznie:

– Nie chcę wiedzieć! Nic o tym nie mów!

– Kasiu! Jesteś dorosła!

– Nie chcę wiedzieć, no! Dla dziecka zawsze seksualność rodziców jest... wstrętna. Znaleźliście mnie w kapuście czy bocian podrzucił i starczy, nie mówmy o tym! – rozładowała napięcie.

No dobrze, nie będę mówił o łóżku, o tym, że seks na przeprosiny może być fajny raz, ale nie sto.

– Tato, ja wiem, że to se ne wrati, prawda?

– Kasiu...

– Tato, trudno. Odszedłeś, żeby egoistycznie się ratować, ale teraz spójrz na mamę, ona się starzeje...

– Kasiu, co ty mówisz?! Czy ty naprawdę nie widziałaś, ile razy próbowałem to wszystko ratować, przepraszając, łagodząc, głaszcząc, tłumacząc, robiąc z siebie idiotę? Ale w końcu nie można być wiecznie workiem treningowym! Mało wiesz, bo najczęściej byłaś do późna na próbach, Tomek też na emigracji wewnętrznej, mało wiesz, córeczko.

– Nie rozumiem, że po tylu latach nagle ci się odwidziało. Tato, mnie możesz zaufać, bądźmy dorośli... Masz tu kogoś? Kobietę?

Zatkało mnie! Moja córka pyta o... takie sprawy?

– Mówisz jak mama, myślisz jak mama. Ona szuka odpowiedzi poza sobą. Nie przyjmuje do wiadomości, że zawinił jej trudny charakter. Ja się wychowałem...

– Tak, tak, wiem, w świętej rodzince.

– Czemu sarkasz? Znałaś dziadków.

– Kiepsko.

– No właśnie, pamiętasz może projekty wakacji u nich i weto mamy? To ona pozbawiła was kontaktu z dziadkami, ciocią Krysią, Grześkiem.

– To nie ma nic do rzeczy, woleliśmy obozy.

– No dobrze, ale zaczęłaś od kpin ze świętej rodzinki, a czy to źle, że u nas nikt na siebie nie wrzeszczał? Nie obrażał? Kasiu, ja się zwyczajnie czułem zaszczuty, zmęczony, zdołowany. Nic nas już nie łączyło ostatnio, sama widziałaś.

Milczała. Nie miała na to kontry.

– Kasieńko, nazywaj to, jak chcesz, ja nie umiałem już dłużej.

– No, ale masz tu kogoś? – dociskała, świdrując mnie wzrokiem.

– A... gdybym miał, czy byłoby to naganne?

– Wszyscy tacy jesteście! – zatriumfowała. – Jak masz, to po co ci dom? Gdzie się mama podzieje?

– Ale nie mam... Kasiu, kto ci to powiedział? I czemu generalizujesz? Dom jest do podziału, jak cały majątek. Sąd się tym zajmie. Mam wszystko oddać, bo mama tak uważa? Kasiu?! Coś nie tak z Damianem? – zmieniłem temat. Już nie miałem siły odpowiadać na jej nie jej pytania. Na wyświechtane argumenty Joaśki w jej ustach.

Jest zła. Widzę to. Wolała skupić się na mojej winie. Tak było najłatwiej.

– Odszedł. I nie pytaj o szczegóły, dobrze? To zupełnie inna sprawa.

– Tym bardziej nie generalizuj. Powtarzasz jakieś słowa, sugestie mamy, niepotrzebnie. Chodź, połazimy, co? Zapraszam cię na... O! Już wiem! Pojedziemy do Muminlandu!

– Tato! Ja nie mam pięciu lat! – krzywi się.

– Ja też, ale skoro już tu jesteś, chodź, nie daj się prosić! Mama nie zna Muminków, bo to ja wam czytałem, pamiętasz? Nie daj się prosić, to miły wypad, a potem postawię ci piwo!

– Pamiętam. „Ryjek wstał i rozprostował od snu zmięte uszy..." – Uśmiechnęła się nostalgicznie. Objęła mnie i westchnęła: – Chciałabym znów być dzieckiem, i żeby było jak dawniej. A piwo stawiasz i tak!

Mam wolny piątek. Jechaliśmy do Naantali, przez całą drogę prawie milcząc. Było ciepło, choć nie zanadto – wiosna, no i wilgotno, bo rano padało. Pachniało świeżą zielenią, niosło morską bryzę. Niebo się przecierało, miałem nadzieję, że zanim dojedziemy, zrobi się ładniej. I wyjdzie słońce. Słuchaliśmy Queenów.

W końcu Kasia przemówiła, zapytała o moją pracę, jak sobie radzę językowo. Czułem, że znów się zbiera do jakiegoś zasadniczego tematu.

– Damian odszedł, bo źle się czuł u nas w domu, mama go nie lubi. Mówi, że jest gburem. Ostatnio faktycznie łatwo z nim nie było. Zawsze był zamknięty w sobie, wiesz, taki spięty. Jest introwertykiem. Często wybuchał, ale ja jestem przyzwyczajona, wychodziłam wtedy do innego pokoju. Lazł za mną, marudził. Biedny jest, wcześnie umarła mu mama, ojciec się zapił. Wychowała go ciotka.

– Hm. Po tym, co mówisz, Kasiu... też uważam, że nie jest to raczej partner dla ciebie.

– Dlaczego? Bo ma ciężki charakter? Tato, mało wiesz. Człowieka się nie dyskredytuje tylko dlatego, że jest trudny. On ma pochrzaniony charakter, ale ja sobie z tym dawałam radę!

– To co się stało?

Kasia milczała dłuższa chwilę i powiedziała cicho:

– Odszedł, bo miał dłuższy romans z Dorotą.

– Chodził z tobą, mieszkał u nas i romansował?!

– Tłumaczył mi, że Dorota go lepiej rozumie, bo jest po psychologii, a nie chciał mnie skrzywdzić...

– Biedny miś – rzuciłem w gniewie.

– Tato, nie komentuj. I tak mi ciężko. Ja go kochałam. – Zamilkła na moment i powiedziała zwyczajnie: – A kasa mi potrzebna na samochód.

– A za co go utrzymasz? Zarabiasz grosze.

– Mama obiecała pomóc i... nie wiem, coś wymyślę.

– Kasiu... Po co ci samochód? Przecież...

– Co? Że „u nas wszędzie blisko"? Tato, ja mam już dość tej naszej dziury... jaką ja mam tam szansę rozwoju? Pracy nie ma...

– A taniec?

– Kiedyś muszę zrezygnować, stara już jestem. Będę kwiczała i wyła z żalu, ale to mi nie da pieniędzy, są tancerki lepsze ode mnie, młodsze. Życie woła...

– Prawda. Życie woła. No, wysiadamy, to tu. Poczekaj, zapłacę za parkowanie.

Minęła nas spora grupa dzieci z opiekunkami. Wysiadały z autobusu, świergocząc radośnie, maluchy. Kasia też kiedyś taka była.

– Chodź za nimi, znają drogę – powiedziałem, a Kasia uśmiechnęła się mdławo i dość zrezygnowana ruszyła. Po kilku krokach wzięła mnie za rękę.

– Powiesz mi czy nie?

– Co?

– Masz tu kogoś? – świdruje. – Powiedz, nie zdradzę cię.

– Nie, Kasiu, i to chyba mi coraz bardziej doskwiera. Jestem... to znaczy nie jestem singlem z wyboru. Wolałbym nie być sam. Samotność daje mi w kość, ale nie wrócę. Zawodowo nie mam do czego, a... sama wiesz, jak jest.

– Wiem – powiedziała moja dorosła, smutna córka.

Szliśmy wzdłuż ładnej, dość staroświeckiej mariny – po lewej przycumowane jachty, łódki, katamarany. Większość lśni bielą, chromami, drewnem, ładnie pozwijane żagle. Zapach lekko tylko morski, bo i pełnego morza nie ma. Ta woda, co chlupie pod pomostem, to Bałtyk, a wygląda jak mazurskie pojezierze – nie widać spienionych fal, plaż, horyzontu. W oddali wyspy, wyspy i woda spokojna, zielonkawa, jak na Mamrach, Czosie...

– Jak na Mazurach, co? – Kasia patrzy zdziwiona dookoła.

– No. Patrz, jaki sprzęt – pokazuję jej brodą łodzie. – Tego jednego im bardzo zazdroszczę. Stać ich na to, mają tu łódkę, wsiadają w samochód, przyjeżdżają i wio! Rejsik mały. Mama

Muminka zrobi kosz naleśników, rodzinka na pokładzie i można sobie płynąć. Co, Migotko?

– No... – Kasia patrzy na łodzie zamyślona.

– Wiesz, samemu jest czasem bardzo smutno. Wiem, wiem, Kasiu, ja tu zarabiam spore pieniądze. Takich w Polsce, w mojej specjalności, nie zarobiłbym nigdzie. Ale pieniądze nie przytulą, nie pogadają, nie podadzą herbaty.

– Sam widzisz!

– A jak ich nie ma... To nie jest normalny stan dla silnego, zdrowego faceta, że nie pracuje, sama wiesz. Na bezrobociu nie chciałbym być już nigdy, zarabiam ciężko, ale uczciwie, Kasiu.

– I jesteś tu sam?

– Tak.

– Wysoka cena – mówi Kaśka.

– Wysoka. W domu tym bardziej byłbym sam. Chodź, to zdaje się już tu.

Długi drewniany pomost prowadzi nas na wyspę Muminków. Nie chcę już ciągnąć tego tematu. Jest jak jest.

Mijają nas z naprzeciwka rodzice ze znużonymi Muminkami. Ci już wracają. Inne idą, podskakując, obok nas, za nami i przed nami do wyśnionej krainy dzieciństwa. Maluchy ciągną tu jak inne dzieci na świecie do Disneylandów. Dla Finów Muminki są święte. Ja też lubiłem czytać dzieciakom Muminki. Byłem głównym usypiaczem. Tatusiem Muminka. Było dobrze, miałem pracę, dom, rodzinę – nasze małe szczęście.

Przy kasie patrzymy zdumieni, jak rodzice wypełniają czytelnie duże kartki, które nalepiają na plecy dzieciaków. Jakie to proste – taki z nalepką, nawet jak się zgubi, ma dane na pleckach!

Jesteśmy jedyną dorosłą parą. Ruszamy na wycieczkę. Chcieliśmy pogadać, ale chyba się nie da – roje dzieci. Wołają, śmieją się, brzęczą jak pszczoły. Rodzice razem z nimi, myszkują, gdzie się da. Kaśkę rozczulają maluchy i za chwilę sama się takim staje – pokazuje mi grotę z Hatifnatami, zagląda trwożliwie do groty Buki, rozgląda się rozbawiona. Nareszcie się śmieje. Fotografuję ją – taką wesołą, promienną. Ona skupiona jest na fińskich maluchach, są bardzo spontaniczne, rozemocjonowane, naturalne, żywiołowe.

My częściej upominaliśmy dzieci – „cicho bądź", „nie śmiej się tak głośno", „bądź grzeczny". Czy potrzebnie?

Co złego w tych dziecięcych emocjach, bardzo prostych reakcjach? Okrzykach? Dzisiaj mnie to tylko bawi.

Koło Domu Muminków zobaczyliśmy grupę maluchów oklejających dosłownie Mamę Muminka. Właśnie do niej lgnęły najbardziej i ktoś za nią przebrany musiał każdego dzieciaczka przytulić i popatrzeć w oczy, mówiąc coś miłego. Wzruszające. Pstrykam jej zdjęcia, a potem uwieczniam Kasię na pomoście, przy Kabinie Kąpielowej Muminków. Gość przebrany za Włóczykija, pewnie jakiś dorabiający sobie student, podrywa Kasię, ona ogania się ze śmiechem, tłumacząc: My heart belongs to daddy! I czepia się mojego rękawa. Miłe. Mam wilgotne oczy. Moja dorosła córka!

Wędrujemy ścieżką w lasek, przystając przy pamiętnikach Taty Muminka, i słuchamy, jak rodzice czytają głośno pociechom fragmenty. Wielkie książki leżą otwarte pod szkłem, na lewo tekst po fińsku, na prawo po angielsku.

– Posłuchaj – szepcze Kasia. – Jaki to ładny język, śpiewny taki...

– Tak? – odszeptuję. – Mnie się wydawał początkowo strasznie trudny, twardy.

– Umiesz coś powiedzieć po fińsku?

– No pewnie!

– Powiedz!

– Ruisleipä, juustoa ja maitoa, kiitos.

– I co to niby znaczy?

– Poproszę ciemny chleb, ser i mleko.

– Eeeee...

– Jopas jotain, onpa kova sade! To znaczy: Do cholery! Ale pada.

– Przeklinasz?

– Ja?! W życiu! Przecież wiesz. – Robię minę niewiniątka i nadymam się.

– Tato!

– Nie klnę!

– Tato!

– No dobrze, ale tylko jedno...

– Dawaj!

Cóż, to dorosła kobieta i sama, słyszałem, klnie jak szewc!

– Perkele! Znaczy też coś jak cholera, ale z dodatkiem jasna.

– Słabe!

– No, a co ty chciałaś?

– Mocniejsze!

– Eee, daj spokój!

– Daj coś mocniejszego! Jak cię szlag trafia, to co wołasz?

– Ja pod nosem klnę po polsku.

– A Fin?

– Fin woła: Satana!

– Do diabła?! Daj spokój, tak to zapewne dzieci klną.

– Kasiu... jesteśmy w Muminkowie, nie wypada.

– Ostatnie, co? Takie męskie! Jak klnie wkurwiony Fin? Tatku, no?

Zebrałem się w sobie i powiedziałem (bo nikogo blisko nie było):

– Vittu!

– To coś jak kurwa mać?! Nie brzmi – skwitowała rozczarowana i nareszcie rozbawiona Kasia.

– I dobrze – odpowiedziałem.

Wracaliśmy lasem, już poza terenem Muminlandu. Słońce pobłyskiwało między gałęziami, wypogodziło się. Kasia była rozluźniona, wesoła. Szła, patrząc w liście drzew. Nagle spochmurniała. Przystanęła i zamknęła oczy.

– Poradzę sobie, tato. Tylko mi ciężko. Zdrada boli. Może Damian rzeczywiście nie jest dobrym materiałem na męża?

– Nie wiem, Kasiu. Prawie go nie znam. Ale skoro cię zdradził... Znajdziesz lepszego, który cię doceni, będzie się tobą opiekował. Będzie ciebie godny.

– Mówisz jak Tatuś Muminka – westchnęła.

Mijaliśmy po lewej jakieś korty tenisowe i Kaśka rzuciła ni stąd, ni zowąd:

– O, tu Muminki po robocie rżną sobie w tenisa i żłopią piwo! Co teraz?

– Lähdetään oluelle!

– Oświeć mnie.

– Idziemy na piwo, jak obiecałem!

Koło mariny w stylowej knajpie zjedliśmy lunch. Byłem głodny, Kasia mniej. Żałowałem, że prowadzę, bo Kaśka apetycznie piła piwo, a ja musiałem zadowolić się kwasem chlebowym. Przyjemny, kwaskowaty i musujący napój. Gadaliśmy o jedzeniu, o specjalnościach kuchennych i takich tam... Miło.

Wieczorem niestety się pokłóciliśmy, bo Kaśka zaczęła mi wiercić dziurę w brzuchu o moje roszczenia finansowe.

To nie są moje roszczenia, tylko jakaś zwykła sprawiedliwość, że dzielimy się tym, co razem żeśmy wypracowali. To Joaśka ma roszczenia. Kaśka jest zdania, że powinienem mamie wszystko zostawić, bo to ja odszedłem z domu. Zdaje się, że uważa moje powody odejścia za fanaberie.

– Kochanie, gdybym zdradzał, pił, bił, rozumiem, ale to nie ja się...

– Wiem, awanturowałem. Tato, ale to brzmi niepoważnie. Może byłeś zbyt uległy? Mało zdecydowany?

– Kasiu, co to znaczy według ciebie? Że powinienem się wydzierać, walić pięścią w stół? Że jestem fujara? Wiesz, jak bywało.

– No... sam dawałeś mamie pole, usuwając się, byłeś taki... dobrotliwy, to się przyzwyczaiła, że może po tobie jeździć. „Asieńko, daj już spokój, przestań". Aż czasem miałam ochotę wziąć kubeł i chlusnąć na was.

– Na nas?

– Te awantury były o bzdety!

– No właśnie, o bzdety, ale zahamować się jej nie dało...

– Ale żeby się rozwodzić?!

– Zaciskanie zębów, życie w ciągłym napięciu to dobry powód, żeby tkwić w związku?

– Ale bywało dobrze! Przecież pamiętam!

Pamięta się to, co chce się pamiętać! Była urażona, że nie może mnie przekonać.

– Tato, to jak będzie? Mama musi sprzedać dom, żeby cię spłacić?!

Ano tak! Boi się! Joanna wtłacza jej te wszystkie lęki i zagrożenia, żeby ją przeciągnąć na swoją stronę. Mnie w mailach wygraża, że domu mi nie odda za nic. Spali go, a nie odda.

– Kasiu, są jeszcze działki, i mama się upiera, żeby mi oddać tylko jedną. Popatrz realnie: dom, samochód, dwie działki... a ja co, kopa w dupę?

– Podobno można ją dobrze sprzedać i kupisz sobie mieszkanie.

– To mamusia będzie mogła sobie zatem kupić dwa mieszkania i zachować jeszcze dom!

– Mama twierdzi, że to jej dorobek, a poza tym po co ten dom? Tu mieszkasz!

– Zbudowałem go, a tu jestem tymczasowo.

– Nie sądzisz, że to sentymentalizm? Traktujesz go jak bibelot, pamiątkę, a dla mamy to ostoja.

Nie chciałem dalej ciągnąć tej dyskusji, ale widzę, że coś złego się dzieje. Joanna kręci i coś szykuje. Jak Kaśka wyjedzie, zajmę się tym. Moje racje, to kto ile wyłożył na dom, zarobił wówczas itp. – mojej córki nie interesują. Chce tylko, żeby dom, w którym się wychowała, nie został sprzedany.

– Kasiu, dopóki tam mieszkasz...

– Ja nie chcę mieszkać z mamą. Mama jest trudna.

Wzdycham. Już sam nie wiem, czego ona chce. Totalne poplątanie. No ale mam w tym swój udział. To moja córka.

– Sama widzisz. – Milczy. – Podobno kręci się koło niej jakiś... Może niedługo będzie sama.

– Ten facet? Daj spokój... – Kasia bagatelizuje sprawę „faceta" i znowu wraca: – To rodzinny dom, tato! To też jej dom, nie zapominaj! I dokąd ona ma się wyprowadzić twoim zdaniem, do jakiejś dziury?!

Kaśka się unosi, nie lubię tego, więc się poddaję. Milknę, jak zawsze.

– Przeprowadzę się do Gdańska, tato. Mam już tego dość, tej naszej mieściny i szarpania się, mijania Damiana na ulicy. Chcę się rozwijać, awansować, mieć perspektywy. Duszę się. Pracy dla mnie nie ma. Tomek odda mi czasowo swoje mieszkanie. Ja się porozglądam.

– O, widzisz! Mądrze mówisz!

– Tak, ale może to błąd?

– Szukaj swojego miejsca, Kasiu. Język znasz, po angielsku gadasz lepiej ode mnie. Chociaż w Irlandii ci się nie podobało... Może ci tu czegoś poszukać?

– W Irlandii to też była dziura. Tu? Nie. Może Gdańsk? – zamyśliła się i powiedziała nagle: – Życie jest trudne, tato... Prawda?

– Prawda.

Życie jest trudne. Do końca wizyty Kaśki tak już się bujamy. Raz jest cudownie, śmiejemy się, potem znów wraca do spraw, które już żeśmy sto razy wałkowali. Jakby nic do niej nie docierało.

W niedzielę odwiozłem ją na prom. Obiecałem jej kasę na samochód, ale i tak na koniec mi powiedziała, że skoro dobrze zarabiam i odszedłem, powinienem mamie zostawić wszystko. Już nie mam siły. Jedynym rozwiązaniem byłoby, gdybym został dziadem i poszedł na żebry. Może wtedy miałaby dla mnie odrobinę zrozumienia i współczucia. Poryczałem się, kurwa. Już nie pamiętam, kiedy ostatnio ryczałem. Przerobiła mi córkę.

***

Niedługo wakacje. W stoczni się przeluźni. Wszyscy biorą urlopy. Ja wziąłem bezkolizyjnie we wrześniu.

Mój adwokat dał mi sygnał, że trwa wycena działek. Jeśli mam zostawić dom, to chcę wszystkie działki. Sprzedam je i dam Kasi na mieszkanie, sobie zostawię, bo też coś muszę kupić, żeby mieć dokąd wrócić. Może koło Kryśki? Tam byłoby taniej... I tak w kółko. Nie mogę się uwolnić od tych myśli. Jestem tym zmęczony, rozczarowany, zły. Nie potrafię się skupić na tym, co robię. O mały włos skończyłoby się to katastrofą. Katastrofy uniknąłem, ale i tak leżę i kwiczę...

Lubię swoją robotę, ale jest kilka rzeczy, których nie znoszę. A już najbardziej inspekcji z teleskopowego podnośnika, czyli cherrypickera, zwanego tu także ajczi, od nazwy japońskiego producenta, firmy Aichi. Bujanie się w koszu takiego podnośnika na wysokości dziesiątego piętra... Jasna cholera! Nawet w chłodne dni mam mokre plecy nie z wysiłku, ale ze strachu – widziana z tej wysokości maszyna na dnie doku ma wielkość znaczka pocztowego. Gdyby jeszcze jazda tym cudem techniki była płynna. Ale te maszyny mają już swoje lata, prowadzenie teleskopów już się powyrabiało, ma luzy. Wisiałem w tym pieprzonym koszu i próbowałem skoncentrować się na jakości spawu, gdy nagle jak mną nie szarpnie, bujnie. Myślałem, że zaraz wyląduję pośród tych wszystkich znaczków na dole. Gwałtownie wykręciłem ciało w jakimś diablim piruecie. Poczułem straszny ból w plecach. Zjechałem na dół już jako kaleka. Próbowałem nie dać poznać po sobie, ale ewidentnie coś sobie paskudnie naciągnąłem. Kierownik, gdy zobaczył mnie, jak kuśtykałem ze stołówki, pokiwał głową i kazał mi pójść do ambulatorium. Skończyło się oczywiście na lekarzu, który stwierdził jakieś naciągnięcie mięśni, dał maść, leki i, niestety, cholera jasna, zaordynował także zastrzyki i kilka dni wolnego. Sądziłem, że to przesada, ale już wieczorem w domu musiałem przyznać mu rację.

O, matko! Wyłem przy każdym ruchu! Jestem sztywny. Cały bok jest jednym wielkim źródłem bólu. Jak znam życie, wyjście jutro do pracy byłoby koszmarną męką. Mam trochę zaległych papierów, pouzupełniam je, zamiast wspinać się po rusztowaniach. Ale okazało się, że siedzieć też nie mogę, nawet w fotelu. Poleguję więc na kanapie i nie mogę liczyć na Karola, bo jest w Raumie na szkoleniu. Najlepiej mi jest, jak klęczę oparty o kanapę. Jakimś cudem się ułożyłem i zasnąłem.

Z drzemki wybudziło mnie pukanie. Kto, do cholery?! Pielęgniarka na zastrzyk ma być dopiero jutro. Zwlekałem się z kanapy jak ostatnia kaleka, ale w końcu, wołając: I'm comming! I'm comming! – doczłapałem się do drzwi. Stała w nich uśmiechnięta niepewnie... Olga.

– Był u nas na szczepieniu wasz kierownik... No i...

– Szczepienie? – zdziwiłem się, wpuszczając ją do środka.

– Zaplanował sobie urlop w Kenii, szczepi się na tropikalne.

– Szczęściarz... Pozwolisz, że nie siądę. Jak klęczę, mniej boli.

Olga popatrzyła na mnie z politowaniem, jakbym głosił głupoty. Dobrze, że przyszła. Wie, co gdzie stoi, jest kumplem, pomoże mi trochę.

– Przyniosłam ciasto z truskawkami i wiem, jak nastawić herbatę – uśmiechnęła się czarująco. – Jak to zrobiłeś? Byłeś w uprzęży?

– Byłem, byłem, ale jak mnie bujnęło w koszu, to z wrażenia wykręciłem taki piruet, że zamieniłem się w świderek. Gdybym nie był w uprzęży, to pewnie... – nie dokończyłem.

– Nie jestem debilem. Zapinam się.

– Nigdy w to nie wątpiłam. – Olga uśmiecha się ładnie. Kurze łapki nadają jej twarzy łagodności. Przypomina mi trochę... nie, nie trochę, bardzo Dianne Wiest. No istna Dianne! Ta sama łagodność uśmiechu, oczy szparki, gdy się uśmiecha, taka... zwyczajna jest. Nie czuję się skrępowany jej obecnością. Odsunąłem Olgę na dłuższy czas, bo Karol narobił rabanu, że Ola jest „na mnie" miękka, ale chyba się zagalopował. Jest po prostu ciepłą, serdeczną osobą. Dla Karola oznacza to od razu miętę i zaloty. Ma talent do przesady.

Wgramoliłem się na kanapę i z trudem znalazłem niebolącą pozycję. Uff!

– Olu, pogadajmy po rosyjsku, co?

– Możet byt'! – Olga uśmiechnęła się i spytała: – A na masaż ka mnie pridiosz?

– Poczemu? – spytałem głupawo.

– Dumaju, szto tiebie nada. Pleczi boliat!

– A ty że miedsiestra?

– Niet, tolko u mienia uże zdziełan kurs fizterapii. Reabilitacji, panimajesz?

– A eto pomożet?

– Da, kagda uże uccziezniet wospalitelnoje sostojanie u tiebia.

Uff. Gadam po rosyjsku z wysiłkiem, ale... gadam! Znamy trzy języki – radzimy sobie! Opowiedziałem jej o wizycie Kasi, pół po polsku, pół po rosyjsku – zrozumiała wszystko. Nie ma dzieci, ale lubi młodzież.

– Olu... ta Kerstin, wtedy, wiesz...

– Wiesiek, daj spokój. Z czego ty mi się tłumaczysz? Ani ja tobie żona, ani niewiesta, ja cziużaja, rozumiesz? Obca. To o co mam być zazdrosna? O, taką piękną pieśń znasz? Naszą? Szukszyna ją kiedyś śpiewała. Wiesz, kto to Szukszyna?

– Nie wiem...

– Aktorka. Fajna, taka normalna, piegowata, duża, żona Wasilija Szukszyna, aktora i reżysera. On ją czcił jak boginię, a ona... tak jak wiejska matka, dobra, kochana. Tu, na Zachodzie tak nie ma, aktorki muszą być piękne. W Ameryce to już do przesady, lalki same takie, jak nie w życiu! A Lidia Fiedosiejewna... nasza! Ona wyglądała jak każda z nas... Piosenkę ci zaśpiewam, co?

I zaśpiewała, bez gitary. Smutna ta piosenka, ale ładna. Że jakaś ona go prosi, żeby ją zabrał ze sobą jako żonę. On jej na to, że żonę to już tam daleko ma, i siostrę. Wtedy ona go prosi, żeby ją zabrał jako obcą, a on, że obca to ona mu niepotrzebna. No, sama prawda.

Olga zapewniła mnie, że ma już papiery fizykoterapeutki i zaprosiła do ambulatorium na masaż – jak tylko mi przejdzie to najgorsze, czyli ostry stan zapalny mięśni. Wychodząc, powiedziała jeszcze:

– A wiesz, że jutro masz zastrzyk?

O, kurczę. Olga? Nie pomyślałem.

Przyszła nazajutrz z kuferkiem i w białym fartuchu. Kierowca został na dole. Boję się zastrzyków jak diabli. Nie wiedziałem, co mam robić, potykałem się o meble i odwlekałem, jak mogłem. Kazała mi stanąć ze zgiętą nogą opartą o pufę.

– Nie napinaj się, rozluźnij, no! – Poklepała mnie po pupie jak smarkacza. – Wiesiek, no, bo jak taki jesteś napięty, to igłę złamię! I jak tam córka?

Gdy wziąłem wdech, żeby jej odpowiedzieć, poczułem ukłucie. No, prawie nie bolało. Aż się zdziwiłem. Olga uśmiechnęła się i chwilę pogadała. Jutro ma być koło południa. Wolę ją niż jakąś młodą siksę, pielęgniareczkę śmiejącą się w duchu z mojego starego tyłka. Olga jest... no, godna zaufania.

W piątek przyszła po pracy, skłuła mi zad i została na meczu, zrobiła kanapki i pozmywała. Kochana jest.

W sobotę wrócił Karol, więc pożegnałem luby święty spokój. Za to dostałem michę wspaniałej zupy rybnej, zimne piwo i pozdrowienia od Kerstin.

– Boli? – spytał Karol współczująco.

– Ustępuje. Olga była.

– Była?

– Co się dziwisz, przecież z nią nie wojuję, a nawet głupio, że tak ją wtedy gwałtownie odstawiłem od piersi. Chyba nie miałeś racji. Na szczęście się nie obraziła. Skończyła kurs fizykoterapii, wiesz? Pójdę do niej na masaże, jak minie mi stan zapalny. Ambitna jest. To fajny człowiek.

Nie przyznałem mu się, że robi mi zastrzyki w tyłek. Głupio jakoś.

– Skoro tak mówisz... – Karol wygląda na stropionego i zmienia temat: – Nie za ostra?

– Ostra? A... zupa? Nie, dobra. A z Olgą, wiesz, nawet pomilczeć dobrze. Mecz ze mną oglądała – chwalę się.

– No... racja, z jej strony nie grozi ci to idiotyczne babskie „o czym myślisz?"

– Miałeś z tym do czynienia?

– A co myślisz? Jezu! Zawsze, jak poznaję jakąś, to modlę się, żeby to nie była wielbicielka tych pytań. Jak na taką trafiam, z mety skreślam. Ty, Wiesiek, co im odbija z tym „o czym teraz myślisz?" I jak powiesz, że o niczym, nigdy nie uwierzą i jeszcze focha strzelają.

Uśmiecham się ze zrozumieniem.

– Tobie to dobrze, skreślasz taką i masz z głowy, a ja to... Wiesz, ile razy było to zarzewiem awantur?

– Domyślam się. Ja piany dostaję, bo kumam już, że powinienem zacząć coś ściemniać w stylu: „myślę o twoich oczach, że są jak... jak..." i utykam, bo co dalej? Albo gadam na odczep: „myślę o tym, jak nam było fajnie", a to gówno prawda, bo wcale o tym nie myślę. No było! Szlus! Ale one to by chciały takiej wiwisekcji: „Wiesz, to samo pomyślałam, fajnie nam było, prawda? Ja to jak szczytowałam, to wiesz, jakbym płynęła po niebie! I jakbym przeżywała normalnie... trzęsienie ziemi". I jazda, gadaj z nią, jak było... No ręce i wszystkie członki opadają. Dlatego wolę te starsze.

– Możesz zawsze odpowiedzieć, że właśnie się zastanawiasz, skąd ona się wzięła taka piękna. To zawsze działa – dorzuciłem jak znawca problemu.

– Po pierwsze – ciągnie Karol – zazwyczaj zastanawiam się nad rzeczami, które każda uznałaby za powód do trzaśnięcia drzwiami albo mnie w łeb. Na przykład, czy nie fajniej byłoby z tą jej koleżanką Mulatką, albo czy kupić nowe opony do bryczki, albo że nie chce mi się iść do kibla na siku i dobrze byłoby mieć kaczkę pod łóżkiem na taką okazję. No powiesz to i afera gotowa, żeś cham i prostak!

– A jak powiesz, że o niczym nie myślisz, to zaraz ci żona zacznie czynić wywód, że „nie można myśleć o niczym", że człowiek zawsze myśli o czymś. Karol, sam przyznaj, to one zawsze o czymś myślą, my, cholera jasna, umiemy o niczym nie myśleć, no tak? Miewasz takie „puste przebiegi"?

– Każdy chłop ma. – Karol wyraźnie się rozkręcił. – Ja to jeszcze cholery dostaję, jak taka ciebie zmusza do zadania tego czarownego pytanka!

– Mnie nikt nie zmusi! – zapewniam go.

– Nie znasz ich! Siedzę z taką po numerku w hotelowym barze. Ona sączy coś z szerokiego kieliszka z parasolką, majta nóżką i świdruje mnie wzrokiem, przechylając głowę. No... musisz spytać, o czym tak myśli! I niestety pytasz.

– Co „niestety"? Ona ma piłkę na swoim boisku, niechaj gada!

– Nie znasz ich... – Karol to konstatuje pewnie i śmiało. – Natychmiast ćwierka taka ślicznotka: „Domyśl się!" Wtedy to już naprawdę najchętniej bym wstał i wyszedł!

– Jak cię znam, robisz to! – śmieję się. Już go widzę w takiej akcji! Też uwielbiałem to kobiece: „domyśl się".

Karol wstaje nagle z fotela i mówi nie na temat:

– Dobrze, że się zdecydowałeś, Wiesiek, na wolność, ja tam uważam, że małżeństwo... w ogóle żaden związek... to nie może być niewola. Chcesz jeszcze piwa?

– E, nie. Ale gdybyś natarł mi plecy...

Karol bez słowa bierze tubkę, wyciska sobie na dłoń solidnego wężyka i po męsku wmasowuje mi maść, za karę przynudzając:

– Widzisz, powinieneś był się rozwieść wcześniej, zostawić tę Mistrzynię Dobrego Nastroju i znaleźć sobie miłą kobietę do masowania pleców. Ale czy kto usłucha wujka Karola?

– Nie znałem cię wcześniej, wujku – ripostuję.

– Żałuj!

– Czasem żałuję, ale nie zawsze, i wiesz, co mam na myśli...

Karol łapie aluzję i odbija piłeczkę:

– Już lepiej zamilcz. To nie moja wina, że jesteś społecznie niedostosowany!

Klepie mnie po plecach za mocno, jakby mi dawał klapsa za złe zachowanie.

Karol poszedł do siebie. Przeżyję. Czuję, że działają zastrzyki i maść, ból puszcza powoli, niechętnie.

Wrzesień za pasem – odpocznę. Tylko ta cholerna rozprawa majątkowa. Już nawet nie mówiłem nic Karolowi. „Strona przeciwna", czyli Joanna, wysmażyła do sądu takie pismo, że przysiadłem z wrażenia. Wynika z niego, że byłem ciulasem, obibokiem, że budowę domu sfinansowali jej rodzice, ona wychowała i wykarmiła dzieci, ona mnie utrzymywała, gdy byłem bez pracy, ona, ona, ona...

– Nie ma pan jakichś świadków, co by powiedzieli, jak było?! – zdumiał się adwokat.

– Nie mam – jęknąłem i odłożyłem telefon.

Chciało mi się wymiotować. Czytam te jej wywody i dostaję małpiego rozumu. To niemożliwe, żeby była aż tak podła! Jezu! Co ona tu wypisuje? Co za kłamstwa?! Bezczelne bzdury mające mnie oczernić, zdyskredytować jako ojca, męża, faceta! Powinienem to wysłać dzieciakom, ale nie chcę się posługiwać jej metodami. Zresztą Kaśkę urobiła po swojemu, a Tomek... Tomek ma dość, odciął się. Uciekł.

Napisałem do niego maila. Ogólnego – o tych moich plecach i że urlop mam we wrześniu, takie tam. Na razie cisza, chyba jeszcze jest w rejsie.

Znów dzwoni adwokat i nakazuje mi się bronić.

– Jak?

– Już mówiłem, jej metodami. Znajdzie pan świadków, którzy powiedzą, jaka była, że kłamie.

– Lewych świadków? Skąd? Nie umiem...

Mówił, że następna rozprawa jesienią, ale kiedy? Nie wiadomo. Szlag!

– Jak długo to się może ciągnąć?! – krzyknąłem zrozpaczony.

– Najdłuższa rozprawa, panie Wiesławie – oświecił mnie mój adwokat – trwała dziewiętnaście lat albo i więcej. Strasburg się musiał wtrącić.

Podobno odwołali się do Strasburga i dostali jakieś odszkodowanie. Odszkodowanie?! Za dwadzieścia pięć lat szamba? Życia w zawieszeniu? Za dwadzieścia pięć lat będę już starcem albo trupem. Niestety mecenas mnie nie pocieszył.

– Żona może wnosić skargi, apelacje, co jej zależy? I tak żyje sobie wygodnie. I widać ma masę czasu, bo wypisuje sądowi kilometry dowodów... Ale się panu trafiła... literatka – podkpiwał.

A mnie nie jest do śmiechu. Nie mam czasu ani możliwości, żeby się w tym babrać, jeździć i kombinować jakieś nowe dowody, obalać wyceny, judzić i zmyślać. Nie znałem takiej Joanny. Co się z nią porobiło? Jak bardzo chęć zemsty, dokopania mi, odebrania majątku przysłania jej normalny tok myślenia?! Pierwszy raz pomyślałem na poważnie, że jest chora na głowę. Na nienawiść.

Wysłałem Kasi pieniądze na samochód. Oczywiście pochwaliła się Aśce, która urządziła dziką awanturę, że chcę przekupić córkę. Dostałem siedem maili z wyzwiskami i urąganiami, jaka to ze mnie przemyślna swołocz i przebiegły lis, i że dziećmi nie wolno kupczyć i takie tam. Kasia też oberwała, że przyjmując te kasę, opowiada się po stronie zdradzieckiego ojca.

Kiedy zwierzyłem się Karolowi, pokręcił głową z dezaprobatą.

– Ona się od ciebie odsunęła, odsądziła od czci i wiary, a ty jej jeszcze za to płacisz? – Postukał się po głowie.

– Ma prawo myśleć, co chce. Nie musi mi dawać rozgrzeszenia. Trudno, Joanna ją truje systematycznie, a jak wiesz, kropla drąży skałę. Karol, to moje dziecko!

– A własny rozum ma?

– Ma, ma... ale jako córka ma tę, wiesz, bliskość mentalną z matką. Może kiedyś zrozumie...

Po wyjściu Karola leżałem obolały, rozmyślając, czy napisać do Kasi. Eee! Tylko winni się tłumaczą. Nie będę jej burzył światopoglądu. Może faktycznie kiedyś zrozumie?

★★★

Po kilku dniach leki i masaże pozwoliły na mi lżejszą robotę. Chodzę jeszcze trochę pokręcony, ale chodzę. Noszę specjalny pas z gorczycą. Oczywiście od Olgi. Nadrabiam papierologię, nie mam wysiłkowych inspekcji, koledzy pomagają w zamian za pomoc w papierach. Mam w biurze czas na próbę skonstruowania własnej wersji dla sądu. Mierzi mnie to. Jak napisał mi mój „papug" – muszę udowodnić, że nie jestem wielbłądem. Nigdy tego nie robiłem. Nie kłamałem. Jestem doprawdy porządnym facetem, ale nagle muszę to udowodnić na piśmie! Mam pisać, że byłem dobrym ojcem, że to ja woziłem na korektywę, basen, bo Joaśka wtedy pracowała i często zostawała po godzinach.

– O! proszę pana! Nie takie rzeczy ludzie piszą! – mój mecenas był już poirytowany moim bezustannym zadziwieniem, a raczej naiwnością. – Jak pan nie wywlecze brudów, jej machinacji, to zostanie pan pokonany! Tu nie ma miejsca na klasę i kulturę! Potrafią strony zrobić sobie takie... Cóż, chce pan chyba coś uzyskać, chyba że się mylę. Już podczas rozwodu pańska była żona dała popis tego, co potrafi, prawda?

– Prawda...

– Więc musi pan w obronie własnej...

– ...walczyć jej metodami?! Kłamstwem? Fałszywymi dowodami? Świadkami z innej bajki?

– Dzieci nie są inną bajką, one mogłyby przechylić szalę.

– Nie! – wrzasnąłem zły. – Dzieci stanowczo w to nie włączać, nie pozwalam!

– No... dobrze, dobrze. Więc proszę wymyślić jakąś bombę, bo nie będzie łatwo.

Łeb mi pęka. Karol dolewa oliwy.

– Walcz, kurczę, walcz! Taka szlachetność jest dobra, gdy masz pękate konta w Szwajcarii, pewność, że i tak wylądujesz z willą, jachtem i papierami wartościowymi, a ty co? Zostaniesz ogolony z domu, z tych tam... działek. Nie bądź frajerem. Choć raz posłuchaj wujka Karola! Kurwa! Błagam! – zawył tak, że aż białka wyszły mu na wierzch. A potem się uśmiechnął błagalnie. – Kupię ci za to flaszkę żurawinowej finlandii z serii limitowanej!

– Wolę jaśka...

– Dobrze! Johnnie Walker, dwa litry... Tylko postaraj się!

– Ale czarnego – droczę się na poważnie.

– Nie przeciągaj!

– Przecież i tak razem rozpijemy! – obiecuję.

– Z rozpaczy chyba, jak tak dalej będziesz walczył, dumny palancie.

– Dzięki, ale nie umiem inaczej. Nie będę się zniżał do jej poziomu!

– Chyba ci rozum odjęło. Rycerzyka bez skazy to ty sobie możesz zagrać w szkolnym przedstawieniu, a tu idzie o twoje dobra osobiste!

– Brzydzę się kłamstwem!

– A brzydź się! Ale jak ci sztuczna szczęka wpadnie do kibla, to zakaszesz rękawki i się zniżysz.

– Nie mam sztucznej...

– Za chwilę będziesz miał. – Karol zacisnął pięści i wzniósł oczy do nieba.

Tak, czuję, że jednak on i „papuga" mają rację. Nie walczę. Upajam się swoją szlachetnością, uczciwością, dumą, a ona ma to w... gdzieś. Nie znałam jej takiej. Nie miałem pojęcia, że siedziała w niej taka jędza! Nie mówię nic, bo wiem, jak Karol zareaguje. Pokręci głową i pomyśli to co ja... Pierdoła.

***

Na kolejnej rozprawie, na której musiałem się pojawić, było idiotycznie – harda Aśka i jej kłamstwa, moje zaprzeczenia i jej zimny ironiczny wzrok, nieprzekonana sędzia. Sprawa odroczona z powodu niedostatecznych dowodów na jej wniosek. Miało być po bożemu, pół na pół, a jest jatka.

– Panie Wiesławie, ostrzegałem pana przed konsekwencjami naiwności – wybuchnął mecenas. – Jeśli chce pan po połowie, musi pan złożyć taki wniosek.

– No ale... jak? Dlaczego? Normalnie dzieli się pół na pół!

– Żona, przepraszam, była żona, jest sprytniejsza. Ale pan o tym doskonale wiedział! Mówiłem... Bomba! Wymyślić bombę!

– Szlag! – Czułem, że to wszystko podchodzi mi do gardła.

– Spotkamy się w październiku, pod koniec, a do tego czasu… Proszę do mnie wpaść we wrześniu, ma pan urlop? Trzeba, wie pan, wybrać strategię, coś przedsięwziąć, źle to wygląda, pan się musi zaangażować. No i znów przyjechać!

Lennard jest święty, że mnie tak puszcza. Ale może też w końcu się zdenerwuje? Nieważne, za chwilę już moje wakacje! Urlop. Pojadę na Mazury. Do Ali. Pensjonat „Pod Dębem". Odpocznę! Nabiorę chęci do życia!

CZĘŚĆ III

POWRÓT Z MAZUR

ODESZŁO, CO DUSIŁO

Uśmiechnąłem się do siebie. No i po urlopie. Wracam do Finlandii, mojej drugiej... nie, jeszcze za wcześnie powiedzieć: ojczyzny, ale na pewno: kraju, który mnie przygarnął, gdy w moim własnym nie było dla mnie miejsca. Tak, to był jeden z bardziej udanych urlopów w moim życiu, a z pewnością jeden z ciekawszych. Można powiedzieć – traumatyczny. Jeszcze nigdy tak w siebie nie zajrzałem. I wcale się nie przeraziłem. Mało tego, wiozę z sobą iskierkę nadziei. Na przyszłość.

Obserwuję z promu małe fińskie wysepki – kolorowe jak na pocztówkach. Z białymi domkami, saunami obok nich, łódkami przytroczonymi do drewnianych pomostów. Wszystko w mikroskali. Co za raj! Co za kicz! W jesiennym słońcu morze połyskuje łaskawie, fala niewielka, sam urok! Ale to iluzja. To na chwilę. Wiem, jaka tu jest zima, a ona stoi tuż za progiem, jesień jest krótka, trwa mgnienie oka. Zanim jednak nastąpi, zapewne przyjedzie Beata. Przeszedł mnie miły, erotyczny dreszcz. Moja męska tęsknota, a też i próżność dobrego kochanka dały o sobie znać w krzyżu. O, tak, niech już przyjedzie, drobna, chętna i wyczekana Beata! Może coś z tego sklecimy? Tak mi już źle samemu...

Orest, znów przed oczami stanął mi brat Olgi. To jego zmrużone spojrzenie, zasłuchanie. Pasjonat. Żebym potrafił tak kochać życie, jak on ten swój ołtarz i ptaki, i drzewa. Co za gość! Ależ mnie rozbudził. Czułem się wesół i chyba jakoś pogodzony z życiem. Dziwny człowiek. Medium. Obcy-znajomy. Był jak trampolina. Po spotkaniu z nim przesunęło mi się przed oczami całe życie... Jeszcze raz się otrząsnąłem na wspomnienie, jak go uśpiłem swoim gadaniem. Najważniejsze, że mi ulżyło. Odeszło, co dusiło.

Wystawiłem twarz do słońca i czekałem na łagodne wejście do portu.

W drodze do Turku, w samochodzie, pogwizdywałem sobie i nawet śpiewałem na głos. Dobrze mi się jechało, jakoś tak... optymistycznie.

Z radością otworzyłem drzwi do mojego domu bez firanek. Jakbym wracał na stare śmieci. Przegryzłem Orestowej kiełbasy, wypiłem trzy butelki piwa. I zapadłem w sen. Nie wiem, co mi się śniło, ale gdy się obudziłem, było mi tak słodko.

Rano wpadłem do ambulatorium oddać Oldze paczkę od Oresta, ale nie zastałem jej, więc zostawiłem na recepcji.

Beata odezwała się z Warszawy kilka dni później. Opowiedziała mi o swoich planach. Zamieszka na razie u mamy, ale najpierw muszą wyremontować dla niej pokój. Załatwiła sporo spraw, ma jeszcze kilka, ale... Za parę dni może przyjechać. Oczywiście zafundowałem jej bilet. Za tydzień odbiorę ją z lotniska! Czekam z dziwnym uczuciem – chcę jej ciepła, ciała, bliskości – ale i z obawą, czy między nami jest jeszcze coś, co pozwoli nam na prawdziwą bliskość? Mój niepokój narastał.

ZNOWU Z BEATĄ

Gdy Beata zebrała już talerze po pierogach i zaniosła do kuchni, Karol przechylił się i spytał:

– Skąd ty ją wytrzasnąłeś?

– Wyłowiłem z wody. Mówiłem ci, że kupiłem sobie wędkę? Kobitka pływała sobie koło pomostu, bez ładu i składu, to ją wyłowiłem. Przyda się!

Karol przygląda mi się z niedowierzaniem, sonduje Beatę, popisuje się, gada, śmieje, opowiada o mnie jakieś niestworzone historie i popatruje. Jestem mu wdzięczny, bo Beata ma takie wesołe oczy. Pomyślałem, że już nie jestem samotny. Beata przyjechała specjalnie dla mnie. Trzeba tylko jakoś okiełznać rzeczywistość. Postanowiliśmy, że spędzi u mnie jakiś czas. Pobędziemy razem, zobaczymy, czy coś z tego wyjdzie.

★★★

Czy dam radę w moim wieku się zakochać? Czy jestem zakochany? Chyba nie. To raczej fascynacja, zachłyst, ale miłości jako takiej to ja jeszcze nie czuję. W łóżku jest fantastycznie. Nadrabiam lata celibatu. Gadamy, robimy zakupy, łazimy na spacery, śpimy, kochamy się, ale miłość... nie, to jeszcze nie jest to. Ja nie umiem tak z mety, nie mam piętnastu lat! Mam chyba długi rozbieg i za mało romantyzmu, żeby kwilić o zakochaniu się po kilkunastu dniach. Na stołówce Karol się czepia.

– Teraz to ja biedny miś, muszę się zapowiadać, w obwisłych gaciach wpaść nie mogę, nalać się piwskiem z tobą nie ma jak... Taaaaak, chyba straciłem przyjaciela!

– A chcesz blachę w czoło? Kto mnie pchał w babskie ramiona z uporem mamuta?

– Skąd wiesz, że mamuty były uparte? – Karol pyta jak w żydowskim dowcipie.

– Bo były podobne do ciebie. Kto mi dupę truł cały czas, że „samemu, Wiesiu, to ci źle, kto ci plecy nasmaruje?" – mówię i otrząsam się z obrzydzeniem.

– Żartowałem, masz przecież ponętne ciałko! – śmieje się zalotnie. – Ty, a ona tak jeszcze długo wytrzyma? – zmienia temat.

– Właśnie tak się zastanawiam... Na razie odreagowuje. Śpi do południa, później jedzie do miasta, łazi sobie. Zrobiła jakieś dalsze wyprawy rowerem. Odparowuje z niej cały ten jej pasztet. Opowiadam jej o swoim rozwodzie, o życiu, takie tam!

– To rzeczywiście bardzo atrakcyjne – drwi znowu. – Aha, a ona też się rozwodzi?

– Daj spokój, to on, ten jej chłystek, złożył pozew. Ja ją tylko jakoś do tego ustawiam, wspieram, jak to się mówi, bo mam to za sobą!

– Wspierają się faceci, a one „okazują sobie zrozumienie", to niby głębsze, a polega głównie na mieleniu szmat... Oj, Wiesiek! Popaprane jest to życie, idę po kawę, przynieść ci?

– Przynieś. Szarlotki bym zjadł.

– Poproś ją, to ci zrobi!

– Eee... Wątpię.

★★★

Jest zimno, jesień przychodzi szybciej niż w Polsce. Łazimy z Beatą na spacery, rozmawiamy albo i nie. Raz wpadliśmy do moich znajomych w Ihala na kawę i ciasto, bo Paavo nas zaprosił. Chciałem, żeby się Beata też jakoś rozerwała, ale była uprzejmie milcząca. U Paavo są małe bliźniaki i lekki harmider, a ona bezdzietna, chyba źle się z tym czuła i nie miała z jego żoną tematów. Szkoda. Gdy jestem w pracy, z reguły chodzi na zakupy, ale niespecjalnie jest zorientowana w tutejszych sklepach, a może nie lubi kupować sama. No... nie jest też z pewnością kobietą uwiązaną do szmatki i miotły. Może nie bałaganiara... ale artystka. Gotowanie to także nie jej działka. Głównie czyta i śpi.

– Wiesiu? Pojadę do Warszawy – powiedziała mi wieczorem, dziergając coś na szydełku. – Muszę jakoś ogarnąć swoje sprawy. Poza tym trzy tygodnie siedzę u ciebie na garnuszku.

– A siedź, ile chcesz.

Uśmiechnęła się ciepło i założyła na głowę cudaczną czapkę.

– Fajna?

– Fajna – powiedziałem, żeby coś powiedzieć. Przecież się nie znam na damskich czapkach dzierganych przez artystki.

– Koleżanka mi pisze, że mamy robić jakiś nowy projekt dla teatru, mam sprawę w sądzie... Spotkanie z adwokatem... – mówi i patrzy na mnie z pytaniem w oczach, jakby czekała na moje pozwolenie. A co ja mam do tego? Jednak... nie znamy się prawie wcale, nie znam jej planów, pomysłów. Wiem tyle, że jest nam dobrze w łóżku. Chce, żeby ją zatrzymać, czy informuje? Jasne, że ma tam swoje sprawy, tu się tylko nudzi. Proste jak drut, że nie bardzo nam pisane. Jest milcząca i refleksyjna.

Po dwóch dniach deklaracji wyjazdu rzeczywiście wyjechała. Na lotnisku żegnaliśmy się serdecznie. Nie czule, ale serdecznie. To dobre określenie. Nie mamy do siebie żalu, nie ustalaliśmy niczego, nie było obietnic. Ona ma swoje życie w Polsce, jesteśmy różni i już. Tak, oczywiście „zostaniemy w kontakcie".

Z lotniska w Helsinkach zajechałem do tamtejszego portu. Zostawiłem samochód i poszedłem połazić po mieście. Chciałem kupić sobie na spokojnie, bez Karola, bez Beaty, sam, trochę bielizny i skarpet. Kaśka mnie nauczyła kupowania w KappAhlu i C&A. Tu wiem, że rozmiary na mnie pasują – już sprawdzone bez mierzenia. Nieabsorbowany Karolowym: „patrz, jaka fajna!" – pooglądałem koszule. Kupiłem dżinsy, sweter zapinany, kilka par bokserek. Pora zrobić przetrzepanie ciuchów. Przestałem być taki oszczędny jak w Polsce, gdy się wszystko nosiło do oporu. Jak była u mnie Kasia, obkupiłem się w kolorowe podkoszulki, bo moje stare nazwała szmatami do podłogi. Oczywiście wolno mi było wybrać sobie każdy kolor z wyjątkiem białego, beżowego i szarego. Na czarny też się srożyła, a ja siebie w czarnym lubię. Ona najchętniej to by mnie ubrała w takie pomarańczowe (nazwała to łososiowy) i z łaski granatowy (nazywa to marynarski granat). Mówiła też coś o butelkowej zieleni, a ja spytałem, czy chodzi o zieleń przezroczystą. Miał być żart, a ona wzniosła oczy do nieba... Zieleń? Nie! Nie lubię. No i szmat mam za dużo, więc sobie je przesegreguję i powywalam, jak panisko.

Wyszedłem z domu towarowego i poczułem głód. W porcie jest hala targowa z dobrymi zupami. Półlitrowe michy i miła męska obsługa. Codziennie mają tu trzy zupy do wyboru i jedną – zawsze tę samą – bouillabaisse, że niby francuska. Do tego podają znakomity chleb i oliwę z bazylią do maczania, ale ona akurat smakuje jak mielona trawa w oleju. Sama zupa, jak dla mnie, pyszna, choć nazwałbym ją kartoflanką na łososiu, ale buillabaisse – jak to brzmi!

Tęsknię do zup. Sam sobie nie umiem ugotować, z papierka nie lubię. Karol czasem coś przygotuje – gulaszową po węgiersku, rybną pikantną, makaron z rosołem. Rosół to zrobi taki dość intensywny, z włoszczyzną, ale to tylko pretekst do wielkiej michy makaronu. Innych nie robi. A tak bym wchłonął ogórkową, szczawiówkę... Nic to, ta niby francuska tu, w Helsinkach, też w porządku. Z jednym z chłopaków z tej knajpki pogadałem o jachtach i regatach, bo jest współwłaścicielem starego pięknego jachtu, którym latem był w Gdańsku i Szczecinie. Fajne hobby.

Wracałem z Helsinek z głową pełną myśli. Z Beatą... to przede wszystkim cudowny seks. Zupełnie inny niż mój wieloletni z Joanną, niż krótka przygoda z Kerstin. Ożywczy, zbawienny po tych ostatnich latach, gdy myślałem, że ten miód już nie dla mnie. Jednak te conocne zabawy zaczynały mnie lekko męczyć. Nużyć? Jak to nazwać? Oczywiście, gdy już zaczęliśmy, to się rozogniłem, ale nie byłem aż taki zrywny do tego codziennie. Postarzałem się? Bo ja wiem? A może to było tym jedynym lepikiem, który nas trzymał ze sobą? Zaczęło brakować feelingu, czegoś, co powinno być po okresie króliczego seksu. Nie mam osiemnastu lat, nie muszę noc w noc. Skończyły się też tematy do rozmów, został tylko ten seks, po który Beata sięgała chętnie – ja coraz mniej.

Gdy tak myślę o tym na chłodno, dochodzę do wniosku, że to się zaczęło chyba od tego wieczoru, gdy odwiedziła nas niespodziewanie Olga. Wpadła jak to ona, niezapowiedziana, z plackiem. Robi taki fajny z serem i bakaliami.

– Ola, cześć, chodź, chodź! – zachęcałem, lekko zbity z tropu. Zatrzymała się na widok Beaty. – No chodź! Poznajcie się, to...

Panie chyba nie przypadły sobie do gustu – Olga zesztywniała lekko, ale uśmiechnęła się i przedstawiła. Starała się zagaić rozmowę, pytała Beatę o to, co robi, pytała o scenografię, opowiadała o Oreście i jego pracy, a Beatę jakby... zamknęło. Była mało otwarta, nie uśmiechała się, zamyślona, wyraźnie nie parła do rozmowy. Musiałem nieźle lawirować. Olga wyszła szybko, w korytarzu przepraszając mnie, że nie wiedziała, iż mam gościa. Czułem się dziwnie. Zawiedziony Beatą i winny wobec Olgi.

Zajechałem pod dom. Ciemno już, choć wcześnie. U Karola pali się, ale... nie chcę z nim gadać. Nasiedziałem się podczas jazdy – pójdę się przejść. Niedaleko od naszego osiedla są rozległe łąki. W dzień ćwiczy tu wojsko. Wieczorem przychodzą ludzie z psami. Teraz jest właściwie pusto, mglisto. W oddali ktoś rzuca patyk psu...

Łażę sobie i oddycham zimnym, mokrym powietrzem. Beata już nie wróci – wiem to, jakbym był nagle znawcą kobiet. Wynudziła się tu, nasyciła erotyczny apetyt i... cóż miałaby tu robić ze mną, a raczej beze mnie na tym pustkowiu? Ani pracy, ani znajomych. Miałaby siedzieć w domu i czekać, aż wrócę? Absurd! Czego ja się spodziewałem? A ona?

No i za stary jestem dla niej. Potraktowała mnie jako miłą odskocznię, może nawet byłem rodzajem klina? Zemsty? A co mi tam! Nie zaangażowałem się na szczęście. Wracam do mojego uporządkowanego życia, niepisane mi wzloty, romanse, cały ten... uczuciowy zamęt. Poradzę sobie!

W oknach Karola już ciemno. Pora spać!

TĘSKNOTA

Rozstałem się z kolejnym złudzeniem. Trzeba liczyć tylko na siebie. Najważniejsze to dobry harmonogram. Praca, a potem – sauna z kumplami, tenis, truchtanie na łąkach albo kopanie piłki, jak są chłopaki, mecze w telewizji przy piwku, z Karolem. Oglądamy piłkę nożną, sumo, siatkówkę, tenisa. Debel z siostrami Williams to po prostu rewelacja!

Czegoś mi jednak brak. Wieczorami wychodzę na długie spacery. Patrzę w okna Finów. Są u siebie, robią sobie kolację, dzieci hałasują, mąż kroi chleb, rozmawia z żoną, w innym oknie podobnie, i w następnym. Ciepełko rodzinne... Sprawy ważne i błahe. W nocy zgasną światła. Gorące kobiety będą się tulić do mężów... Ściska mnie z zazdrości, żalu. W moich oknach – ciemno. Zawsze gdy wracam – ciemno, nie ma nikogo, kto by na mnie czekał. Zimno mi, pusto dookoła.

Taki kraj – ciemno, chłodno... Świecą wielkie lampy za drzewami i księżyc. Idę sobie, wymachując ramionami, oddychając głęboko. I co dalej z moim życiem? Zawodowo jest OK, mam dobrze płatną pracę, obiecany awans od nowego roku, odkładam kasę, mieszkam wygodnie, choć bez szaleństwa. Gromadzę sobie forsę na polisie emerytalnej, oby tylko praca była! A później? Nie wiem...

Finlandia taka trochę trudna z tymi białymi nocami albo nocą polarną, zimnem, surowymi obyczajami, chociaż to teraz dość duży tygiel. Hindusi, Rosjanie, Chorwaci, Malijczycy, Ukraińcy, Białorusini... i chyba my, Polacy, nanieśliśmy tu swoich obyczajów. Finowie zresztą wcale nie są aż tacy ponurzy i zamknięci w sobie, jak mnie ostrzegano. Są rodzinni, szczególnie młodzi, więc w knajpach bywają właściwie same single. Lubią się pośmiać. W naszej knajpce klubowej, po saunie, po treningu, przy piwie latają sprośne, soczyste, męskie żarty, rży brać stoczniowa.

Brak mi czasem Polski, mimo że jesteśmy bardziej skwaśniali, marudni, narzekamy na co się da i mało w nas radości z byle czego, choćby z faktu, że za oknem zimno i wieje, że jesteśmy razem w cieple, że wypociliśmy właśnie całe wiadro, grając mecz, albo kończymy wielki, trudny statek czy coś podobnego. Tak, wsiąkłem tu już chyba. Tęsknię o wiele rzadziej niż wcześniej, na początku, gdy się tu wgryzałem, ale jak już mnie dopadnie taka tęsknota, to mocna, jak dobra wódka – czasem aż dech zapiera, czasem ściska za gardło.

**

Skręciłem i przeszedłem przez lasek do ulicy, po której jeżdżą autobusy. Teraz szedłem już bardziej zdecydowanym krokiem. Zimno. Kiedy mijałem przystanek, zatrzymał się właśnie „402", a w nim zobaczyłem Olgę – chyba wracała z popołudniowej zmiany. Pomachałem, dając znak, żeby wyskoczyła, ale tylko mi odmachała. Poszedłem do domu z zimnymi uszami i niezbyt nazwanym uczuciem – wstydu? Poczucia winy?

Po tym niezręcznym wieczorze, gdy trafiła na Beatę, chciałem z nią pogadać. Głupio mi było. Zapisałem się nawet przedwczoraj do niej na masaż, ale jak przyszedłem, okazało się, że się zamieniła. Jej kolega, drobiazg taki, postury Bruce'a Lee, dał mi niezły wycisk. Znaczy, Olga mnie unika... I ma rację. Palant ze mnie.

W robocie szykuje się zapieprz – oddajemy statek. Mam zaległości w papierach i biegam na inspekcje jak szeregowy. Staramy się, żeby nie puścić jakiegoś drobiazgu, na świecie kryzys, walka o stanowiska, o jakość, o rynek, nie stać nas na żadną obsuwę. Lennard naciska, terminy gonią. Nie ma mowy o poślizgu.

Karol też urobiony, obaj wracamy późno, nie mamy siły na nic, nawet na bywanie u siebie. Nie widujemy się. Chce nam się tylko jeść i spać!

W takim kołowrocie nie myślę za wiele, co mi ewidentnie dobrze robi na głowę. Beata napisała krótkiego maila, że było cudownie, że się odezwie, ma sporo pracy, nową sztukę w teatrze... Więc praca też się znalazła! Dobrze, że przynajmniej to. Reszta też jej się poukłada, ale nie ze mną.

Przede mną kolejna sprawa majątkowa. Na poprzednią nie stawiła się Joanna. Mecenas mówi, że moja obecność jest obowiązkowa. Podchodzę do tego już na chłodno. Emocje gdzieś opadły. Może i wychodzę na idiotę, odpuszczając jej. Nie domagam się sprzedaży domu, niech ma. Działki dla mnie, moje rupiecie, podział oszczędności. W ostatnim mailu – pełnym tak charakterystycznych dla niej wyzwisk, poniżania itp. – zażądała połowy moich oszczędności. Ma tupet! Tyle nienawiści, oskarżeń, że jestem palant bez klasy, bez ambicji... a ona gdzie ma swoją, żeby wyciągać ręce po pieniądze, które zarobiłem?

Wiem, takie jest prawo, ale ja myślę o etyce. O tej, której brak ona mi zarzuca. Etyczne były fałszywe dokumenty? Wymuszone na starych ciotkach sklerotyczkach zeznania o jakichś duperelach sprzed trzydziestu lat? Lżenie mnie i moich rodziców? I jeszcze odbieranie mi domu, pieniędzy? Dziwne pojęcie etyki. Kobiety tak mają czy tylko Joaśka? Mecenas twierdzi, że to niezależne od płci. „Czynnik ludzki, mój szlachetny panie" – mówi z przekąsem. Już słyszę, jak odkłada słuchawkę i komentuje aplikantowi:

– Pierdoła! Facet, który nie umie walczyć o swoje!

Uff! Zapomnieć o tym, mieć to z głowy za wszelką cenę! Rzygam już tymi pismami, kontaktem z mecenasem, z nią... Chcę normalnie, spokojnie żyć. Nawet jakbym już zawsze miał być sam. Sam. Poradzę sobie, mam jeszcze kilka lat pracy – zaoszczędzę. A może znajdę jeszcze w sobie optymizm? Może znajdę... miłość? Nie będę sam. Nawet jak nie miłość, to... kogoś, z kim będzie się dobrze milczało.

Mam tu więcej życia towarzyskiego niż w czasach, gdy byłem urodzinniony! Bywam na imprezach, ostatnio przed wakacjami, pięćdziesiąte piąte urodziny Lennarda – huczna zabawa w knajpie. Wieczór kawalerski Jannego – też w knajpie! Wesoło było. Wyjazdy na szkolenia, całą grupą. Nie mówiąc już o samym Karolu. Jest dla mnie... no, prawie jak brat. I pomyśleć, że gdyby nie jego namolność granicząca z nachalnością, może by tej bliskości nigdy nie było. No i jest Olga, a raczej... była. Staram się zagrzebać ją jakoś w niepamięci. Chyba kiepsko to rozegrałem, bo ona teraz mi... „ni rodnaja, ni cziużaja". Kurczę, szkoda!

I kiedy tak pewnego wieczoru patrzyłem na siebie w lustrze z wyrzutem, że pograłem z nią jak Yehudi Menuhin na bębnach... zadzwoniła. Zrobiło mi się ciepło, jakbym pierwszy raz rozmawiał z dziewczyną. Kupiła bilety na przedstawienie *Mozart w wersji śpiewanej*, do Helsinek, za tydzień, i co ja na to? Ja? Oczywiście podziękowałem za pamięć, plotłem coś bez ładu i składu, a kiedy się rozłączyliśmy, ucałowałem z radości słuchawkę. A potem zasiadłem do netu i zacząłem czytać o tym śpiewanym Mozarcie, żeby nie wyjść na matoła. Zapowiedziała, że będzie elegancka, i „zagroziła", że założy obcasy. „Uważaj! Przebiorę się za kobietę" – śmiała się. Po spektaklu zaproszę ją do włoskiej knajpki. Zjemy kolację, pobędziemy ze sobą, opowie, co u siostry, a ja – co u mnie. Lubię ją, chyba nawet bardzo, i zależy mi na jej przyjaźni, uśmiechu.

I nadszedł ten wieczór. Tremę miałem jak przed pierwszą randką. Pachnący i w miarę elegancki podjechałem pod jej dom samochodem. Wyszła jakaś kompletnie inna, nieznana mi Olga. Na obcasach, kobieca, z rozpuszczonymi włosami i z tym jej miękkim, jakby nieśmiałym uśmiechem. Podszedłem, żeby się przywitać i otworzyć jej drzwi. Wtedy przechyliła głowę i spytała wesoło, kokieteryjnie:

– Nu, szto?

No tak! Zupełnie jak Orest! Dokładnie tak oboje się uśmiechają – zagadkowo, ze zmrużonymi oczami zamieniającymi się w dwie szparki. Jakie podobieństwo, a przecież to rodzeństwo cioteczne... Orest. Mój spowiednik. Też taki spokojny, serdeczny, zwyczajny.

Przedstawienie kolorowe, dobra muzyka, doskonale się oglądało. Olga zachwycona, patrzę na nią kątem oka, jak klaszcze. Kolczyki w uszach trzęsą się jej rytmicznie, jest rzeczywiście elegancka, umalowana. Inna. Czuje moje spojrzenia i uśmiecha się. W restauracji zamawiamy grillowane warzywa z sosem pesto, bo późno i nie chce nam się napychać. Olga pije wino, ja wodę – jestem kierowcą.

Rozmawiamy jak dawniej. Spokojnie, cicho, serdecznie i szczerze. Opowiedziałem jej o Beacie, o jej próbie samobójczej i o tym, że... już jej nie ma. Olga uśmiecha się dyskretnie, kiwa głową ze zrozumieniem.

– Ja też szukałam, po tym jak mnie mąż zostawił. Mam za sobą jakieś romanse, głupoty...

– Stale jesteś sama? Nikt nie zapukał do ciebie?

– Wiesiek, ja nie potrzebuję byle samczyka. Umiem być sama. Jeśli już, to niech byłby to ktoś miły, dobry, spokojny...

– Jak ja? – zażartowałem bardzo ryzykownie.

Przemilczała to, uśmiechając się. Sięgnęła po wino. Zmieniłem temat:

– Myślałaś, Olu, co dalej?

– Z czym?

– Z życiem. Będziesz tu już zawsze czy może myślałaś o powrocie?

– Na Białoruś? Bo nie myślisz chyba...

– Pytam tylko.

– Nie. Ja tam nie wrócę, to już nie mój kraj.

– A Finlandia?

– Już bardziej. Umiem się tu poruszać, znam reguły, zwyczaje, język. Zostanę tu, mimo że się czuję stale jak cziużaja. Już niedługo, jakieś kilka lat, i miła emeryturka pozwoli mi na spokojne życie, a zawsze dorobię masażami czy jak. Nie potrzebuję dużo. To wygodny kraj, dla mnie... najlepszy. Nie mam dobrych wspomnień ze swojego... Nie mam rozlicznej rodziny, nie miałam wielu przyjaciół. Taka jestem dziwna, co? A ty, Wiesiek?

Oboje czujemy się jednak wyobcowani, nie jesteśmy Finami, każde z nas ma swoje korzenie gdzieś, gdzie nie było dla nas życia, pracy. Coś się nam nie ułożyło i nie do końca to akceptujemy, czegoś nam brak. Może kogoś, z kim by się lepiej żyło? Kto, jak napisała mi Krysia, „poda ci na stare lata szklankę z zębami". Mimo wszystko mam tutaj to, co mi do życia niezbędne. Tylko... co? Nie wiem.

Podwiozłem ją pod dom. W samochodzie pocałowaliśmy się na do widzenia. Chyba miała wilgotne oczy, a może mi się zdawało? Może tylko lśniące? Pachniała perfumami, ciepłem, kobiecością.

– Olu...

– Oj, Wiesiek, jedź już... – szepnęła i przytuliła się do mnie na chwilę.

Pogłaskałem ją po włosach i wtedy pocałowałem ją tak, jak powinienem, jak tego chciałem – czule, spokojnie, miękko. Tak jak się całuje prawdziwą kobietę.

Olga dotknęła mojej twarzy, uśmiechnęła się i... poszła do siebie. Nie zatrzymałem jej, nie wprosiłem się. Ależ ja jestem dureń!

Flirt? No, zaczynamy jakieś podchody. Ja zaczynam. Teraz to mnie „wzięło" na poważnie. Jadę i uśmiecham się melancholijnie. Chyba jestem wzruszony, właśnie podjąłem decyzję, że zawalczę o nią jak mężczyzna. Rozumiemy się doskonale. Z nią chciałbym spędzać czas, może i resztę życia? Jadać z nią śniadania, zasypiać i patrzeć na jej łagodną twarz i uśmiech. Słuchać, jak mówi, oglądać mecz, film, cokolwiek. Być z nią. „Powoli, nie zepsuj tego" – mówię do siebie. Nie chcę być sam!

Olaaaaaaaa! – zawołałem sam do siebie z wewnętrznej radości i zahamowałem zbyt gwałtownie. Oczywiście zostałem obtrąbiony, a ktoś pokazał mi, że jestem walnięty. Oczywiście, jestem!

Jakie to zaskakujące i, kurczę... romantyczne! Wzięło nie tylko mnie. Podchody nie trwały długo. Jesteśmy dorośli, a Olga odważna, uparta i... delikatna. Zadzwoniła, że ma gorący sernik i wiadomość od Oresta. Tym razem przyjechała swoim małym samochodem, na sportowo, w miękkich dresach, taszcząc torbę z blaszką ciasta.

– Idź, pokrój i wyłóż na talerz, zrób herbatę, a ja tu zaraz porozkładam talerzyki.

Podczas gdy nakładałem wielkie porcje pysznego sernika, Olga wyjęła coś z dużej aktówki. Dwa zdjęcia – jedno to ołtarz Oresta. Wspaniała fotografia! Z ujęciem gry świateł, uwypuklająca to zamieszanie pod krzyżem. Wziąłem ją do rąk.

– Już? To już, prawda? Cały? A brakowało mu postaci. Jest tu? – szukałem brakującej figury. – Chyba to ta z boku, z ręką na czole, ale jest w cieniu. Nie widać jej dobrze. Świetny! Widziałaś? No ale tylko na zdjęciu, a ja, Oleńko, widziałem ten ołtarz jak teraz ciebie, z bliska. I to, jak Orest o nim mówił, wiesz... On jest...

– To artysta z wielką, skromną duszą – powiedziała Olga i podała mi drugie zdjęcie.

Oniemiałem...

Portret jakby mędrca – ostatniej, brakującej figury ołtarza. Kronikarz? Reporter? A może zabłąkany wędowiec? Niemy świadek, dzięki któremu historia poszła w świat. Nie to jednak było powodem mojego zdumienia. Na zdjęciu zobaczyłem... siebie. To ja z zadumą na twarzy, druga ręka zamarła w geście. Tak czasem dotykam czoła, jak się zastanawiam... Orest! Rysował mnie podczas mojego monologu! Jestem figurą w jego dziele! Dziwne uczucie. Olga patrzyła na mnie uważnie, zagadkowo, sondując moją reakcję. Nie mówiła nic. Ja też.

– Pojedziemy do Oresta zobaczyć ten ołtarz? – spytałem.

– A herbata? – odpowiedziała nie na temat i poszła do kuchni. W przelocie pocałowała mnie z uśmiechem. Nuciła coś.

Później oglądaliśmy jakiś film o fokach na Discovery i kiedy po nim zmywała talerze i kubki w kuchni, opowiadając mi o telefonie od Oresta, ja stałem i napawałem się tą sceną. Oto Olga, którą znam, lubię, szanuję. Na której bardzo mi zależy, którą potraktowałem dziwnie i głupio. Kobieta bliska mi i serdeczna stoi, wyciera kubek i mówi coś ściszonym głosem, jak w normalnym domu, w normalnej rodzinie. Chciałbym powiedzieć o niej „moja Ola”.

Podszedłem blisko, nie słuchając jej słów, odwróciłem ją do siebie, wyjąłem ścierkę z rąk i rzuciłem gdzieś na bok. Zamilkła i patrzyła zaskoczona z uśmiechem zamarłym na ustach. Wacek wcześniej ode mnie wiedział, czego chce. Czułem już to w podbrzuszu, w krtani, tętno mi przyśpieszyło. Wziąłem ją w ramiona i pocałowałem, jak umiałem najczulej – jak kobiety lubią. Chyba.

Objęła mnie z kubkiem w ręku i stanęła na palcach. Ciepła, miękka i chętna. Jej dłoń mile gładziła mnie po karku. Mmm! Cudownie! Wilgotne, ciepłe wargi współgrały z moim językiem. Westchnęła i przylgnęła do mnie. Kubek został w zlewie, a my poszliśmy do łóżka.

No, nie musiałem wyławiać jej z jeziora, żeby kochać się szaleńczo, mocno, z jakąś niewypowiedzianą tęsknotą. Tym razem oboje byliśmy bardzo podnieceni, otwarci, radośni, czułem, jak bardzo jest wzruszona i spragniona. Zdobywałem ją powoli, pieszcząc każdy kawałek ciała. Cierpliwie oddawała mi pieszczoty, mile zabawiając też wacka. Bez pośpiechu, bez hamulców, żeby było jak najlepiej... W końcu wszedłem w nią – gorącą i bardzo już spragnioną.

Huczało mi w głowie, serce waliło... Byłem zaskoczony tym, że jest tak gorąco, zupełnie inaczej niż wtedy, gdy byliśmy tacy pogubieni i nieporadni. Wyczekiwałem i uważałem, żeby najpierw jej sprawić radość. Oplatała mnie ramionami, udami, poddawała się i kołysała moim rytmem. Najpierw oczywiście mocniej, żarliwiej, ale wkrótce zwolniła, przeciągała w pieszczotach i tuleniu się aż do łagodnego finału, z takim wspólnym (czułem to u niej!) fortissimo.

Ach! Wiedziałem, że poprzednio coś robiliśmy nie tak! Potrzebny jest feeling, obopólne chęci, pragnienie dawania sobie frajdy, a nie same ruchy frykcyjne! Może to przestarzała teoria, ale na mnie działa.

Olga leży obok nasycona, milcząca, uśmiechnięta, jej oczy szparki błyszczą. Jest mi tak dobrze! Nie ma już żadnych smętków, niepewności, głupot. Oddycham głęboko, ze spokojem.

– Już myślałam, że nigdy...

– Co nigdy, Oleńko?

– Że to się już nigdy nie stanie i żal mi było...

– Żal? Tobie, Olu? – Strugam głupka czy co?

– No... ty wiesz, Wiesiek, że mi się podobałeś, podobasz. Nie chciałam być nachalna, narzucać się. Ty byłeś taki...

– Popaprany u nas się mówi. Popaprany, głupi. Pierdoła.

– E, nie! – Ola zaprzecza, głaszcze moją twarz. – Tylko się pogubiłeś. Trochę się czułeś jak bezdomny pies.

– Może tak... Teraz już się tak nie czuję. I wiesz, co chciałem w kuchni powiedzieć?

– No, co?

– Moja Ola.

– Twoja... już od dawna, tylko nie widziałeś.

O, ludzie! Skąd one, kobiety, to wszystko wiedzą? Wyprzedzają nas swoimi pragnieniami i tylko pozwalają nam udawać zdobywców.

Gadamy sobie cicho. Paplanie w łóżku z kobietą po seksie nie jest moją ulubioną rozrywką. Najchętniej bym się teraz do niej przytulił i zasnął, ale pogadam, skoro ma taką potrzebę. Olga pocałowała mnie i życzyła dobrej nocy, po czym... zasnęła szybciej niż ja.

NADZIEJA I POKUSA

Ja i Olga nie mieszkamy na stałe razem. Zbliżamy się do siebie powoli, smakujemy to bycie ze sobą, uczymy się siebie nawzajem. Ona była długo sama i ja też, jesteśmy ostrożni. Powoli myślę o większym mieszkaniu. Jako małżeństwo dostalibyśmy szybko, ale… małżeństwo? Jak dla mnie to chyba za wcześnie na ślub, ale że jesteśmy razem, to pewne!

Co o tym myśli Olga? Nie wiem. Nie rozmawiamy o tym. Jest dobrze, jak jest, a wiosną zamienię mieszkanie – postanowione! Po co nam dwa? Może kupię jakiś ładny pierścionek, żeby wiedziała, że ja poważnie?

Oleńka często zostaje na noc. Rano jemy razem śniadanie, jedziemy do pracy wcześniej, bo ambulatorium wcześniej zaczyna. Dawno nie widziałem Karola, wpadł wczoraj, byłem sam.

– Cześć – mówi. – Ale ziąb, co? Cholera jasna! A Ola gdzie? – dodaje obojętnie.

Gapię się na niego i nie wiem, co powiedzieć. Karol tylko się śmieje i mówi:

– Wujek Karol już dawno mówił wujkowi Wieśkowi, że to świetna babka i że takiej właśnie potrzebujesz!

– Nigdy mi czegoś takiego nie mówiłeś…

– No to teraz mówię! A szczerze, to się cieszę. Tylko wiesz… No!

– Wiem, wiem! Cześć!

I pognał gdzieś, znów przepadł, nie pokazywał się.

Któregoś wieczoru, gdy Olgi nie było – miała popołudniowy dyżur – pozmywałem po obiedzie, poczułem spokój, optymizm, zasiadłem wygodnie w fotelu i otworzyłem sobie rudą. Ledwo nalałem, zapukał.

– Mogę? Nie tęskniłeś czasem za wujkiem Karolem?

– A wujek sądzi, że na nim świat się kończy? Mów, o co chodzi, dać ci szklankę?

– Dobrze, polej, Wiesiek, bo jest sprawa...

Życie jest jednak zaskakujące. Klaus, kolega Karola jeszcze z Hamburga, pracuje w stoczni Hyundaia, w Korei.

– Południowej? – upewniam się.

– Nie przerywaj mi, bo się zacznę jąkać! No, a w jakiej?! Słuchaj więc...

Karol rozpostarł przede mną kolorową perspektywę z kuszącą propozycją. Korea Południowa, znakomite warunki, duże miasto, kraj, który się prężnie rozwija, klimat dla ludzi – zimą lekka zima, latem... no, ciepło. Bardzo ciepło, ale da się wytrzymać, to nie tropiki. Mieszkanie firmowe, wyposażone w meble i klimatyzację. Dwa przeloty do kraju w roku, przynajmniej tak dotąd było, klasą biznes. Zwyczajowo samochód (podobno teraz to hyundai tucson), komórka, laptop...

– ...i najważniejsze, bracie, kasa! – Pokazał mi arkusz z jakimiś wyliczeniami i zakreślonymi cyferkami.

– I co ty na to?

– O, kurczę... – nie chciało mi się wierzyć.

– Wiesiu! To jest to! Za te same pieniądze co tu to by mi się nie chciało, ale patrz, jaki skok! Ja mam już dość tego zimna i ciemnicy. Klaus nam wszystko ułatwi, jest fajnym gościem. Ruszyło się u nich po tym kryzysie i z mety zadzwonił, przyjechał. Nie chciałem ci mówić, żeby nie zapeszyć, ale dzisiaj już wiem wszystko. Posłuchaj, tylko nikomu ani słowa! Chcą elektryka i kadłubowca? Mają elektryka i kadłubowca! Tak?! Powiedz?

– Karol, a nie wolą młodych?

– Klausa w tym głowa. Daj spokój! Doświadczenie, rzetelność! Oni to cenią. Przybij piątkę, jutro pogadamy o konkretach, cześć.

– Karol?

– No?

Było mi głupio, ale co tam!

– A... nie wiesz, czy... Znalazłoby się tam coś dla Olgi?

Zamurowało go. Patrzy na mnie zaskoczony i chyba nie rozumie, o co pytam.

– Wiesiu... no, to jest, kurczę, stocznia... Dla Oli?!

Cały Karol...

Po jego wyjściu usiadłem zaskoczony i kompletnie otumaniony. Faktycznie, propozycja bajeczna! Korea?! W życiu nie sądziłem! Ja, prosty chłopczyk z małego miasteczka, dla którego wyjazd do Warszawy, do zoo, i lody były wielką, życiową atrakcją! Dzisiaj biegle rozmawiam po angielsku, rozumiem już i kłapię co nieco po fińsku, trochę po niemiecku, i mam szansę na wyjazd do największej stoczni na świecie, zarabiać niezwykłe jak dla mnie pieniądze. Na offshorze, czyli znów coś nowego, statki obsługujące platformy – kiedyś nie śniłbym nawet o tym, a dzisiaj dostaję to na tacy. Szok! Nie wierzyłem własnym uszom. Jeszcze kilka lat mogę popracować spokojnie, nawet ciężko, w ciężkich warunkach i za baaardzo godziwe pieniądze. Godziwe? Fantastyczne! Taka kasa daje mi znakomite zabezpieczenie na starość, przecież nie szastam pieniędzmi! Żyję oszczędnie. No, może ostatnio nie aż tak bardzo, ale nie chcę być wiecznym ciułaczem. Niesamowite... Jaka szansa! I myśl z boku jak wiadro zimnej wody – a Olga? A co z życiem, które właśnie podsunęło mi szansę na spokój, o jakim marzyłem? Oleńka, dobra, mądra, kochana i ciepła? Co ona na to? Jak to wszystko połączyć? Dlaczego, cholera jasna, życie każe nam dokonywać takich wyborów? Tłukłem się jak Marek po piekle.

List od mamy:

Synku!
Krysia oczywiście przesadza, ja czuję się dobrze jak na moje lata, a oni tu wszyscy traktują mnie jak filiżankę z saskiej porcelany. Przy takim traktowaniu to ja nie umrę wcale! (...)
Kochany mój. Masz problem, jak widzę. Ja – nie. Dla mnie jest jasne, że serce potrzebuje serca. Bez miłości człowiek usycha, twardnieje, szarzeje. Pieniądze są albo ich nie ma, a człowiek żyje nadal. Jeśli ta Pani Ola zapadła Ci w duszę, jeśli to osoba warta miłości, buduj swoje życie od nowa. Martwi mnie tylko – gdzie? Jesteś Polakiem i co – zamierzalibyście żyć gdzieś poza Polską?! Umiałbyś? Nie potrafię tego pojąć, ale może ja jestem niedzisiejsza?
Całuję Cię mocno i życzę dobrego, mądrego wyboru – Mama

Mail od Tomka:

Cześć, Tato!

W Korei? Na offshorze?! Rany! Jak ja Ci zazdroszczę! To fantastyczne! Ja bym chwili dłużej się nie zastanawiał.

Wiem, jak mama załatwiła sprawy majątkowe. Trochę głupio, ale przecież odkujesz się! Daj spokój sentymentom, życie daje Ci takie możliwości, a ja już myślałem, że Ty zdziadziałeś – wybacz synkowi taką szczerość. Wiem też od kolegów, że to fantastyczna kasa, no i kraj – ho, ho, żadne tam wygnanie do Chin czy co. Korea! Brawo, ojciec! Nie zastanawiaj się ani minuty! Pakuj się i wio, a już synek się postara i wpadnie z ojcem wypić soju. Albo nie! To świństwo nie dla nas! Synek Ci przywiezie porządną whisky! Tato, poważnie się cieszę.

U mnie wporzo. Rejs ciągnie się, problemów trochę było technicznych (pisałem Ci), ale już mam pytanie od Francuzów i Norwegów, a może zrobię inną specjalizację? Świat przed nami!

Ściskam – Tomasz

Od Kasi:

Powiadomienie automatyczne. Przepraszam, jestem aktualnie na urlopie.
Odpiszę, jak tylko wrócę.

Kerstin w ostatnim mailu napisała mi tak:

Dear Wiesiek,
Życie niesłychanie się wije i kręci. Pojawił się wdowiec, inżynier z dwójką własnych dzieci – maluchy takie śmieszne. Wyszłam za mąż, jestem w ciąży, nie pisałam Ci, bo to wszystko wyskoczyło tak nagle! Kocham i jestem kochana. Potrzebuję tego jak powietrza, tych dziecięcych słów, łapek, pocałunków na dzień dobry i dobranoc, i mężczyzny, z którym mam wspólne plany i z którym chcę się zestarzeć. Pewnie dlatego, że on świetnie gotuje ;-) Patrz na zdjęcie, jaka jestem w otoczeniu mojej nowej rodziny! Ten grubas pośrodku to ja!
Życie w samotności to iluzja życia!
Wiesiek, offshor? W Korei Pd? No, brawo! To doskonały kierunek i pomysł na życie! W Twojej sytuacji – oczywiście natychmiast! Doskonałe pieniądze, ciekawa praca, a jeszcze jedziecie we dwójkę z Karolem, to już doprawdy luksus!

Co prawda mówią, że tam to z pewnością kobiety nie znaj-dziesz, bo Koreanki są zbyt obce kulturowo, ale kto wie?
– Kerstin

Szlag! Nie pomogli mi. Nie wiem, co robić. Co robić?! To fajne, że jakiś Klaus myślał o nas – stoczniowcach. I że pomyślał o mnie, a jestem tylko kumplem Karola, przecież nie musiał. Tylko jak to pogodzić? Karol nic nie rozumie. Dla niego nie ma sprawy, jak jest taka szansa, to nie ma sentymentów, ale ja nie jestem Karolem, do diabła! Może się tam rozejrzę, znajdę jej jakąś pracę? Później ją ściągnę?

A co? Olga zostawi Finlandię, w której zbiera się jej ciepła emeryturka, dla mnie? Nie. Nikt normalny tego nie zrobi. Jak się dowie – rzuci mnie. A może nie? Jechać bez niej? Znów sam, sam, sam? Tworzyć sobie warunki do życia z tego, co mi da nieznany kraj? Tyle już osiągnąłem, żaden mój kumpel z Polski tyle nie ma. Taka perspektywa dla faceta! Marzyłem o czymś takim! Chcieć czegoś nowego, sięgnąć ręką dalej, zdobyć, co było nieosiągalne! Nierealne! To... dlaczego mam wątpliwości?

Zostać tu z Olgą? Nie podjąć wyzwania, bo znalazłem coś, czego pragnąłem, na co czekałem z coraz mniejszą wiarą, że znajdę?

Oleńka dzisiaj kończy późno. Jest przenikliwy wiatr, ciemno już od dawna i pada, więc jadę po nią. Musimy bardzo poważnie porozmawiać, nazwać rzeczy po imieniu, podjąć jakieś decyzje, a nawet złożyć jakieś deklaracje. Ja jestem gotów, tylko tego cholernego pierścionka nie kupiłem. Boję się tej rozmowy jak żadnej dotąd, pocę się, modlę w duchu o jakieś cudowne rozwiązanie. Żeby można było pogodzić wszystko – nasz wyjazd, awans, Oleńkę i nasze wspólne „my". Tylko jak?! Może Olga coś wymyśli?

Z daleka widzę, jak w budynku ambulatorium gaśnie światło. Zwalniam, zatrzymuję się koło krawężnika, w cieniu wielkiego dębu, i czekam na nią. Na szybie miliony kropel deszczu, ciemno i zimno. Za kilka dni zacznie się coś, czego nienawidzę – noc polarna. Ciemno i zimno będzie już non stop do lutego. Źle to znoszę, a Korea wabi łagodnym klimatem, ciepłem, lekką zimą i moim marzeniem – praca na offshorze. Muszę to wszystko opowiedzieć Oli, muszę ją przekonać, przedstawić jej wszelkie zalety mojego pomysłu. Tak bardzo chcę pogodzić to wszystko! Boję się jej decyzji.

Widzę już moją Oleńkę, jak otulona kurtką z kapturem rozpina parasol, idzie w stronę samochodu i mijając kałuże, stawia opór zimnemu wiatrowi. Strasznie się boję, serce mało mi nie wyskoczy z piersi, ale to ja wyskakuję z samochodu i podbiegam do niej, otulając ją ramionami. Słyszę własne słowa wypowiadane po raz pierwszy od wielu lat:

– Olu, tak bardzo cię kocham!

Spis treści

CZĘŚĆ I. MAZURY
URLOP 9
PENSJONAT „POD DĘBEM" 19
TELEFON 29
WIRY 41
W SIÓDMYM NIEBIE 51
OREST 61
SPOWIEDŹ W DESZCZOWĄ NOC 69
SZPILA 85
ZAKAZ 95
MOJA CLAUDIA CARDINALE 103
DECYZJA 111
PANNY I MĘŻATKI 129
WYJAZD 137

CZĘŚĆ II. JOAŚKA
TURKU – SPOWIEDZI CIĄG DALSZY 145
MÓJ DOM? 155
ŻÓŁTA KARTKA 167
KAROL 187
MÓJ JEST TEN KAWAŁEK PODŁOGI 201
ŚWIĘTA 211
MATCZYNY ROSÓŁ 221
MECENAS CYRYL 227
NOWY ROK 237
WIOSNA 243
PARTY U MIRIAM 255
ZREHABILITOWANY 267
ROZWÓD 277
GORZKI DOROBEK 291

CZĘŚĆ III. POWRÓT Z MAZUR
ODESZŁO, CO DUSIŁO 319
ZNOWU Z BEATĄ 323
TĘSKNOTA 331
NADZIEJA I POKUSA 341